De kleine bakkerij aan het strand

Jenny Colgan

De kleine bakkerij aan het strand

Vertaald door Elise Kuip

UITGEVERIJ LUITINGH-SIJTHOFF

MIX
Papier van verantwoorde herkomst
FSC® C014496
FSC
www.fsc.org

Eerste druk, juni 2019
Derde druk, augustus 2019

Oorspronkelijke titel: *Little Beach Street Bakery*
Vertaling: Elise Kuip
Omslagontwerp: Studio Marlies Visser
Omslagbeeld: FinePic®, München / Zero media GmbH
Opmaak binnenwerk: Crius Group, Hulshout

ISBN 978 90 245 8542 7
ISBN 978 90 245 8543 4 (e-book)
ISBN 978 90 245 8544 1 (luisterboek)
NUR 302

www.lsamsterdam.nl
www.boekenwereld.com

Voor Anna-Marie Fourie, mijn dierbare eerste lezer en vriendin die veel te ver bij me vandaan woont en weet hoe het is om te wachten tot iemand terugkeert van zee.

I wish I was a fisherman
Tumbling on the seas
Far away from dry land
And its bitter memories
Casting out my sweet line
With abandonment and love
No ceiling bearing down on me
'Cept the starry sky above
With light in my head
You in my arms
Woohoo!

The Waterboys, 'Fisherman's Blues'

Rise up rise up you fine young men
The ship she sails in the morn
Whether it's windy, whether it's cold, or
whether there's a deadly storm

'Sir Patrick Spens',
Ca. veertiende eeuw, volksliedje

1

Jaren later, toen Polly als oude vrouw vele kilometers verderop woonde, bleek het moeilijk om uit te leggen hoe ze toen hadden geleefd. Op sommige dagen konden ze met de auto naar het vasteland, maar op andere moesten ze met de boot. Soms waren ze heel lang afgesloten van de buitenwereld en wist niemand precies wanneer of hoe dat zou veranderen; de getijdentabellen voorspelden alleen het getij, niet het weer.

'Was het niet vreselijk om te weten dat je niet weg kon?' vroeg Judith dan.

Polly herinnerde zich hoe de zon bij de aanhoudende vloed op het water schitterde en dacht aan het veranderende licht van de zon die onderging in het westen en het water een roze, oranje of paarse gloed gaf, waardoor je wist dat er weer een dag voorbij was waarop je niet van het eiland had gekund.

'Nee, eigenlijk niet,' antwoordde ze. 'Het was heerlijk. Je kroop onder de dekens en maakte het jezelf gemakkelijk. Je was aangewezen op jezelf en de anderen op het eiland. Alles moest van de vloer en het was fijn als de stroom het nog deed, maar als die uitviel, ach, dat overleefde je ook wel. Achter elk raam brandden kaarsen. Het was knus.'

'Dat klinkt alsof het honderd jaar geleden was.'

Polly glimlachte. 'Ja. Maar zo lang geleden is het eigenlijk niet... Het voelt als gisteren. De plek waar je je hart plant, vergeet je nooit meer. Maar dat kwam natuurlijk allemaal veel later. Want in het begin was het inderdaad vreselijk.'

2014

Polly bladerde door de papieren in de glimmende map die ze haar hadden gegeven. Op de voorkant stond een heel mooi plaatje van een vuurtoren. Ze probeerde alles uit alle macht positief te blijven bekijken.

En de twee mannen in de kamer waren vriendelijk. Vriendelijker dan nodig; zo vriendelijk zelfs dat Polly zich door hun gedrag vreemd genoeg alleen maar rotter voelde. Ze voelde zich eerder schuldig dan boos of opstandig.

Ze zaten in de achterste kamer van het kleine kantoor in het verbouwde treinstation waar Chris en zij zo trots op waren geweest. Het schattige, charmante kantoortje had twee kamers en de kamer die ooit de wachtruimte was geweest had zelfs een oude, niet-werkende open haard.

Nu waren beide kamers een puinhoop: mappen stonden niet meer op hun plek, de computers waren verplaatst en overal lag papier. De vriendelijke mannen van de bank namen alles door. Chris keek chagrijnig toe en leek net een vijfjarig jongetje dat zijn lievelingsspeelgoed had moeten inleveren. Polly vloog door de kamer om de mannen te helpen en om de zoveel tijd wierp Chris haar een sarcastische blik toe die 'waarom help je mensen die ons kapot willen maken?' betekende. Waarschijnlijk had hij een punt, maar ze kon het niet laten.

Later had Polly bedacht dat deze mensen daarom natuurlijk de opdracht kregen om zo vriendelijk te doen: zo hoopte de bank behulpzaam gedrag te stimuleren, confrontaties te vermijden en ruzies de kop in te drukken. Dat vond ze droevig, zowel voor haarzelf als voor Chris, en ook voor die vriendelijke mannen die dag in, dag uit getuige van andermans ellende waren. Het was niet hun schuld. Uiteraard vond Chris van wel.

'Goed,' zei de oudste van de twee mannen, die een tulband droeg. Op het puntje van zijn neus balanceerde een klein brilletje. 'Bij een normale gang van zaken spreekt een rechter het officiele faillissement uit. Jullie hoeven niet samen naar de rechtbank; slechts een van de directeuren hoeft bij de zitting aanwezig te zijn.'

Bij het woord 'faillissement' kromp Polly ineen. Dat klonk zo definitief, zo serieus. Als iets voor domme popsterren en beroemdheden. Niet voor hardwerkende mensen zoals zij.

Chris snoof sarcastisch. 'Ga jij maar,' zei hij tegen Polly. 'Jij bent dol op dat soort regeldingen.'

De jongere man keek Chris meelevend aan. 'We weten hoe moeilijk dit is.'

'O ja?' antwoordde Chris. 'Ben jij wel eens failliet gegaan?'

Polly keek weer naar de mooie vuurtoren, maar dat werkte niet meer. Ze probeerde ergens anders aan te denken. Ze bewonderde de prachtige tekeningen uit Chris' portfolio die ze zeven jaar geleden aan de muur hadden gehangen, toen ze zich als optimistische twintigers in het kantoor hadden gevestigd om een succesvol grafisch ontwerpbureau te beginnen. Dankzij een aantal klanten van Chris' oude werk hadden ze een vliegende start gemaakt en Polly had alle organisatorische werkzaamheden op zich genomen. Ze had nieuwe contacten geworven, non-stop genetwerkt en zijn ontwerpen verkocht aan allerlei bedrijven in Plymouth, hun woonplaats, en zelfs aan een paar in Exeter en Truro.

Ze hadden een heel minimalistisch, modern nieuwbouwappartement aan het water in Plymouth gekocht en waren naar de juiste restaurants en bars gegaan om te worden gezien en zaken te doen. Alles ging – een tijdlang – prima. Ze voelden zich rijzende sterren en vertelden graag dat ze een eigen bedrijf hadden. Maar in 2008 brak de bankencrisis uit en werd het door nieuwe computertechnologieën makkelijker dan ooit om zelf beelden te bewerken en illustraties te maken. Nu bedrijven minder geld uitgaven aan uitbestedingen, reclamecampagnes en freelanceopdrachten en steeds meer door hun eigen werknemers lieten doen, was grafisch ontwerpen volgens Chris zwaar in het slop geraakt. Het werd nog wel gedaan, maar steeds minder door hen.

Polly had zich een slag in de rondte gewerkt. Ze was nooit gestopt met pitchen, deals sluiten, korting geven; ze had er alles aan gedaan om haar getalenteerde wederhelft opdrachten te bezorgen. Chris had zich echter compleet teruggetrokken en legde de schuld bij de wereld, die geen interesse meer had in zijn fantastische designwerk en gehandletterde teksten. Hij werd nors en gesloten, maar Polly had geprobeerd positief te blijven. Dat was knap lastig geweest.

Polly zou nooit aan iemand toegeven – durfde zelfs nauwelijks aan zichzelf toe te geven – dat het een opluchting was geweest toen het eindelijk zover was. Ze smeekte hem al tijden om het bedrijf op te doeken en een andere baan te zoeken, maar toen had hij haar ervan beschuldigd niet loyaal te zijn en hem tegen te werken. Het was onplezierig, afschuwelijk en vreselijk beschamend, zelfs al zaten veel mensen met wie ze vroeger in het trendy centrum van Plymouth op kroegentocht gingen – of kennissen van die mensen – in hetzelfde schuitje. Polly's moeder begreep er niets van; zij zag een faillissement als een soort gevangenisstraf. Ze zouden het huis moeten verkopen en opnieuw moeten beginnen. Maar het bezoek van meneer Gardner en meneer Bassi van de bank leek in elk geval iets op te lossen, iets in gang te zetten. Ze hadden twee ontzettend ellendige en vernietigende jaren achter de rug, zowel zakelijk als persoonlijk. Hun relatie stond in feite op pauze en ze waren nu eerder twee mensen die met tegenzin een appartement deelden. Polly voelde zich uitgewrongen.

Ze keek naar Chris. In zijn voorhoofd zaten rimpels die ze nog niet eerder had opgemerkt. Ze besefte dat ze al een tijdje niet goed naar hem had gekeken. Als hij in die laatste periode thuiskwam van kantoor – zij ging altijd als eerste weg terwijl hij eindeloos aan hun weinige opdrachten bleef schaven, alsof perfectionisme iets kon veranderen aan het onvermijdelijke – had ze het gevoel dat ze hem door alleen al op te kijken van iets verweet, van iets beschuldigde, en dus had ze haar hoofd gebogen gehouden.

Vreemd genoeg zou iedereen die ze kenden hun niets dan sympathie, hulp en troost hebben geboden als het alleen om hun persoonlijke leven zou zijn gegaan. Maar een mislukt bedrijf... Mensen durfden niets te zeggen. Iedereen hield afstand en vroeg niet door, zelfs Polly's onverschrokken beste vriendin Kerensa niet.

Misschien was de angst – de angst om straatarm te worden, om het leven te verliezen waarvoor je zo hard had gewerkt – te diep, te sterk, was iedereen bang dat hun situatie besmettelijk was. Of misschien hadden mensen gewoon niet door wat er precies gebeurde. Misschien hadden ze de schijn te lang en te goed weten op te houden: ze hadden etentjes betaald met hun creditcard en hun adem ingehouden als de kaart door het pinapparaat werd gehaald, zelfgemaakte verjaardagscadeautjes gegeven – godzijdank kon Polly goed bakken, dat kwam goed van pas – en de opzichtige zwarte Mazda gehouden, al zou die nu natuurlijk ook weg moeten. Polly gaf niets om die auto. Ze gaf wel om Chris. In elk geval vroeger. Het afgelopen jaar had ze de Chris die ze kende geen enkele keer gezien. De lieve, grappige man van toen ze net verkering hadden, zo verlegen en stuntelig, was na de start van zijn eigen grafisch-ontwerpbureau helemaal opgebloeid. Polly had hem al die tijd gesteund. Ze waren een team. Dat had ze bewezen door ook voor het bedrijf te gaan werken. Ze had haar spaargeld (waar de hypotheek een groot gat in had geslagen) geïnvesteerd, gevochten voor opdrachten, klanten ingepalmd en nagebeld en zich in elk mogelijk opzicht uitgeput.

Dat maakte het natuurlijk alleen maar erger. Toen hij eindelijk was thuisgekomen op die noodlottige avond in die ijskoude lente, die meer voelde als een soort eeuwigdurende winter, was hij gaan zitten en had ze naar hem gekeken, écht naar hem gekeken, waarna hij grimmig had gezegd: 'Het is voorbij.'

Lokale kranten werden opgeheven, dus die hadden niemand meer nodig voor hun advertenties, lay-out of designwerk... daarnaast waren flyers in feite nutteloos geworden en de bedrijven die ze nog wel gebruikten ontwierpen ze zelf online en printten ze thuis uit. Iedereen maakte tegenwoordig zijn eigen designwerk, foto's en al die andere zaken waar Chris zo goed in was geweest, met zoveel aandacht en oog voor detail aan had gewerkt. Het kwam niet echt door de recessie, al had die het er niet beter op gemaakt. De wereld was veranderd. Hij had net zo goed pagers kunnen verkopen, of cassettebandjes.

Hun laatste vrijpartij was maanden geleden, maar als ze 's ochtends vroeg wakker werd lag hij vaak klaarwakker naast haar terwijl hij in gedachten wanhopige rekensommetjes maakte of zich liet overspoelen door ellende en angst. Ze had geprobeerd hem te helpen, maar had nooit de juiste woorden kunnen vinden.

'Nee, dat is niks,' blafte hij als ze iets opperde, van drukwerk voor trouwerijen tot jaarboeken voor scholen. Of: 'Dat heeft toch geen zin.' Hij werd steeds dwarser en uiteindelijk vond Polly het praktisch onmogelijk om nog met hem samen te werken. Omdat hij al Polly's ideeën voor het bedrijf afschoot hadden ze bijna geen opdrachten en had Polly steeds minder te doen. Ze liet hem 's ochtends eerst hardlopen; hij beweerde dat dat de enige manier was waarop hij zijn stress kwijt kon. Polly had op haar tong moeten bijten om niet te zeggen dat hij elke keer als ze voorstelde iets te gaan doen – een wandeling maken, door de haven slenteren, picknicken, gratis dingen – had gesnauwd dat ze daar niets mee opschoten en hij er geen zin in had.

Polly had geprobeerd hem naar een huisarts te krijgen, maar ook dat was verspilde moeite geweest. Hij wilde gewoonweg niet toegeven dat er iets mis was – met hem, met hun relatie, met wat dan ook. Hij had gewoon even een dipje, het kwam wel weer goed. Toen hij had ontdekt dat ze op een vacaturesite had gekeken, was alles in een stroomversnelling gekomen. Die avond hadden ze zo'n heftige ruzie gehad dat het huis bijna was ontploft en was alles aan het licht gekomen; hoeveel geld ze hadden geleend en hoeveel ernstiger de situatie was dan hij ooit had laten merken. Polly had hem met open mond aangestaard.

Een week – een stille, pijnlijke week – later slofte hij naar binnen, ging hij zitten en keek hij haar recht aan.

'Het is voorbij.'

En nu stonden ze samen met die ontzettend vriendelijke meneer Gardner en meneer Bassi tussen de brokstukken van hun bedrijf en elke droom, elk plan dat ze hadden verzonnen toen alles mogelijk leek... elk document dat ze hem had zien tekenen en waarna ze de champagne hadden laten knallen, die ene keer dat ze het bureau in het schattige kantoortje hadden ingewijd, met grote ogen naar hun advertentie in de gouden gids hadden gekeken... alles was weg, verdwenen in een wereld die het niets kon schelen hoe hard ze hadden gewerkt of hoe graag ze het hadden gewild of een van die andere clichés uit realityprogramma's die in het grote geheel eigenlijk niets uitmaakten. Het was voorbij. En daar kon geen enkele hoeveelheid vuurtorenplaatjes iets aan veranderen.

2

‘Dit heb ik wél,’ zei Polly. Ze wandelde door de stad terwijl de koude lentewind om haar heen blies. Ze deed een wanhopige poging zichzelf op te beuren en haar zegeningen te tellen; ze had afgesproken met haar beste vriendin en wilde niet huilend bij haar aankomen.

‘Ik ben gezond. Ik mankeer niets, afgezien van die zwakke enkel die ik heb verzwikt toen ik in die ene bar stond te dansen, en dat was mijn verdiende loon. Ik heb bepaalde vaardigheden. Ik heb al mijn geld verloren aan een onderneming, maar mensen verliezen regelmatig meer. Ik heb nog nooit een natuurramp meegemaakt. Mijn familie is gezond. Irritant, maar gezond. Mijn relatie... er zijn ergere dingen in het leven. Veel ergere. We hoeven niet te scheiden of zo om...’

‘Wat ben je aan het doen?’ vroeg Kerensa hard. Hoewel ze op torenhoge hakken balanceerde liep ze even snel als Polly op haar All Stars en had ze haar vanaf het kantoor waar ze werkte als bedrijfsadviseur ingehaald. ‘Je mond beweegt. Ben je nu echt gek aan het worden? Want...’

‘Hè?’

‘Dat kan een strategie zijn. Wel eens gehoord van uitkeringen voor mensen met een verstandelijke beperking?’

‘Kerensa!’ riep Polly. ‘Dat kan echt niet. Nee, ik telde mijn zegeningen, als je het zo graag wilt weten. Ik was bij “ik hoef niet te scheiden”.’

Kerensa trok een gezicht waar de twijfel waarschijnlijk vanaf had gestraald als er niet zoveel botox in had gezeten. Gelukkig lichtte ze haar emoties altijd direct luidkeels toe.

‘Mijn hemel, echt? En verder? Dat je twee armen en twee benen hebt?’

'Ik dacht dat je me zou opvrolijken.'

Kerensa hield een tas van de slijter omhoog. Hij maakte een rinkelend geluid.

'Dat klopt. Maar ga door, hoever kwam je? Zonder inbegrip van dakloos, werkloos enzovoorts.'

Ze stonden voor de glimmend rode deur van Kerensa's perfecte herenhuis in Plymouth, die een koperen klopper had en werd geflankeerd door twee sinaasappelboompjes.

'Ik weet niet of ik wel mee naar binnen wil,' zei Polly, maar dat was een grapje. Kerensa ging confrontaties nooit uit de weg. Dat had Polly het afgelopen jaar ook wat vaker moeten doen, toen het bedrijf naar de knoppen ging en Chris steeds onbereikbaarder werd. Ze had Kerensa maar één keer om zakelijk advies gevraagd, jaren terug, op een kerstborrel. Kerensa had gezegd dat ze een groot risico namen en had haar gesmeekt nooit meer iets over hun bedrijf te vragen. Polly had zichzelf ervan overtuigd dat elke onderneming zo haar risico's had en het onderwerp was nooit meer ter sprake gekomen.

'Tja, je bent er nu toch en ik ga deze Pringles echt niet allemaal zelf opeten,' zei Kerensa vrolijk terwijl ze haar sleutels aan haar Tiffany's-sleutelhanger uit haar tas trok.

'Je eet nooit Pringles,' mopperde Polly. 'Je zet ze op tafel en dan zeg je: "O, ik heb zogenaamd een enorme lunch op, wil jij deze Pringles alsjeblieft opeten, anders bederven ze." Wat trouwens helemaal niet waar is.'

'Nou, als je blijft slapen kun je er net zo lang over doen als je wilt en hoef je ze niet als een soort uitgehongerde woelmuis naar binnen te proppen.'

Voordat Polly kon reageren stak Kerensa haar handen in de lucht.

'Eén nachtje maar.'

'Goed dan,' zei Polly.

Polly deed haar ogen dicht toen ze het vertelde, maar meneer Gardner en meneer Bassi hadden het echt gezegd: de bank legde beslag op het appartement. Haar moeder had gereageerd alsof ze haar bloedeigen kind had verkocht. Dat was precies de reden dat ze haar moeder alleen het hoogstnoodzakelijke toevertrouwde.

'Tja. Ik probeer het van de zonnige kant te bekijken.'

'De zonnige kant van dakloos zijn?'

'Houd je mond. Ik moet gewoon op zoek naar een nieuwe woning.'

Kerensa probeerde te fronsen en keek toen naar het kleine beetje Pringles-gruis dat Polly op haar designbank had gemorst.

'Voor jou alleen?'

Polly beet op haar lip. 'We gaan niet uit elkaar. Het is gewoon... Ik weet niet of het een goed idee is, samen in een piepklein huurflatje...'

Ze ademde diep in en nam een grote slok wijn.

'Hij gaat waarschijnlijk weer even terug naar zijn moeder. Gewoon tot we... tot we alles weer een beetje op de rit hebben, weet je wel? Dan kijken we wel verder.'

Polly deed net of dit een kalm, rationeel besluit was geweest in plaats van de uitkomst van chaotische ruzies en gemok.

'Ik bedoel, het zal ons goeddoen... verandering.'

Kerensa knikte meelevend.

'Tot het appartement is verkocht... Ik bedoel, ik heb niets. Als het uiteindelijk meer oplevert dan verwacht kunnen we er mogelijk onze schulden mee afbetalen, maar...'

'Maar daar reken je niet op?'

'Met mijn huidige geluk blijft er waarschijnlijk een minibeetje geld over,' zei Polly, 'wat nadat ik het heb opgehaald bij de bank in vlammen opgaat als ik weer naar buiten loop en door een bliksemschicht word getroffen. En dan krijg ik een piano op mijn hoofd en val ik in een rioolput.'

Kerensa gaf een klopje op haar hand.

'Hoe is Chris eronder?'

Polly haalde haar schouders op. 'Ongeveer hetzelfde. Ze waren heel aardig, de curators. Nou ja, gezien de situatie.'

'Wat een vreselijke baan.'

'Ze hébben in elk geval een baan,' antwoordde Polly. 'Dat vind ik momenteel al vrij indrukwekkend.'

'Ben je al op zoek?'

'Ja,' zei Polly. 'Ik ben overgekwalificeerd en veel te oud voor elke denkbare baan. En blijkbaar krijg je niet meer betaald voor startersfuncties. En ik heb een huisadres nodig.'

'Je weet dat je hier mag komen wonen,' zei Kerensa direct.

Polly keek naar het perfecte, smetteloze hoofdkwartier van haar alleenstaande vriendin. Kerensa had de mannen voor het uitkiezen – het resultaat van een belachelijk goed lichaam, dure kleding en een extreem arrogante houding – maar had zelfs nog nooit overwogen om een vaste relatie aan te gaan. Ze was een soort raskat, dacht Polly somber, terwijl zij, Polly, eerder een grote, vriendelijke, slonzige hond was. Een springerspaniël, misschien; ze had lang, rossig haar en fijne gelaatstrekken.

'Ik zou nog liever in een vuilnisbak slapen dan onze vriendschap op het spel zetten door opnieuw met je te gaan samenwonen.'

'We hadden het hartstikke gezellig!' zei Kerensa.

'Nietes!' antwoordde Polly. 'Je zat elk weekend op de boot van een andere hufterige schreeuwlelijk en je waste nooit af!'

'Nou, om te beginnen vroeg ik je elk weekend mee.'

'En ik weigerde omdat het hufterige gasten waren.'

Kerensa haalde haar schouders op.

'En ik waste nooit af omdat ik nooit iets at. Jij was degene die overal een spoor van bloem en gist achterliet.'

Polly was altijd blijven bakken. Volgens Kerensa waren koolhydraten puur vergif en ze geloofde oprecht dat ze allergisch was voor gluten. Het was een wonder dat ze zulke goede vriendinnen waren.

'Dan nog, geen denken aan,' zei Polly. Ze keek verdrietig. 'Maar hemel, ik denk niet dat ik bij een stel twintigers zou kunnen wonen en me net zo hip zou kunnen voordoen als zij.'

Ze was eerder dat jaar tweeëndertig geworden. Even vroeg ze zich af of een van de piepkleine voordelen van haar faillissement was dat ze nu geen huwelijks- en doopcadeaus meer hoefde te kopen voor werkelijk iedereen die ze kende.

Kerensa glimlachte. 'Tuurlijk wel. Dan kun je gezellig met ze stappen.'

'O god.'

'De hele nacht opblijven om te praten over de betekenis van het leven en wiet te roken.'

'Jezus.'

'Kamperen bij muziekfestivals.'

'Echt,' zei Polly. 'Ik ben al wanhopig en jij strooit nog wat zout in de wonde. Lekker hoor. Hmm. Doe nog maar een beetje.'

Kerensa gaf haar met een geroutineerd, vermoeid gebaar de bus Pringles aan.

'Nou, zoals ik al zei, kom dan een tijdje hier wonen.'

'Om voor onbepaalde tijd op je bank van een triljoen dollar in je eenkamerappartement te logeren?' vroeg Polly. 'Dank je wel, dat is lief van je, maar laat ik eerst eens kijken wat ik online kan vinden. Voor mij alleen. In mijn eentje wonen wordt vast... cool.'

Kerensa en Polly tuurden zwijgend naar de laptop. Polly scrolde door de lijst appartementen die binnen het door de bank vastgestelde budget vielen. Dat was niet erg bemoedigend. Sterker nog, de huurprijzen waren bizar. Het was vreselijk.

'Dat is een bezemkast,' zei Kerensa regelmatig. 'Die heeft geen ramen. Waarom hebben ze een muur met vlekken gefotografeerd? Hoe ziet de andere muur er dan uit? Die straat ken ik uit de tijd dat ik met die ambulancebroeder aan het daten was. Dat is de lokale probleemzone. Daar bewerken ze mensen met kapotte flessen.'

'Er is niets,' zei Polly in paniek. Ze had niet geweten dat hun hypotheekkosten zo laag en de huurprijzen zo hoog waren. 'Helemaal niets.'

'En een kamer in een luxe appartementencomplex?'

'Die zijn superduur, rekenen extra kosten voor satelliettelevisie en waarschijnlijk kom je bij een of andere rare snuiter te wonen die in zijn kamer aan krachttraining doet.'

Hoe verder Polly naar beneden scrolde, hoe bezorgder ze werd. Ze wist niet hoe laag haar standaard kon zakken, maar naarmate ze de lijst langer bekeek, raakte ze er steeds meer van overtuigd dat ze alleen moest wonen. Hoezeer ze de schijn ook probeerde op te houden voor Kerensa, Chris en haar moeder, deze vreselijke situatie zou niet zomaar weer weggaan. Het idee dat ze omringd door feestende jonkies zachtjes huilend in haar kamer zou zitten was op zijn best wanhopig en op zijn slechtst intens tragisch te noemen. Ze moest zich terugtrekken, haar zin in het leven hervinden. Ze was niet van plan om zich plotseling tien jaar jonger te kleden en over boybands te gaan praten. En ze wilde ook niet naar haar moeder, die van haar hield en alles voor haar overhad maar ongetwijfeld ook zou zuchten, bezorgde vragen zou stellen over Chris, over andermans kleinkinderen zou beginnen en... Nee. Hun band was prima, maar ze betwijfelde of hij hiertegen bestand zou zijn.

Goed. Waren er nog andere opties?

3

De volgende ochtend vertrok Kerensa iets na zessen naar een bootcamples in een nabijgelegen park, ook al was het maart en kletterde de regen tegen de ramen. Uiteraard had ze Polly meegevraagd, maar die had zich kreunend omgedraaid. Ze had een lichte kater en proefde de Pringles van gisteravond nog.

Zodra Kerensa weg was zette Polly koffie en ruimde ze de kleine, smetteloze ruimte zo goed mogelijk op. Dat lukte nauwelijks; door haar weekendtas was het er nog steeds een rommeltje en ze wist niet hoe Kerensa de kussens zo rechtop kreeg, want bij haar vielen ze telkens om. Ze pakte haar mok, morste koffie op het peperdure kleed en vloekte. Nee. Dit was niks.

Ze zette de laptop weer aan. De vacaturesite kon wel even wachten; een woning was belangrijker.

Langzaam scrolde ze opnieuw door de woningen die in Plymouth in haar prijsklasse te huur stonden. Die waren stuk voor stuk afgrijselijk of lagen in een buurt waar ze zonder auto niet veilig kon komen. Ze bekeek alle pagina's tot ze het einde van de lijst bereikte. Dat waren ze. Er was er niet één waar ze zelfs maar wilde gaan kijken, laat staan een waarin ze wilde wonen.

Veel van haar vrienden, niet alleen Kerensa, hadden haar hun extra kamer of bank aangeboden om in of op te bivakkeren, maar ook dat zag ze niet zitten. Ze zouden haar aldoor vragen of het wel ging en bezorgd mompelen. Trouwens, de meesten waren onderhand getrouwd en waren aanbeland in de babyfase. Waarschijnlijk zouden een aantal vriendinnen het best fijn vinden om haar in huis te hebben, dan kon ze hen mooi helpen om voor het kind te zorgen, maar ze vond het een ondraaglijk idee om als een soort ongetrouwde tante/onbetaalde hulp door het huis te moeten sluipen in een poging geen misbruik te maken van de gastvrijheid.

Als twintiger, heel lang geleden, dacht ze dat Chris en zij nu wel getrouwd en gesetteld zouden zijn; Chris zou goed verdienen, zij zou voor de baby zorgen... en moest je haar nu eens zien.

Ugh, zo moest ze niet denken. Ze kon zwelgen in zelfmedelijden of blijven vechten. In een opwelling breidde ze haar zoekgebied uit naar het hele land. Wauw. Als ze naar Wales kon verhuizen, had ze de woningen voor het uitkiezen. Mooie woningen, zelfs. Of als ze naar de Schotse Hooglanden kon. Of naar het platteland van Noord-Ierland. Of naar het Peak District. Ze wist niet precies waar dat lag, maar er waren in elk geval genoeg plekken waar ze zonder geld naartoe kon, plekken zonder contacten, zonder vrienden die Pringles voor haar kochten en zonder banen... Hm, misschien ook niet.

Ze verkleinde haar zoekgebied tot het zuidwesten, en toen zag ze het.

Aan die plaats had ze al jaren niet gedacht. Ze moest er met school zijn geweest, net als iedereen. Mount Polbearne. Het verbaasde haar dat er überhaupt nog iemand woonde.

Ze bestudeerde de thumbnail. Het plaatje was niet erg duidelijk, maar in tegenstelling tot de honderden andere die ze had bekeken was het een foto van de buitenkant in plaats van de binnenkant van het huis. Ze zag een puntdak met een raampje erin; de verf bladderde van het kozijn en de oude dakpannen waren beschadigd. 'Bijzondere ligging', stond er in het infokader, wat meestal 'buitengewoon onpraktische locatie' betekende. Toch nam ze een slok koude koffie en klikte op de tekst.

Goh, Mount Polbearne. Het was een getijdeneiland, wist ze nog. Ze waren er met de bus naartoe gegaan en het eiland was door middel van een geplaveide weg met het vasteland verbonden. Langs de weg stonden ontelbare borden die waarschuwden hoe gevaarlijk het was om als de vloed opkwam naar het eiland te rijden of er bij hoogtij naartoe te varen. Ze hadden opgewonden gilletjes geslaakt toen het water over de kinderkopjes was gestroomd en gedacht dat ze allemaal zouden verdrinken. Langs de weg stonden overblijfselen van oude bomen die ooit op het land hadden gestaan en boven op het eiland stonden een deel van een kasteelruïne en een souvenirwinkel waar Kerensa en zij enorme aardbeienlolly's hadden gekocht. Maar daar kon je toch niet wónen. De helft van de tijd kon je het eiland niet eens af. Werken op het vasteland was in elk geval uitgesloten.

Op de website stond een tweede foto. Het gebouw leek praktisch vervallen. Het dak was scheef en twee van de ramen die ze op de eerste foto had gezien waren vies en stonden open. Op de begane grond keek je in het donkere gat van een verlaten winkel. Het huis stond aan het randje van het eiland en dat eiste blijkbaar zijn tol. Polly vroeg zich af of toeristen nog wel interesse hadden in een ondergelopen weg. Die wilden tegenwoordig surfstranden, pretparken en dure visrestaurants. Cornwall was flink veranderd.

Toch viel haar iets op aan de woning: zij had twee kamers én een badkamertje. Het was geen studio, geen kamer in een gedeeld huis, maar een appartement. En zij viel binnen haar budget. De eerste kamer, de woonkamer, was zelfs redelijk groot: zes bij acht. De woonkamer in hun appartement in Plymouth was stukken kleiner geweest; dat was een smal kamertje geweest dat door middel van spiegels met een inbouwspotje erboven optisch groter moest lijken. Ze vroeg zich even af hoe hoog het appartement was, zo onder het dak. En als de begane grond verlaten was, woonde er dus – afgezien van de ratten – niemand anders in het pand. Hm. Toen viel haar blik op de laatste foto, die het uitzicht vanuit de ramen aan de voorzijde toonde.

Buiten was het... leeg. Een groot, uitgestrekt stuk niets, dat als je beter keek de zee bleek te zijn. De foto was genomen op een dag waarop de zee en de lucht dezelfde kleur grijs hadden en in elkaar overliepen. Het was een enorm, onbeschreven vlak. Polly staarde een tijd gefascineerd naar de foto. Het uitzicht gaf precies weer hoe ze zich voelde: uitgehold en leeg. Maar vreemd genoeg had het ook iets kalmerends. Alsof er niets mis was met al dat grijs; zo zag de wereld er nou eenmaal uit. Als ze uit het raam van hun luxe flat keek, zag ze een heleboel andere mensen, mensen zoals zij die in hun Audi of BMW stapten of een wokmaaltijd bereidden, alleen hadden die mensen geen mislukt bedrijf en leken zij nog steeds met elkaar te praten. Alleen al uit het raam kijken bezorgde haar stress. Maar dit... dit was een totaal ander uitzicht.

Toen ze Mount Polbearne opzocht op Google Earth, ontdekte ze tot haar verbazing dat er vanaf de kasteelruïne boven op de berg een paar straten met stenen huisjes naar de kust liepen. De kronkelende straatjes eindigden bij een kleine haven die haaks op de weg naar het eiland stond en waar een handjevol vissersboten lag. De yuppen hadden het eiland, in tegenstelling tot veel andere delen van Cornwall, duidelijk nog niet ontdekt; het lag in het niet-hippe deel van de regio en vanaf de snelweg moest je een heel stuk binnendoor, waardoor het aan hun aandacht was ontsnapt. Maar Plymouth lag slechts tachtig kilometer verderop, dus ze zou af en toe heen en weer kunnen...

Met licht trillende vingers klikte ze op 'Contact met de makelaar'.

4

'Volgens mij moet je gewoon met een rijke vent trouwen,' zei Kerensa, die een belachelijk jasje met gouden knopen droeg dat haar wonderlijk genoeg nog best elegant stond. 'En dat gaat in dit gat niet gebeuren, kan ik je vertellen.'

'Wederom bedankt voor je advies,' antwoordde Polly. Zij was in het zwart gekleed. Dat droeg ze eigenlijk nooit; het stond niet bij haar rossige haar en bleke huid en ze leek er kleiner door. Het was alsof ze zonder baan, wederhelft of rinkelende autosleutels niet meer wist hoe ze zich normaal gesproken gedroeg.

'Je moet in de buurt van een grote stad blijven,' zei Kerensa. 'Je wat stijlvoller kleden. Iemand aan de haak slaan.'

'Is dat ook jouw doel?'

'Alsjeblieft zeg,' zei Kerensa en ze rolde met haar ogen. Polly keek snel uit het raam voordat Kerensa liedjes van Beyoncé zou gaan zingen.

Het was een grijze, bewolkte zaterdag en dankzij de verwarrende aanwijzingen van het navigatiesysteem en de smalle, winderige weggetjes waar het hen overheen stuurde hadden ze Plymouth met horten en stoten verlaten. Uiteindelijk hadden ze besloten dat ze er vanzelf een keer zouden komen zolang ze de zee aan hun linkerhand hielden, en dat bleek te kloppen.

Voor de toegangsweg naar het eiland lag een parkeerplaats waar een tabel met de getijvoorspelling van vandaag hing. Die hadden ze geen van beiden bekeken voordat ze waren vertrokken. Ze slenterden over de parkeerplaats en keken naar het eiland in de verte. Kerensa was uiteindelijk degene die het zei.

'Het ziet er nogal... winderig uit.'

Dat was waar: Mount Polbearne maakte een verwaaide, krakkemikkige indruk. De golven waren verontrustend hoog en het leek onwaarschijnlijk dat de toegangsweg, zoals het bord beloofde, over twintig minuten begaanbaar zou zijn. Het eiland leek eeuwenoud, alsof ze naar iets keken wat door iedereen was vergeten, en de kasteelruïne torende hoog boven de nauwelijks zichtbare straten uit.

'Ik vind het er wel romantisch uitzien,' zei Polly hoopvol.

'Ik vraag me af of ze er nog scheepswrakken plunderen,' zei Kerensa. 'En of neven en nichten er nog met elkaar mogen trouwen.'

'Zo afgelegen ligt het nou ook weer niet,' antwoordde Polly.

Kerensa keek op haar horloge. 'Tja, dat is maar hoe je het bekijkt, toch? Wat als ik een vreselijk martini-ongeluk krijg en je door deze sloot niet naar me toe kan komen? Je hebt niet eens een auto! Kijk eens om je heen!'

De plek was verlaten en vanaf de parkeerplaats liepen alleen smalle landweggetjes.

'Ik zie geen buslijn, jij? Hoe ga je in Plymouth komen? Met paard-en-wagen?'

Polly's hart zonk haar in de schoenen. Maar de dag ervoor was ze op bevel van Kerensa dichter bij huis twee kamers gaan bekijken. Beide huizen waren ongelofelijk smerig geweest, werden bewoond door twintigers, hadden een gootsteen vol afwas en gelabelde koelkastplanken, roken naar ongewassen beddengoed en in de gemeenschappelijke gangen struikelde je over de oude fietsen. Ze had pas gehuild toen Kerensa naar bed was.

'Het zou maar tijdelijk zijn,' zei ze hoopvol. 'Tot het appartement is verkocht.'

'Je bedoelt het appartement dat precies lijkt op die vijftienduizend andere te dure appartementen aan het water die de afgelopen tien jaar in Plymouth zijn gebouwd?'

Polly fronste. Chris had zichzelf altijd beschouwd als een man met een neus voor goede investeringen; ze herinnerde zich zijn enthousiasme. 'Pol, het gebouw heeft een fitnesszaal in de kelder!' (Daar had hij één keer gesport.) 'Het heeft een vingerafdrukslot!' (Dat altijd kapot was.) Alle ontbrekende zaken – een tuin, een kamer voor eventuele kinderen – werden zorgvuldig verzwegen.

‘We gaan er alleen maar even kijken,’ zei ze.

Het water trok zich met een noodgang terug, alsof het een magisch pad onthulde. Ze reden heel voorzichtig naar het eiland en parkeerden op de parkeerplaats aan de andere kant, die vandaag op één enkele auto na volkomen leeg was. Het was nog te vroeg voor vakantiegangers, vermoedde Polly, en het was koud vandaag. Uit de grijze Opel Astra verscheen een te dikke jongeman die een extreem goedkoop pak en een knalrode stropdas droeg. Hoewel hij in een auto had gezeten, leek hij buiten adem.

‘Hé!’ riep hij op een verrassend komische toontje. ‘Zijn jullie onze stadsmeisjes?’

Kerensa snoof. ‘Bedoelt hij Plymouth?’ zei ze. Kerensa was geboren en getogen in Plymouth maar deed graag alsof ze zich meer thuis voelde in Londen, Parijs of New York.

‘Sst,’ antwoordde Polly.

‘Als ze hier Plymouth als een soort Las Vegas beschouwen, moet dit dorpje wel piepklein zijn,’ zei Kerensa. Ze stapte uit de auto en moest direct een van haar stilettohakken tussen twee kinderkopjes vandaan trekken.

De gezette man kwam dichterbij. Eigenlijk was hij nog maar een jongen. Polly vond hem opvallend jong. Dat impliceerde dat ze zelf níét jong meer was, maar dat was ze wel, hield ze zichzelf voor. Echt wel. Hij grijnsde van oor tot oor. In een ander tijdperk, dacht Polly, had hij nu een enorme zakdoek met vlekken tevoorschijn getoverd en zijn voorhoofd droog gewist.

‘Lance Hardington,’ zei hij terwijl hij woest haar hand schudde en haar indringend aankeek. Dat had hij duidelijk op een of andere training geleerd. Kerensa onderdrukte een lach. Hij leek totaal niet op een Lance.

‘Aangenaam, Lance,’ zei ze poeslief. Het gezicht van de jongen werd nog roder.

‘Niet doen,’ zei Polly zachtjes toen ze achter hem aan liepen. Voor iemand van zijn formaat had hij er flink de pas in.

‘Het is maar een geintje.’

‘Je maakt hem bang.’

'Dat is nou juist de lol.'

Lance draaide zich om en wiebelde met zijn wenkbrauwen om aan te geven dat ze moesten opschieten, tijd was tenslotte geld en zij hadden duidelijk te veel van het een en bijzonder weinig van het ander. Hij wierp met veel vertoon een blik op zijn iPhone, maar Polly nam de tijd om even rustig om zich heen te kijken. Ze vond het eigenlijk best prettig hier, ver bij het lawaai en verkeer van Plymouth vandaan. Ze stonden voor een pier die naast de toegangsweg lag, aan de rand van het dorp, dat langs de kromming van de baai aan hun linkerhand liep en uitzicht had op zee. Een eindje hoger keek het kasteel – eerder een ruïne, want de afbrokkelende muren zaten vol gaten en waren bedekt met mos – uit over het allegaartje verweerde huizen met afbladderende kozijnen en muren van oude zandsteen en leisteen uit Cornwall. Er waren maar weinig auto's; Polly deed de juiste aanname dat de lokale bevolking hun auto meestal op het vasteland liet staan en te voet naar het eiland ging.

De kronkelende smalle straatjes liepen helemaal tot aan de kleine haven aan hun linkerhand, waar de wind de masten van de vissersboten liet ratelen en rinkelen en de golven tegen de stenen van de oude havenmuur sloegen. Aan de kade bevonden zich een snackbar, een licht verfomfaaide souvenirwinkel en een oude herberg met een ouderwetse drinkbak voor paarden voor de deur en iets wat leek op een stal. Het gebouw zat potdicht. Aan het einde van de haven zag Polly een hoge, zwart-wit gestreepte vuurtoren waar de verf vanaf bladderde. Die maakte een verwaarloosde indruk.

'Dit eiland is echt in opkomst,' snoof Lance.

Kerensa keek wantrouwig om zich heen. 'Waarom heeft dat zo lang geduurd?' vroeg ze. 'De opkomst van alle andere plaatsen in de regio is allang afgelopen.'

'Het kan geen kwaad om vroeg een plekje te bemachtigen,' antwoordde Lance vlug.

'Maar het heeft hier de afgelopen vijf jaar zo'n beetje onophoudelijk geregend,' antwoordde Kerensa. 'Volgens mij is hier geen enkel plekje te vinden waar je geen natte voeten krijgt.'

'Het echte voordeel van Mount Polbearne,' zei Lance, die snel van tactiek veranderde, 'is de ongereptheid. Het is hier ongelofelijk vredig, er zijn geen files. Er is niets dan rust en stilte.'

Kerensa snoof. 'Woon je hier zelf ook?'

Lance vertrok geen spier. 'Nee, maar dat zou ik héérlijk vinden.'

'Niets dan rust en stilte,' mompelde Polly. Ze vroeg zich af of ze daar niet ontzettend aan toe was.

Toen Lance richting de boten liep, draafden ze gehoorzaam achter hem aan. De poeltjes tussen de stenen zaten vol felgekleurd kunstaas, stukken visnet en iets wat mogelijk ingewanden waren. Kerensa trok een gezicht.

'Kom bij mij wonen,' siste ze. 'Voor altijd. Ergens waar ze koffiebarretjes en een Zara hebben.'

'Ik heb mijn beeld van "voor altijd" onlangs nogal drastisch moeten bijstellen,' antwoordde Polly.

Lance bleef uiteindelijk staan voor het laatste huis in de armoedige rij. Hij zette een stap achteruit en zijn neppe lach werd nog nepper. De twee vrouwen keken naar het pand. Polly onderdrukte de neiging om zich om te draaien en weg te rennen.

'Dit moet een vergissing zijn,' zei Kerensa.

'Nee,' zei Lance. Hij leek opeens net een schuldig schooljongetje. 'Dit is het.'

'Dit gebouw hoort niet te worden verhuurd, dit hoort onbewoonbaar te worden verklaard.'

Het was in één klap duidelijk waarom het vloeroppervlak van dit appartement groter was dan die van de andere huurwoningen in dezelfde prijsklasse. Het gebouw was klein en smal en van vuilgrijze steen. De benedenverdieping had één groot gebogen raam waar meerdere barsten in zaten en dat onbeschrijflijk smerig was. Binnen kon je net de wazige vormen onderscheiden van grote machines die al jaren niet waren aangeraakt.

'Wat is er gebeurd?' vroeg Kerensa. 'Brand?'

'Nee hoor!' antwoordde Lance. 'Gewoon algehele...' Zijn stem stierf weg in een poging het woord 'verwaarlozing' te vermijden.

Haastig liep hij naar de zijkant van het gebouw, waar het dak een rare schuine hoek maakte. De houten deur die zich daar bevond was zo klein dat je alleen gebukt naar binnen kon. Hij haalde een grote koperen sleutel tevoorschijn en opende de deur. De scharnieren piepten schril.

'Zijn er al veel kijkers geweest?' vroeg Kerensa. Haar hakken klikten op de tegels. Lance negeerde haar.

Binnen was het pikkedonker en rook het een beetje muf. Lance gebruikte zijn iPhone als zaklamp tot hij een bungelend touwtje vond. Toen hij eraan trok kwam een ouderwets, zwak, stoffig gloeilampje gonzend tot leven en werd er een gammele houten trap zichtbaar.

'Ik neem aan dat dit pand aan alle veiligheids- en gezondheidsvoorschriften voldoet?' ging Kerensa verder, alsof ze door een chic strandhuis doolden. Lance mompelde iets onverstaanbaars en ging hen voor op de trap. Polly volgde hem, net iets te dicht op zijn weldoorvoede achterwerk. De moed zakte haar in de schoenen. Dit kon niet; dit was nauwelijks veilig.

Een tweede klungelig gevonden sleutel opende de deur boven aan de trap. Polly deed een schietgebedje – dit was de laatste kans op een triomfantelijk 'ta-da!'-moment – en stapte de kamer in.

Niemand zei iets.

Tja. Het was groot. Dat was in elk geval iets, hield Polly zichzelf voor. Ze stonden achter in een grote loft met een schuin dak waar her en der daglicht doorheen viel. De vloer bestond uit kale, geschuurde planken. Op het hoogste punt achterin waren de plafondbalken zichtbaar. Tegen de kale bakstenen muur stonden een tafel met twee verschillende, veel te kleine stoelen en een zwartgeblakerde houtkachel. Aan de andere kant bevond zich een gangetje naar links, klaarblijkelijk naar de slaapkamer en de badkamer, die zich bevonden in een bakstenen uitbouw aan de achterzijde. Eén wand van de woonkamer werd ingenomen door een supersimpele, stokoude keuken met formica kastjes en een heel vreemd object: een enorme ijzeren oven. Lance zag Polly naar de oven kijken.

'Die kregen ze niet verplaatst,' zei hij. 'Geen flauw idee hoe ze dat kloteding boven hebben gekregen. Ik bedoel, eh, een charmant authentiek detail.'

Aan de voorzijde, waar het dak schuin afliep naar de ramen, stond een smerige, sjofele leren bank vol barsten. Polly liep er voorzichtig naartoe; elke vloerplank kraakte.

'Dit huis verdwijnt langzaam in zee,' zei Kerensa. 'Zitten hier veel ratten?'

'Nee,' zei Lance terneergeslagen. Het makelaarskantoor had duidelijk een hele kluif aan dit appartement. Precies op dat moment klonk er een keiharde gil. De drie maakten een sprongetje van schrik. Polly keek met een ruk omhoog. Door het gat dat een ontbrekende dakpan had achtergelaten zag ze een enorme meeuw krijsen. Het geluid was oorverdovend.

'Alleen ratten met vleugels, dus,' zei Kerensa.

Polly hoorde niet wat Kerensa zei en liep naar de ramen. Toen ze neerhurkte, zag ze dat de verf van de kozijnen bladderde en dat de ramen van enkel glas vol barsten zaten. Ze zou hier doodvriezen. Het was binnen kouder dan buiten.

Ze keek door het vieze glas, dat was bedekt met een laagje zout. Ze zat hoger dan de masten van de boten en de havenmuur met zijn dobberende boeien en rij tetterende meeuwen, waardoor ze de zee kon zien. De zon was door de laaghangende bewolking gebroken en weerkaatste op de schuimkop van een witte golf in de verte, die glinsterde en danste in het licht. Om haar lippen verscheen een glimlachje.

'Polly! Pólly!'

Polly draaide zich om en besefte dat ze Kerensa niet had gehoord.

'Kom, we gaan naar huis. Laten we onderweg stoppen voor een lekker glas witte wijn, al wemelt het in Polbearne vast niet van de chique barretjes en restaurants. Laten we beginnen bij de snackbar.'

Lance' bolle wangen zakten langzaam naar beneden.

'Waarom laat de eigenaar het niet opknappen?' vroeg Kerensa.

'Zo gaat niemand het ooit huren.'

'Dat heb ik haar verteld,' antwoordde Lance somber. 'We kregen het ook al niet verkocht. Dit huis is een en al ellende.'

'Perfect, het huis van een gestoorde gek dat lijkt op een gatenkaas en een kelder vol ratten heeft,' zei Kerensa. 'Hártelijk dank voor je tijd. Polly, kom mee.'

Polly wierp een laatste, ietwat weemoedige blik op de zee.

'Weet je,' zei ze. 'Je hebt het niet altijd voor het uitkiezen.'

'Grapje zeker,' zei Kerensa. 'Als je hier doodgaat, sleept je familie me voor de rechter.'

'Ik zal vragen of ze je met rust willen laten,' antwoordde Polly. Ze draaide zich om zodat ze oog in oog met haar vriendin kwam te staan.

Kerensa keek haar onderzoekend aan. Polly mocht dan wel een zachtgekookt ei lijken, ze wist dat er een vastberaden trekje in haar vriendin school. Door dat trekje was ze blijven vechten voor haar bedrijf en haar relatie, zelfs toen het voor de rest van de wereld allang duidelijk was dat er niets meer te redden viel.

'Ik moet toch ergens wonen.'

'Polly. Lieverd. Dit is een gat aan het einde van de wereld.'

'Misschien,' zei Polly, 'is dat precies waar ik nu wil zijn.'

'Geweldig,' zei Lance. Hij kreeg opnieuw een kleur en zei snel: 'Ik bedoel, vervelend dat je... eh, nou ja, ik denk dat...'

Polly verloste hem uit zijn lijden. 'Ik wil heel snel van mijn contract af kunnen,' zei ze.

Lance stak zijn handen in de lucht, alsof dat kon worden geregeld.

'En het dak...'

'Ja?'

'Daar mag geen daglicht meer doorheen komen. Dat lijkt me een redelijke eis.'

'Uhu.'

'En wat als...' zei ze voorzichtig. 'Wat dacht je van...' En ze noemde de helft van de huurprijs die op internet had gestaan.

Lance keek als een vijfjarig jongetje dat heel nodig moest

plassen. 'Tja, dat lijkt me niet... Ik bedoel, dat moet ik overleggen met het hoofdkantoor... Ik bedoel, onderhandelen over...'

Kerensa keek Polly woedend aan. 'Meen je dit?'

Polly vertelde over haar ontmoedigende zoektocht die naar de minder hygiënische gedeelde appartementen van Plymouth had geleid. 'Dit is mijn enige optie.'

'Dit is geen optie! Dit is een ramp!'

'Ik ga het huren, het is niet alsof ik al mijn spaargeld erin stop. Het is maar tijdelijk... en het is al bijna zomer.'

'Het is al bijna zomer,' herhaalde Lance.

'Volgens mij slaat de zomer Groot-Brittannië dit jaar een keertje over,' zei Kerensa. 'Dit huis is levensgevaarlijk.'

Polly perste haar lippen op elkaar. Dat had Kerensa haar vaker zien doen; dat betekende dat je haar niet meer op andere gedachten kon brengen.

'Laten we ergens gaan lunchen om erover te praten,' zei Kerensa wanhopig.

Terwijl de drie daar stonden, viel er een flinke kledder meeuwenpoep door het gat in het dak. Kerensa trok haar neus op.

'Waar kunnen we even lekker lunchen?'

Lance trok zenuwachtig aan zijn kraag.

'Eh... in Plymouth?'

5

Pas na vijfendertig minuten had het water zich dusdanig ver teruggetrokken dat ze weer naar het vasteland konden rijden. Polly neuriede onophoudelijk om maar niet op Kerensa te hoeven letten, die nog vijfennegentig redenen had bedacht waarom Polly onmogelijk in Polbearne kon gaan wonen. Gek genoeg maakte dat haar alleen maar vastberadener.

'Kappen nou!' zei Kerensa fronsend nadat ze Polly op het grote gebrek aan taxi's op het eiland had gewezen.

'Waarmee?'

'Met je besluit om hier te gaan wonen! Het is gestoord.'

'Ik besluit helemaal niets.'

'Echt wel. Je mondhoeken trillen. Je kijkt voor het eerst in een jaar gelukkig, ook al is dit een afschúwelijke fout.'

Polly dacht terug aan alles wat er was gebeurd en glimlachte.

'Dit keer is het in elk geval míjn afschuwelijke fout,' zei ze.

Op de dag dat Polly verhuisde moesten Kerensa en al haar andere vrienden werken. Ze wist dat ze haar zouden hebben geholpen, maar ze voelde zich een beetje opstandig en vond het eigenlijk wel prima zo.

Ze had geen zin in de vernedering, in het gevoel dat ze gedwongen afstand deed van haar leven: van haar centrale verwarming en haar flatscreentelevisie, haar aflossingsvrije hypotheek, haar succesvolle klim op de carrièreladder, haar knappe, gespierde vriend, etc. etc., blablabla. Ze had het gevoel dat er MISLUKKING op haar voorhoofd stond en dat alle dozen die naar de opslag gingen een sticker met AL MIJN DROMEN EN VERLANGENS, INGEPAKT EN OPGEBORGEN hoorden te krijgen en ze had geen zin om het daar eens uitgebreid over te hebben in een verhuisbusje.

Ze bracht het merendeel van haar spullen naar de opslag: haar mooie kleding (zou vochtig worden), boeken (zouden kromtrekken, geen plek voor), sieraden (konden door spleten in de vloer vallen) en foto's en memorabilia (door vrolijke dingen voelde ze zich ellendig). Wat ze wél meenam waren haar meest waterbestendige kledingstukken, een bed en hun peperdure designerbank van heel lichtgrijze stof, ook al herinnerde die haar aan haar afschuwelijke hoogmoed. De bank zou in haar nieuwe huis vast verpest raken, maar ze had hem zelf uitgekozen – nou ja, ze hadden hem samen uitgekozen, maar eigenlijk was het haar beslissing geweest – en ze was dol op het comfort en de luxe van het meubelstuk. Ze peinsde er niet over om op die sjofele, klamme bruine bank te gaan zitten. Hoe ze die oude bank beneden en de nieuwe boven ging krijgen wist ze nog niet, maar daar zou ze ter plekke wel iets op bedenken.

Chris was langsgekomen toen ze aan het inpakken was, net als die vriendelijke meneer Bassi, die zeker wilde weten dat ze niets meenam wat hij zou kunnen verkopen maar een oogje had dichtgeknepen voor de bank.

'Het helpt vast als dit allemaal weg is,' zei Chris. 'Dat minimalistische stijltje is vast goed voor de verkoop. En ik vind het een fijn idee dat jij de bank meeneemt, al horen we hem natuurlijk eigenlijk te delen.'

Polly was gewoon doorgegaan met het inpakken van de twee laatste, meest waardevolle voorwerpen; het koffiezetapparaat en de keukenmachine die ze gebruikte voor haar brooddeeg. Ze was dol op bakken en was dat het afgelopen jaar, toen Chris in het weekend het huis ontvluchtte, steeds vaker gaan doen. Als hij eenmaal thuis was klaagde hij over de koolhydraten, dus uiteindelijk at ze haar experimenten grotendeels zelf op. Maar goed, die spullen waren van haar en gelukkig vond die vriendelijke meneer Bassi het goed dat ze ze meenam. Ze had er geen problemen mee om die enorme ingelijste Muhammad Ali-posters achter te laten. Dat gold ook voor het dure *surround sound*-systeem waaraan ze van Chris had moeten meebetalen maar dat veel te duur en krachtig voor het appartement was geweest en waarover hij extreem lange, saaie voordrachten had gehouden tegen mensen die voor het eerst bij hen thuis kwamen.

'Moet ik je helpen met het inladen van de bus?'

Ze knikte, te verdrietig en moe om sarcastisch te reageren.

Zwijgend tilden ze de bank naar de lift. Ze dachten allebei terug aan het moment waarop de mannen van de bezorgdienst hem een paar jaar eerder hadden gebracht. Chris had haar enthousiasme belachelijk gemaakt, het was tenslotte maar een stomme bank, en de mannen gevraagd of zij zo'n saaie kleur zouden hebben uitgezocht. Een van hen zei van niet en vertelde dat hij thuis een witleren bank had staan, waarop Chris had geantwoord dat dát nou nog eens cool was.

Toen de bank veilig in het door Polly gehuurde busje stond keken ze elkaar aan maar wist geen van beiden iets te zeggen. Polly's voornemen om zo vrolijk en opgewekt mogelijk te blijven was plotseling verdwenen. Ze vertrok tegen het advies van iedereen in moederziel alleen naar een volkomen onbekende bestemming en liet het enige leven dat ze de afgelopen zeven jaar had gekend achter. Het enorme gewicht van haar beslissing drukte zwaar op haar schouders.

'Bedankt,' zei ze. Ze zocht naar iets minder onbenullige, iets minder nutteloze woorden voor alles wat ze samen hadden meegemaakt.

'Pol...' zei Chris.

'Uhu?'

'Het... Nou ja, je weet wel.'

'Nee, dat weet ik niet,' zei ze. Haar hart bonkte in haar keel. Ze had geen idee hoe verdrietig hij was om wat er met hen en hun dromen was gebeurd. Daar had hij nooit iets over gezegd. Hij had zich zo ver teruggetrokken dat ze zich zorgen om hem maakte.

De kleine blauwe ogen die ze ooit zo aantrekkelijk had gevonden keken haar aan. Ze verbood zichzelf te huilen.

'Nou, gewoon,' mompelde hij.

Polly boog zich naar voren. 'Wat gewoon, schat?'

'O, Pol, laat me dit nou niet...'

'Waarschijnlijk lucht het op.'

Ze hield koppig vol. Er viel een lange stilte. Toen zei hij uiteindelijk: 'Het spijt me. Van alles. Ik weet dat het niet jouw schuld was.'

'Dank je,' zei ze. 'Het spijt mij ook. Het spijt me dat het ons niet is gelukt. Volgens mij hebben we er allebei alles aan gedaan.'

'Ja,' zei Chris, die haar eindelijk aankeek. 'Volgens mij ook.'

En toen hadden ze elkaar vreemd genoeg de hand geschud.

Toen ze de drukke straten van Plymouth achter zich liet en via de heuvels naar de uitgestrekte snelweg reed, scheen de zon in het achteruitkijkraampje en probeerde Polly het gevoel te krijgen alsof ze naar de toekomst reed.

'Het komt wel goed met ons, bank,' zei ze en ze keek even naar achteren.

'Jezus,' constateerde ze. 'Ik ben een vrouw die tegen banken praat.'

Uiteindelijk kwam ze pas na de lunch aan op het eiland. Dit keer moest ze een uur wachten tot de toegangsweg begaanbaar was. Ze moest echt op de getijdentabel gaan letten; dit was bijzonder onhandig.

Tijdens het wachten at ze een sandwich die ze onderweg bij een benzinestation had gekocht. Die was niet te eten. Polly nam haar brood erg serieus en dit smaakte nergens naar. Kauwend keek ze door het autoraampje naar Mount Polbearne. Hier en daar zag ze knusse lichtjes die werden weerspiegeld in het water. Vanaf hier kon je niet zien dat het eiland enigszins vervallen was.

Uiteindelijk viel de toegangsweg helemaal droog. Polly reed heel voorzichtig en aarzelend naar de overkant, ervan overtuigd dat één vergissing tot een zeemansgraf zou leiden. Bij de parkeerplaats sloeg ze links af en ze reed door tot aan haar gloednieuwe voordeur – of beter gezegd, zijdeur. Voordeel van verhuizen naar een piepklein verlaten gehucht was dat je overal kon parkeren: er waren geen parkeermeters en de weg had niet eens belijning. Ze zocht naar de grote sleutels die Lance haar had gegeven toen ze haar contract had getekend (uiteindelijk voor zo'n vijf pence meer dan de korting die ze had gevraagd; ze moest tenslotte íéts van zijn trots intact laten), en klom uit de bus. Die had ze voor een aantal dagen gehuurd – dat gaf haar genoeg tijd iemand te vinden die het bed voor haar naar boven wilde sjouwen – maar om te beginnen zou ze alleen het hoogstnoodzakelijke mee naar boven nemen. Aangezien haar koffiezetapparaat hier ook onder viel, was dat nog een hele opgave.

Terwijl ze naar de zijdeur liep, keek ze naar de winkel op de begane grond. Die vond ze een beetje griezelig. God mocht weten wat voor kwaadaardige wezens zich daar verscholen... Ze vermande zich. Toen ze in een van de vormen een oven herkende, besefte ze dat het gewoon een bakkerij was. Waarschijnlijk was de winkel ten onder gegaan toen Mount Polbearne in de hiërarchie van schitterende kustplaatsjes in het zuidwesten van Engeland waar mensen met een saucijzenbroodje in de hand wilden rondwandelen ongeveer op de vijfduizendste plaats bleek te staan. Mensen waren trouwens zo bang dat de toegangsweg onder water zou lopen dat ze nooit lang bleven.

Ondanks Kerensa's bemoedigende aanwezigheid had Polly het eiland de vorige keer al vrij troosteloos gevonden. Maar nu er op deze koude, natte lentedag geen ziel te bekennen was, voelde het winderige eiland compleet verlaten. De zee, waarvan Polly had gehoopt dat hij een ontspannende, geruststellende uitwerking op haar zou hebben, was grijs, onstuimig en woest en gaf haar eigenlijk alleen maar een kil gevoel. Met een zucht zette ze haar tassen (en het koffiezetapparaat) op het stoepje voor de verbleekte houten deur, die duidelijk ooit groen was geweest, en haalde de zware sleutel tevoorschijn. De deur zwaaide krakend open en sloeg door de harde wind direct weer dicht. Haar stapel boeken klapperde onheilspellend. Ze schoof de koffiemachine tegen de deur om hem open te houden en liep terug naar de bus om haar koffer en een paar van de zwarte vuilniszakken te halen. Tweeëndertig leek haar een beetje oud om nog steeds met zwarte vuilniszakken te slepen. Waarschijnlijk had ze onderhand een reiskofferset moeten hebben. Niet van Louis Vuitton of zo, maar... Nou ja. Iets beters dan een trolley die leek te zijn ontworpen om in het gangpad van een vliegtuig tegen andermans enkels te beuken. En ze had een sporttas van Chris. Dat was nou niet bepaald indrukwekkend.

De rest van haar spullen bestond uit dozen met prullaria, veel meer dan ze had gehoopt. Toen ze de dozen uit de bus tilde, hoorde ze een ratelend geluid. Ze keek achterom, struikelde bijna over een doos en zag dat de stapel boeken die ze bij de deur had neergezet was gegrepen door een windvlaag en nu door de krachtige wind de lucht in werd geblazen.

'Aaah!' schreeuwde Polly. Ze had het overgrote deel van haar boeken naar de opslag gebracht, maar een paar heel bijzondere had ze willen houden. Als ze in de put zat, zocht ze troost en wilde ze troostrijke boeken lezen en haar huidige situatie vroeg om een leesmarathon. Daarom had ze haar kinderboeken meegebracht, de stoffige jarentachtigedities die ze zo vaak had gelezen dat de omslagen loszaten. In elk boek had ze zorgvuldig haar naam en adres genoteerd: Polly Waterford, elf jaar, Elder Avenue 78, Plymouth, Engeland, Europa, de wereld, het zonnestelsel, de Melkweg, het universum.

Daar ging *Anne van het Groene Huis*. En *Katy Carr op de kostschool. Belevenissen van een veearts* buitelde vrolijk over de kinderkopjes, samen met *De duistere vloed* en *Vadertje Langbeen* en *De twaalf dapperen*...

'Neeee!' riep Polly terwijl ze haar doos liet vallen en achter de boeken aan stormde. Ze zou het afschuwelijk vinden als ze die zou kwijtraken.

De boeken dansten haast spottend door de grijze lucht en vlogen recht op de havenmuur af. Polly maakte een wanhopige sprong en greep *Onder moeders vleugels*, maar *Alice in Wonderland* tolde vrolijk over de muur de grijze leegte in.

'O,' zei Polly compleet verslagen. 'O.'

De andere boeken vielen gelukkig weer op de grond voor ze de zee konden bereiken. Ze raapte ze vlug bij elkaar, drukte ze stevig tegen zich aan en zonk toen zonder zich iets van de kou aan te trekken neer op de stenen. Dit was voor haar gevoel de laatste druppel die een verdorie al overvolle emmer deed overstromen en ze begon te huilen.

Dat boek had ze van haar vader gekregen. Hij was er zelf als kind dol op geweest en toen hij het haar had voorgelezen, had hij de stukken die ze niet snapte aan haar uitgelegd. Het was een goedkoop, oud boek dat makkelijk te vervangen was, maar het was helemaal niet makkelijk te vervangen, want dit exemplaar was van hém geweest. Polly was twintig geweest toen hij overleed aan een hartaanval. Daar was ze woedend van geworden; woedend op hem en woedend op de wereld, die haar veelal behandelde als een volwassene, als iemand die veel minder steun nodig had dan een kind.

Polly voelde snot uit haar neus lopen en was zo overstuur dat ze hem onverschillig schoonveegde aan haar jack. Er was in de verste verte niemand te bekennen, in een omtrek van minstens zestig kilometer kon het niemand iets schelen wat ze deed, dus het boeide haar niet wie haar zou zien of hoe ze eruitzag. Ze was alleen, ze voelde zich ellendig, ze had het koud, ze was een beetje nat en ze was haar vaders boek kwijt. En wie zou haar boven de wind uit kunnen horen?

Uiteindelijk werd haar gejammer onderbroken door een zacht geluid dat nauwelijks boven de golven en de storm uit kwam. Het leek wel een soort kuch. Ze hield op met huilen, slikte onsmakelijk en luisterde. Opnieuw hoorde ze een kuch.

Polly schoot overeind en keek om zich heen. Tot haar afschuw stonden er vijf mannen achter haar. Ze droegen elk een zuidwester en een felgeel waadpak.

'Eh, pardon,' zei de eerste met een moddervet Cornwalls accent. De mannen schuifelden gegeneerd heen en weer. Polly sprong op.

'Ja?' vroeg ze, alsof ze haar niet haar ogen uit haar kop hadden zien janken alsof ze een peuter was.

'Eh, is deze van jou?'

De eerste man, die een bruine baard, rode wangen en kraaienpootjes rond zijn blauwe ogen had, hield haar *Alice in Wonderland* omhoog. Hij keek naar haar armen, die de andere boeken nog altijd stevig vasthielden.

Polly knikte een keer kort en snel. 'Ja... ja, dank u wel.'

Hij deed een stap naar voren om haar het boek te geven. Polly stak een arm uit, besefte dat er een grote snotvlek op haar mouw zat en liet van schaamte de rest van de boeken vallen.

Iedereen bukte om ze te verzamelen.

'Jij houdt zeker van lezen?' zei de man.

'Eh... soort van,' wist Polly eruit te krijgen. Haar wangen werden knalrood. 'Waar...'

'Landde op onze boot, toch, jongens?' zei de man. Polly draaide haar hoofd en keek naar de rij rammelende vissersboten in de haven. De boten waren felgroen en knalrood. Op de boegen lagen hoge stapels netten en ze zagen er schoon en simpel, maar functioneel uit. De dichtstbijzijnde heette *de Trochilus*.

'We dachten dat ze uit de hemel kwamen, toch, jongens? Een nieuw ideetje van de bibliotheek, of zo.'

De andere mannen grinnikten en schuifelden wat heen en weer.

'Het is...' Polly probeerde zichzelf te kalmeren en niet al te raar en huilerig te klinken. Bijna al haar andere boeken lagen nu op een stapel. 'Het is een heel goed boek.'

'Ik lees voornamelijk... Nou ja, ik houd van boeken over oorlog.'

'Een bepaalde oorlog? Of over oorlog in het algemeen?' vroeg Polly met oprechte interesse. De man was uitzonderlijk lang, maar had een vriendelijk gezicht.

'Tja, ik denk... Dat maakt me eigenlijk niet zoveel uit.'

'Leen het maar,' zei Polly plotseling. Het boek, dat een paar seconden geleden nog van onschatbare waarde leek, was door zijn wonderlijke wederopstanding opeens veranderd in iets wat je hoorde te delen. 'Kijk maar of je het wat vindt. Er zit geen oorlog in. Maar er wordt wel in geschaakt,' voegde ze daar twijfelend aan toe.

De man keek naar het boek.

'Oké, goed dan,' zei hij. 'Die nachten zijn soms best lang.' Hij knikte naar de boot.

'Ik wist niet dat vissersboten 's nachts de zee op gingen,' zei Polly. De andere mannen, die nog steeds om hen heen hingen en meeluisterden, lachten.

'Ik zal je een geheimpje vertellen,' zei de eerste man met een uitgestreken gezicht. 'We vangen de vissen het liefst als ze slapen.'

'Echt?' vroeg Polly, die heel even vergat dat ze zich ellendig voelde.

De man glimlachte. 'Wandel je altijd al boeken gooiend door ons dorp?' vroeg hij.

'O... nee,' antwoordde Polly. 'Nee. Ik ben hier net komen wonen.'

'Waarom zou je híér gaan wonen?' vroeg de jongste van de mannen, die knalroze wangen had, maar de lange man – dat was vast de kapitein – snoerde hem de mond.

'Nou, welkom op Mount Polbearne,' zei hij. Hij volgde haar blik naar de bus en de stapel dozen. 'Je gaat toch zeker niet... Ga je in het oude huis van mevrouw Manse wonen?'

'Eh, het huis op de hoek?'

'Ja, dat.' De kapitein keek naar het huis.

'Daar spookt het,' zei de jonge knul met de roze wangen.

'Sst,' zei de kapitein. 'Doe niet zo idioot.'

'Ik geloof niet in dat soort dingen,' zei Polly stijfjes.

'Gelukkig maar,' zei de kapitein. 'Voor jou dan. Als je doet alsof je niet in geesten gelooft, komen ze ook niet bij je spoken. Hoi. Ik ben Tarnie.'

'Polly,' zei Polly, die met een woest gebaar haar gezicht droogwreef.

'Nou, bedankt voor het boek,' zei Tarnie. Hij keek naar het busje aan de andere kant van de weg. De klep stond open, waardoor de bank te zien was. 'Kunnen we je als dank ergens mee helpen?'

'Nee, nee, ik heb geen hulp nodig,' antwoordde Polly.

'Ga je die bank in je eentje naar boven tillen?'

'O, dat,' zei Polly. 'Tja. Ik had nog niet precies... Ik weet nog niet...'

'Aan de slag, mannen,' zei Tarnie.

De mannen tilden het ding vastberaden uit de bus en wisten zowel de bank als het bed met wat gevloek en gehannes naar boven te krijgen.

Tarnie bekeek het appartement en floot zachtjes. 'Ga je híér wonen?' vroeg hij.

Het appartement zag er zo mogelijk nog erger uit dan eerst. Er lag overal stof, de dakspanten kraakten en hier en daar trilde een dakpan.

'Het is maar tijdelijk,' zei Polly snel. Ze had geen zin om haar hele leven uit te leggen.

'Dat mag ik hopen,' zei een van de mannen, die Tarnie voorstelde als Jayden, en opnieuw moest iedereen lachen.

Polly keek om zich heen. 'Ik... ik denk.... Nou ja, als ik het een beetje opknap...'

'En een bulldozer laat komen.'

'Zo is het wel weer genoeg, Jayden,' zei Tarnie. De jongen hield direct zijn mond.

Polly keek om zich heen. 'Ik had jullie graag een kop thee aangeboden...'

De mannen keken haar hoopvol aan.

'Maar ik weet niet eens of ik wel water heb.'

'En jullie moeten nog een heleboel bilges schrobben,' zei Tarnie.

De mannen kreunden in koor.

'Eh, mag ik even naar de wc?' vroeg een van hen.

'Natuurlijk,' antwoordde Polly.

'Nee, daar gaan we niet aan beginnen,' zei Tarnie. Polly keek hem verward aan. 'Zodra er eentje gaat, willen ze allemaal,' legde hij uit.

'Ik vind het prima, hoor,' zei Polly.

'Wij hebben namelijk geen wc, snap je.'

Polly knipperde met haar ogen. Tarnie leek zich een beetje te schamen.

'Goed, tot de volgende keer dan maar,' zei hij en hij hield het boek omhoog.

'Bedankt,' zei Polly. 'Ontzettend bedankt... voor het terugbrengen van het boek en jullie hulp en...'

'Graag gedaan,' zei Tarnie. Hij werd een beetje rood. 'Ik kan een dame niet zomaar in nood laten zitten.'

Een van de jonge vissers riep 'woehoe' en de kapitein draaide zich met woeste blik om.

'Oké, luie donder. Eruit!'

Toen de mannen waren vertrokken, sjouwde Polly de laatste zakken omhoog. Ze haalde haar lakens tevoorschijn, legde ze over de bank en bestudeerde toen de grote doos met industriële schoonmaakproducten die Kerensa haar als afscheidscadeautje had gegeven.

'Als je hier veertig minuten mee aan de slag bent geweest,' had ze overdreven precies gezegd, 'zal je weer bij zinnen komen. Dan zul je inzien hoe verschrikkelijk je leven is en als de wiedeweerga weer naar huis komen.'

Polly grijnsde en keek of ze water had: godzijdank was dat zo en begon de boiler geruststellend te gonzen toen ze de warme kraan openzette. Opeens besefte ze dat ze na haar lange autorit en haar huilbui compleet uitgehongerd was. Ze moest eerst iets eten, daarna zou ze zich op de fles bleek storten. Dat was weer eens wat anders dan een fles wijn, dacht ze. Al werd ze er een stuk minder vrolijk van.

Het weer was niet bepaald opgeklaard, dus ze trok haar dikste jas aan en zette een hoed op. Ze hunkerde naar een kop koffie, al had de hulp van de vissers haar verkilde binnenste iets weten te ontdooien.

Ze volgde de geplaveide straat omhoog en kwam na een bocht uit in wat de hoofdstraat moest zijn. In de straat zat een tijdschriftenwinkeltje dat ook stoffige, verwaarloosd ogende schepnetten, emmertjes en schepjes verkocht, een kroeg met een biertuin en een visnet aan de gevel, een slager, een groenteboer en een ijzerwarenwinkel. Bij de haven stond een busje dat volgens het reclamebord ernaast verse vis verkocht maar dat momenteel was gesloten en er was een supermarktje dat werkelijk alles leek te verkopen. Daar haalde ze melk voor haar koffie en soep voor later. Naast de supermarkt zat een bakkerijtje met in de etalage een stel ondefinieerbare, rubberachtige taarten en een stoffige trouwtaart die best wel eens nep kon zijn.

Aangemoedigd door de eerste dorpelingen die Polly had ontmoet, besloot ze naar binnen te gaan. Hier zou ze tenslotte haar brood gaan kopen...

Als het om brood ging, was Polly nogal kieskeurig. Ze was dol op brood. Dat was ze altijd al geweest, zowel toen het hip was als toen het uit de mode was, als kind en als volwassene. Als ze uit eten ging, keek ze vooral uit naar het brood. Ze was dol op geroosterd brood, op ongeroosterd brood, op bagels, tosti's, peperkoek en Italiaans vlechtbrood. Ze was dol op ambachtelijk zuurdesembrood dat zes pond per piepklein broodje kostte en op gesneden wit dat zich vormde naar het spek waarmee ze het belegde en alle vleessappen opzoog.

Als student was ze begonnen met het bakken van haar eigen brood, een hobby die nadat Chris en zij het appartement hadden gekocht steeds serieuzere vormen had aangenomen. Ze stond hele zaterdagen deeg te kneden en te wachten tot het was gerezen. Op een dag, ongeveer een jaar geleden, had Chris besloten dat brood ongezond voor hem was; hij was allergisch voor gluten. Gezien het feit dat hij die vierendertig jaar zonder problemen had gegeten leek Polly dit onwaarschijnlijk, maar ze had er niets over gezegd en was gestopt met bakken.

Maar wat zou ze nu nemen? Een lekkere lokale... Wat was hier eigenlijk de lokale lekkernij? Misschien een kaasscone?

'Hallo,' zei ze vrolijk. Ze had zich altijd al sterk verwant aan bakkers gevoeld. Hun discipline op de vroege ochtend, warm, sterk ruikend gist, het voeden van hongerige monden. Ze had het altijd al een nobel beroep gevonden. Toen ze ooit in Frankrijk op vakantie waren, was Chris bijna gillend gek geworden van alle *boulangeries* die ze had willen bezoeken alsof het de wijngaarden waren waar hij langs had gewild. Ze had alle verschillende granen en lokale specialiteiten willen proeven.

Achter de toonbank stond een vrouw die sterke overeenkomsten vertoonde met de producten die ze verkocht. Als Polly zich niet zo'n uitheemse vreemdeling had gevoeld, had ze het misschien wel grappig gevonden. De vrouw leek precies op een wit bolletje. Haar schort was bedekt met bloem en ze was volkomen rond. Ook haar gezicht was een perfecte cirkel: haar haarnetje zat verborgen achter een stel huidplooien en haar deegachtige wangen hingen slap naar beneden. Haar heel lange, grijs doorschoten haar zat eveneens in een soort bolletje achter op haar hoofd. Ze leek op een enorme brioche. Polly mocht haar meteen.

'Zeg het maar,' zei de vrouw kortaf. Ze keek intens verveeld en wierp een blik op haar horloge.

'Ooo, een momentje hoor,' zei Polly. 'Ik ben nieuw hier. Wat heeft u allemaal?'

De vrouw rolde met haar ogen en knikte zwijgend naar de muur, waar een slordig geschreven lijst vol spelfouten hing: brood, gesneden brood, pasteitjes, tosti kaas, tosti ham-kaas, tosti ham-kaas-ananas – exotisch, dacht Polly – petitfours, vruchtenbollen, *Welsh cakes* en scones. Er leek maar één soort brood te zijn. Nu ze erop lette, rook het in de winkel ook niet echt naar brood; de licht oudbakken, zetmeelachtige geur in de zaak kon ook wel eens van de vrouw komen.

'Eh, een tosti, alstublieft,' zei Polly. Het leek eeuwen geleden dat ze die sandwich van het benzinestation had gegeten. Ze keek om zich heen. Er stonden nergens stoelen en tafels om aan te kunnen eten en afgezien van een paar stoffige blikjes Fanta werd er niets te drinken verkocht.

De vrouw kreunde alsof dit enorm veel moeite was en blafte: 'Kaas, kaas-ham, kaas-ham-ananas?'

'Eh, die laatste, alstublieft,' antwoordde Polly en ze vroeg zich af of ze de vrouw per ongeluk had beledigd. Maar de broodjes waren goedkoop.

De vrouw zuchtte diep en draaide zich om. 'Tostiapparaat is nog niet warm.'

Polly bekeek het apparaat. Het ding was zwart uitgeslagen en zag er ontzettend smerig uit. Ze had onderhand spijt van de hele onderneming. Door die vriendelijke vissers had ze zich even optimistisch gevoeld over haar nieuwe woonplaats, maar dit zette haar weer met beide benen op de grond.

Ze keek ongemakkelijk om zich heen. De kastdeurtjes konden ook wel een sopje gebruiken. De vrouw sjouwde haar enorme lijf naar een kastje, haalde er een slappe, kant-en-klare tosti uit en kwakte hem in het tostiapparaat. Polly besloot snel dat ze minder honger had dan ze dacht.

'Ik ben hier net komen wonen,' zei ze vrolijk, in een poging een goede indruk te maken. Positief blijven, dat was de truc. 'Wat een ontzettend leuk dorp is dit! Hiervoor woonde ik in Plymouth.'

De vrouw staarde haar onbeleefd aan. 'Aha. Dus je komt onze huizenprijzen opdrijven en de lokale bevolking buitenspel zetten?'

'Nee!' zei Polly verbaasd. 'Ha. Nee, helemaal niet. Ik... eh, ik moest er even tussenuit.' Deze zin was ze op mensen aan het uitproberen: bijna iedereen begreep de hint en vroeg niet verder. 'Zodra ik mijn draai hier heb gevonden, ga ik op zoek naar werk.'

De vrouw snoof en controleerde de tosti. 'Nou, veel succes. Hier is geen werk voor nieuwkomers. Wij zijn niet zoals die andere schattige dorpjes. Wij bekommeren ons hier alleen om onze eigen mensen.'

Polly trok haar wenkbrauwen op en nam haar tosti aan, betaalde en zei gedag. Pas toen ze bijna bij de deur was, beantwoordde de vrouw haar groet.

'Kun je de huur dan wel betalen?'

Verbaasd draaide Polly zich om.

'Ik ben mevrouw Manse,' zei de vrouw chagrijnig. 'Ik ben je huisbaas.'

Polly liep met de tosti bij haar huis en de boten vandaan, in de richting van de toegangsweg. Het waaide nog steeds, al bood de havenmuur enige beschutting. Er waren nauwelijks mensen buiten. Rechts van haar zag ze een vissersboot ronkend naar zee varen. Uit de schoorsteen kwam dikke zwarte rook en er schoten gele overalls over de voorsteven. Polly nam een hap van haar tosti. Het brood was goedkoop en smerig, de kaas smaakte naar plastic en de ananas kwam uit blik. Toch bood het haar troost.

Meer had mevrouw Manse niet gezegd, maar dat had ook niet gehoeven, dacht Polly mistroostig. Haar kille waarschuwing was voldoende.

Ze staarde naar de zee en trok haar jas dichter om zich heen. Ze had een plan nodig. Ze moest positief blijven. Door de getijden zou het inderdaad lastig worden om een baan met vaste werktijden te vinden op het vasteland. Ja, daar had iedereen haar van tevoren voor gewaarschuwd en ze had zelf besloten dat te negeren, maar daar zou ze vast wel iets op verzinnen.

Ze besefte dat ze had gehoopt werk op het eiland te vinden. Ze had verstand van boekhouden, marketingervaring; misschien zou ze aan de slag kunnen bij een plaatselijk notariskantoortje of zo, gewoon tot ze alles weer op de rit had. Maar nu ze het dorp had gezien, leek dat scenario iets minder waarschijnlijk. Goed dan, veel minder waarschijnlijk.

Oké, ze moest realistisch blijven. Misschien had ze zich laten meeslepen door het romantische idee van wonen op een getijdeneiland. Maar ze kon haar huurcontract heel binnenkort alweer opzeggen. Uiteindelijk zou ze een baan in de stad vinden en terugverhuizen. Dat sprak voor zich. En tot die tijd zou ze de rust en stilte gebruiken om er weer bovenop te komen. Dat was het plan, toch? Gas terugnemen, ontspannen. De zilte zeelucht opsnuiven. Het had geen enkele zin om in paniek te raken.

Ze beëindigde haar lunch en voerde de restjes aan de zeemeeuwen, die met veel lawaai naar het vettige brood doken.

Goed. Ze zou dit per dag bekijken. Ooit had ze jaren vooruitgedacht, maar kijk waar dat toe had geleid. Die bedrijfsplanningen en meerjarenplannen voor haar leven waren nergens goed voor geweest. Je wist nooit wat er achter de volgende deur lag. Maar ze wist wel wat er achter haar eigen nieuwe deur lag: een afschuwelijke bende die zo snel mogelijk moest worden schoongemaakt.

Ze glimlachte toen ze zag dat er in Kerensa's doos ook een idioot paar rubberhandschoenen met een nepbontrandje zat en, helemaal onderin, een flesje gin-tonic met een briefje met 'DRINK ME' erop. Polly stortte zich op de lelijke oude keukenkastjes, die ze grondig onder handen nam. Ze vloekte inwendig. Had die vrouw de kastjes niet op zijn minst kunnen laten bekleden met gelamineerd fineerhout?

Met een schuldig gevoel ging ze de groezelig witte badkamer te lijf met krachtige schoonmaakmiddelen. Er was in elk geval een bad, dacht ze. Een van de appartementen waar ze was gaan kijken had alleen een douchecabine met een bed erbovenop gehad. Als arme sloeber moest je elk geluksmomentje met beide handen vastgrijpen.

Aan het plafond van het badkamertje hing een droogrek, op de vloer lag smerig oud linoleum met krassen dat na drie keer schrobben een net zwart-witpatroon bleek te hebben en toen het matglas eenmaal schoon was scheen het middaglicht er zwakjes doorheen. De kleine slaapkamer was stil en vredig en nadat ze de vitrage naar beneden had gehaald waste ze ook hier het raam, al vloekte ze toen ze bedacht dat ze natuurlijk geen wasmachine had.

Haar ouders waren niet rijk geweest. Sterker nog, ze kón niet eens terug naar haar moeder, want die huurde van haar schamele pensioentje een eenkamerwoning in een sociale huurflat in Rochester. Toch had ze nooit in een huis zonder wasmachine gewoond, zelfs niet in haar studententijd.

Ze vertelde zichzelf dat ze niet ging huilen en vroeg zich af of meneer Bassi en meneer Gardner hun mooie Bosch al hadden verkocht. Ze zou gewoon alle vuile was verzamelen en naar de wasserette gaan. Zoveel mensen gingen naar de wasserette. Elke dag. Ze ging gewoon doen alsof ze in *EastEnders* speelde of zo. Dat werd hartstikke leuk. Hártstikke leuk.

Ze ging verder met de woonkamer en kreeg het door het harde werken steeds warmer. Fijn. Terwijl ze op een bijzonder riskante manier naar buiten hing om de zoutvlekken van de vieze ramen aan de voorzijde van het huis te wassen, zag ze dat de wolken minder snel langs de hemel bewogen en dat het in de verte op een deel van de zee regende, alsof de regen zijn eigen afgebakende gebied had. Ze keek naar haar nieuwe uitzicht en dacht: ruwe zee? Kalme wateren?

Ze zette de waterkoker aan en goot kokend water in haar favoriete Scrabble-mok. Die mok had zeven pond gekost. Opeens leek dat een idioot bedrag om voor een mok te betalen. Had ze dat toen überhaupt beseft? Was haar leven echt zo veranderd? Ze kreeg elke week een klein bedrag van de curators om te voorkomen dat ze zou verhongeren, al stelde dat weinig voor en was het nauwelijks meer dan een bijstandsuitkering, en mogelijk zouden ze als iedereen was afbetaald iets overhouden aan de flat. Misschien. Waarschijnlijk kon ze daar maar beter niet op rekenen. De laatste paar maanden had ze van Chris niet eens naar hun afschriften mogen kijken. Ze was geschrokken van de ernst van hun situatie. Ze had moeten aandringen. O, ze had zoveel moeten doen.

Polly sleepte een ouderwetse leunstoel – een doorgezakt, oud ding van turquoise stof, maar minder lelijk dan de andere paar meubels – die ze in de slaapkamer had gevonden naar de woonkamer en zette hem bij de ramen aan de voorzijde van het huis, die ze wijd open had gezet om ze te laten drogen. Ze ging zitten en legde haar voeten op de vensterbank. Vanuit die hoek zag ze alleen de zee en het licht; ze had bijna het gevoel dat ze vloog. Ze nam een slokje koffie, ademde de zilte lucht in, keek naar de golven en probeerde haar ademhaling te laten samenvallen met het ritme van het water dat heen en weer, heen en weer ging. Voor ze het wist sliep ze dieper en kalmer dan ze in maanden had gedaan.

6

Polly ontdekte dat het in de vroege uurtjes een stuk lastiger was om positiviteit te veinzen dan om vijf uur 's middags. Nadat ze rillend wakker was geworden lukte het haar niet om weer in slaap te komen of om de terugkerende negatieve gedachten te negeren.

En het was koud. Naast een houtoven die ze niet helemaal snapte stond er in het appartement ook een zwarte kachel die er buitengewoon gevaarlijk uitzag, dus die deed ze aan. Daarna was ze zo stom om naar de meter te kijken, waarop de cijfertjes met de snelheid van het licht langsschoten. Wensend dat ze haar badjas niet naar de opslag had gebracht – waar had ze met haar gedachten gezeten? – trok ze een trui over haar pyjama aan en kroop ze weer onder de lichtgewicht, ademende deken die perfect was geweest voor een modern appartementje met centrale verwarming maar die hier, waar de wind door de laatste gaten in het dak floot en ze de golven een eindje lager over de kiezels hoorde razen, veel te dun was. Ze dacht verlangend aan het zachte, donzige dekbed dat ze gebruikten als er iemand bleef slapen, of, zoals steeds vaker gebeurde, als ze in twee verschillende kamers sliepen omdat Chris zo lag te draaien.

De vreemde geluiden beangstigden haar. Toen ze op een gegeven moment in slaap viel droomde ze dat ze in een diep gat stond en er water tegen haar benen sloeg en ze opeens onder water werd getrokken. Toen hoorde ze plotseling een bons en een gil.

Volledig gedesoriënteerd schoot ze rechtop. Haar hart bonsde in haar keel. Waar was ze? Wat was dat? Waar was Chris? O god, een inbreker. Het nieuws had de ronde gedaan dat er een alleenstaande vrouw in het dorp was komen wonen en dat haar huis volkomen onbeveiligd was. Het was een bende. Dit was een krankzinnig dorp waar mensen werden geofferd. Dit was...

Na een tijdje wist ze zichzelf lang genoeg te kalmeren om op haar telefoon te kunnen kijken. Ze vloekte toen ze zag hoe laat het was: halfdrie, midden in de nacht. Het was ijskoud in het appartement, en pikkedonker: de haven was slecht verlicht en erachter lag niets dan duisternis. Toen er opeens een fel licht onder de slaapkamerdeur door scheen slaakte ze zelf ook bijna een gil, maar dat moest natuurlijk het licht van de vuurtoren op de punt van het eiland zijn dat door de ramen aan de voorzijde van het huis scheen. Ze besefte dat ze trilde en trok het dekbed om zich heen. Ze had nog geen nachtlampje. Ze zou in het donker op de tast door de kamer moeten schuifelen. Of misschien kon ze wachten tot de lichtbundel weer langskwam. Het was vast een nachtmerrie geweest. Een nachtmerrie, meer niet, dat kwam vast door de vuurtoren...

Dit keer klonk de gil nog dichterbij.

'Shit-shit-shit-shit,' zei Polly tegen zichzelf en ze vocht tegen de neiging om de deken over haar hoofd te trekken. Haar hart ging tekeer alsof het uit haar borstkas wilde springen. Een troep bloeddorstige dorpelingen met hooivorken zou waarschijnlijk niet hebben geschreeuwd, maar dat vond ze niet bepaald een geruststellende gedachte. Wat hadden die vissers ook alweer gezegd over geesten?

'Ha... hallo...' riep ze voorzichtig in het donker. Er klonk een soort gejammer.

O god. Misschien was er buiten een ongeluk gebeurd. Misschien was er iemand – een kind? – uit een auto geslingerd. Ze pakte haar telefoon, wachtte tot het licht van de vuurtoren weer door de kamer zwaaide en stormde toen naar de lichtschakelaar. Met het licht aan voelde ze zich ietsje kalmer, maar dat duurde slechts tot de volgende gil.

'Oké, oké, ik kom al,' zei ze terwijl ze nog een trui aantrok. Waarom had ze geen zaklamp meegenomen? Want ze werd er hoe langer hoe zekerder van dat het geluid van beneden kwam. Het kwam uit de donkere, stoffige winkel op de begane grond. Ze vroeg zich af waar de ingang van de winkel was en herinnerde zich toen een deur onder aan de trap. Die zat vast op slot... Waarschijnlijk kon ze maar beter direct de politie bellen. Ja, dat zou ze doen.

De gil die ze hoorde klonk zo alleen en verlaten dat ze al haar moed bij elkaar raapte en de trap af liep. Lance had haar een enorme bos sleutels gegeven – toen ze had gevraagd waar ze die allemaal voor nodig had, had hij zijn schouders opgehaald en gezegd dat hij dat als trainee niet wist – die ze toen ze naar beneden liep door haar vingers liet gaan.

De tweede sleutel bleek te passen. Ze schudde een keer hard aan de kromgetrokken oude deur, die vervolgens opensprong. Toen ze hem de ruimte in liet zwaaien, hield ze haar adem in. Ze besefte dat ze stond te trillen.

'Hallo?'

Het bleef stil, al zag ze wel iets bewegen.

'Hallo?' zei ze opnieuw. Ze keek snel naar rechts. Er scheen licht door een van de kapotte panelen in de winkeldeur. Terwijl ze haar ogen liet wennen aan het duister bedacht ze dat het wel eens een kat of een hond kon zijn. Of een trol of een zombie, voegde haar onbewuste daaraan toe. Ze zei tegen haar onbewuste dat het zijn klep moest houden.

'Hallo!'

Ze hoopte dat het haar in elk geval niet zou bijten. Maar als het een gewond dier was, kon ze niet wachten op de politie – er was hier vast geen politiebureau in de buurt. Ze haalde een keer diep adem en stapte de ruimte in.

De winkel rook heel muf en stoffig, naar verwaarloosde ruimte, en de grote vormen moesten toonbanken en enorme ovens zijn. Ze hoorde een raar gesnuffel, maar het gegil was opgehouden.

'Sst, rustig maar,' zei ze. Ze gluurde om de vormen heen, doodsbang voor wat ze erachter zou aantreffen. 'Ik ben het maar,' zei ze toen, wat gezien de omstandigheden natuurlijk een belachelijke opmerking was. Als het een gigantische gemuteerde spin met ontelbare babyspinnetjes was, zou ze die allemaal vertrappen, dus dat 'maar' sloeg nergens op.

Ergens voor in de ruimte, net achter een glazen kast, dacht ze uiteindelijk in de buurt van het gesnuffel te zijn. Ze hield haar adem in en ging op haar hurken zitten.

'O!' zei ze. 'Mijn hemel.'

In de hoek zat een vogeltje met een zwart-wit verenkleed en een enorme geel met oranje snavel. Toen Polly naast hem neerknielde slaakte hij opnieuw een verpletterend harde gil. Voor zo'n klein wezentje maakte hij een oorverdovend geluid.

'Wat is er met jou gebeurd?' vroeg ze. Ze kon het lijfje van de vogel voelen trillen en probeerde haar armen op een zo weinig bedreigend mogelijke manier naar hem uit te steken. 'Sst, stil maar.'

In het straatlicht zag ze dat de vleugel van de vogel helemaal gedraaid zat. Hij leek gebroken. Ze vroeg zich af wat er was gebeurd en besefte toen dat hij vast in het donker tegen het glas aan was gevlogen; het glas moest zo zwak zijn geweest dat het was gebroken. Waarschijnlijk had het arme beest ook een nare bult op zijn koppie.

'Kom maar, kom maar.'

Toen de vogel probeerde weg te fladderen, slaakte hij onmiddellijk een kreetje van pijn en staakte zijn poging. Polly bleef geruststellende geluidjes maken en pakte het wezentje voorzichtig op. Even was ze bang dat ze het dier een hartaanval zou bezorgen; het hartje in zijn borstkas ging als een razende tekeer.

'Rustig maar, rustig maar,' zei ze. 'Ik was echt veel banger dan jij, weet je.'

Ze keek naar het vogeltje.

'Oké, misschien was ik íéts minder bang, maar het scheelde niet veel.'

Ze keek naar het raam. Dat zou moeten wachten. Ze zou er morgen een stuk karton tegenaan tapen of het de makelaar vertellen. Opeens was ze blij dat ze het noodnummer niet had gebeld. Die hadden vast niet kunnen waarderen dat het maar een gewonde vogel bleek te zijn.

'Tja,' zei ze. Ze keek naar de vogel. 'Ik weet niet zoveel over papegaaiduikers – helemaal niets, eigenlijk, ik wist niet eens dat jullie konden vliegen – maar ik kan je waarschijnlijk maar beter mee naar boven nemen.'

Vergeleken met de griezelige lege winkel was het boven dankzij het brandende licht en haar vertrouwde bank en bed bijna huiselijk. Uit gewoonte zette ze de waterkoker aan. Ze was onderhand klaarwakker en hing een van haar extra lakens over het raam aan de voorzijde van het huis om het zwaailicht van de vuurtoren tegen te houden. Toen wikkelde ze de papegaaiduiker in een deken – zijn verenkleed was zacht en dicht, het was vast nog een jonkie – en googelde 'vogel met gebroken vleugel helpen' op haar telefoon. Een van de zoekresultaten adviseerde gaasverband, maar aangezien ze alleen verpakkingstape van haar verhuizing had, moest het daar maar mee. De vogel probeerde niet meer weg te fladderen en keek haar met zijn diepzwarte ogen aan.

Ze tapete zijn vleugel aan zijn lichaam en maakte toen een paar luchtgaten in een van haar verhuisdozen.

'Hier,' zei ze. 'Een bed.'

De website had het over kattenvoer, maar dat had ze ook niet, al zat er voor noodgevallen wel een blikje tonijn in haar voorraaddoos. Ze zette een bakje vis en een schoteltje water voor de vogel neer, maar toen hij erheen probeerde te waggelen om ze te inspecteren viel hij prompt voorover.

Polly zette hem voorzichtig weer rechtop. Hij keek naar de twee schoteltjes en wierp haar een angstige blik toe, maar toen Polly zei: 'Toe maar, dat is voor jou,' begon hij in de vis te pikken. Polly glimlachte toen ze hem zag eten, deels uit opluchting dat alle nachtelijke verschrikkingen waren uitgebleven.

'Goed,' zei ze toen de vogel genoeg leek te hebben gegeten. 'Ik denk dat we een nachtje huisgenoten zijn.'

Morgen zou ze hem meenemen naar een dierenarts – ze hadden vast ergens verstand van dit soort dingen – maar tot die tijd zou ze kijken of hij in de doos wilde blijven. Ze zette hem op de handdoek, zei: 'Vogel, dit is je luier. Goed? En niet op mijn bank springen,' en zette de doos over hem heen. Ze had verwacht dat hij zou gaan mopperen, maar dat gebeurde niet; misschien zag hij de doos als een soort nest. In plaats daarvan fladderde hij even en werd toen stil.

Polly kroop terug in bed: ze had haar deken dubbelgevouwen en de rest van haar handdoeken erbovenop gelegd. Tot haar verrassing viel ze direct in slaap en werd ze pas weer wakker van de blèrende zeemeeuwen die op een heldere, zonnige ochtend in april de terugkeer van de vissersboten aankondigden.

7

'Gelukkig,' zei Polly de volgende ochtend toen het vogeltje in de restjes tonijn pikte, 'ben ik niet van plan om me enorm aan je te hechten of je een naam te geven of zo.'

De papegaaiduiker probeerde opnieuw een eindje te waggelen, maar kukelde nogmaals om. Ze hielp hem weer rechtop. 'Hoe grappig je ook denkt te zijn,' zei ze. De papegaaiduiker kraste even.

'Dat weet ik. Als je beter bent, laat ik je weer vrij zodat je je papa en mama kunt gaan zoeken, goed? Erewoord.'

Ze zuchtte. 'Ik zou je moeten bedanken, papegaaiduiker. Praten tegen een vogel is al stukken beter dan praten tegen een bank.'

Ze dronk haar koffie en keek hoe de mannen in de haven hun vis losten. De mensen die zich rond de kisten hadden verzameld duwden en porden in de vis en iemand had een tafeltje uitgeklapt waarop hij de vis rechtstreeks van de boot schoonmaakte en verkocht. Polly bekeek gefascineerd hoe hij dat deed. Hij was zo vlug met zijn mes dat ze zijn vingers nauwelijks kon volgen; vliegensvlug sneed hij de vis open en haalde de ingewanden eruit. Bij de haven stonden meerdere busjes geparkeerd met de naam van beroemde visrestaurants in Cornwall erop. Zo ging dat dus, dacht ze. Ze zou ook iets moeten gaan kopen; verser kon waarschijnlijk niet. En misschien wilde de kleine papegaaiduiker wel mee...

De mannen die van de boten kwamen zagen er moe uit. Ze moesten lange nachten maken en Polly besefte opeens dat ze nog nooit bij het vissersleven had stilgestaan. Ook zij was moe. Ze liep naar een van de dozen met eten die ze had meegenomen en pakte hem uit. Ze had alles meegenomen uit de voorraadkastjes van hun appartement in Plymouth. Ooit zou ze een vrijwel leeg potje zout en twee pakjes gist gewoon hebben weggegooid.

De oven zag pikzwart van het vuil – Polly zuchtte en zette er in gedachten twee uur zware arbeid voor opzij – en was nogal ouderwets; het was zo'n exemplaar dat je alleen aankreeg met een vaste hand en een lange lucifer. Maar het gas siste geruststellend, tot grote schrik van de papegaaiduiker, die zichzelf leerde lopen met zijn verbonden vleugel en met zijn pootjes over de houten vloerplanken tikte. Polly keek op haar horloge.

'Weet je,' zei ze, 'ik ga het gewoon doen. En dan gaan we daarna naar de dierenarts.'

De papegaaiduiker kantelde zijn kopje.

'Sorry,' zei ze. 'Dat heb ik niet gezegd.'

Ze zette de waterkoker aan zodat ze warm water voor de gist zou hebben en tilde toen de tafel die naast de schoorsteen stond naar de keuken om een soort werkblad te creëren. Ze bestrooide het pas schoongemaakte oppervlak met bloem. De papegaaiduiker haastte zich naar haar toe om te zien wat ze aan het doen was en probeerde tevergeefs omhoog te springen.

'Geen denken aan,' zei ze. 'Je bent vies en ik wil geen voetafdrukken in de bloem.'

Toen de papegaaiduiker zachtjes begon te piepen zwichtte ze en tilde hem op. Ze vulde de gootsteen met zeepsop tot zijn pootjes onder water stonden. Dat beviel hem wel: hij schopte naar de bubbels en maakte blije geluidjes. Polly deed de radio aan en ook dat leek hij leuk te vinden.

'Goed, ga jij maar lekker spelen,' zei ze en ze haalde het brooddeeg uit de kom. Het deeg voelde plakkerig, dat was goed – hoe plakkeriger het deeg, hoe lichter het brood – maar het was te plakkerig om mee te kunnen werken, dus strooide ze er wat bloem onder. Toen begon ze te kneden. Ze duwde en sloeg in het deeg, trok het uit en vouwde het dubbel.

Terwijl ze kneedde, gebeurden er vreemde dingen. Ten eerste draaiden ze op de radio een nummer dat ze geweldig vond: 'Get Lucky'. Ze hadden geen perfecter nummer kunnen uitkiezen, ze kon momenteel flink wat geluk gebruiken, dus ze zette de radio keihard. Het was een afgezaagd liedje, maar dat kon haar niets schelen; het gaf haar altijd een goed gevoel. Ten tweede zag ze door de net gewassen ramen aan de voorzijde van het huis een waterig lentezonnetje weerkaatsen op de golven. Een dapper zeilbootje, het witte zeil wapperend in de wind, voer de haven uit. Links van haar hoorde ze de papegaaiduiker vrolijk rondspetteren in zijn pierenbadje.

Polly was zich opeens bewust van een bepaald gevoel. Het voelde alsof er tijdens het slaan, duwen en kneden een zekere energie uit haar lichaam stroomde. Een slechte energie. Ze had niet doorgehad hoe hoog ze haar schouders had opgetrokken, hoeveel spanning de knopen in haar nek hadden bevat. Haar schouders moesten naast haar oren hebben gezeten.

Ze besefte dat er maandenlang niemand een hand in haar nek had gelegd of 'rustig, je bent veel te gestrest' tegen haar had gezegd. Ze had zo lang voor Chris geprobeerd te zorgen, de schijn proberen op te houden voor de rest van de wereld, geen medelijden proberen op te wekken bij Kerensa en haar andere vrienden, dat al haar zorgen zich in haar lichaam hadden opgeslagen.

Ze rekte zich behaaglijk uit en toen haar ogen het dansende zeilbootje volgden, bedacht ze hoelang haar blikveld zich had beperkt tot een computerscherm.

Het was alsof er meer loskwam dan alleen de knopen in haar schouderspieren. Ze voelde een traan over het puntje van haar neus rollen. De grote, zoute traan viel rechtstreeks op het deeg.

Deze tranen waren anders dan de gefrustreerde, boze tranen van gisteren in de haven, toen ze woedend op de wereld en diens afschuwelijke onrechtvaardigheid was geweest. Deze tranen waren heilzaam en niet te stelpen, maar vreemd genoeg niet verdrietig. Ze liet haar tranen de vrije loop; haar handen zaten onder het deeg, dus ze kon ze niet eens wegvegen. Voor de verandering probeerde ze eens bewust in het moment te leven in plaats van spijt te hebben over hoe alles was gelopen, in blinde paniek te raken over de toekomst of te bedenken wat ze anders had moeten doen, wat ze eigenlijk tegen Chris had moeten zeggen of waar ze plannen of tijd voor had moeten maken. Ze luisterde simpelweg naar de radio, waar nu een ander geweldig popliedje werd gedraaid, en naar het gespetter, en ze voelde hoe het deeg van structuur veranderde en zich naar haar vingers vormde, en zag het zonlicht schitteren op de nu lege zee.

Buiten was het minder warm dan het zonlicht deed vermoeden: er blies nog steeds een snijdende, zilte wind door het dorp. Polly zette het deeg op een zonnige plek te rijzen, fatsoeneerde zich enigszins, nam de doos met de ietwat knorrige papegaaiduiker onder haar arm en ging op zoek naar een dierenarts. De vrouw in de supermarkt waar ze melk en soep had gekocht was gelukkig een stuk beleefder dan de vrouw in de bakkerij en wees haar de weg naar een kleine praktijk, die de dierenarts schijnbaar deelde met de huisarts. Bij het gebouw vroeg Polly zich even paniekerig af wat dit allemaal zou gaan kosten; dierenartsen schenen duur te zijn. Maar ze had geen keus.

De dierenarts maakte een nogal strenge indruk en leek druk bezig, maar toen ze binnenkwam met de doos keek hij op van zijn computerscherm.

'Eh,' zei ze. 'Deze vogel heeft een ongelukje gehad.'

De dierenarts, die Patrick heette en stiekem een hekel aan katten had, zette verbaasd zijn bril op. Toen keek hij naar de vrouw die de doos had binnengebracht. Een vermoeide, maar knappe dame. Ze had rossig haar dat in laagjes langs haar schouderbladen viel, haar ogen waren ongewoon groen en hoewel ze nerveus op haar lip beet, vermoedde hij dat ze een lieve glimlach had.

'Ben je hier op vakantie?' vroeg hij.

'Nee. Ja. Nee,' zei de vrouw.

'Dat weet je niet?'

'Nee. Ja. Ik bedoel...' Polly voelde zich gespannen. Ze draaide door; ze was de afgelopen tijd te weinig onder de mensen geweest. 'Ik bedoel, ik huur hier een huis. Tijdelijk.'

Patrick fronste. 'Waarom zou je dat doen?'

Polly was geïrriteerd. Ze ging in elk geval niet antwoorden met:

'Omdat alle andere huurhuizen te duur zijn, meneer de dierenarts.'

'Wat is er mis met dit eiland?' vroeg ze in plaats daarvan.

'Niets, niets,' zuchtte Patrick. 'De meeste mensen die naar deze regio trekken kiezen gewoon eerder voor Rock of St. Ives, dat soort plekken.'

'Nou, ik ben niet zoals de meeste mensen,' zei Polly.

'Nee, dat zie ik,' antwoordde Patrick. Hij keek in de doos. 'Je weet dat dit een zeevogel is?'

'Echt waar?' zei Polly. 'Ik dacht dat het een gordeldier was.'

Patrick moest onwillekeurig glimlachen. 'Normaal gesproken komen mensen... Ik bedoel, er is hier niet bepaald een tekort aan zeevogels.'

'Tja, er zijn hier ook genoeg katten, maar die behandelt u vast ook gewoon,' zei Polly kribbig.

'Dat is waar,' antwoordde Patrick bars en hij tilde de papegaaiduiker uit de doos. 'Kom maar eens hier, kleintje.'

Ondanks zijn norse houding bleek hij een zachte hand te hebben. De papegaaiduiker schrok een beetje, maar liet zich wel optillen. Patrick bekeek zijn verband.

'Niet slecht,' zei hij terwijl hij opkeek.

'Dank u,' zei Polly. 'Gelukkig heb ik die avondcursus vogels redden gevolgd.'

Patrick keek haar aan. 'Weet je hoeveel papegaaiduikers er in de opvang in het noorden zitten?' vroeg hij.

'Geen idee,' zei Polly. 'Die les heb ik gemist.'

'Zo'n één komma vier miljoen,' antwoordde Patrick.

'Ja, maar ik wil déze,' zei Polly koppig.

Patrick keek weer serieus. 'Je kunt hem niet houden, hoor.' Hij controleerde iets onder de veren. 'Ja, het is een hij.'

Polly glimlachte. 'Dat wist ik,' zei ze en ze kriebelde het kopje van de papegaaiduiker. 'Waarom niet? Is het een beschermde soort of zo?'

'Nee, dat is gewoon niet goed voor hem. Hij moet vliegen en zich voortplanten en volwassen worden. Hij is nog maar een *puffling*.'

'Een wat?'

'Een puffling. Een baby-*puffin*.'

'O!' zei Polly. 'Dat is echt het schattigste wat ik ooit heb gehoord.'

'Tja, schattig of niet, hij moet terug naar zijn burcht.'

'Een burcht papegaaiduikers,' zei Polly. 'Geweldig. Dat klinkt als een van die rare obscure albums die mijn ex altijd kocht.'

Ze schonk hem een ietwat wrange glimlach. Aha, dacht Patrick. Een ex. Dat verklaarde waarschijnlijk een hoop.

'Of een circus,' ging hij verder. 'Dat is de andere term. Een circus papegaaiduikers. Maar dat woord vind ik minder toepasselijk; ze zijn met zijn allen zo luidruchtig dat het lachen je al snel vergaat.'

Het papegaaiduikertje opende zijn feloranje snavel en kraste. Patrick boog naar een lade, haalde er wat visvoer uit en strooide het voor de vogel op tafel.

Polly zuchtte. 'Dus ik moet hem afstaan,' zei ze verdrietig.

'Tja, Dat heeft pas nut als zijn vleugel is geheeld,' zei Patrick. 'Hij kan niet vliegen. Denk je dat je tot die tijd voor hem kunt zorgen?'

'Ja!' zei Polly verrukt. 'Ja, ik denk het wel. Hoelang duurt het voor hij is hersteld?'

'Twee of drie weken?' zei Patrick. 'Hij lijkt het naar zijn zin te hebben bij je. De meeste vogels sterven van angst.'

'Volgens mij is dit een vrij relaxte papegaaiduiker,' zei Polly.

'Goed dan. Maar probeer niet aan hem gehecht te raken, oké? Zodra hij weer kan vliegen, moet je hem laten gaan.'

'Ik heb de laatste tijd wel meer moeten laten gaan,' zei Polly. 'Ik ga mijn best doen.'

'En geef hem geen naam.'

'Oké.' Polly stond op. 'Hoeveel krijgt u van me?'

Patrick wuifde met zijn hand. 'Ik heb niets gedaan, jij bent de zuster. Laat maar zitten.'

'Echt?' zei Polly. 'Wauw, dank u wel.'

Hij vond haar verrassend dankbaar reageren. Haar kleding leek niet superduur, maar ook niet extreem goedkoop.

'Zolang je er maar geen gewoonte van maakt,' zei hij. 'Als je hierna een zeemeeuw in huis neemt, zal het je berouwen.'

'Prima,' zei Polly, die nog altijd vrolijk was. 'Ik mag zeker geen riem voor hem kopen, hè?'

'Als je dat maar laat,' antwoordde Patrick en hij loodste haar glimlachend zijn spreekkamer uit. In de wachtkamer zaten twee katten die als slangen op pootjes naar elkaar sisten.

'Goed. Waarschijnlijk vliegt hij vanzelf weg, maar als hij over drie weken nog steeds niet is vertrokken, kom dan even terug.'

'Doe ik,' zei Polly. Eindelijk glimlachte ze. Hij had gelijk gehad, dacht Patrick. Ze had inderdaad een lieve glimlach. Hij vroeg zich af waardoor die was verdwenen.

Polly liep met de papegaaiduiker in de doos door de kleine hoofdstraat. Ze was nog altijd vrolijker dan ze zich in tijden had gevoeld. Ze wandelde opnieuw naar de haven en liep langs de boten. Tarnies boot, *de Trochilus*, lag in de haven en net toen ze ernaar keek, liep ze de eigenaar zelf tegen het lijf.

'Hé, hallo,' zei hij toen ze over een kei struikelde en bijna in zijn armen viel. Zijn baard streek langs de bovenkant van haar hoofd. 'Jij kijkt een stuk vrolijker.'

Polly kromp ineen bij de herinnering. 'Dat kan ook bijna niet anders,' gaf ze toe.

'Je hebt me een nogal vreemd boek geleend,' zei hij met zijn vreemde, zware accent. Dat accent beviel Polly wel.

'O, je bent erin begonnen!'

'Onderweg naar zee valt er weinig te doen. Tot je er bent – dan kom je opeens handen tekort.'

'Wat vind je ervan?'

'Tja, volgens mij snoepte die schrijver wel eens van wat verboden middelen.'

Polly glimlachte. 'Interessant. Naar mijn idee was hij gewoon een beetje eigenaardig.'

‘Meer dan een beetje, als je ’t mij vraagt. Wie hebben we hier?’

Polly keek in de doos. De vogel keek verwachtingsvol terug, alsof hij hoopte dat ze hem zou voorstellen.

‘Tja,’ zei ze. ‘Ik eh... Ik ga voor een papegaaiduiker zorgen.’

Tarnie fronste. ‘Haalt iemand een grap met je uit omdat je nieuw bent? Als iemand onaardig tegen je doet, moet je het zeggen.’

‘Nee, nee,’ zei Polly en ze vertelde hem het hele verhaal.

‘Nou, ik heb nog nooit gehoord dat iemand een zeevogel als huisdier hield,’ zei Tarnie. ‘Papegaaiduikers zijn trouwens best lekker.’

‘Nee!’ zei Polly. ‘Sst! Als je dat soort dingen zegt moet ik zijn oren bedekken en ik weet niet waar die zitten.’

‘Deze soort komt uit IJsland,’ zei Tarnie. ‘Dus hij verstaat je toch niet.’

‘O, oké. Je mag geen papegaaiduikers eten.’

‘Jij eet toch ook eend?’

‘Dit gesprek is voorbij.’

Tarnie kriebelde de vogel onder zijn kin. ‘Je bent duidelijk smoorverliefd op dit beest,’ zei hij. ‘Heb je al een naam verzonnen?’

‘Nee,’ antwoordde Polly twijfelend. ‘Van de dierenarts mag ik hem geen naam geven.’

‘Je kunt hem niet “de papegaaiduiker” blijven noemen. Wat dacht je van Pete?’

‘Pete Papegaaiduiker?’ zei Polly. ‘Ik weet het niet. Dat klinkt een beetje als een cabaretier. Muffin, misschien?’

‘Múffin?’ zei Tarnie. ‘Dat kan je die arme drommel toch niet aandoen. Dan lachen de andere vogels hem vierkant uit.’

‘Of ze vinden het juist cool,’ zei Polly. ‘Omdat hij tenminste een echte naam heeft, in plaats van “papegaaiduiker negen miljoen tweeënzeventig”.’

‘Ha, je kunt hem Lorre noemen,’ zei Tarnie. ‘Lorre de papegaai-duiker, snap je?’

‘Ja,’ zei Polly. ‘En dat is echt te flauw voor woorden.’

Tarnie glimlachte en haalde een steentje uit zijn zak. Hij draaide vlug om zijn as en gooide het ding ver de zee in.

'Een schattige naam lijkt me niet zo handig,' peinsde Polly. 'Het is vast gek om een papegaaiduiker met een naam te zijn. Ik wil dat hij een naam krijgt die hem een veilig gevoel geeft.'

De papegaaiduiker waggelde naar de voorkant van de doos.

'Zoals Neil.'

'Neil?'

'Ja. Een degelijke, betrouwbare naam. Neil de papegaaiduiker.'

Neil schudde de veren van zijn niet-gewonde kant.

'Zie je wel, hij vindt hem mooi.'

'Je bent nog gekker dan het meisje in dat boek,' zei Tarnie.

'Je bent gewoon jaloers op mijn papegaaiduiker,' zei Polly.

'Ook goed,' zei Tarnie. 'Als je hem straks meeneemt naar de boot, krijgt hij een stukje haring van me.'

'Afgesproken,' zei Polly.

In het kleine appartement was het deeg in volume verdubbeld. Polly kneedde het opnieuw, deed toen veertig minuten niets – en dommelde even weg – en stak vervolgens met een *whoemp* de angstaanjagende gasoven aan. Ze spatelde het plakkerige mengsel in een gebutste, zwartgeblakerde oude pan die ze in een lade onder de oven had gevonden. Aan de binnenkant van de pan had zich door decennialang gebruik een dubieus patina gevormd, maar iets anders had ze niet. Hopelijk was het niet giftig. Ze had de pan ingesmeerd met olijfolie in de hoop dat het brood er niet aan zou blijven plakken en deed een schietgebedje. Toen haalde ze een keer diep adem en stortte zich opnieuw op de badkamer. Die had ze tijdens de eerste poetsbeurt niet helemaal schoon gekregen. Ze had het linoleum teruggevonden, maar nog niets gedaan aan het achterste deel van de lange smalle ruimte, waar vaste vloerbedekking lag.

Ze vroeg zich af wat er erger was dan een badkamer met vaste vloerbedekking. Een badkamer met vaste vloerbedekking en losse dakpannen op het dak, zodat het van tijd tot tijd naar binnen regende, of een badkamer die een aldoor wisselende populatie tijdelijke huurders, vrijgezellen en logees, mensen die niets om de woning gaven had gehuisvest. Ze gluurde onder de afschuwelijke goedkope tapijttegels. Daar lagen de originele houten vloerplanken nog. De ruimte had trouwens prima afmetingen voor een badkamer en keek uit op het dorp. Ze stelde zich lichtblauwe schrootjeswanden voor, een verhoging met daarop een badkuip op pootjes zodat je de boten kon zien dobberen als je in bad zat, misschien een paar mooie schelpen... Ze rukte zich los uit haar dagdroom en concentreerde zich weer op haar huidige takenlijst: a) het huis dusdanig schoon krijgen dat ze niet een of andere walgelijke ziekte zou oplopen, b) haar leven weer op orde krijgen en een fatsoenlijke baan vinden, c) vrede sluiten met... tja. Het een en ander verwerken. Weer opkrabbelen. Haar vriendinnen niet langer in verlegenheid brengen door telkens na twee glazen wijn in huilen uit te barsten. Innerlijke rust vinden.

HAHAHA. Polly tilde een goedkope, voor kantoorpanden bestemde tapijttegel op die was bedekt met mysterieuze bruine vlekken en een vochtige krant uit 1994. Ze zuchtte.

De aangename geuren uit de keuken verdrongen in elk geval de verscheidene minder plezierige luchtjes die haar werkzaamheden teweegbrachten. Met haar rubberhandschoenen aan goot ze emmer na emmer vies water door de afvoer tot de badkamer brandschoon was, of dan in elk geval niet meer deed denken aan een verontrustende BBC-documentaire over een krakkemikkige socialehuurflat waar elk moment een sloopkogel tegenaan kon worden geslingerd.

Uiteindelijk stond ze op en rekte zich uit. De spiegel was eindelijk dusdanig schoon dat ze zichzelf erin kon zien. Haar wangen waren roze en ze maakte een verhitte indruk. Ze had de wasbak laten vollopen voor Neil en besloot, nadat ze zijn verenkleed had gecontroleerd, dat hij een bijzonder schone papegaaiduiker zonder al te veel ongedierte was. Ze probeerde naar zichzelf te lachen en bedacht dat ze al een hele tijd niet oprecht had geglimlacht.

Ongemerkt waren er twee rimpels tussen haar wenkbrauwen verschenen, alsof ze continu bezorgd fronste. Misschien deed ze dat ook wel. Ze glimlachte opnieuw – oké, zo leek ze eerder rijp voor het gekkenhuis – en liep toen naar de woonkamer van haar bijzondere huisje.

Haar brood – een plattelandsbrood, rond met een kleiner bolletje erbovenop – was in de oven mooi gerezen en had een schitterende goudbruine kleur. Het brood rook werkelijk hemels. Ze schoof het uit de oven met de enige ovenwant die ze kon vinden, een smerige oude theedoek – ze moest echt werk maken van die stapel vuile was – draaide het ondersteboven en tikte zachtjes op de bodem. Het brood klonk knapperig en vers.

Polly voelde zich opeens een stuk vrolijker toen ze bedacht dat ze die ochtend twee – oké, als je Neil verbinden meetelde drie – taken succesvol had voltooid: ze had de badkamer schoongemaakt en brood gebakken. Voor een ander stelde dat waarschijnlijk niets voor, maar zij vond het een hele prestatie.

Toen het brood genoeg was afgekoeld, sneed ze er dikke plakken van en deed er een lik boter op en een beetje van de jam die ze had meegenomen. Toen zette ze Neil terug in zijn doos – dat leek hij helemaal niet erg te vinden, al vroeg Polly zich kort af of hij als een papegaai op haar schouder zou willen zitten. Dit leek haar echter a) idioot, b) onfris, c) slecht voor Neil en d) verwarrend, aangezien ze zelf al een papegaaiennaam had. Ze tilde de doos op en ging naar de haven.

Tot haar grote vreugde werd ze vrolijk begroet door de vissers, die in het waterige middagzonnetje hun netten aan het repareren waren. De mannen kwamen om haar heen staan.

'Wat is dit?'

'Eh, ik heb brood gebakken.'

'Heb jij dit gemaakt? Helemaal zelf?' vroeg Jayden.

'Nee, ik heb het in mijn nieuwe huis gevonden,' antwoordde Polly. 'Natuurlijk heb ik het zelf gemaakt. Proeven?'

Tarnie keek haar grijnzend aan. 'Thee?'

Binnen een paar tellen stonden er blauw met witte emaillen

mokken, die werden volgeschonken met belachelijk sterke thee. Ongevraagd kreeg Polly thee met melk en twee suikerklontjes. Toen nam iedereen een stukje brood met jam en gaf Tarnie Neil zijn beloofde stukje haring, dus iedereen was blij.

'Dit is fantastisch,' zei een van de jongens. Een van de anderen was het met volle mond met hem eens.

'Dit is de eerste keer dat ik zelfgebakken brood eet,' zei het jongste bemanningslid, Kendall, de jongen met de rode wangen die nog nauwelijks baardgroei had.

'Echt?' vroeg Polly. 'En, vind je het lekker?'

Hij haalde zijn schouders op. 'Ik vind alles lekker.'

'Luister maar niet naar hem,' zei Tarnie. 'Dit is geweldig. Echt heel erg lekker. Weet je wat er goed bij zou smaken?'

'Een beetje honing van die mafkees,' zei Jayden.

'Precies,' zei Tarnie.

'Honing van wie?'

'De enige andere persoon die hier in de afgelopen paar jaar naartoe is verhuisd,' antwoordde Tarnie. 'De rest probeert hier als de sodemieter weg te komen – sorry voor de krachtterm.'

'Dat is geen krachtterm,' zei Polly vrolijk. Ze was ontzettend tevreden over haar brood. Het smaakte heel anders dan het brood dat ze in Plymouth had gebakken. De smaak was veel dieper, rijker. Ze vroeg zich licht bezorgd af of dat door de oude zwartgeblakerde oven en de oude zwartgeblakerde pan kwam. Hm. En het feit dat ze in het deeg had gehuild, herinnerde ze zich. Ze kleurde lichtjes.

'Echt wel. Je bloost,' zei Tarnie.

'Dat lijkt maar zo,' zei ze. 'Wie is de honingmaker?'

'Een of andere rare vent,' antwoordde Jayden.

'Een Amerikaan,' verbeterde Tarnie hem. 'Amerikanen zijn niet raar. Nou ja. Een beetje dan, maar daar kan hij niets aan doen.'

'Er woont hier een Amerikaan die hiernaartoe is gekomen om honing te maken?' vroeg Polly.

'Ik denk dat hij zich niet goed heeft laten informeren,' zei Tarnie. 'Ik weet niet waar hij precies dacht te belanden, maar hij zit hier al negen maanden in de regen. Hij woont op het vasteland.'

'Goh,' zei Polly. 'Hij klinkt...'

'Geschift,' zei Jayden. 'Dit is echt superlekker. Mag ik nog een stukje?'

'En ik ook?' zei Kendall vlug, die door alle jam rond zijn mond net een vijfjarig jongetje leek.

'Jongens! Rustig aan,' zei Tarnie. Hij veegde een paar kruimels weg. Vandaag droeg hij een trui met streepjes en een afgeknipte spijkerbroek in plaats van een gele regenjas, en zijn baard was korter.

'O-o,' zei Jayden plotseling. Hij pakte een tweede stuk brood met jam van het bord en verstopte het achter zijn rug.

'Wat?' zei Polly. Ze draaide zich om. Alle vissers keken bedrukt en een of twee van hen verdwenen in de boot. Het was de vrouw uit de bakkerij, die tevens Polly's nieuwe huisbaas was. Buiten leek de ronde, schommelende vrouw vreemd genoeg nog groter, maar ondanks haar omvang beende ze met grote snelheid op hen af. Het gekras van een zeemeeuw die naar gevallen kruimels zocht maakte de sfeer nog onheilspellender.

Toen de vrouw dichterbij kwam, haalde Tarnie een hand door zijn dikke haar.

'Eh, goedemiddag, mevrouw Manse.'

De vrouw snoof luid. 'Goedemiddag, Cornelius.'

Polly trok haar wenkbrauwen op en Tarnie keek haar enigszins schuw aan.

Mevrouw Manse nam niet de moeite om de rest te begroeten. 'Wat eten jullie?'

'Eh, gewoon...'

Polly keek naar het bord en de overgebleven helft van het brood.

'Waar hebben jullie dat vandaan?'

'We houden gewoon even pauze, Gillian. Dat moet ook gebeuren, snapt u.'

Het gezicht van Gillian Manse betrok en ze ging fier rechtop staan. 'Ik zal je eens vertellen wat ik niet snap. Iedereen probeert elkaar te steunen en lokale ondernemingen te helpen. Iedereen probeert een fatsoenlijke, trotse Polbearner te zijn, dus daarom snap ik niet waarom je brood gaat halen bij een of andere spring-in-'t-veld die hier net is komen wonen.'

'Maar het was...'

'Ik ben de enige bakker van het dorp. En dat brood heb je niet bij mij gekocht.'

'Gillian, luister...'

'Ik heb het gebakken,' zei Polly. Ze ontdekte dat ze een beetje beefde, maar dat sloeg nergens op. Wie dacht deze afschuwelijke vrouw nou helemaal te zijn? Ze mocht verdomme bakken wat ze wilde.

'Wát heb je gedaan?'

Polly had net zo goed kunnen zeggen dat ze erin had gespuugd. 'Ik... ik heb dat brood gebakken.'

'Jij. Hebt. Dat. Brood. Gebakken.' Gillian keek haar diep beledigd aan. 'En wat is er mis met míjn brood?'

'Niets,' antwoordde Tarnie. Hij stak zijn handen in een verzoenend gebaar omhoog. 'Polly heeft gewoon...'

'Polly,' zei Gillian.

'Polly heeft iets lekkers voor ons gebakken. Omdat ze nieuw is, begrijpt u.'

'Natuurlijk begrijp ik dat,' snoof Gillian. 'Ze zit in mijn huis. Ik weet dat ze nieuw is.'

De vrouw draaide zich naar Polly toe, die verstijfde.

'In dit dorp eet men míjn brood,' zei mevrouw Manse dreigend.

Polly was vastbesloten om zich niet te laten afschrikken. 'Maar ík kom ergens anders vandaan.'

'Een reden te meer,' zei Gillian, 'om je niet in andermans zaken te mengen en hun bedrijf kapot te maken.'

Polly voelde zich gewoonlijk niet snel geïntimideerd, maar dit raakte een gevoelige snaar.

'Dat zou ik nooit doen,' zei ze zachtjes.

Mevrouw Manse wierp een vernietigende blik op Polly's klungelige poging daartoe en zei: 'Nee, met dát brood gaat dat je inderdaad niet lukken.'

Polly beet op haar lip.

'Tot ziens,' zei mevrouw Manse, die iedereen nogmaals ruim voorzag van boze blikken. Ze draaide haar enorme lijf, maar voordat ze langs de haven terugliep bleef ze staan en keek in Polly's doos. Polly kromp ineen.

'Wat is dit?' zei Gillian terwijl ze Neil bestudeerde, die haar met zijn kraaloogjes aankeek.

'O, de slager is mijn volgende doelwit,' zei Polly zachtjes. Tarnie grijnsde onwillekeurig.

Mevrouw Manse trok een wenkbrauw op. 'Het blijft jammer als nieuwkomers niet door het dorp worden geaccepteerd,' siste ze. 'Al zijn ze gelukkig meestal snel genoeg weer weg.'

Toen mevrouw Manse was verdwenen en de andere vissers hun schuilplaats hadden verlaten, moest Polly even gaan zitten.

'Maak je maar niet druk om Gillian,' zei Tarnie ongemakkelijk. 'Zo is ze nou eenmaal.'

'Ze is nou eenmaal de dúível?' vroeg Polly. 'Hoe kun je in godsnaam "nou eenmaal" zó zijn? "Wist je dat hij een heleboel mensen heeft vermoord? Ach, zo is Harold Shipman nou eenmaal."'

'Tja. Ze woont hier al heel lang.'

'Waarschijnlijk is zij het grote obstakel van dit dorp. O god, en ze is mijn huisbaas. Ze gaat me het appartement uit zetten omdat ik brood heb gebakken.'

'Ze is gewoon bang voor verandering.'

'Maar ik ben in haar bakkerij geweest.'

'Tja, die heeft betere tijden gekend...'

'Die valt uit elkaar van ellende.'

'De winkel is het enige wat ze heeft,' zei Tarnie. 'Het is moeilijk om hier rond te komen, weet je.' Gezien de blik in zijn ogen kwamen zijn woorden recht uit zijn hart.

'Waarom doet ze dan zo haar best om haar klanten weg te jagen?' vroeg Polly. 'Want ik ga nooit meer terug.'

'Ik ook niet,' zei Jayden. 'Polly, wil je elke dag brood voor ons bakken?'

'Ja, alsjeblieft?' zei Kendall.

'Tja, ik zou wel willen, maar blijkbaar mag dat niet van je baas,' antwoordde Polly. Ze keek Tarnie aan. 'Stel je voor dat mevrouw Manse van streek raakt. Al is ze dat volgens mij al.'

Tarnie keek niet erg vrolijk. Polly besloot maar weer eens te gaan.

'Neil en ik moeten terug naar huis,' zei ze. 'Cornelius.'

De andere jongens lachten.

'Het is...' Tarnie leek zich een beetje te schamen. 'Het is ingewikkeld.'

'Nee hoor,' zei Polly. 'Ze is net een maffiabaas die me waarschuwt dat ik hier niet mag komen wonen. En dat lijkt me eerlijk gezegd een prima reden om mijn huurcontract vroegtijdig op te zeggen.'

'Nee, niet doen,' zei Tarnie en even viel er een ongemakkelijke stilte.

'Goed, wij gaan er weer vandoor,' zei Polly. Ze keek naar het bord. 'Geef dat een andere keer maar terug.'

Toen ze wegliep leek Tarnie zich opeens iets te herinneren en hij riep haar na. Polly draaide zich om. Hij hield een in kranten gewikkeld pakketje omhoog.

'Een kabeljauw,' zei hij. 'Ik heb hem al voor je schoongemaakt. Bakken in een klontje boter en er een beetje citroensap overheen sprenkelen, dat is genoeg.'

Neil piepte opgewonden.

'Nee, dit is niet voor jou, jongeman,' zei hij. 'Dit is voor je baasje.'

Polly nam het koude zoenoffer aan. 'Dank je wel,' zei ze. 'Fijne avond alvast.'

Tarnie keek naar de grote, donkere wolken die zich tijdens hun gesprek hadden samengepakt en als een pestkop dreigend voor het waterige zonnetje van daarnet hingen.

'Ik denk niet dat het een fijne avond gaat worden,' zei hij.

Hoewel Polly haar stokoude, grote laptop, die ze van de curators had mogen houden, en een paar dvd's had meegenomen, ontdekte ze tijdens het eten van de vis – die ze had gebakken in haar laatste restje olijfolie en die ook met enkel een beetje citroensap, zout en peper inderdaad goddelijk smaakte – en een salade, die ze voor het eerst in jaren van hele slabladeren in plaats van dure slamelange uit een zak had gemaakt, dat ze net zo lief vanaf haar plek bij het raam naar buiten keek. Het werd steeds donkerder, de regen sloeg tegen de kinderkopjes en de havenmuren en de wind liet het hele huis rammelen en kraken. Ze zag de vissersboten, nietig in de enorme, onstuimige zee, een voor een naar het open water sputteren, waarbij hun lichtjes steeds zwakker werden. Al snel wist ze niet meer welk van de boten die in een slingerende rij de koude, ongenadige nacht in voeren *de Trochilus* was. Ze huiverde en dacht aan de mannen in hun piepkleine boot onder de enorme hemel, waaraan de sterren langzaam verschenen, om vervolgens te verdwijnen achter de voorbijvliegende wolken die door de brullende wind werden voortgeblazen.

Na het avondeten maakte ze in een rebelse bui een nieuwe portie brooddeeg en zette deze naast Neils kartonnen nest om te rijzen. Daarna klom ze in bed en viel direct in slaap.

Dit keer wist ze niet wat haar had gewekt.

Waarschijnlijk was het Neil geweest, die door zijn doos had geschuifeld. Ze schoot met een ruk omhoog. Het laken dat ze voor de ramen had gehangen hield niet al het licht tegen; het zwaaide over haar heen en verdween dan weer, zodat de kamer opnieuw in duisternis werd gehuld. De golven sloegen tegen de havenmuur; het waaide hard, maar het stormde niet. Een of ander instinct vertelde haar naar het raam te lopen, waar ze slaapdronken het laken opzijduwde.

Buiten was het pikkedonker. Er was zeewater tegen de ramen gespat en de lucht smaakte zout; Polly had het raam op een kiertje laten staan. Ze strekte zich uit om haar slaperige spiegelbeeld te laten plaatsmaken voor de buitenwereld.

Toen de lichtbundel van de vuurtoren opnieuw langsschoot, zag ze het. Een silhouet – een persoon, niet meer dan een schaduw – stond op de kade naar het water te turen. De figuur keek zonder een vin te verroeren roerloos uit over zee.

Verblind door het licht, dat alweer was verdwenen, maakte Polly een geschrokken sprongetje. Haar blik bleef te lang wazig en alles was donker. Wie kon daar op dit tijdstip in het duister staan? Verstijfd door de nachtelijke kou en de onbeweeglijke figuur wachtte ze negentig eindeloze seconden op het licht van de vuurtoren. Maar toen de lichtbundel weer langszwaaide, was er niets en niemand te zien. De haven was verlaten, aan de kade lag geen enkele boot – ze waren vast nog aan het vissen – en de toegangsweg was onzichtbaar. Mount Polbearne was opnieuw een eiland dat langzaam door de zee werd opgeëist. Polly schudde haar hoofd. Het moest de lichtval zijn geweest. Dankbaar kroop ze weer in haar warme bed.

De volgende ochtend was het hele voorval uit haar herinnering verdwenen, alsof ze het had gedroomd.

8

Bij het aanbreken van een nieuwe, frisse maar zonnige dag was het koud op de zolderkamers. Polly controleerde Neils verband (hij kwam nu vrolijk naar haar toe huppen en ze kriebelde hem achter zijn oren) en roosterde de restjes van het brood dat ze gisteren had gebakken in een broodrooster die, zo ontdekte ze te laat, twee koninklijke huwelijken geleden voor het laatst was schoongemaakt.

Dit had echter geen invloed op de kwaliteit van het brood. Het smaakte rijk en nootachtig, was zoet en voedzaam, het kruim was perfect in balans en de lik smeltende boter maakte het helemaal af. Neil verliet onmiddellijk zijn tonijn en hupte naar haar toe om te zien wat ze aan het eten was. Ze liet hem een paar kruimels van haar vingers pikken.

'Nog lekkerder dan vis?' glimlachte ze. Toen stond ze op, deed nog wat brood in de broodrooster en nam zich voor het ding schoon te maken.

Na het ontbijt ruimde ze af en ging ze in haar eentje bij het raam zitten. Dat was nieuw voor haar. Ze was nooit echt alleen geweest: na een aantal vieze studentenhuizen had ze een huis gehuurd met Kerensa en de laatste jaren had ze met Chris in hun appartement gewoond. De stilte – als je de cirkelende meeuwen niet meetelde – was zacht en weldadig. Ze besefte dat ze haar telefoon nog niet had opgeladen; ze had niet eens aan het ding gedacht. Dat was niet zo handig. Maar de laatste paar maanden had ze zoveel schuldeisers moeten wegdrukken en telefoontjes voor Chris moeten aannemen omdat hij die er echt even niet bij kon hebben 'op dit moment, Pol. Zie je dan niet dat ik druk ben? Jezus'. Ze had constant het gevoel gehad op de vlucht te zijn voor een roedel hongerige wolven en ook al was ze nu bijna alles kwijt, ze had de opluchting dat het allemaal voorbij was ervaren als een zegen, een troostend feit.

Uiteraard kon ze hier niet eeuwig blijven. Ze had een piepkleine uitkering en kon haar huur binnenkort alweer opzeggen, maar als ze een gat in een van haar schoenen zou ontdekken, was ze de pineut. Ze had een baan nodig. Een echte, fatsoenlijke baan. En vermoedelijk ook een internetaansluiting, een computer, een geüpdatet cv en een transportmiddel.

In haar fantasiewereld was een bedrijfje hier in de buurt wanhopig op zoek naar een officemanager en zou ze haar werktijden mogen afstemmen op de getijden of zoveel verdienen dat ze terug kon naar het vasteland. In veel van de charmantere dorpjes langs de kust van Cornwall en Devon zaten tegenwoordig hightech start-ups waarvan de medewerkers 's nachts codeerden en overdag surften. Maar deze zuidelijke inham had noch de golven, noch de eigenzinnigheid, noch de coole cafés die dat soort types zochten. Waarschijnlijk zou ze dus weer heen en weer moeten naar Plymouth en dan had ze een auto nodig, al wist ze niet of ze die wel zou kunnen krijgen, want ze mocht geen lening afsluiten of haar creditcard gebruiken. Ze zou ook elke dag de bus kunnen nemen, maar die deed er vanwege zijn slingerende route langs alle dorpjes in de regio negentig minuten over en de vertrektijden sloten niet altijd aan op het getij. Kerensa had gelijk gehad. Ze was veel te koppig geweest.

Aan de andere kant, dacht ze terwijl ze met Neil kroelde en wachtte op het nieuwe brood in de oven, dat zijn fantastische geur al door het oude gebouw verspreidde en de sporadische voorbijgangers buiten liet stilstaan om diep in te ademen, hoorde deze periode een pauze te zijn. Een tijd om wat zaken te reorganiseren, niet om direct een nieuw leven te beginnen. Paradoxaal genoeg was dit een moment van gedwongen ontspanning, dacht ze glimlachend.

Nou ja. Eén probleem per keer. Vandaag ging ze haar omgeving eens te voet verkennen.

'Jij kunt niet mee,' zei ze geduldig tegen Neil en ze zette hem neer. 'Het wordt onderhand een beetje raar om je overal mee naartoe te nemen.'

Neil hupte zielig naar haar toe en ging op haar hand zitten.

'Wáúw,' zei Polly oprecht verrukt. 'Hallo! Moet je jou eens zien!' Hij wilde blijkbaar dat ze weer onder zijn veren kriebelde en dat deed ze maar al te graag. 'Je bent duidelijk aan de beterende hand, kleintje.'

Neil liet een witte kledder op de grond vallen.

'O god,' zei Polly. 'Ik weet niet of ik je hier alleen kan laten.'

Ze ruimde de poep op en keek hem onderzoekend aan. Hij keek met een van zijn kraaloogjes indringend terug en toen ze naar de wc ging, volgde hij haar naar de deur.

'Mijn hemel, je bent een schootpapegaaiduiker,' zei ze geïrriteerd. 'Luister, ik weet dat je klein en verdwaald bent en naar je mama wilt, maar ik ben je mama niet, oké?' Ze knielde neer. 'Dit is allemaal tijdelijk. Binnenkort ga ik hier weer weg en vlieg jij uit en zullen die papegaaiduikerhersentjes van je nooit meer aan me denken, oké?'

Neil kantelde zijn kopje.

'Oké, oké. Goed dan. Voor deze ene keer.'

Ze legde wat velletjes keukenpapier op de bodem van haar rugzak en zette hem erbovenop.

'Niemand vertellen dat je hier zit, goed?' zei ze. 'Er is hier al iemand die me zomaar haat. Ik wil niet dat de rest denkt dat ik een of ander vreemd papegaaiduikervrouwtje ben.'

Neil tsjirpte.

Polly haalde het brood uit de oven en besprenkelde het met het allerlaatste beetje olijfolie en wat grof zeezout, waardoor het, mede dankzij de platte vorm, een soort focaccia werd. Ze vroeg zich af of ze hier ergens rozemarijn verkochten, maar dat was a) een idioot idee en b) een tikkeltje boven haar budget. Ze wikkelde het brood in een theedoek om het warm te houden en vervolgens in een plastic zak om te voorkomen dat Neil erin zou pikken en maakte voor de zekerheid nog een extra boterham van het brood van gisteren. Ze nam ook een fles kraanwater mee die ze eerder in de vriezer had gelegd om koud te worden, en een paar lokale appels die ze gisteren had gekocht.

Het was eb en de toegangsweg glom haar deze ochtend tegemoet. Terwijl Polly eroverheen wandelde, vroeg ze zich af hoe het voor de dorpelingen, die ooit op het vasteland hadden gewoond, had gevoeld toen de zee de enige route naar het dorp opeiste en ze de weg steeds maar weer moesten ophogen, tot ze er maar mee waren gestopt.

Terwijl ze vanaf de kust richting het platteland liep, besefte ze dat ze al heel lang geen echte wandeling had gemaakt. In haar rijke periode had ze op en neer gelopen door de winkelstraten van Plymouth en ze was ooit lid geweest van een sportschool, maar ze was nooit het type geweest om zomaar een beetje te... wandelen.

Maar nu ze met een rugzak vol brood (en een kwebbelende papegaaiduiker) doelloos over smalle, schaduwrijke landweggetjes wandelde, vond ze het eigenlijk... best prettig. Heel erg prettig. Opeens voelde ze weer die gekke sensatie in haar schouders en eindelijk kon ze het gevoel plaatsen: er ontbrak iets. Een bepaald gewicht, een bepaalde spanning. Ze zouden wandelen moeten aanprijzen als een alternatief voor massages.

Terwijl het zonnetje zijn best deed om door te breken liep ze langs velden vol koolzaad en zoet beemdgras met hier en daar een vriendelijke koe of een lelijke tractor. In een bijzonder zonnig hoekje ontdekte ze tot haar verbazing een paar rozemarijnplanten. Die waren waarschijnlijk bedekt met uitlaatgassen, maar dat nam ze voor lief. Ze strekte haar rug en haar benen en ademde de geuren van de velden in – nou ja, die van de mooie velden, want sommige waren verschrikkelijk – en terwijl ze af en toe een gehucht passeerde kostte het haar grote moeite niet uit volle borst 'De paden op, de lanen in' te gaan zingen.

Ze dacht aan Chris en vroeg zich af wat hij aan het doen was. Als hij nog steeds bij zijn moeder woonde, was hij vast nors en vijandig, dat was hij daar wel vaker. Het aan lagerwal geraakte wonderkind. Dit zou hij ook leuk hebben gevonden, dacht ze. Maar was dat wel zo? Hij was praktisch een vreemde voor haar. De afgelopen paar jaar had hij al haar ideeën direct afgeschoten. Het voorstel om een frisse, heilzame wandeling over het platteland te maken zou met minachting zijn ontvangen. Als hij niet als een maniak zat te werken, wilde hij maar twee dingen: hardlopen of bier drinken, het liefst in een moordend tempo om zo dronken mogelijk te worden. Als hij eenmaal bezopen was vond hij zichzelf heel zielig, herhaalde hij alles wat hij zei en wilde hij alleen maar horen dat alles goed zou komen; uiteindelijk viel hij dan zittend in slaap om de volgende ochtend met een nog groter pesthumeur wakker te worden. En Kerensa was al helemaal geen type voor een wandeling door de natuur.

Maar terwijl de zon Polly's rug verwarmde ademde ze diep in en uit en probeerde ze aan de toekomst in plaats van aan het verleden te denken. Ja, de toekomst was griezelig, maar gold dat niet voor alles?

Net toen ze in deze enigszins tegenstrijdige gemoedstoestand – en wensend dat ze haar iPod had meegenomen, want 'De paden op, de lanen in' begon een beetje irritant te worden – wilde gaan zitten om te lunchen, zag ze het bord.

VERSE WILDE-BLOEMENHONING TE KOOP

Rond het houten bord hing een slinger van madeliefjes. Ooo, dacht Polly. Dit moest die rare Amerikaan zijn over wie de vissers het hadden gehad. Misschien moest ze zichzelf gaan voorstellen als de andere vreemdeling die hier net was komen wonen. Er waren duidelijk niet veel buitenstaanders en ze kon wel een vriend gebruiken als Gillian Manse opnieuw dreigend haar tanden zou laten zien. Huiverend besefte ze opeens dat mevrouw Manse natuurlijk een sleutel van haar appartement had. Dus. Versterking.

Normaal gesproken zou ze nooit onuitgenodigd bij iemand langsgaan om zich voor te stellen, al had ze vaak genoeg geprobeerd te netwerken voor hun bedrijf, hoewel ze daar een enorme hekel aan had. In Plymouth had ze veel mensen gekend, wat haar leven uiteindelijk knap lastig had gemaakt, maar hier had niemand enig idee van – of enige interesse in – haar situatie. En misschien zocht hij wel een marketingmedewerker voor zijn honing.

Ze keek opnieuw naar het bord. Oké, dat was extreem onwaarschijnlijk. Maar dan nog...

Ze betrad het uitgesleten paadje. Onder de bomen, die boven haar hoofd samenkwamen, was het donker en vreemd stil. Ze voelde haar schoenen wegzakken in de modder.

'Dit vind ik maar niks,' zei ze toen ze na twintig minuten wandelen midden tussen de bomen en de velden stond. Ze had echter weinig zin om door de modder terug te banjeren. Ze stond verhit en dorstig stil en twijfelde of ze verder zou lopen, maar opeens zag ze in de verte een dun sliertje rook. Kon dat het zijn? Ze liep verder.

'Als hij niet thuis is, berg je dan maar,' zei ze bozig tegen Neil. 'Zo graag wil ik die honing niet eens.'

Maar ze was geïntrigeerd; ze wilde een honingbrood bakken en hoe meer lokale en natuurlijke ingrediënten ze daarvoor zou gebruiken, hoe lekkerder het zou smaken, dacht ze.

Het bos werd plotseling minder dicht en Polly hapte naar adem. Ze stond op een open plek en zag een piepklein huisje met een strodak dat rechtstreeks uit een sprookje leek te komen. De schoorsteen rookte en de muren waren van grijze leisteen, net als het pad dat tot aan het witgeverfde houten tuinhekje kronkelde, dwars door een betoverende tuin.

Het huisje had kleine ramen met tussenstijlen en over de muren slingerde een wirwar van rozenknoppen.

'Ooo,' bracht Polly onwillekeurig uit. Het was schitterend. 'Ik hoop maar dat er geen heks woont,' fluisterde ze tegen Neil. 'Er woont vást geen...

Hallo?' zei ze aarzelend. Ze zag geen enkel teken van leven, maar vanwege de rook... Dit was geen huis voor een man; hier woonde beslist een oud vrouwtje, eentje met grijs haar, een kast vol lange jurken en een onstilbare honger naar kinderbotten... Polly zei tegen zichzelf dat ze niet zo stom moest doen en moest aanbellen.

Er was geen bel, maar wel een klopper in de vorm van een bij, dus ze was in elk geval op de juiste plek. Ze bonsde met de klopper tegen de deur, wat in het zachte geruis van de open plek een belachelijk hard geluid maakte, en zette toen een stap achteruit om te voorkomen dat ze degene die zou opendoen de stuipen op het lijf zou jagen.

Maar er deed niemand open.

'Hallo?' zei Polly, ditmaal luider. 'Hállo?'

Ze had geen zin om dezelfde weg terug te lopen. Sterker nog, dacht ze terwijl ze een flinke slok water nam, ze had onderhand best trek. Ze zou het niet trekken om nog een halfuur over zo'n saai pad te lopen; misschien kon je ook via het bos terug naar het dorp.

'Hallo?'

Het leistenen paadje langs de rechterkant van het huisje leidde haar langs een waterput en de achterzijde van het huis.

Toen viel haar blik op het uitzicht. Achter het huisje werd de tuin een flink stuk breder en ging hij over in een lang, weids, groen veld dat sterk naar wilde bloemen rook. Het veld strekte zich uit tot aan de voet van een heuvel, waar een beekje het bos uit kwam stromen. De voorwerpen aan beide kanten van het beekje leken in eerste instantie net raketten met een stompe neus die elk moment konden worden gelanceerd. Toen ze beter keek bleken het uiteraard bijenkorven te zijn. Ze hoorde gezoem en zette instinctief een stap naar achteren, en daarna nog een toen ze een van de raketten zag bewegen. Opeens besefte ze dat het geen bijenkorf, maar iemand in een astronautenpak – of beter gezegd, in een bijenpak – was. Ze moest eens ophouden met dat schrikachtige gedoe.

Ze was net van plan om de aftocht te blazen – ze had onderhand wel genoeg moedige acties ondernomen – toen de figuur rechtop ging staan en zwaaide. Ze was dus gespot. Polly zuchtte en zwaaide zwakjes terug. Ze besefte dat ze zenuwachtig was. Dat sloeg nergens op; het was niet erg om zenuwachtig te zijn voor een eerste kennismaking, maar zíj was toch zeker niet degene die in een uithoek van het platteland tegen insecten praatte? Ze wilde trouwens alleen maar een pot honing kopen, en dat was zo gebeurd en helemaal niet raar.

De man – het moest wel een man zijn, want hij was lang en had heel lange benen – sprong behendig over het beekje en beende met grote passen op haar af.

'Wffgargh,' zei hij en hij stak haar een hand in een enorme witte handschoen toe.

'Eh,' antwoorde Polly. 'Hoor je die hoed niet even af te zetten?'

Zijn gigantische witte hoed bedekte zijn hele hoofd, met uitzondering van zijn ogen: die zaten verborgen achter dicht gaas. Hij leek een soort kruising tussen een ruimtevaarder en een extreem verlegen bruidje.

De man streek met zijn handen over zijn pak, controleerde zijn armen – ook Polly keek instinctief naar haar armen – en zette toen verontschuldigend zijn hoed af.

'Ja,' zei hij langzaam. 'Ja, dat was ik even vergeten. Ik heb wat moeite met de juiste volgorde. Te weinig bezoek.'

Hij keek droevig naar zijn gehandschoende hand, alsof hij zich afvroeg of hij die weer moest uitsteken.

Polly keek hem aan. Ze was verbaasd; ze had een gepensioneerde man verwacht, iemand van een jaar of zestig die na het lezen van een artikel in een vliegtuigmagazine had besloten om uit het snelle zakenwereldje te stappen en daar al heel snel spijt van had gekregen.

Voor haar stond echter een totaal andere man: hij was jong, lang en breedgebouwd en had zijn halflange, blonde haar uit zijn blauwe ogen geveegd. Hij was alarmerend knap.

'Zullen we dat nog een keer proberen?' zei Polly. Ze stak formeel haar hand uit. 'Hoi, ik ben Polly.'

'Huck.'

'Sorry?'

'Huck.'

'O, dat is je naam.' Polly voelde dat haar wangen rood werden. Ze dacht dat hij moest hoesten.

'Nou ja, mijn moeder noemt me Huckle.'

'Húckle?'

De man had een heel diepe stem en sprak met een lijzig accent. Polly wist al dat hij Amerikaans was, maar hij kwam overduidelijk uit het zuiden. Ze wilde hem meer horen zeggen.

'Een van de fijnste' – dit sprak hij uit als fááááinste – 'dingen aan *Inglin*' – Polly besefte dat hij Engeland bedoelde – 'is dat iedereen hier altijd zo beleefd en hartelijk is.'

'Sorry,' zei Polly en ze sloeg een hand voor haar mond. 'Ik was gewoon een beetje verbaasd. Die naam kende ik nog niet.'

'Tja, ik wil niet lullig doen, dame, maar jij hebt hier de papegaaiennaam.'

'O, wat leuk dat je me dame noemt. Dan voel ik me net van adel.'

Op Huckles gezicht brak traag een glimlach door. Hij had een fantastisch gebit. Polly vroeg zich af of er in Amerika een soort tandenfabriek bestond waar iedereen op zijn dertiende naartoe werd gestuurd, een beetje zoals iedereen uit haar moeders klas tegelijkertijd zijn keelamandelen had laten knippen.

'Goed, dame, wat kan ik voor je doen?'

'Ik wil uiteraard wat honing van je kopen,' zei Polly. 'Maar kan ik eerst een glaasje water krijgen? Ik smelt zowat.'

De zon stond nu hoog aan de hemel en het was veel heter dan ze had verwacht. Normaal gesproken zou ze dat heerlijk vinden – de winter was afschuwelijk koud geweest – maar ze was zich bewust van haar knalrode gezicht en het zweet dat langs haar nek liep.

'Tuurlijk. Water? Ik heb ook *iced tea*, als je wilt.'

'Ik heb geen idee wat dat is,' antwoordde Polly, 'maar dat wil ik wel eens proberen. Is dat gewoon thee die je koud hebt laten worden? Dat gebeurt mij ook wel eens. Maar dat is niet echt lekker.' Ze besefte dat ze onzin uitkraamde. Ze had duidelijk te lang niet met andere mensen gesproken.

'Geen idee. Ga daar maar vast zitten.'

Hij gebaarde naar een smeedijzeren tafeltje met bijpassende stoelen dat midden in een wolk madeliefjes stond. Op de comfortabel ogende stoelen lag een gestreept zitkussentje. Polly ging dankbaar zitten en Huckle verdween in het huis.

Polly keek om zich heen. Dit was echt een belachelijk mooie tuin. Door het gezoem leek de milde zon op haar gezicht minder heet en na twee gebroken nachten, maandenlange bezorgdheid en een lange wandeling stond ze zichzelf toe heel even haar ogen te sluiten. Heel even maar...

'Yo.'

Polly schrok en wist niet waar ze was. Toen ze de lange, blonde man naast haar zag knipperde ze snel met haar ogen. Hij had zijn witte pak uitgetrokken en droeg nu een doodnormale Levi's-spijkerbroek en een rode houthakkersbloes.

'O god, ben ik in slaap gevallen?'

'Ik hoop van wel. Anders was het een heel kortstondige coma.'

Polly wreef in haar ogen en hoopte vurig dat ze niet met open mond had liggen kwijlen.

'Hoelang heb ik...'

'Nou, het is onderhand dinsdag,' zei Huckle. Het duurde even voordat Polly begreep dat hij een grapje maakte.

'Hier,' zei hij en hij gaf haar een glas waar rinkelende ijsklontjes en verse muntblaadjes in dreven. Polly nam een grote slok.

'Goh, dit is heerlijk,' zei ze. 'Dus dit is iced tea?'

'Yep,' antwoordde hij. 'Het is niet zo lekker als het spul dat we thuis drinken, maar...'

Hij ging vriendschappelijk op de andere stoel zitten. Polly herinnerde zich dat ze uitgehongerd was. Ze twijfelde even of ze het zou vragen, maar besloot het gewoon te doen.

'Eh,' zei ze. 'Heb je soms zin in de helft van mijn lunch?'

'Nu we met elkaar naar bed zijn geweest, bedoel je?' antwoordde Huckle op zijn serieuze, lijzige toon.

'Haha,' zei Polly. Ze besefte dat ze geen sarcastische Amerikaan had verwacht; alle Amerikanen die ze eerder had ontmoet, hadden de neiging precies uit te leggen hoe en waarom ze iets deden. Ze pakte haar tas. Zodra ze hem opendeed, kwam Neil klagend naar buiten waggelen.

'Hoi, vent,' zei ze. 'Sorry, ik had je niet zo lang mogen opsluiten.'

Hij negeerde haar en pikte in de plastic zak waar haar lunch in zat.

'Eh, nee,' zei Polly. 'Daarom zit het in plastic.'

Ze sloeg haar ogen op. Huckle zat met geamuseerde blik naar haar te kijken.

'Wat? Vind je dit raar of zo?'

'Eh, dat hoor ik te ontkennen, toch?'

'Ja. Sorry, waarschijnlijk is het ook een beetje vreemd.'

'Is het een magische papegaaiduiker? Kan hij praten?'

'Nee, het is een normale,' zei Polly.

'O. Jammer.'

'Hij is goed zoals hij is,' zei Polly stijfjes.

Huckle glimlachte. 'Heb je altijd een vogel in je tas zitten? Is dat je "ding"?'

'Nope,' zei Polly, die Neil oppakte en zijn verbonden vleugel liet zien. 'We zijn in herstel.'

'In een rugzak?'

'Hij houdt van gezelschap.'

Huckle knikte en keek om zich heen. 'Daar zit ik dan, zonder lunch.'

Polly fronste en opende de plastic zak.

'Dit is een Britse lunch, geen Amerikaanse, oké?'

Ze was één keer in New York geweest, met Chris. Heel lang geleden. De kwaliteit en kwantiteit van het eten in de stad was verbazingwekkend geweest.

'Dus het brood past gewoon in mijn mond?'

'Je hebt best een grote mond,' zei Polly. 'Sorry, zo bedoelde ik het niet. Goed. Hier.'

Ze gooide hem het pakketje toe. Hij haalde er een enorme boterham uit en gaf de zak weer terug.

'Nou, deze boterham kan anders prima door voor een Amerikaanse,' zei hij en hij nam een hap. Polly deed hetzelfde. Het was verrassend fijn om met een vreemde reus in een prachtige tuin te zitten en samen een iced tea te drinken en een boterham te eten. Als nieuwe dingen uitproberen een doel was in haar nieuwe leven, dan was dit een succesvolle dag.

'Wauw,' zei hij na een paar tellen. 'Dit is heerlijk. Waar heb je dit vandaan? Al het brood dat ik hier heb gevonden is oneetbaar en smaakt naar plastic.'

'Ik heb het zelf gebakken,' zei Polly tevreden. 'Ik heb trouwens nog iets beters bij me,' herinnerde ze zich. 'Probeer de focaccia. Die heb ik vanochtend gebakken.'

Ze opende het andere pakketje en scheurde een stukje brood voor Neil af.

'O, wacht!' Ze zocht in haar zak naar de rozemarijn. 'Heb je ergens een schaar?'

'Ik heb nog nooit zoveel moeite moeten doen om mijn honing te verkopen,' zei Huckle glimlachend en hij stond op. Hij kwam terug met een kartelschaar waarmee Polly het kruid boven het hartige brood in stukjes knipte. De focaccia verspreidde een sensationele geur en smaakte zelfs nog beter dan hij rook. Binnen twee tellen had Huckle zijn helft verslonden.

'Je bent hier echt goed in,' zei hij terwijl hij verlangend naar haar stuk keek.

'Eet maar op,' zei ze, 'maar geef Neil ook wat.'

'Ik meen het. Is dit je werk?'

Polly lachte wrang. 'Nee. Nee, nee, dit is niet mijn werk.'

Ze veranderde van onderwerp.

'En hoe zit dat met jou en de honing?'

'O ja, ik ga gelijk een potje voor je halen. Jammer dat honing en focaccia niet goed samengaan.'

'Ik kan vast iets bakken waar het wel bij smaakt,' zei Polly. Ze hoopte dat ze niet al te flirterig overkwam.

'Dat geloof ik graag,' antwoordde Huckle op hetzelfde ietwat gekke toontje, dus dat niet te flirterig overkomen was duidelijk niet gelukt.

Uit een schuurtje dat tegen de muur stond haalde hij een potje en een houten lepeltje met een spoel aan het uiteinde. Op het fraai beschilderde potje stond een tekening van het huis met daarnaast de woorden HUCKLES HONING.

'Proeven?' zei hij. Hij bood haar de honinglepel aan. Omdat ze niet precies wist wat ze daarmee moest doen, nam hij hem weer van haar over en deed het voor: hij dipte het ding in de honing en schudde het meeste er weer vanaf om hem uit de pot te krijgen.

'Dit is appelbloesem. Verschillende soorten bloemen leveren verschillende soorten honing op, snap je. Ik experimenteer een beetje door de korven telkens te verplaatsen.'

Polly likte de honing van de lepel. Die was sensationeel. Ze had nog nooit iets geproefd met zo'n warme, intense smaak en hoewel deze honing minder zoet was dan die uit de supermarkt vond ze hem zachter, bevredigender.

'Wauw,' zei ze. 'Dit is fantastisch.'

'Ja hè?' Hij keek haar opgewekt aan. 'Wacht, dan haal ik wat van de oranjebloesem.'

Die was al even lekker: licht en fruitig, met de kleur van vloeibaar goud.

'Eén ding begrijp ik niet,' zei Polly, 'is je accent voor de show, of ben je hier als een of andere cowboy op je paard komen aanrijden en heb je toen' – ze probeerde zijn manier van praten te imiteren – '"*Howdy* juffie, ik kom hier honing maken" geroepen?'

Huckle lachte. 'Nee,' zei hij. 'Zo is het niet precies gegaan. Kom je hier uit de buurt?'

'Nee,' antwoordde Polly. 'Ik kom uit Plymouth.'

'Dat ligt maar vijfenzestig kilometer verderop!' zei Huckle. 'Geloof me, waar ik vandaan kom is dat in de buurt.'

'Nou, waar ik vandaan kom, is het een totaal andere wereld,' zei Polly.

'Je hebt gelijk,' zei Huckle. 'Maar goed. Dit is het oude huis van de imker. Er wordt hier al zo'n tweehonderd jaar een vorm van honing gemaakt. Ze wisten dus precies welke bloemen ze moesten planten en waar ze alle spullen moesten opslaan enzovoorts. Toen ik het vond, begon het langzaam te vervallen.'

'Maar hoe ben je hier beland?' vroeg Polly. Het leek zo onwaarschijnlijk.

Huckle keek op zijn horloge. 'Dat is een lang verhaal, dame.'

Polly wachtte, maar toen ze besefte dat hij dat verhaal niet ging vertellen werd ze rood en sprong ze op. Ze was zomaar het terrein van deze man binnengedrongen, in slaap gevallen in zijn tuin en vervolgens veel te lang gebleven.

'Sorry, sorry,' zei ze. 'Dat zijn mijn zaken niet.'

'Geeft niet,' zei hij. Toch stond hij op. 'Ik vond het een eer om je te ontmoeten. En Neil.'

Neil poepte op een groepje madeliefjes en probeerde een stel andere op te eten.

'Sorry,' zei Polly. 'Het is eigenlijk nog maar een peuter.'

Huckle glimlachte. 'Nu ik hem zie, mis ik mijn hond.'

'Ha,' zei Polly. 'Je ziet er inderdaad uit als iemand die een hond heeft.'

'Omdat ik overal haar achterlaat, of zo?'

'Nee, omdat...'

Ze wilde hem vragen wat er met zijn hond was gebeurd, maar hij was duidelijk uitgepraat en ze wilde niet nieuwsgierig zijn.

'Ik ga maar weer eens.'

Hij liep met haar mee naar het hek en gaf haar drie potten honing. Hij weigerde haar geld aan te nemen, maar dan moest ze wel beloven dat ze brood voor hem zou bakken.

'Mocht je een keer in Mount Polbearne zijn: ik woon aan de haven, in het huis boven de oude bakkerij,' zei ze verlegen.

'Daar?' Hij keek geschokt. 'Ik dacht dat dat onbewoonbaar was verklaard.'

'Nee,' zei Polly. 'Maar gelukkig liggen mijn standaarden niet zo hoog.' Ze probeerde een grappig toontje aan te slaan, maar haar stem trilde een beetje. Huckle keek haar even aan.

'Tja, als je het mij vraagt, bestaat er voor jou geen betere plek dan een bakkerij,' zei hij. 'Die andere zaak... ugh.'

'Zeg maar niks,' zei Polly. 'Ze heeft me het boze oog al gegeven.'

'Gevaarlijke dingen, die boze ogen,' zei Huckle.
'Inderdaad,' beaamde Polly.

Op weg naar huis dacht Polly na over de vreemde man. Geen wonder dat de vissers hem raar vonden. Hij wás ook raar. Wie woonde er nou op zo'n afgelegen plek? Waar leefde hij van als hij zomaar potten honing weggaf? Opeens bedacht ze iets afschuwelijks. Misschien dacht hij dat ze hem had willen versieren. Hij was tenslotte niet veel ouder dan zij. O god.

Ze voelde haar gezicht warm worden, en niet alleen door de zon. Hij was inderdaad knap, maar het idee alleen al... Ze had trouwens al jaren niet geflirt, alleen met de deurwaarder in de hoop dat hij zou stoppen met bellen. Chris en zij waren al heel lang samen en ze herinnerde zichzelf eraan dat ze officieel nog niet eens uit elkaar waren. Dat zou ze de Amerikaan de volgende keer direct duidelijk maken. Ze probeerde een manier te bedenken om hem dit te vertellen zonder de situatie nog erger te maken, maar zonder succes. Ze liep het hele eind naar huis, plukte onderweg nog meer rozemarijn en schoot in het dorp vlug naar binnen bij het vriendelijke supermarktje dat alles verkocht om meer patentbloem te halen. De vrouw in de winkel, een opgewekt type, keek licht bezorgd toen ze zag dat Polly opnieuw bloem kwam kopen.

'Dat is het laatste pak,' zei ze. 'Meer heb ik niet.' Ze was even stil. 'Bak je... Bak je veel brood?'

Polly rolde in gedachten met haar ogen.

'Waarom, is dat gevaarlijk?'

De vrouw probeerde te glimlachen, maar haar blik bleef ernstig.

'Nou ja, we hebben hier een bakkerij...'

'Ja, dat heb ik gehoord,' zei Polly. Opstandig voegde ze daaraan toe: 'Maar hun brood vind ik echt niet lekker.'

De vrouw keek om zich heen, alsof Gillian Manse haar kwaadaardige tentakels had uitgespreid over het hele dorp.

'O,' zei ze. 'Ik wil gewoon niemand van streek maken.'

'Nou, als je geen nieuwe patentbloem bestelt, maak je míj van streek,' zei Polly.

De vrouw glimlachte toegeeflijk. 'De bloem wordt samen met de rest van de producten bezorgd. Ik heb geen... Ik hoor het niet te bestellen, maar het is voor de toeristen... Niet dat er in deze tijd van het jaar veel toeristen zijn. Ik bedoel, geen enkele dorpeling zou ooit brood bakken...'

Polly woonde hier pas net en kende nog helemaal niemand, dus ze wilde geen vijanden maken. 'Wat als we hier nou eens een ander soort bloem neerzetten?' zei ze. 'Dan zie je niet dat het is uitverkocht.'

'Wat voor...' de vrouw aarzelde. 'Wat voor brood bak je?'

Polly opende haar tas en negeerde Neil; ze had nog een stukje focaccia dat Huckle niet achterover had gedrukt en dat in de theedoek lekker mals was gebleven.

'Hier,' zei ze terwijl ze het aan de vrouw gaf, die angstig naar de deur keek en toen vlug een klein stukje afbeet.

'O mijn god,' zei ze. 'Geweldig. Dit smaakt ongelofelijk. God, wat mis ik brood.'

Polly keek om zich heen. De gebruikelijke voorverpakte broden en bolletjes waren inderdaad nergens te vinden.

'Je wilt... Je wilt... Je wilt Gillian Manse hier niet voor de voeten lopen,' zei de vrouw. Ze keek weer angstig. 'Dat is het niet waard.'

'Waarom is iedereen zo bang voor haar?' vroeg Polly. Het gezicht van de vrouw betrok en ze begon doosjes pepermunt recht te zetten.

'Ik ben Muriel, trouwens,' mompelde ze vanuit een mondhoek.

'Aangenaam, Muriel. Ik ben Polly.'

Muriel draaide zich weer om.

'Ach, ze heeft... Ze heeft het niet makkelijk. En het is lastig om hier als bedrijf je hoofd boven water te houden, zeker in de winter.'

Polly besefte dat de vrouw ongeveer even oud was als zij, maar dat ze er gewoon doodmoe uitzag.

'Ze wil dat de dorpelingen elkaar steunen. Het probleem is alleen...'

'Dat haar brood niet te eten is.'

'De meesten wennen eraan,' zei Muriel. 'Maar...' ze keek treurig naar Polly's theedoek.

'Oké, ik weet het goed gemaakt,' zei Polly. 'Als jij bloem voor me naar het eiland smokkelt, dan bak ik brood voor je.' Het was belachelijk, maar ze wierp een vluchtige blik op de beveiligingscamera. Muriel keek weer naar de deur. Ze gedroegen zich allebei opeens heel samenzweerderig.

'Deal,' zei Muriel zachtjes. Ze keek op haar horloge. 'Dit is een goed moment. Na de lunch, maar voor de school uit is.'

'Begrepen,' zei Polly. 'Laten we een brood per week afspreken.'

Muriel duwde het pak patentbloem naar Polly. 'Hier. Als voorschot.'

'Mogelijk heb ik sterker spul nodig,' zei Polly. 'Type 00.'

'Daar hebben we het later nog wel over,' zei Muriel zacht.

Polly wikkelde de bloem strak in de plastic zak en zette hem naast de jammerende Neil in de rugzak. Ze herinnerde zich dat ze melk nodig had, kocht een pak en schoot toen stilletjes de kinderkopjes weer op.

9

Langer zou ze niet zijn gebleven, hield Polly zichzelf achteraf voor. Echt niet. Ze zou haar twaalf weken op Mount Polbearne uitzitten, de sleutels teruggeven, de vissersboten gedag zwaaien en met een paar interessante verhalen, flink wat nieuwe broodrecepten en een heleboel nieuwe rust, reinheid en regelmaat – ze sliep beter dan ze in jaren had gedaan – terugkeren naar Plymouth. Langer zou ze niet blijven, ware het niet dat haar hachelijke situatie daar een stokje voor stak.

Voor haar vertrek uit Plymouth had ze zich ingeschreven bij een uitzendbureau, maar elke keer dat ze belde klonken ze moedeloos en vroegen ze haar een keertje langs te komen. Dat had ze echter al een keer gedaan en bij het zien van alle elegante studenten en ex-studenten met fantastische computervaardigheden – zijzelf kon net een simpele spreadsheet fabriceren – die er ronddartelden had ze geconcludeerd dat ze kansloos was. Ze had gezegd dat ze elk baantje zou aannemen, maar toen de vrouw iets uitlegde over nulurencontracten waarbij ze altijd stand-by moest staan, had Polly zich geschokt teruggetrokken. Nee. Ze was een professional. Ze zou een professionele baan vinden.

Dat was toen. In de afgelopen weken had ze tot haar afschuw ontdekt dat het sollicitatieproces de laatste jaren totaal was veranderd. Om te beginnen ging alles via internet en waren uitgeprinte cv's en stempels verleden tijd. Ook de etiquette was veranderd: op geen van de sollicitaties die ze had verstuurd kreeg ze een reactie, zelfs geen e-mail dat haar sollicitatie was ontvangen. Toen ze een van de bedrijven probeerde te bellen, werd ze doorverbonden met een voicemail die zo vol zat dat ze niets kon inspreken.

In het begin dacht ze dat ze gewoon pech had: haar geüpdatete cv zag er netjes en professioneel uit en ze had... Nou ja, uiteindelijk was het niet gelopen zoals ze had gehoopt, maar ze had hard gewerkt. Kerensa had haar hiervoor gewaarschuwd. 'Niet zeggen dat je een eigen bedrijf hebt gehad,' had ze nadrukkelijk gezegd. 'Dan denken ze dat je eigenlijk niet voor een bedrijf wilt werken, dat je te non-conformistisch bent.'

'Dat klinkt best cool,' had Polly geantwoord. 'Het lijkt me best leuk om non-conformistisch te zijn. Ik ben gewoon veel te meegaand geweest.'

'Hm,' zei Kerensa, die stiekem bang was dat Polly eerder een nieuw appartement of een nieuwe vent dan een nieuwe baan zou vinden. De arbeidsmarkt was wreed. 'Nou, als ik je cv moet nakijken, zeg je het maar. Ik zou trouwens ook een paar jaar van je leeftijd aftrekken.'

'En schaamteloos liegen?' vroeg Polly. 'Je wilt dat ik mijn hele cv bij elkaar lieg?'

'Nee, zo moet je het niet zien,' zei Kerensa. 'Iedereen liegt, dus als jij de waarheid vertelt, toont dat aan dat je niet weet hoe het bedrijfsleven in elkaar zit. Mensen gaan ervan uit dat je liegt, dus als je eerlijk bent, stellen ze de waarheid in negatieve zin bij en dat is het laatste wat je wilt. Dat is alsof je dokter ervan uitgaat dat je liegt over je drankgebruik.'

Polly keek haar bedenkelijk aan.

'Ik vertel alleen maar hoe de wereld tegenwoordig in elkaar zit,' zei Kerensa.

'De wereld kan de pot op!' had Polly gegromd. 'Ik wil in mijn knusse appartement blijven, een leuk bedrijfje runnen en dromen dat Chris en ik rijk zijn en ik jurylid bij *Dragon's Den* of Alan Sugars assistent bij *The Apprentice* ben!'

'Daar droom je helemaal niet over,' zei Kerensa.

'Eh, nee,' had Polly snel geantwoord.

Eigenlijk had ze helemaal niet zoveel dromen.

Het probleem viel echter steeds moeilijker te negeren. Want het kleine beetje geld dat ze had was nauwelijks genoeg om rond te komen. Iedereen wist dat ze brood bakte, want dat was in de hele haven te ruiken. Tarnie had haar fluisterend gevraagd of ze lunch voor de vissers wilde maken als alle boten geld bij elkaar zouden leggen en haar wekelijks een bedragje zouden betalen. Ze vonden de broodjes van Gillian niet lekker en blijkbaar konden mannen zelf geen brood smeren. Ook Muriel moest natuurlijk haar brood krijgen en toen ze op een avond de deur uit ging sloop er een man naar haar toe die vroeg: 'Pst, ben jij de bakker?'

Ze stonden onder een straatlantaarn en Polly schrok zich te pletter.

'Eh, hoezo?' vroeg ze terughoudend.

'Ik heb Muriel betrapt met je brood. Ik ben Jim Baker, de bedrijfsleider van het postkantoor.'

'O,' zei Polly. Misschien moest ze een paar nieuwe bakblikken bestellen. Dat maakte alles mogelijk een stuk simpeler.

Zo begon ze haar volkomen illegale bedrijfje. Elke avond maakte ze enorme hoeveelheden deeg voor allerlei broden: witbrood voor de jongens, die niet erg avontuurlijk waren, een enkel maanzaadbroodje en een paar honing-rozijnenbroden die werkelijk hemels waren als je ze roosterde en at met een lik lokale gele boter. 's Ochtends haastte ze zich door het dorp om het brood te bezorgen en inde ze de betalingen. Het waren kleine bedragen, maar ze had ze dringend nodig. Langzaam begon ze zich minder zorgen te maken over haar sollicitaties en de toekomst.

Toen de zon vier weken later steeds vroeger opkwam en Polly alle boeken uit haar eigen bibliotheekje had gelezen, wist ze dat ze het niet langer kon uitstellen. Ze had er absoluut geen zin in, maar het was wreed om Neil nog langer gevangen te houden. Het was tijd om zijn verband te verwijderen.

Hij was een ontzettend groot deel van haar leven geworden. Hij hupte vrolijk door het huis, pikte zich een weg door de kruimels en spetterde rond in de gootsteen. Polly was gewaarschuwd zich niet te erg aan de vogel te hechten, maar toch leek dit haar een heel gelukkig beestje. Hij kraste vrolijk als hij haar zag, liet haar door zijn veren woelen en achter zijn oren krabben en toen ze haar oude laptop eindelijk had aangezwengeld om dvd's te kijken zat hij tevreden op haar knie. Ze stelde het bezoek aan de dierenarts aldoor uit, maar dat kon ze niet eeuwig blijven doen. Neil was nog maar een jonkie. Hij moest naar zijn eigen soort toe, al zou het pijn doen om afscheid van hem te nemen.

Toen ze de tape zelf probeerde los te trekken, begon hij hard te krijsen en hupte hij bij haar vandaan. Omdat ze niet wist of het haar in haar eentje zou lukken maakte ze een nieuwe afspraak bij Patrick, die haar met een verdacht heftig bewegende rugzak door het dorp had zien lopen. Hij had ook diverse geruchten gehoord over haar bakkunsten en heerlijke geuren geroken in de haven, maar ook hij woonde in dit dorp en durfde het haar niet rechtstreeks te vragen.

Toen hij Polly trots zijn spreekkamer in zag stappen, met Neil vrolijk op haar schouder, voelde hij zich moedeloos worden.

'Had ik dit niet afgeraden?' zei hij bars. Zoals hij altijd deed als hij geïrriteerd was, streek hij met zijn hand over zijn kale plek.

'Eh, ik geloof het wel,' zei Polly. Vandaag was haar glimlach nergens te bekennen; ze keek enorm verdrietig.

'Je hebt hem vast ook een naam gegeven.'

'Eh,' zei Polly.

Patrick stak zijn hand uit naar de vogel. Neil kantelde zijn kopje en hipte iets dichter naar Polly's oor toe.

'Kom maar, kleintje,' zei Patrick. 'Toe maar, kom maar hier.'

Uiteindelijk hield Polly Neil vast terwijl Patrick zijn verband vakkundig losknipte. In eerste instantie wist Neil niet wat hij met zijn bevrijde vleugel aanmoest en pikte hij hard in zijn veren, alsof hij ze nog nooit had gezien. Toen bewoog hij zijn vleugel onderzoekend op en neer. Patrick voelde aan de piepkleine botjes.

'Het lijkt netjes te zijn geheeld. Goed gedaan. Hij ziet er gezond uit, zijn ogen zijn mooi helder en zijn veren glanzen.'

Polly straalde van trots.

'Nu hoef je hem alleen nog maar uit het raam te gooien.'

Patrick had direct spijt van zijn opmerking.

'Geen denken aan,' zei Polly. Het weer was opnieuw omgeslagen en ze vond het een afschuwelijk idee om Neil de kou en de stromende regen in te moeten sturen. Ook had ze ontdekt dat het op Mount Polbearne altijd vijf graden kouder was dan was voorspeld voor het vasteland.

'Zo gaat dat nou eenmaal,' zei Patrick. 'Papegaaiduikers zijn groepsdieren. Hij hoort bij zijn soortgenoten, zo zitten die beestjes in elkaar. Het is wreed om ze van elkaar te scheiden. Dat is alsof je een tijger in een dierentuin stopt.'

Polly knikte. 'Ik snap het.'

Patrick klonk nu iets minder streng. 'Luister, het kan niet anders. Laten we het eerst eens vanuit mijn raam proberen, goed? We zijn op de begane grond, dus als het hem niet lukt, is hij zo bij de grond.'

Dat was waar: de weg liep zo schuin omhoog dat het raam van Patricks kantoor zich maar een tiental centimeters boven de kinderkopjes bevond. Een paar voorbijgangers bleven staan om naar de man en vrouw met het vogeltje te kijken.

'Oké, kleintje, daar gaan we,' zei Patrick vriendelijk maar resoluut.

'Ik durf niet te kijken,' zei Polly en ze sloeg een hand voor haar ogen.

Neil gluurde vanaf de oude stenen vensterbank behoedzaam naar buiten. Hij pikte opnieuw in zijn veren en Polly vroeg zich af of hij jeuk had. Plotseling baadden de kinderkopjes in een strook zonlicht. Neil hupte naar de rand, keek eroverheen en keek toen weer naar Polly, alsof hij haar toestemming zocht.

'Toe maar,' zei ze. 'Ga maar, jochie.'

Neil hipte nerveus op en neer. Patrick duwde hem een stukje naar voren en Polly kromp ineen.

'Vooruit,' zei Patrick.

Er gebeurde een hele tijd niets, maar toen duwde Patrick Neil eindelijk over de rand. Polly hapte naar adem, maar net toen ze boos wilde worden bleef het vogeltje even in de lucht hangen.

Hij leek elk moment als een soort tekenfilmfiguur ter aarde te kunnen storten, maar hervond zijn vaart en wapperde woest met zijn vleugels. Uiteindelijk vloog hij slingerend naar beneden en landde zachtjes op de grond.

'Yes!' riepen Patrick en Polly. Het papegaaiduikertje keek om zich heen, alsof hij verbaasd was over wat hij net had gedaan. Nadat ze voor hem hadden geapplaudisseerd liet Polly haar handen droevig vallen.

'Tja,' zei ze. 'Dat was het dan.'

'Je weet dat er aan de kust in het noorden een papegaaiduikeropvang zit?' vroeg Patrick.

'Ja. Tijd om afscheid te nemen, dus,' zei Polly somber.

Patrick keek haar ernstig aan. 'Je hebt het goed gedaan,' zei hij.

'Dat weet ik,' zei Polly.

Ze keek naar Neil, die tevergeefs terug op de vensterbank probeerde te springen. Toen ze een arm liet zakken hupte hij op haar hand en fladderde enthousiast op en neer om haar zijn kunstje te laten zien.

'Ja, ja, je bent een heel knappe vogel,' glimlachte ze droevig. 'Bedankt, dokter.' Ze haalde haar portemonnee tevoorschijn.

'Tja,' zei Patrick en hij krabde zich op zijn hoofd. 'Ik heb gehoord...'

'Ja?'

'Ik heb gehoord dat jij...' Hij keek om zich heen. 'Ik heb gehoord dat jij mogelijk brood voor me hebt?'

'Allemachtig,' zei Polly. 'Ik lijk wel een soort dealer.'

Patrick keek sip. 'Ja, maar...'

'Je bent gewoon dol op brood. Nou, je hebt geluk...'

Polly haalde een plastic vershouddoos uit haar tas. Ze had bedacht dat ze maar beter voorbereid kon zijn.

'Honing en lijnzaad. Roosteren en een lik boter op smeren. Ook heel smakelijk om als soldaatjes in zachtgekookte eieren te dopen.'

Patrick verslond het.

'Dat,' zei hij, 'is sensationeel. Bedankt.'

Uiteindelijk was het Huckles schuld dat ze werden betrapt. Later beseften ze dat hij een figuurlijk spoor van broodkruimels naar haar deur had gestrooid. Het begon allemaal op een vroege zaterdagochtend. Polly had net wanhopig haar e-mail gecheckt – nul nieuwe berichten – en de vacaturesites afgespeurd. De enige twee interessante vacatures die aansloten op haar vaardigheden waren onbetaalde stages. Maar hoe kon ze die zonder geld om terug naar Plymouth te verhuizen of een auto te kopen in godsnaam aannemen?

Ze keek naar de zee en plotseling regende het steentjes tegen de ramen aan de voorzijde van het huis. Ze fronste. Als het flink stormde sloeg de regen er wel eens tegenaan, maar op een rustige ochtend was dat ongewoon. Ze leunde uit het raam. Daar stond Huckle. Hij grijnsde breed, zijn haar glom in het zonlicht en op de een of andere vreemde manier leek hij veel te groot voor de kleine haven: een alien uit een enorm rijk die naar een piepklein landje was getransporteerd. Daar leek hij zelf echter geen last van te hebben.

'Hé!' zei hij. 'Weet je welke dag het is?'

Polly greep naar haar haar – daar had ze die ochtend nog geen aandacht aan besteed – en wreef in haar ogen.

'Huckledag?'

Hij lachte opnieuw al zijn tanden bloot.

'Het is elke dag Huckledag. Maar vandaag is het ook zaterdag!'

'Uhu...'

Tegenwoordig snakte ze ernaar weekend te hebben. Opeens begreep ze niet meer dat ze elke maandagochtend vloekend was opgestaan omdat ze naar haar werk moest en verlangde ze terug naar die tijd. Ha, wat was het leven toch tegenstrijdig.

Huckle toverde twee potten honing achter zijn rug vandaan.

'Op zaterdagochtend eet je bagels. Dat is algemeen bekend.'

'Heb je die meegenomen?'

'Nee!' riep hij. 'Daar heb ik jou voor.'

'Koffie dan?'

'Nope!'

'De krant?'
'Nope!'
'Verse eieren?'
Hij schudde zijn hoofd.
'Ik heb honing bij me!'
Polly glimlachte. 'Vooruit,' zei ze. 'Dat is in elk geval iets.'

Bagels bakken was een ingewikkeld werkje, wist Polly, en ze zette alvast een pan water op het vuur. Neil, die zijn recent ontdekte vaardigheden aan het oefenen was (Polly vond niet dat hij al klaar was voor de opvang), sprong fladderend op tafel, vervolgens op het aanrecht en toen op de rand van de pan. Hij gleed triomfantelijk het water in en dobberde rond als een badeend.

'Eruit,' zei Polly vermoeid. Dit deed hij elke keer als ze een pan water op het fornuis zette. Dat was niet alleen zonde van het water, ze was ook bang dat ze hem vandaag of morgen zou doodkoken.

'Goh, ik wist niet dat jij en die papegaaiduiker echt huisgenoten waren,' zei Huckle toen hij terugkwam nadat hij verse koffie, de krant, een ui en roomkaas voor haar had gehaald in Muriels winkeltje. Hij was ook naar het visbusje geweest en had gerookte zalm en twee citroenen bij zich. Polly lachte vrolijk naar hem.

'Dat lijkt er meer op!'

'De meeste mensen hebben liever mijn honing.'

'Ja,' zei Polly. 'Die is ook heerlijk. Maar een mens kan niet alleen op honing leven. En een papegaaiduiker ook niet. Hier, kneed jij deze helft maar.'

Ze kneedden en vouwden het deeg. Het viel Polly op dat Huckle heel gespierde onderarmen had en dat de haartjes op zijn licht gebruinde huid bijna onzichtbaar waren.

'Dus,' zei ze. 'Bijen.'

'Bijen,' beaamde hij.

'Ben je een professionele... bijenhoeder?'

'Imker.'

'Tuurlijk. Dat wist ik.'

Polly duwde de muis van haar hand stevig in het deeg, waardoor het op een bevredigende manier onder haar hand vandaan werd geduwd.

'Niet te lang kneden,' beval ze Huckle, die het deeg met zijn enorme handpalmen leek te willen verpletteren. 'Dan worden ze taai.'

'Ik hou van taaie bagels.'

'Prima,' zei ze. 'Dan eet jij jouw helft en ik de mijne.'

'Ja, mevrouw.'

'Je hebt mijn vraag over de bijen niet beantwoord.'

'Ja. Nee.'

Polly keek hem vanuit haar ooghoeken aan.

'Ben je voortvluchtig?' vroeg ze.

'Hè? Ik? Nee. Niet echt.'

'"Niet echt?" Dat klinkt alsof je wél voortvluchtig bent. Heb je iemand doodgeschoten in Reno om hem te zien sterven, à la Johnny Cash? Je praat wel een beetje als iemand die dat zou doen. O god, straks word ik net als die vrouwen in Amerika die brieven schrijven naar ter dood veroordeelde gevangenen!'

Huckle schonk haar zijn lome glimlach.

'Nee, ik heb niemand doodgeschoten. Ik word niet gezocht door de politie. Ik ben hier puur wegens persoonlijke omstandigheden.'

Ze kneedden zwijgend verder.

'Dat is ook de reden dat ik hiernaartoe ben verhuisd,' zei Polly. 'Mijn leven was compleet in de soep gelopen.'

Huckle trok beleefd een wenkbrauw op, maar vroeg niet verder.

'Waarschijnlijk verhuist iedereen hier om persoonlijke redenen naartoe,' viste ze, maar hij antwoordde opnieuw met die opgetrokken wenkbrauw.

'God, dat klonk onbeschoft,' zei ze. 'Ik bedoel, het is hier prachtig hoor, maar...'

'Ja,' zei Huckle. 'Het is hier echt schitterend.'

'Uit wat voor omgeving kom jij?'

'Een platte,' antwoordde Huckle. 'Alles is plat en groot, er wonen nauwelijks mensen en het is er heel uitgestrekt. En het is er groen, als een jungle. En er zijn een heleboel mensenetende groene planten.'

'Waar kom je vandaan, het regenwoud?'

'Savannah, Georgia.'

'Wat is dat voor stad?'

'Een hele mooie,' zei hij eenvoudigweg. 'Maar anders mooi. Savannah is een heel ouderwets stadje. Er zijn een heleboel van die pleintjes met bomen erop.'

'In Amerika?' zei Polly. 'Ik dacht dat alles daar modern was.'

'Het meeste wel,' zei Huckle. 'Atlanta is modern. Maar Savannah hebben ze over het hoofd gezien, geloof ik. Daar is het vrij rustig.'

'Is het er warm?'

'De zomers zijn verzengend heet.'

'Zoals het hoort, dus,' zei Polly. 'Hier miezert het zo ongeveer het hele jaar.'

'Maar áls het hier een keer lekker weer is, is dat extra fijn,' zei Huckle op een toon die aangaf dat hij over het onderwerp was uitgepraat. 'Goed, wat doe ik hiermee?'

Het deeg was onderhand grondig gekneed en Polly liet het rijzen op een zonnige plek waar Neil niet bij kon. Toen zetten ze koffie met haar recentelijk verwaarloosde koffiezetapparaat en openden de ramen om het zonlicht binnen te laten.

'Weet je, als je de buitenkant van dit huis ziet, denk je dat je er nooit meer levend uit komt,' merkte Huckle op terwijl hij de stofdeeltjes bestudeerde die over de schone houten vloerplanken dansten. 'Maar vanbinnen is het best een prima huisje.'

'Ja hè? Als ik geld had, zou ik het nog verder opknappen. Om te beginnen zou ik gordijnen kopen,' zei Polly. 'Ik schrik me telkens rot van die vuurtoren, zelfs in de slaapkamer. Het lijkt wel alsof ik in *Close Encounters of the Third Kind* zit.'

'Daar heb ik nooit bij stilgestaan,' zei Huckle.

'En ik zou de vloer lakken.'

Huckle keek bedenkelijk. 'Dat zou ik voor je kunnen doen,' zei hij. 'Maar ik weet niet of de vloer het gewicht van de lak wel kan dragen. Heb je gezien hoe ver hij is doorgezakt?'

'Gezien?' vroeg Polly. 'Ik leef erop, weet je nog. Ik zie hem elke dag verder doorzakken. Ik rol 's nachts de hele tijd bijna uit bed.'

Hij lachte breed en nu Polly zich inbeeldde dat ze in bed lag, kreeg ze opeens een beetje een gek gevoel bij hem. Maar hij kwam totaal niet flirterig over en gedroeg zich ontzettend hoffelijk (al leek hij wel een beetje honger te hebben). Het had trouwens toch geen zin om zo te denken, niet in de minste plaats omdat ze Chris voor haar gevoel nog niet helemaal had losgelaten, zelfs al hadden ze slechts een paar oppervlakkige berichtjes uitgewisseld. Maar toch. Zij en Huckle waren de enige twee buitenstaanders in het dorp. Het was niet meer dan logisch dat ze naar elkaar toe trokken.

Ze verdeelden het deeg in stukken.

'Dit is moeilijk,' mompelde Huckle terwijl hij een ring van het deeg probeerde te vormen.

'Wacht maar tot we ze moeten koken,' zei Polly, die dit keer het deksel op de pan deed en boos tegen Neil riep als hij te dichtbij kwam.

Het koken, het lastige deel, was door het gebrek aan fatsoenlijk keukengerei nog lastiger dan anders en toen Polly een bijzonder tegendraadse bagel uit het water viste verbrandde ze haar pols een beetje. Zonder nadenken greep Huckle haar arm en hield hem onder de kraan, veel langer dan ze zelf zou hebben gedaan.

'Je moet voorkomen dat hij dieper wordt,' zei hij. 'Zelfs bij kleine brandwonden. Je denkt dat het klaar is, maar de verbranding gaat gewoon door. Sst.'

'Word je wel eens door je bijen gestoken?' vroeg Polly nieuwsgierig.

'Ja, tuurlijk,' antwoordde hij nonchalant.

'Doet dat geen pijn?'

Hij glimlachte en probeerde zijn gezicht in de plooi te houden. Toen antwoordde hij: 'Tuurlijk wel. Gruwelijk veel pijn, zelfs.'

‘Raak je er niet aan gewend?’

‘Nee,’ antwoordde hij. ‘Man, ik moet echt voorzichtig zijn. Als ze je vaak genoeg steken word je allergisch voor hun gif en kun je eraan doodgaan.’

‘Je kunt doodgaan aan een bijensteek?’

‘Dat gebeurt om de haverklap,’ antwoordde hij. Hij zei dat ze haar pols onder de kraan vandaan mocht halen, maakte afkeurende geluidjes toen ze geen EHBO-doos bleek te hebben en liet haar een gele pen zien die hij in zijn broekzak had zitten.

‘Dit is een EpiPen,’ zei hij. ‘Die gebruik je bij een allergische reactie na een bijensteek.’

‘En als je zelf wordt gestoken?’ vroeg ze.

‘Tja,’ zei Huckle. ‘Dan zou ik mezelf moeten injecteren. Daar denk ik best vaak over na.’

Ze keken naar de pen.

‘Niet doen.’

‘Wat?’ vroeg Polly met een glimlachje.

‘Je overweegt me er voor de lol mee te prikken.’

‘Helemaal niet.’

‘Vast niet.’

‘Misschien heel even. Misschien overwoog ik je er alleen mee te gijzelen.’

‘Mevrouw ziet een EpiPen en wil direct een misdaad plegen. Dat is een zorgelijke eigenschap.’

Ze keken elkaar glimlachend aan en Polly schoof de bagels in de oven. Tien minuten later werd er op de deur geklopt.

‘We waren toevallig in de buurt,’ zei Tarnie. Jayden schuifelde naast hem heen en weer.

‘Helemaal niet,’ merkte Polly op. ‘Jullie werken hier vlakbij.’

Tarnie glimlachte. ‘Wil je vis?’

‘Jullie komen precies op het goede moment, stelletje geluksvogels,’ zei Polly. ‘Ik heb vierentwintig bagels gemaakt, zo’n twee meer dan ik op kan, dus.’

Huckle kwam kijken wat er aan de hand was. Gezien het feit dat het zaterdagochtend tien uur was, hij een gekreukt linnen overhemd en een verwassen oude chino droeg en op blote voeten liep, meende Polly opeens dat ze iets uit te leggen had.

'Huck kwam langs met honing,' zei ze. 'Een uurtje geleden, ongeveer. Om bagels te maken.'

Precies tegelijkertijd zei Huckle: 'Ik was toevallig in de buurt.' Polly was een beetje beledigd door de haast waarmee ook hij probeerde duidelijk te maken dat ze elkaar toevallig hadden ontmoet. Daarnaast vermoedde ze dat ze door hun hevige ontkenning de indruk gaven dat ze wél iets in hun schild hadden gevoerd. En wat maakte het trouwens uit wat Tarnie dacht?

Jayden, de jonge visser, zei: 'Wat is een bagel? Mag ik hier even naar de wc? Wat is een bagel?'

'Jayden!' zei Tarnie. 'Echt hoor, ik voel me net een schoolmeester.'

'Ga maar,' zei Polly. 'En jullie mogen allemaal een bagel proeven.'

Ze namen de bagels – twaalf met ui, twaalf met kaneel – en de honing, de gerookte zalm en de roomkaas, citroensap, messen en een kan met koffie mee naar de rand van de haven, waar alle vissers zich om hen heen verzamelden. De vissers keken in eerste instantie wat verbaasd maar stortten zich toen gulzig op het eten, waardoor de kruimels in het rond vlogen. De bagels waren perfect knapperig vanbuiten en iets taai vanbinnen. Er was een duidelijk verschil tussen de perfecte ringen die Polly had gemaakt en Huckles zielige vormpjes, die leken op de kleiwerkjes van een kleuter, maar alle bagels smaakten heerlijk en vormden op deze winderige lenteochtend een mooi feestmaal.

Jayden keek naar Polly's ramen.

'Heb je de geest al gezien?' vroeg hij enthousiast.

'Wát?' antwoordde Polly geschokt. Opeens herinnerde ze zich de donkere figuur die ze op de pier had zien staan. 'Doe niet zo stom.'

'Ik doe niet stom,' zei Jayden koppig. 'Er is echt een geest in de haven. Dat weet iedereen.'

'Jayden,' zei Tarnie op waarschuwende toon. 'Klaar nu.'
'Het is echt zo,' mokte hij.
'Ik geloof niet in geesten,' zei Polly veel zelfverzekerder dan ze zich voelde. Jayden hoefde daar niet in zijn eentje te slapen. 'Wat voor niet-bestaande geest?'
'De ziel van een jonge vrouw,' antwoordde Jayden. 'Die loopt heen en weer over de havenmuren, wachtend op haar man. Maar hij komt nooit meer terug, weet je, want hij is opgegeten door de vissen op de bodem van de zee. Op een dag is hij gaan vissen en nooit meer teruggekomen. Dus ze staat daar maar te wachten en "Woooeee!" te roepen.'
'Heette hij Woe?' vroeg Polly.
'Nonsens,' zei Tarnie. 'Luister maar niet naar hem, Polly, hij heeft ze niet allemaal op een rijtje.'
Nu het dag was, en ze gezelschap had, kon ze er makkelijk om lachen, al helemaal toen Jayden de geest imiteerde door scheel te kijken en zijn tong uit zijn mond te laten hangen. 'De vrouw heeft zelfmoord gepleegd,' zei hij. 'Ze is in het water gesprongen. Maar haar geest zwerft hier nog altijd rond...'
'En, hoe gaat het in de visserij?' vroeg Huckle aan Tarnie; hij wilde een ander onderwerp aansnijden omdat hij zag dat Polly van streek raakte. Tarnie keek hem wantrouwend aan.
'Prima,' zei hij kortaf.
'Het is afschuwelijk,' begon Jayden en hij maakte prompt een einde aan zijn geestimitatie.
Tarnie keek hem boos aan.
'Wat? Als we vis vinden, moeten we ons aan het quotum houden en als we geen vis vinden, lijden we allemaal honger. En het is koud en nat en waardeloos. Ik wou dat ik niet was gezakt voor mijn eindexamens.'
'Ben je gezakt voor je eindexamens, Jayden?' vroeg Polly vriendelijk. Hij leek nauwelijks oud genoeg om zich te moeten scheren. 'Kun je die niet opnieuw doen?'
Jayden keek verward. 'Kan dat dan?'
'Natuurlijk. Heb je niet opgelet op school?'

‘Daar hoeft hij volgens mij geen antwoord op te geven,’ zei Tarnie. Jayden keek verslagen.

‘Dat kan nog steeds, hoor,’ zei Polly toeschietelijk.

‘Mijn uniform past vast niet meer,’ mompelde Jayden.

‘Ik vind het geweldig,’ zei Archie, Tarnies eerste stuurman. Hij was blond en dik en zijn wangen waren roze van het opspattende water en de zon. ‘Ik vind het heerlijk om bij zonsondergang de zee op te varen. Om de vogels op het water te zien dobberen als we weten dat we in de buurt van de scholen zijn. Als de lucht...’

Een van de mannen maakte zoengeluiden.

‘Hé,’ zei Polly. ‘Mond dicht of je krijgt geen bagels meer.’

De man stopte onmiddellijk, maar Archie kreeg vuurrode wangen en zweeg.

‘En jij?’ vroeg Polly aan Tarnie.

Tarnie draaide zich om en keek naar de zee. Het waterige lentezonnetje schitterde op de golven.

‘Tja,’ zei hij. ‘Mijn vader was visser. En zijn vader ook. Enzovoorts. Mijn moeder zei altijd dat er zout water door mijn aderen stroomde.’

Zijn West County-accent werd sterker en er verscheen een afwezige blik in zijn ogen.

‘Archie heeft gelijk,’ zei hij. ‘Soms, als je bent uitgevaren en alleen op het water bent, als je midden in de nacht niets dan de sterren aan de hemel ziet en je uit het zicht van de vuurtoren bent, als je beweegt op het ritme van iets wat gigantisch veel groter is dan jijzelf... ja, dan is het wel oké.’

Polly keek hem even aan.

‘Wauw,’ zei Huckle. ‘Dat klinkt best cool. Mag ik eens een nachtje mee?’

De mannen keken hem aan en lachten, maar Tarnie haalde zijn schouders op. ‘Ja hoor.’

‘Tenzij je gaat kotsen,’ zei Jayden. ‘Je mag niet kotsen op de vis. Dat geeft zo’n troep.’

Huckle knikte. ‘Dat is niet best, nee. Ik heb als kind wel eens gezeild.’

De vissers keken elkaar aan. Dat hadden ze vaker gehoord.

'Hoe ben je dan in de honing terechtgekomen?' vroeg Jayden.

Huckle haalde zijn schouders op. 'Tja, ik had een hekel aan mijn vorige werk...'

'Wat deed je hiervoor dan? Maakte je jam of zo?' vroeg Polly. Ze was enigszins verontwaardigd over het feit dat hij hun wel van alles vertelde en tegen haar nauwelijks iets had losgelaten.

'Eh, nee,' antwoordde hij. 'Ik was... CEO.'

'Wat was je?' vroeg Jayden niet-begrijpend.

'Dat kun je worden als je een diploma hebt,' zei Kendall. 'Denk ik.'

'Eh, niet met elk diploma,' zei Huckle. 'Maar ik werkte wel op een kantoor, ja.'

'Binnen?' zei Jayden. 'De hele dag? Werd je wel eens kletsnat?'

'Bijna nooit,' antwoordde Huckle.

'Goh,' zei Jayden. 'Dat klinkt geweldig.'

'Nou, dat was het niet.' Huckle wreef in zijn ogen. 'Maar goed. Het leven kan gek lopen.' Hij sloeg weer dicht. Polly bestudeerde hem aandachtig.

'Meer geld verdienen,' zei Jayden, die nog altijd gefascineerd was. 'En nog binnen werken ook. Dat klinkt geweldig.'

'Ik zal eens uitzoeken of je misschien naar de avondschool kunt,' zei Polly.

'Maar goed,' zei Huckle. 'Ik vond het tijd voor iets anders.'

'Honing,' vulde Jayden aan.

'Nee, het cowboyleven,' antwoordde Huckle. 'Ja, honing.'

'Nou snap ik het niet meer,' zei Jayden. 'Want je klinkt wel een beetje als een cowboy.'

Huckle schonk hem zijn trage glimlach. 'Maar dat ben ik niet.'

'Ik durf te wedden dat je er met zo'n hoed op zelfs op lijkt,' zei Jayden. 'Misschien moet ik cowboy worden.'

'Misschien moet je eens twee minuten je mond houden,' zei Tarnie. Jayden zweeg.

'Maar hoe kun je na zo'n baan honing gaan maken?' vroeg Polly. Hij liet het klinken alsof je het ene leven simpelweg kon verruilen voor het andere. Zij wist als enige in deze groep dat dat allesbehalve simpel was en vroeg zich af of zij een stabiele baan ooit zo makkelijk zou hebben opgegeven; waarschijnlijk alleen na een ramp van buitenaardse proporties. 'Ik bedoel, verdien je er iets mee?'

Huckle keek haar aan. Iets in zijn blik gaf haar het gevoel dat hij haar benarde positie begreep.

'Eh,' antwoordde hij. 'Nou ja, ik heb...'

Iedereen keek hem verwachtingsvol aan.

'Ik heb... Ik bedoel, ik ben vooral honing gaan maken omdat ik eenvoudiger wilde gaan leven, snap je?'

Jayden snapte het overduidelijk niet. Maar toen viel het kwartje.

'Je bedoelt dat je niet hóéft te werken?' zei hij met grote ogen. 'Ben je rijk?'

Huckle bloosde een beetje en keek weg. 'Ah, gozer, zo zit het niet,' zei hij, maar hij gaf geen verdere uitleg en keek verlegen.

'Heb je een helikopter?' vroeg Jayden. Huckle lachte.

'Nee,' zei hij.

'Shit,' zei Polly. 'Ik had het voor mijn carrièreswitch op jouw manier moeten doen. Ik had "rijk worden" op mijn to-dolijst moeten zetten.'

Iedereen keek haar aan, waardoor ook zij moest blozen. Ze begon over iets anders. 'Trouwens!' zei ze terwijl ze de kruimels bij elkaar veegde. 'Kan iemand me vertellen hoe ik met de bus bij de papegaaiduikeropvang kom?'

'Waarom?' vroeg Tarnie. Toen hij haar gezichtsuitdrukking zag, begreep hij het echter meteen. 'O nee. Toch niet Neil?'

Neil zat naast Polly op de havenmuur en pikte loom in een stukje bagel. Toen hij zijn naam hoorde, keek hij op.

'Ik schijn hem wreed te behandelen en zijn dierenrechten niet te respecteren,' antwoordde Polly verdrietig.

'Tja, hij wordt wel een beetje dik,' merkte Tarnie op.

'Mijn papegaaiduiker is niet dik!' zei Polly boos. 'En het is nog maar een jonkie. Zo mag je niet over hem praten. Straks bezorg je hem nog een slecht zelfbeeld.'

'Ach, dat is goed voor hem,' zei Tarnie. 'Dan weet hij tenminste dat hij dik is en kan hij er iets aan doen. Het heeft geen zin om de feiten te negeren.'

Polly stak haar tong naar hem uit. 'Hij is een beeldige papegaaiduiker.'

'Daar kun je niet met de lijnbus komen,' zei Jayden. 'Alleen met een speciale touringcar. Ik ben er een keer met school geweest. Dat is het enige wat ik me van dat hele jaar herinner.'

'Was het leuk?' vroeg Polly. 'Is het een fijne plek?'

'Ik moest kotsen in de bus,' antwoordde Jayden.

'Haha!' zei Huckle. 'Eh, ik bedoel, wat jammer van je papegaaiduiker.'

Polly streelde behoedzaam over Neils veren.

'Het geeft niet,' zei ze. Haar stem trilde een beetje. 'Ik ben onderhand een kei in loslaten.'

Iedereen zweeg. Toen sprong Huckle opeens op.

'Ik breng je wel,' zei hij.

Tarnie keek op alsof hij hetzelfde had willen zeggen.

'Heb je een auto?' vroeg Polly.

'Eh, zoiets,' zei Huckle.

Precies op dat moment viel er een schaduw over het groepje. Neil hupte beschermend dichter naar de nog wat emotionele Polly toe, die opkeek en de reusachtige gestalte van Gillian Manse zag.

'Niet te geloven,' zei Polly zachtjes tegen zichzelf.

'Wat is dit?' vroeg Gillian. Haar barse stem weerkaatste tegen de havenmuren. 'Houden we nu ook al picknicks? Ik geloof niet dat er daar iets over in het contract staat.'

Er lagen overal kruimels. Een rijtje zeemeeuwen zat op de muur te wachten tot iedereen weg was en ze konden toeslaan. Her en der lagen half opgegeten bagels op papieren servetjes.

'Wat zijn dát?' vroeg Gillian Manse.

'Dat zijn bagels.'

'Wat?'

'Een heel beroemde broodsoort die iedereen ter wereld kent,' zei Polly. Ze was plotseling boos. 'Dat zou een bakker toch moeten weten.'

Huckle keek haar even bezorgd aan.

'Nou, die wil ik niet in dit dorp hebben,' zei Gillian. 'Er is niets mis met een pasteitje.'

'Er is niets mis met een góéd pasteitje,' antwoordde Polly. 'En er is niets mis met mensen die in een vrij land bakken wat ze willen, dus laat. Me. Met. Rust.'

Huckle gaf haar een klopje op haar arm.

'Sst, rustig maar.'

Polly draaide zich naar hem toe. 'Ze is een pestkop,' fluisterde ze.

Gillian keek haar afkeurend aan. 'Ik wil gewoon niet dat iemand mijn zaak kapotmaakt!'

'Dat doe je zelf al met dat afschuwelijke brood van je,' antwoordde Polly.

Tarnie stond op.

'Dames...' begon hij.

'Niks "dames",' zei Polly, die nog nooit zo boos was geweest. 'Dit gaat om het feit dat die heks wil bepalen wat ik wel en niet in mijn eigen huis mag doen.'

'Nou, dan moeten we er maar snel andermans huis van maken,' zei Gillian.

'En wat bedoelt u daarmee?' riep Polly.

'Rustig, rustig,' zei Tarnie, die de situatie probeerde te sussen.

'Precies wat ik zeg,' antwoordde Gillian. 'Het is míjn huis. Als ik dat wil, sta je morgen op straat.'

'Omdat ik broodjes heb gemaakt?'

'Het is mijn contract.'

Het gezicht van de vrouw was felpaars en haar ogen schoten vuur. Ze zag er angstaanjagend uit. Opeens was al Polly's vechtlust verdwenen. Ze wilde zich gewoon in een hoekje terugtrekken en alles vergeten.

Gillian bukte, pakte het laatste stukje bagel en gooide het de zee in, waar een zwerm zeemeeuwen er direct op afdook. Toen draaide ze zich om en beende weg.

Polly merkte dat ze stond te trillen.

'Die vrouw is de gemeenste, afschuwelijkste... Ze gaat me eruit zetten.'

'Dat doet ze niet,' zei Tarnie. 'Ze heeft de huur nodig. Ze is gewoon een oude vrouw die haar hoofd boven water probeert te houden.'

'Ze is een afschuwelijke heks die me probeert weg te jagen,' zei Polly. 'Ik kan niet geloven dat je haar verdedigt!'

Tarnie keek ongemakkelijk. 'Ja, maar...'

'Waarschijnlijk is zij de reden dat het zo slecht gaat met dit dorp, als ze iedereen die hier komt wonen zo bekritiseert!'

De vissers bedankten haar mompelend voor het eten en verdwenen.

'O, dus nu ben ík hier het gestoorde wijf,' zei Polly boos. 'Top.'

Huckle glimlachte, maar vertrok eveneens, waardoor Polly opnieuw alleen op de havenmuur achterbleef. Ze schaamde zich; ze wist dat ze te fel had gereageerd en dat het geen zin had om haar frustraties te botvieren op een oude vrouw. Het voelde gewoon alsof ze elke keer dat ze eindelijk weer een stapje naar voren deed, dat ze vooruitgang boekte, verder ging, opnieuw keihard onderuit werd gehaald.

10

Die avond kon Polly niet slapen. Ze woelde en draaide en moest af en toe een beetje huilen. Ze kon niet geloven dat alles van kwaad – heel kwaad – tot erger was gegaan. Ze probeerde nieuwe mensen te leren kennen en zich minder rot te voelen, meer niet, en als ze bakte voelde ze zich stukken beter. Maar ze stuitte op zoveel haat en weerstand dat het... Ze zou terug moeten naar Plymouth. Ze zou binnenkort toch dakloos zijn, want ze wist zeker dat die kwaadaardige, nare vrouw haar op straat zou zetten. Het gevoel dat ze een vrije val maakte gaf haar de koude rillingen. Ze had geen enkel vangnet, waar zou ze belanden? In een van die grote flats in Plymouth met prikkeldraadhekken, stinkende liften, loslopende grote honden en steegjes vol drugsgebruikers, levend van een uitkering?

Ze kon ook in Rochester bij haar moeder in haar piepkleine bloedhete flatje gaan wonen. Haar moeder was apetrots geweest op haar dochter, de universitair geschoolde zakenvrouw met een fijne echtgenoot uit de middenklasse, een fijne carrière, die twee hebben trouwens een eigen bedrijfje, wist je dat, en ze hebben net een van die gloednieuwe luxe appartementen aan het water gekocht en... Dat zou gênant zijn voor haar moeder, die graag opschepte tegen haar vriendinnen. En voor Polly. God.

Sommige angsten bleken overdag stukken minder erg dan 's nachts, vervlogen bij je eerste kop koffie alsof het nachtmerries waren of konden worden weggeredeneerd wanneer je hersenen in alle drukte geen kans kregen te piekeren over fouten, gemiste kansen, spijtige beslissingen en zorgen over de toekomst. Vermoedelijk zouden Polly's problemen minder snel verdwijnen. Ze wou dat ze niet al dat extra brood had gebakken om Gillian Manse te treiteren en, als ze eerlijk was, om te pronken met haar bakkunsten. Was ze maar niet zo brutaal tegen haar geweest, dan had de vrouw haar met rust gelaten en zou ze niet binnenkort dakloos zijn. Jezus.

Hoewel het ijskoud was in de onverwarmde kamer stond ze op en liep met haar dekbed dicht om zich heen naar de woonkamer om de waterkoker aan te zetten. Ze voelde zich vast beter als ze iets warms dronk. Ze zou het licht aandoen en een boek pakken; ze zou er alles aan doen om haar stomme hersenen te laten ophouden met malen. Ze zette de boiler aan. Die zou pas over twee uur genoeg water hebben opgewarmd voor een vol bad, maar dat gaf niet: mocht ze weer in slaap vallen, dan ging ze gewoon 's ochtends in bad. Op de een of andere manier wist ze echter dat ze niet meer in slaap zou vallen. Daar moest ze zich maar bij neerleggen. Ze had morgen niets te doen. En overmorgen ook niet. En over-overmorgen ook niet. Als ze wilde uitslapen, dan kon dat. Zelfs Neil lag met gesloten oogjes knock-out in zijn kleine doos. Ze was helemaal alleen.

Met het dekbed stevig om zich heen sloop ze naar het raam om naar buiten te kijken. Daar was weinig te zien, maar de wetenschap dat alle vissersboten op zee waren gaf haar het gevoel niet alleen te zijn: ook Tarnie, Jayden, Archie en de rest waren klaarwakker en dronken misschien ook wel thee, daar tussen de zilveren schubben en spartelende vinnen van de gevangen vis. Misschien repareerden ze hun netten of sleepten ze grote blokken ijs uit de ijsmachine om hun vangst vers te houden tot die op de ochtendmarkten langs de hele kust lag, tot aan Penzance aan toe.

Ze had zoveel aan haar hoofd dat ze pas bij het raam weer aan Jaydens gekke verhaal over de vrouwelijke geest dacht. Toen de lichtbundel van de vuurtoren langszwaaide voelde ze de adrenaline even door haar lichaam razen, maar ze was zo uitgeput en zo pessimistisch over haar situatie dat ze geen energie meer had om echt bang te zijn voor bovennatuurlijke zaken; haar echte leven was al griezelig genoeg.

Haar ogen wenden aan het duister van de haven: de stenen,

het maanlicht dat weerkaatste op het water – het was een ongewoon heldere nacht – een paar geparkeerde auto's, de gedoofde straatlantaarns... Opeens zag ze iets. Ze strekte haar nek en tuurde ingespannen naar buiten. Haar hart klopte zo hard dat het uit haar borstkas dreigde te springen. Daar. Een gedaante die, net als de vorige keer, als een soort standbeeld vanaf de havenmuur naar zee stond te kijken.

Polly hield haar adem in. Ze wierp een snelle blik in de kamer om zichzelf ervan te overtuigen dat haar vertrouwde spulletjes niet waren verdwenen naar een ver verleden. Opnieuw zag ze vlekken en ze knipperde twee keer om haar ogen weer aan het donker te laten wennen. Toen raapte ze haar moed bij elkaar en opende het raam. Dat leek in de nachtelijke stilte een keihard geluid te maken, maar dat kon haar niets schelen; de angst en paniek maakten haar roekeloos. Ze leunde naar buiten en rekte zich uit om de gedaante te kunnen zien.

'Hé!' riep ze. 'Hé!'

De figuur draaide zich verschrikt om. Precies op dat moment zwaaide de grote lichtbundel van de vuurtoren weer langs en zag Polly met afschuw hoe de gedaante uitgleed en viel, waarbij haar rok in de wind fladderde en haar lange haar achter haar aan wapperde.

Er was geen tijd om na te denken. Polly greep haar jas, trok hem aan over haar pyjama, wurmde haar voeten in een paar laarzen, vloog haar appartement uit en denderde de trap af. Dat was geen geestverschijning, dit was geen droom. Iemand had in deze koude, winderige, onstuimige nacht op de havenmuur gestaan.

Op straat was Polly even gedesoriënteerd en ze wenste dat ze een zaklamp had meegenomen. Het was bijna volle maan, de donkere vormen waren anders dan overdag en ze wist niet achter welk stuk van de havenmuur de vrouw lag. Toen ze uiteindelijk bij een opening kwam keek ze naar beneden... en hapte naar adem.

Daar, in het ondiepe water, lag het enorme lichaam van mevrouw Manse. Haar haar, dat nu niet in een indrukwekkende knot zat gewikkeld, bleek heel lang en haar ronde vormen gingen schuil onder een wijdvallende nachtjapon en ochtendjas. Polly knielde naast de vrouw neer. Ze ademde, maar toen de lichtbundel van de vuurtoren weer over hen heen zwaaide, zag Polly dat ze bloedde uit een snee op haar hoofd. Ze moest haar uit het ijskoude water zien te krijgen.

'Gillian,' siste ze. 'Gillian! Mijn god, ik schaam me zo.'

De vrouw bleef doodstil liggen. Polly zuchtte. Waar waren die vijf potige vissers verdomme als je ze nodig had? Ze keek naar de gebouwen langs de haven. De appartementen boven de andere oude winkels waren allemaal leeg. Ze had haar telefoon nodig. Maar als ze die zou gaan halen, zou het misschien te laat zijn... Nee. Dit zou ze alleen moeten oplossen.

Ze bukte, greep de oude vrouw onder haar oksels en trok zo hard als ze kon. De zee probeerde Gillian telkens weer terug te trekken, alsof ze haar niet wilde loslaten. Hevig vloekend probeerde Polly bij elke poging iets meer grip op Gillian te krijgen. Ze waren nu allebei kletsnat, maar uiteindelijk wist ze haar heel, heel langzaam stukje bij beetje vanuit de golven naar de aanlegsteiger te trekken. Ze riep een aantal keer om hulp, maar daar hield ze al snel mee op. Dat was adem- en energieverspilling. Ze zou deze klus eigenhandig moeten klaren.

Het werd langzaam vloed en toen ze bukte om te controleren of Gillian nog ademde, sloeg een golf haar ruw in het gezicht. Het lange haar van de vrouw zat onderhand vol plukken zeewier. Polly vloekte toen ze Gillian voelde wegglijden. De vrouw werd niet wakker en Polly was bang dat haar harde werk voor niets was geweest. De lichtbundel van de vuurtoren zwaaide opnieuw langs en ze vroeg zich af of ze haar vanaf daar konden zien. Toen herinnerde ze zich weer dat de vuurtoren onbemand was; die dingen werden tegenwoordig allemaal op afstand bediend. Daar had ze dus ook niets aan. Iemand moest daar verdomme op dit soort momenten alarm kunnen slaan.

Het licht gaf haar op de een of andere manier net genoeg

nieuwe energie om Gillian op de aanlegsteiger te hijsen. Polly wilde niet weten hoeveel blauwe plekken de vrouw morgen zou hebben, maar ze had nu in elk geval geen last meer van de spetterende golven en het ijskoude water dat om haar enkels klotste.

Toen ze uiteindelijk de havenmuur bereikte boog ze voorover om op adem te komen. Ze vroeg zich af wat ze moest doen. Waarom had ze in hemelsnaam geen enkel nummer van de vissers? Maar die waren er natuurlijk niet; die zaten midden op de Ierse Zee en waren mijlenver bij de dichtstbijzijnde mobiele telefoonmast of elk ander willekeurig teken van beschaving vandaan.

Ze keek weer naar het verlaten dorp, trok haar jas uit en legde hem over de kletsnatte vrouw heen. Ze had hulp nodig, en snel, en uitleg geven aan de wantrouwige dorpelingen zou te veel tijd kosten.

Ze rende naar haar huis en vloog de trap op. Ze zette de waterkoker aan, greep een paar warme dekens en pakte toen haar mobiele telefoon om het noodnummer te bellen. Plotseling zag ze op een van de armoedige keukenkastjes de pot honing staan. Op het etiket stond Huckles nummer.

Eerst zou ze hem bellen. Hij wist vast wat ze moest doen. Dat vermoeden was natuurlijk nergens op gebaseerd, maar ze had haast. Ze goot kokend water in een mok, klemde de dekens onder een arm, haastte zich terwijl ze niets probeerde te laten vallen zo vlug als ze kon weer naar beneden en belde Huckle.

De telefoon ging zo lang over dat Polly dacht dat het nummer niet meer in gebruik was, maar uiteindelijk hoorde ze de bekende lijzige stem, trager en slaperiger dan ooit.

'Eh, ja?'

'Huckle?'

'Yep.'

'Huckle, ik ben het... Polly.'

'O... hoi. Oké. Sorry. Ik dacht dat iemand weer eens niet goed naar de tijdzones had gekeken.'

'Huckle, je moet naar...'

'Eh, ik ben niet echt...'

'Stil! Je moet naar Polbearne komen. Mevrouw Manse is in het water gevallen!'

'Wat?'

'Die oude vrouw. Ze is in het water gevallen.'

Polly probeerde de vrouw ondertussen uit haar doorweekte ochtendjas te krijgen en had weinig zin in een lang telefoongesprek.

'Huckle. Kom, ik ben in de haven.' Ze keek naar de toegangsweg. Die was nog begaanbaar.

'Eh, oké.'

Ze hing op en keek weer naar mevrouw Manse. Die ademde en begon weer te bewegen. Opeens leek het Polly niet zo'n goed idee als ze Gillian aan het uitkleden zou zijn als de vrouw weer bij bewustzijn kwam. Ze belde het noodnummer. De behulpzame telefonist zei dat de ambulance er over een halfuurtje zou zijn en adviseerde haar Gillians kleding uit te trekken, haar in dekens te wikkelen en haar als ze rechtop kon zitten iets warms te drinken te geven, als er maar geen alcohol in zat.

Dat was makkelijker gezegd dan gedaan. Elke keer dat Polly een deken om Gillian heen wist te slaan, schudde ze die weer van zich af. De vrouw was duidelijk in de war: ze mompelde in zichzelf en probeerde op te staan. Het kostte Polly grote moeite om haar in bedwang te houden.

Opeens klonk er een laag gebulder. Polly sprong geschrokken op. Het kabaal was enorm en echode tegen de oude leistenen muren en de kinderkopjes. Polly greep mevrouw Manse stevig bij haar schouder en tuurde in het duister om te zien waar dat geluid in godsnaam vandaan kwam.

Iets uit de jaren veertig kwam bulderend de hoek om zeilen: een klassieke, donkerrode motorfiets met een kleine motor aan de voorzijde, zwarte spaakwielen en een eveneens donkerrood zijspan.

'Jezus, wat is dát?' zei Polly. Boven op de motor zat de grote Huckle; het ding ging ongelofelijk hard en het enorme gebulder galmde door het hele dorp. Eindelijk zag Polly de lichten in de slaapkamers van de dorpelingen aangaan. Goh, bedankt voor jullie hulp toen ik de longen uit mijn lijf schreeuwde, dacht ze.

Huckle kwam vrij dramatisch voor haar neus tot stilstand, slippend als een soort remmende skiër. Polly werd verblind door de grote ronde koplamp van de motor en hield beschermend een hand boven haar ogen.

'O,' zei ze.

Huckle sprong van de motor, zette zijn ouderwetse zwarte helm af en schudde zijn net iets te lange blonde haar los.

'Wat is dat?' zei Polly. Mevrouw Manse probeerde nog steeds te ontsnappen.

'Een jetski,' zei Huckle. 'Heb je me hier echt naartoe laten komen om dat te kunnen vragen?'

Hij wendde zich tot de oude vrouw en knielde naast haar neer op de steiger.

'Goed, wat is hier aan de hand?' vroeg hij traag en vriendelijk. Toen hij het kwabbige lichaam van mevrouw Manse optilde, leek ze opeens wonderlijk klein en licht. Polly liet haar enigszins opgelucht los en wreef het bloed terug in haar armen.

Mevrouw Manse leek onmiddellijk te kalmeren en zei een paar namen die Polly niet herkende.

'Heb je iets te drinken voor haar?' vroeg Huckle. 'Misschien moet ze iets drinken. Is er al een ambulance onderweg?'

'Die is onderweg en ja!' zei Polly tevreden. Ze gaf hem de mok met heet water. Mevrouw Manse nam een slokje en spuugde het weer uit.

'Volgens mij gaat het alweer stukken beter met u,' zei Huckle. 'Wat is er gebeurd, Pol? Hadden jullie weer ruzie?'

'Dat meen je niet,' zei Polly. 'Denk je nou echt dat ik een oude vrouw in zee heb geduwd?'

'Zo goed ken ik je niet.'

Polly staarde hem uitdrukkingsloos aan.

'Oké, oké.'

Hij keek naar mevrouw Manse.

'Wat is er dan gebeurd?'

Polly zuchtte. 'O god, dat wil het ambulancepersoneel straks ook weten, hè? En de politie vast ook.'
'De politie?' fronste Huckle.
'Ik zag haar staan... Nou ja, ik wist niet dat zij het was, ze stond te ver weg. Ik heb naar haar geroepen... Ik wilde weten wie er stond. Daar schrok ze van, denk ik. Ze gleed uit.'
Polly slikte.
'Denk je dat ze me gaan beschuldigen van doodslag?'
'Ik sleep je gewoon voor de rechter,' zei een grommende stem.
'O, godzijdank,' zei Polly. 'Godzijdank. Het spijt me echt verschrikkelijk. Maar wat deed u buiten op zo'n onstuimige nacht?'

Toen de ambulancebroeders waren gearriveerd en een besnorde, slaperig kijkende agent voorzichtig met zijn politiewagentje over de toegangsweg was komen hobbelen, probeerde Polly te vertellen wat er was gebeurd. Mevrouw Manse was als een soort kalkoen in zilveren reddingsdekens gewikkeld en zat achter in de ambulance te klagen dat een mens 's nachts zelfs geen onschuldig wandelingetje meer kon maken zonder te worden mishandeld. Gelukkig leek de agent niet van plan haar serieus te nemen.
Polly wist niet precies wat ze van het hele gedoe moest denken.
'Ze was helemaal niet aan het wandelen! Ze stond gewoon op de havenmuur! Daar heb ik haar trouwens al eerder zien staan,' siste ze tegen Huckle.
'Dat is een nare snee,' zei de ambulancebroeder. 'U bent vast een beetje geschrokken en ik hoop dat u niets heeft overgehouden aan het koude water. Het lijkt me goed als u even meekomt naar het ziekenhuis.'
'Dat kan niet,' zei Gillian hooghartig. 'De bakkerij moet open.'
Er viel een stilte.
'Nou, dat zult u de komende tijd aan iemand anders moeten overlaten,' zei de vrolijke ambulancebroeder.
'Dat moet. Dat is mijn werk.'
'En u beter maken is dat van ons, dus u kunt zich maar beter ontspannen.'

'Maar de mensen rekenen op de bakkerij.'

'En u zou deze jongedame moeten bedanken voor haar verstandige optreden. Zij heeft het hoofd koel gehouden en u uit het water gehaald en verzorgd,' zei de ambulancebroeder. 'Op uw leeftijd en in uw toestand hoort u niet meer over gladde havenmuren te dansen. Dit had veel erger kunnen aflopen.'

Gillian Manse keek naar Polly. De boze blik in haar ogen had plaatsgemaakt voor verslagenheid en verwarring.

'Ja,' zei ze. Maar ze klonk niet bepaald dankbaar.

Het had geen zin om nog terug naar bed te gaan. Polly en Huckle dronken zwarte koffie en keken in de haven naar de zonsopkomst terwijl ze napraatten over de nacht. Toen er roze strepen aan de oostelijke horizon verschenen werd het geleidelijk minder koud en doofden de sterren langzaam uit. Ze kletsten vriendschappelijk in de steeds lichtere schemering. Rond halfzes was de lucht geel, roze en blauw en brak er een prachtige nieuwe dag aan en terwijl ze de frisse zeelucht inademden verdwenen de vreemde gebeurtenissen van die nacht al langzaam naar de achtergrond. Toen er eerst één en daarna een heleboel donkere vlekjes aan de horizon verschenen, verzamelden de marktkooplui en de mannen die de vis schoonmaakten zich aan de rand van de haven. De opwinding van de zeemeeuwen steeg.

'Ik blijf wel wachten om het aan Tarnie te vertellen,' zei Polly. 'Hij woont hier al eeuwen. Als iemand weet wat er nu door haar heen gaat, is hij het.'

'Prima,' zei Huckle vriendelijk. 'We moeten langzamerhand trouwens ook eens nadenken over het ontbijt.'

'Dat geldt voor iedereen,' zei Polly. 'Ik heb niet genoeg brood voor het hele dorp! Wat moeten de mensen deze ochtend in hun broodrooster stoppen?'

'Straks komen we nog in de krant,' zei Huckle. 'Het dorp zonder brood. Het Koolhydraatarme Eiland.'

Ze keken elkaar aan.

'Nee,' zei Polly. 'En trouwens, ze zou compleet uit haar dak gaan. Dat zou ze nooit goedvinden.'

'Ik dacht juist dat ze alles op alles zou willen zetten om haar winkel te redden,' zei Huckle en hij zwaaide zijn lange benen over de muur.

'En om mij te laten ombrengen,' zei Polly. 'Vergeet dat niet.'

'Ik denk niet dat het persoonlijk was,' zei Huckle. Hij rekte zich uit en gaapte. Polly had opeens belachelijk veel zin om met haar vingers door zijn dikke haar te gaan. Dat kwam vast door haar slaapgebrek. Maar hij was gewoon zo mannelijk: zijn grote lijf, zijn lange spieren, de warmte van zijn lichaam, dat zo dicht bij het hare was. Ze sloeg haar ogen neer.

'Dat weet ik. Maar na alles wat ik heb meegemaakt... voelde het wél persoonlijk,' zei ze.

'Misschien heb je wel een veel te beschermd leventje geleid,' mompelde Huckle terwijl hij haar bekeek. Door de wind was haar rossige haar een wilde, dramatische warboel geworden. Haar huid was bleek, maar dat benadrukte de schattige sproetjes op haar neus.

'Niet beschermd genoeg,' zei Polly humeurig. 'Maar goed, ik zou nooit in een bakkerij kunnen staan. Ik bak voor de lol, niet voor mijn werk.'

'Wat voor werk doe je dan wél?' vroeg Huckle ernstig.

Polly keek hem even aan en sprong toen op om de binnenvarende boten te begroeten.

Tarnie keek somber toen hij het nieuws hoorde, dat onder de vishandelaren al onderwerp van gesprek was.

'Dat is niet best,' zei hij. Zijn blauwe ogen stonden somber.

'Maar wat... wat was ze daar aan het doen?' vroeg Polly.

'Als bakker moet je vroeg op,' zei Jayden vrolijk. Ze hadden veel gevangen en de ochtendzon schitterde op de nog glanzende schubben van de zilveren vissen. Die zouden rond het middaguur al op de borden in de restaurants van Rock, St. Ives en Truro liggen.

'Hm,' zei Tarnie. 'Ik vraag me af of... Iemand moet naar de bakkerij om wat spulletjes voor haar te halen.'

'Heeft ze geen vrienden die dat kunnen doen?' vroeg Polly.

Tarnie keek een beetje ongemakkelijk.

'Tja, Gillian Manse is haar hele leven al een temperamentvolle vrouw.'

Polly voelde zich onmiddellijk afschuwelijk. Ze was ontzettend onaardig geweest tegen een oude vrouw zonder familie en vrienden. Wat gemeen dat ze zomaar met het levensonderhoud van deze vrouw dacht te kunnen rotzooien. Ze voelde zich direct vreselijk slecht en schuldig en wilde het wanhopig graag goedmaken. Het was niet persoonlijk – Huckle had volkomen gelijk gehad – en ze had haar eigen bitterheid en teleurstelling afgereageerd op iemand anders.

'Eh, kan ik iets doen?' vroeg ze. Ze wilde dolgraag helpen. 'Ik voel me echt ontzettend schuldig.'

Tarnie keek haar aan.

'Ja, ik denk het wel,' antwoordde hij. 'Jij weet vast... wat een vrouw in een ziekenhuisbed nodig heeft. Ik namelijk niet.'

Polly glimlachte. Tarnie had duidelijk geen vriendin. Ze had niet verwacht dat het voor vissers moeilijk zou zijn om een meisje te vinden – eerlijk gezegd had ze daar überhaupt nog nooit over nagedacht – maar de afgelegen locatie en ongunstige werktijden waren natuurlijk niet erg aantrekkelijk...

'Waarom ruik je niet naar vis?' vroeg ze plotseling.

Tarnie keek haar na dit onlogische antwoord bevreemd aan.

'Wat?'

'O, sorry, dat vroeg ik me opeens af. Maar, eh, ja hoor, daar wil ik best bij helpen.'

'Mooi. Dat zou fijn zijn,' zei hij. 'Laten we om tien uur afspreken bij de bakkerij, dan ga ik daarna naar het ziekenhuis.'

'Maar wanneer ga je dan slapen?' vroeg Polly.

Tarnie haalde zijn schouders op. 'Ach, ik heb niet veel slaap nodig. En jij ook niet, zo te horen.'

Polly glimlachte. 'Klopt.'

Tarnie liep weer naar de boot, maar draaide zich halverwege om.

'Amandelzeep,' riep hij en hij zwaaide. Polly zwaaide terug.

Hoewel de eigenaresse pas een paar uur weg was, maakte de bakkerij een stoffige en verwaarloosde indruk. Er moest dringend worden schoongemaakt en het rook er muf. Vermoedelijk lagen de producten in de vitrine daar al net iets te lang.

'Ik denk dat we alles maar beter kunnen weggooien,' zei ze.

'Ha,' zei Tarnie. 'Dat lijkt me geen goed plan. Als ze onverwachts toch vanavond al wordt ontslagen en ziet wat je hebt gedaan, krijg je de wind van voren.'

Het appartementje boven de winkel was brandschoon en beter opgeruimd en onderhouden dan de winkel. Overal stonden prulletjes: aardewerken beeldjes en paardjes van kristal. De vaste vloerbedekking had een schreeuwerig krullenpatroon en op de zware gordijnkappen was geen spoortje stof te vinden. In een hoek van de kamer stond een ouderwetse televisie. Ernaast lag een zorgvuldig gemarkeerde tv-gids. Polly voelde zich claustrofobisch en een enorme indringer.

'Ik vind dit maar niks,' zei ze.

'Hm,' antwoordde Tarnie. 'Goed, als jij nou eens naar haar slaapkamer ging om... vrouwenspulletjes te zoeken.'

Polly keek hem vragend aan, maar hij meende het.

De slaapkamer was klein en de afdruk van Gillians lichaam stond nog in het bed. De vrouw had blijkbaar ook slaapproblemen, dacht Polly. Op het nachtkastje stonden een ouderwetse wekker en meerdere potjes met pillen. Goed, dat was een begin. Polly pakte de potjes en speurde de kamer rond naar een tas. Toen ze de inbouwkast opende, vond ze een oude koffer. Niet ideaal, maar beter dan niets. Ze groef een schone pyjama op, hield haar adem in en trok de ondergoedlade open.

Het lag vrij achteloos boven op de stapels grote huidkleurige slips en enorme bh's en in eerste instantie begreep Polly niet waarom het was weggestopt; ze dacht niet dat dieven er iets om zouden geven. Toen besefte ze met een schok dat mevrouw Manse het natuurlijk bewust in de lade had gelegd omdat ze er niet aldoor naar wilde kijken. Zonder nadenken pakte ze het op. Het was een ingelijste kleurenfoto met een bleekgele gloed, die deed vermoeden dat hij in de late jaren zeventig of de vroege jaren tachtig was genomen. Op de foto stond een man met donker haar, zijn gezicht in de schaduw, met naast hem een jongetje dat een gestreept T-shirt, een net iets te kleine korte broek met een *snake belt* en sokken met sandalen droeg. Het jongetje lachte zijn tanden bloot naar de camera. De twee hielden allebei een vislijn omhoog met een vis eraan. Polly staarde naar de foto. Ze merkte pas dat Tarnie de kamer was binnengekomen toen hij zuchtte.

Ze schrok en draaide zich om.

'Ik was niet door haar spullen aan het neuzen,' zei ze meteen. 'Deze lag in de la, ik kon er niets aan doen.'

Hij knikte. 'Rustig maar, dat weet ik.' Hij bekeek de kamer. 'Het is al vreemd genoeg om hier te zijn.'

'Ja,' zei Polly. Ze keek weer naar de foto.

Tarnies gezicht betrok.

'Wie zijn dit?' vroeg ze zachtjes.

Tarnie wreef over zijn nek. Hij voelde zich duidelijk ongemakkelijk.

'Dat is Alf Manse,' zei hij en hij wees naar de man. 'Gillians echtgenoot. Alf was een goeie vent. Echt een goeie vent.'

Ze keken naar de jongen. Tarnie liet een geluidje ontsnappen.

'Jimmy,' zei hij. 'Ik en hij... Nou ja, we waren goede vrienden. We zaten bij elkaar in de klas – vroeger was hier een school. Die is nu gesloten, natuurlijk. We deden alles samen. Stookten elkaar op. We waren twee kwajongens. Zagen niet in waarom we naar school moesten. We wisten dat we uiteindelijk naar zee zouden gaan.'

Polly bestudeerde zijn ernstige, knappe gezicht. Zijn donkerblauwe ogen waren gericht op een punt hier heel ver vandaan.

'Ja. We waren haast onafscheidelijk. Ze was best oké, mevrouw Manse... in die tijd.'

Hij zweeg. Uiteindelijk verbrak Polly de lange stilte.

'Wat is er gebeurd?'

Tarnie boog zijn hoofd.

'Mensen beseffen niet... Dit is niet persoonlijk bedoeld.'

'Eh, oké,' zei Polly.

'Mensen beseffen niet hoe gevaarlijk de zee is. Je hoort regelmatig op het journaal dat de storm is overgetrokken en dat alles weer oké is. Eigenlijk bedoelen ze dan dat de storm naar zee is getrokken, maar ach, wat maakt het uit.'

Hij wreef weer over zijn nek.

'En er wordt altijd maar geroepen dat we de oceanen leegvissen, o, die arme vissen, die kwaadaardige vissers. Terwijl we gewoon doen wat we altijd al hebben gedaan: zwaar werk dat slecht betaalt en... Het is gevaarlijk. Het is echt gevaarlijk, Polly.'

Polly beet op haar lip.

'Daar heb ik nooit bij stilgestaan.'

'Nee, mensen denken niet na. Ze klagen alleen maar over de prijs van hun fish-and-chips... Die dag waren we allemaal op zee. Jimmy en zijn pa zaten op *de Calina*... Mijn vader had al moeten stoppen. En opeens brak de pleuris uit. De storm was niet voorspeld; we werden een kwartier van tevoren gewaarschuwd met een fax. Golven van drie verdiepingen hoog sloegen over de boten heen, het was alsof je onder een berg werd bedolven. En geen tijd... er was geen tijd. Telkens als je weer recht lag en wilde wegvaren, kwam er weer een volgende... er was overal water. Op zulke momenten lopen je longen al vol water als je alleen maar rechtop staat; de zee heeft je volkomen in haar macht.'

Polly keek naar hem. Het was alsof hij het in gedachten opnieuw zag gebeuren.

'We zwalkten terug – alle boten waren masten kwijt, onze netten waren verdwenen. Aan stuurboord van het dek gerukt alsof een hand ze had gegrepen en onder water had getrokken.'

Hij draaide zich naar Polly. Hij keek gepijnigd.

'Natuurlijk probeerden we elkaar te helpen. Maar je moet beseffen dat de golven tien meter hoog waren en het pikkedonker was. Je zag geen hand voor ogen. Helemaal niets. Je kon verdrinken zonder in het water te liggen, snap je?' Hij klonk verhit.

'Thuis was de schade nauwelijks te overzien. We waren allemaal getraumatiseerd.'

'Logisch,' zei Polly.

'We hadden... Ik had niet eens door dat *de Calina* ontbrak. Dat besefte ik pas later.' Hij slikte.

'God,' zei Polly. 'God, wat afschuwelijk.'

Tarnie wreef woest over zijn nek.

'Dat is al heel lang geleden,' zei hij toen hij opnieuw naar de foto keek.

'Hebben ze... Zijn de...'

'Niets,' antwoordde Tarnie. 'Er is nog geen splinter aangespoeld. Dat is ongewoon, weet je. Normaal gesproken... Normaal gesproken brengt de zee ze thuis. Maar dit keer niet.'

'Hoe oud was je toen?' vroeg Polly.

'Negentien,' antwoordde Tarnie kortaf.

'Mijn god,' zei Polly. 'Mijn god, wat afschuwelijk.'

Opeens bedacht ze iets.

'Mijn god,' zei ze weer. 'Zij is Jaydens geest. Dat stond ze daar te doen.'

Geschokt ging Polly zitten.

'Ik heb haar zien staan, weet je. Voordat het gebeurde. Ze maakte helemaal geen wandeling langs de haven. Volgens Jayden hebben anderen haar ook gezien.'

'Hoe bedoel je?'

'Zij... Zij is de geest, Tarn. Ze gaat naar de haven om naar zee te staren... Ik wist niet wat ze stond te doen.'

Tarnie keek haar niet-begrijpend aan. Polly pakte het fotolijstje steviger beet.

'Ik denk dat ze op de uitkijk staat,' zei ze. 'Dat ze nog steeds staat te wachten tot ze thuiskomen.'

Tarnies blik werd treurig en hij knikte peinzend.

'Ze wilde het heel lang niet accepteren,' zei hij langzaam. 'Ze stuurde de kustwacht er zo vaak op uit dat ze hen niet meer mocht bellen. Ze bleef maar herhalen dat ze nog leefden. Mensen hadden medelijden met haar. Van het kleine beetje geld dat ze van de vakbond kreeg kocht ze de bakkerijen op Mount Polbearne, vroeger was er genoeg klandizie voor twee. De oude bakkers hadden de voortekenen gezien en waren net als veel anderen naar het vasteland verhuisd. De winkel heeft nooit goed gelopen, maar het is het enige wat ze heeft, het enige wat ze ooit heeft gehad.'

'Ik voel me afschuwelijk,' zei Polly, denkend aan alle gemene dingen die ze had gedacht en alles wat ze had gezegd tegen iemand die zulke erge dingen had meegemaakt dat ze haar voorstellingsvermogen te boven gingen.

'Ik dacht... Je zou denken dat ze het onderhand wel zou hebben geaccepteerd,' zei Tarnie en hij schudde zijn hoofd. 'Het is bijna twintig jaar geleden.'

'Had ze maar één kind?' vroeg Polly.

'Ja,' antwoordde Tarnie. 'Alleen Jim. Hij was haar oogappel.'

'Ze heeft het nooit opgegeven,' zei Polly. 'Ze wacht nog steeds op hen.'

'Wat vreselijk,' zei hij zachtjes.

Zwijgend verzamelden ze de rest van de spullen die Gillian volgens Polly mogelijk nodig had. Daarna bracht Tarnie ze naar het ziekenhuis, samen met een grote doos chocolaatjes die ze in Muriels winkel hadden gevonden. Toen Polly hem uitzwaaide voelde ze zich schuldiger dan ooit en zwoor ze vanaf nu meer rekening te houden met anderen.

11

Die dag begon Polly voor het eerst sinds haar verhuizing met een zuiver geweten aan haar brood. In een poging haar schuldgevoelens over Gillian Manse te sussen maakte ze een mandje met lekkernijen voor haar: zoete broodkransjes, brioches en chocoladebroodjes. Het waren bewerkelijke, ingewikkelde recepten, maar ze genoot van het werk. Halverwege de middag nam ze Neil mee naar het raam.

'Nou, daar gaan we dan,' zei ze verdrietig. Het zonlicht schitterde op het water en de haven baadde in het licht; het was prachtig buiten. 'Zin om te vliegen?'

Neil piepte chagrijnig. Ze zette hem op het randje van het raam, maar hij sprong direct weer op de grond om kruimels te zoeken.

'Geen kruimels meer!' zei ze en ze bedacht schuldig dat ze hem brioche had gevoerd. 'Je wordt inderdaad een beetje dik.'

Ze zette hem opnieuw op de rand.

'Goed, ik wil je niet naar buiten duwen,' zei ze. 'Ik heb vandaag al genoeg mensen zien vallen. Maar het is... het is echt tijd om te vertrekken. Ik moet je naar een... Nou ja, laten we het daar maar niet over hebben. Maar je moet echt weg. En daar moet je klaar voor zijn.'

Neil keek haar verbazingwekkend achterdochtig aan en sloeg toen even met zijn vleugels. Zijn gewonde vleugel was zo goed als nieuw; je zag niet dat er ooit iets mis mee was geweest.

'Ja!' zei Polly. 'Goed zo! Waarom vlieg je niet naar buiten voor een lekker visje?'

Neil leek aandachtig naar de zee te kijken. Toen hij de zeemeeuwen hoorde, die in een of andere ruzie waren verwikkeld en harde keelklanken maakten, kantelde hij zijn kopje. Hij bewoog zijn pootjes van links naar rechts. Polly stond bloem op haar werkblad te strooien, maar liep weer naar het raam om alles goed te kunnen zien. Bij de haven stonden de vissers – zonder Tarnie – te roken en te praten. Jayden zwaaide, zag wat ze aan het doen was en maakte van zijn handen een kommetje voor de vogel.

'Hup Neil! Hup Neil!' riepen ze allemaal om hem aan te moedigen. Jayden zwaaide met een vissenkop. Polly glimlachte.

'Zie je wel?' zei ze. 'Alles is veilig. Toe maar. Hup!'

Ze duwde de vogel heel voorzichtig naar voren. Neil sloeg langzaam zijn vleugels uit en lanceerde zichzelf vervolgens kordaat de lucht in, zo sierlijk als zijn ietwat mollige babypapegaaiduikerslijfje hem toestond.

Polly sloeg haar handen tegen elkaar.

'Vlieg, Neil!' riep ze. 'Vlieg, jochie! Vlieg!'

Daar werd hij een beetje zenuwachtig van waardoor hij net iets te snel met zijn vleugels sloeg en afboog naar rechts, maar door de aanmoedigingen van de vissers hervond hij zijn concentratie en gleed hij ietwat schokkerig en onhandig zo Jaydens handen in, waar hem een smakelijk stukje vis wachtte.

'Yés!' juichten alle vissers.

'Yes!' herhaalde Polly breed lachend in het appartement. 'Wacht, ik maak een foto.'

Ze pakte haar telefoon en precies toen Jayden Neil weer richting haar raam draaide en hem losliet, nam ze een foto van hem in volle vlucht, met de lachende jongens op de achtergrond.

Daarna wilde hij de hele middag op en neer vliegen voor stukjes brioche en vis. Dit leek Polly geen al te beste voorbereiding op zijn terugkeer naar de natuur, maar ze troostte zichzelf met de gedachte dat hij zo in elk geval wel goed leerde vliegen.

De brioches, chocoladebroodjes en broodkransjes waren perfect gelukt. Polly sloop met twee mandjes naar beneden en liet ze daar achter voor Tarnie, met de uitdrukkelijke instructie een ervan te delen met de jongens en de andere naar het ziekenhuis te brengen, voor mevrouw Manse. Hij had haar verteld dat ze een paar dagen moest blijven ter observatie, deels voor haar hoofd en deels om te onderzoeken hoe het geestelijk met haar gesteld was. Daar was Polly blij mee, maar ze maakte zich zorgen om Gillians winkel. Als die niet werd schoongemaakt, zou ze beslist muizen krijgen. In de supermarkt sprak ze met Muriel.

'Ik zou best willen helpen,' zei Muriel. 'Maar ik draai hier diensten van twaalf uur. Ik weet niet of ik het zou trekken.'

'Oef,' zei Polly. Iedereen om haar heen werkte keihard om in dit dorp zijn ziel en zaligheid te beschermen. 'Waarschijnlijk kan ik het beter zelf doen.'

Toen ze zichzelf de volgende ochtend binnenliet, stonk het in de hele zaak naar schimmel en wist ze zeker dat ze een muis hoorde ritselen. Ze legde een aantal van de broden die nog te redden waren opzij om er broodpudding van te maken. Als ze die pudding invroor, kon ze hem misschien nog verkopen; dat was geen topidee, maar iets beters kon ze niet bedenken. Toen pakte ze Kerensa's doos met schoonmaakspullen, rolde haar mouwen op en ging aan de slag.

Het werd al snel duidelijk dat er al tijden niet grondig was schoongemaakt – logisch, als je wist hoe zwaar Gillian het had gehad. Tussen de (niet onaardige) vitrines uit de jaren vijftig zaten kruimels, het plafond was bedekt met een laag vuil en het magazijn, waar geen bloem meer werd bewaard, zat vol spinnenwebben. Polly had zich afgevraagd hoe je in godsnaam in je eentje een bakkerij kon runnen, maar Muriel had uitgelegd dat Gillian in de zomer extra hulp had. Ook bakte ze zelf al tijden geen brood meer: ze had ontdekt dat het goedkoper en makkelijker was om het kant-en-klaar bij een centrale bezorgdienst te bestellen. Helaas was deze bezorgdienst gespecialiseerd in goedkope bloem van slechte kwaliteit en smerige, lang houdbare producten die niet alleen goedkoop waren, maar ook zo smaakten. Als Polly ergens een hekel aan had, dan was het aan slecht brood – brood, de hoeksteen van de maaltijd, een van de grondbeginselen van het leven! Als je het haar vroeg, kon er niets goeds voortkomen uit een dag die begon met slecht brood.

Toen de mode veranderde en men brood begon te zien als iets waar je in één klap dik en ongezond van werd, was haar overtuiging alleen nog maar sterker geworden. Als je minder brood moest eten, sprak het voor zich dat het beetje brood dat je at van de best mogelijke kwaliteit was. Ook Polly kon geen weerstand bieden aan de verleiding van krokant, sappig, zoutig spek op het allergoedkoopste witbrood. Maar als voedingsmiddel op zich vond ze dit soort rommel pure tijdverspilling. Al helemaal omdat de oven en alle andere apparatuur gewoon nog in de bakkerij stonden en zo weer in gebruik konden worden genomen. Brood bakken was een tijdrovende klus, maar het was niet moeilijk en het eindresultaat was altijd, altijd de moeite waard.

Terwijl Polly stofzuigde, veegde en poetste merkte ze dat ze het eigenlijk helemaal geen vervelend werk vond. Net als het schoonmaken van haar appartement had het een heilzaam effect. De zon schitterde door de gewassen ramen en ze voelde zich langzaamaan iets minder nutteloos. Een of twee mensen staken hun hoofd om de deur en vroegen naar mevrouw Manse; het hele dorp was onderhand op de hoogte. Polly antwoordde zo eerlijk mogelijk dat mevrouw Manse was gevallen en ter observatie in het ziekenhuis lag.

'Dus jij neemt de zaak over?' vroeg Jayden toen hij rond lunchtijd langskwam. 'Heb je geen pasteitje of zo?'

'Nee, ik heb niets,' zei Polly. 'Sorry. Verkocht ze lekkere pasteitjes?'

'Nee,' zei Jayden treurig. 'Maar je weet wat ze zeggen: slechte pasteitjes bestaan niet.'

'Die uitspraak heb ik nog nooit gehoord,' zei Polly.

'Waarom ga je hier niet bakken?' vroeg Jayden. 'Je weet hoe het moet. Dus...'

'Omdat het een beetje illegaal is om zomaar aan de slag te gaan in andermans winkel,' antwoordde Polly.

'Maar wat doe je nu dan?' vroeg Jayden.

Polly glimlachte. 'Ik help haar gewoon een handje.'

'Waarom help je mij niet een handje door pasteitjes te maken?' vroeg Jayden.

'Tja, zo klinkt het heel logisch,' zei Polly.

Toen Tarnie die avond vermoeid zijn hoofd om de deur van de bakkerij stak leek hij oprecht verrast.

'Wauw,' zei hij.

Polly glimlachte. Ook zij was doodop – ze had nauwelijks geslapen – maar ze kon niet geloven hoe schoon ze de bakkerij in een dag had gekregen. Ze had zelfs de ovens geschrobd. Die waren door jarenlange verwaarlozing koud en vettig geworden, maar stonden nu weer klaar om te vlammen.

'Zo heeft de winkel er...' zijn toon werd iets afweziger, '... in jaren niet uitgezien.'

'Hoe gaat het met haar?' vroeg Polly.

Tarnie haalde zijn schouders op. 'Ze is strijdlustig. Ze willen haar geestelijke gesteldheid uitgebreider observeren, maar ze zei dat ze de pot op konden.'

'Ha,' zei Polly. 'Geweldig. Ik ben blij dat ze haar slachtoffers lukraak uitkiest. Heeft ze van mijn brioche gegeten?'

'Ja,' zei Tarnie. 'Ze zei dat ze hem smerig vond, maar ze heeft hem helemaal opgegeten.'

'Dat lijkt me een goed teken,' zei Polly.

Tarnie keek weer om zich heen.

'Jammer dat ze zo eigenwijs en koppig is,' zei hij. 'Ik bedoel, jij zoekt toch een baan?'

'Ja,' zei Polly driftig.

'Volgens mij ligt de oplossing voor de hand,' zei Tarnie. 'Jij bakt het brood, zij staat in de winkel, teamwork.'

Polly rechtte haar rug.

'Eh,' zei ze.

'Wat is er?' zei Tarnie verward.

'Nou, ze haat me?'

'Dus? Het is maar werk. Jayden haat mij ook.'

'Jayden aanbidt je,' zei Polly. 'Tien uur per dag met haar in deze piepkleine winkel staan? Dat zou een ramp worden, geloof me.'

'Wat ga je dan doen, een uitkering aanvragen?'

'Kan ik geen visser worden?'

'Visser word je niet, dat ben je.'

'Nou, dat vind ik discriminatie.'

'Nee, ik meen het. Als je niet als visser bent geboren, is het afschuwelijk werk.'

Polly wierp een blik op de ovens.

'Misschien kan ik hier een tijdje aan de slag... tot ze weer terug is.'

Tarnie haalde opnieuw zijn schouders op. 'Denk je dat je dat aankunt?'

'Geen idee,' zei Polly eerlijk. 'Wat denk jij?'

Tarnie glimlachte. 'Weet je,' zei hij. 'Ik denk dat jij alles kunt, als je het maar probeert.'

Ze glimlachte terug. 'Alles behalve vissen,' zei ze.

'Eh, ja, alles behalve vissen.'

De volgende dag sliep Polly uit. Ze werd gewekt door een luid gebulder, dat plaatsmaakte voor onophoudelijk getoeter.

'Wie is dat?' zei ze en ze deed haar raam open. Het was een prachtige dag en de donzige wolken dansten langs de horizon als kinderen die een dagje naar het strand gaan.

Het was Huckle met die idiote motor van hem. Hij had zijn bril op zijn helm geschoven.

'Hé!' zei hij. 'Alles goed?'

'Ja hoor,' zei Polly. Ze ademde de zeelucht in. 'Wat ben je aan het doen?'

Hij keek haar verward aan. 'Vandaag is het zover, weet je nog?'

Polly schudde haar hoofd. Haar agenda stond nou niet bepaald bol van de sociale verplichtingen.

'Eh, nee?'

'Neil.'

'Wat is er met hem?'

'Die gaan we naar de opvang brengen. Dat hadden we zaterdag toch afgesproken?'

Dat was Polly totaal vergeten. Sterker nog, zo besefte ze ontzet, ze had net gedaan alsof het niet zou gebeuren.

In eerste instantie wilde Polly weigeren. Nee, nee, nee. Nu Neil kon vliegen, vond hij het nog leuker om haar te volgen dan eerst. Hij voerde oorlog met de waterkoker en danste eromheen als het water kookte. Ze had hem verteld dat hij uit de buurt van het apparaat moest blijven, maar als het water bijna kookte, draafde hij er meestal toch naartoe, om eens in de zoveel tijd agressief in de zijkant te pikken. Het was hem één keer gelukt om het ding uit te zetten, wat hij uiteraard had beschouwd als een enorme overwinning.

'Wegwezen jij,' zei Polly toen ze de waterkoker tot Neils bazige ontsteltenis aanzette. Ze kon niet geloven dat ze dit had verdrongen, zelfs al had ze nog zoveel aan haar hoofd. Maar ze kon de papegaaiduiker niet als huisdier houden. Dat was verkeerd. Dat was wreed. Daar was iedereen het over eens.

Maar het moment leek veel te snel aangebroken. Ze streelde zijn veren en voerde hem afwezig een restje brioche. Neil gaf kopjes tegen haar vinger, alsof hij wist wat er ging gebeuren.

'Mijn hemel,' zei ze chagrijnig. 'Oké, laten we dit dan maar snel doen.'

'Je kijkt alsof ze je lolly hebben afgepakt,' zei Huckle toen ze eindelijk verscheen, nadat ze een ultrasnelle douche had genomen en haar favoriete verbleekte spijkerbroek en oude All Stars had aangeschoten.

Polly keek hem verdrietig aan.

'Kom op,' zei Huckle. 'Weet je, waar ik ben opgegroeid was het geen goed idee om je aan dieren te hechten.'

'Ben je soms opgegroeid op een boerderij?' zei Polly chagrijnig.

'Eh, ja. Dat klopt,' antwoordde Huckle.

Er viel een korte stilte. Polly keek naar het zijspan.

'Moet ik daar echt in?'

'Nee hoor,' zei Huckle. 'Volg mij maar gewoon. Neil kan vliegen en wil je vast wel dragen.'

Hij gaf haar een ouderwetse zwarte helm die langs de bovenrand een soort omgeslagen flap stof had, net als bij een muts, en een grote ronde bril.

'Is er hier ergens in een veld een Duits oorlogsvliegtuig gecrasht?' vroeg Polly.

'Dank je wel, Huckle,' zei Huckle. 'Wat fijn dat je de tijd en moeite neemt om iemand te helpen.'

Polly haalde diep adem, duwde de helm over haar krullen en liet zich in het zijspan zakken. Dat zat verrassend comfortabel; de binnenkant was bekleed met leren kussens en ze kon haar benen helemaal strekken, waardoor het net een luxe slaapzak was. Zodra ze Neil, die zijn kopje uit de doos had gestoken, had gekalmeerd, liet Huckle het toerental oplopen. Hij drukte het gaspedaal in – hij droeg grote zwarte laarzen – en ze schoten ervandoor.

In het zijspan klonk de motor al even luidruchtig; de vogels vlogen verschrikt op uit de bomen. Het voertuig veroorzaakte ook verbazingwekkend veel opschudding. In elke straat waar ze doorheen reden werd er naar hen gewezen, begonnen de kinderen te lachen en glimlachten oude mannen hen toe. Zo moest het ongeveer voelen om beroemd te zijn, dacht Polly.

De toegangsweg richting het vasteland was begaanbaar en de stenen glommen in de ochtendzon. Toen ze eenmaal aan de andere kant waren en over de stille landweggetjes reden draaide Huckle het gas helemaal open. Ze vlogen door de bochten en reden langs uitgestrekte velden moerasspirea, kuddes ongeïnteresseerde koeien die rond hun drinkbakken stonden te kletsen en een paar mooie palomino pony's die over de top van een heuvel galoppeerden. Tijdens hun rit over het schiereiland maakten schel krassende meeuwen plaats voor sperwers die in perfect ronde cirkels door de lucht zweefden en lentelijsters die tjilpten in de heggen. Konijnen schoten als zachte pluizenbolletjes over de weg en de wind sloeg om de motor, maar dankzij de attente deken had Polly het in het knusse zijspan helemaal niet koud.

Als hun niet zo'n vervelende taak te wachten had gestaan – ze hield Neils doos stevig vast – zou ze ontzettend van de rit hebben genoten. Huckle draaide zich zo nu en dan naar haar toe, alsof hij wilde controleren of ze het naar haar zin had, maar de motor maakte zoveel geluid dat ze alleen kon knikken als ze plotseling tussen twee heuvels een zonverlichte baai met opspringend water zag, of tussen het voorbijschietende groen het leistenen dak van een zowel streng als knus ogende oude boerderij van grijs steen ontdekte. Omdat ze zo dicht bij de weg zat voelde ze zich onderdeel van het landschap waar ze doorheen reden en hoewel ze weinig auto's tegenkwamen, leken alle fietsers en wandelaars blij hen te zien en een enkeling zwaaide zelfs naar hen. Ze voelde zich opgetogen, maar toen ze de zijweg en het bruine informatiebord met PAPEGAAIDUIKEROPVANG erop zag, zonk de moed haar in de schoenen. Niet aan denken, zei ze tegen zichzelf. Denk ergens anders aan. Ze keek naar Huckles lange bovenbenen, die de motor buitengewoon zelfverzekerd onder controle hielden. Oké, misschien niet dááraan.

Hier in het noorden was het platteland veel rotsachtiger en woester en de wind veel kouder. Deze kant van Cornwall lag aan de Ierse Zee, met haar ijzige stormen en wild schuimende golven. De perfecte omgeving voor een koudwatervogel, hield ze zichzelf voor. Denk eens aan alle lol die hij gaat beleven met zijn één komma vier miljoen nieuwe beste vrienden.

Voor hun vertrek had ze nagedacht over een manier om Neil te merken, voor het geval ze hem een keer zou willen opzoeken. Dat zou ze natuurlijk aan de mensen bij de opvang kunnen vragen, maar misschien vonden die dat wel raar. Ze kon ook hopen dat hij haar zou onthouden, maar dat was pas écht raar. Hij was een vogel en zij was een meisje. Het zou nooit hebben gewerkt.

Ze glimlachte treurig bij deze gedachte en zwenkte mee met de bochten en kronkels van het weggetje. Als je eenmaal was gewend aan de nabijheid van het asfalt, reed de motor eigenlijk best lekker.

Huckle had van tevoren gebeld en ze werden opgewacht door een vriendelijk jong meisje met een nuchter Australisch accent dat even gespierd was als een *netball*-speelster.

'Goed, laten we eens naar onze vriend kijken,' zei ze en ze tilde Neil met geroutineerd gemak uit zijn doos. Neil keek paniekerig achterom naar Polly.

'Sst,' zei ze. 'Rustig maar.'

'Gebroken vleugel, dus?' Het meisje hield hem voorzichtig vast en onderzocht hem van top tot teen. 'Dat heb je goed gedaan.'

'Eh... oké.' Polly merkte verafschuwd dat ze haar stem niet helemaal onder controle had.

'Je hebt aardig wat vlees op je botten,' zei het meisje streng tegen Neil. 'Je moet wel een beetje sneller worden, vriend, je moet daarbuiten tenslotte werken voor je eten.'

Neil piepte en probeerde dichter naar Polly toe te schuifelen, maar het netballmeisje had hem stevig vast.

'Kan ik... Ik bedoel, zouden we hem kunnen taggen?' vroeg Polly. 'Voor het geval ik...'

'Voor het geval je wilt langskomen om gedag te zeggen?' Het meisje krabde nadenkend op haar hoofd. 'Tja, ik kan niet... Ik bedoel, ze worden wel getagd, maar dat is alleen voor migratiedoeleinden. Ik weet niet of ik een tag heb die geen verwarring veroorzaakt, snap je?'

'Dat geeft niet,' zei Polly. 'Het was maar een idee.'

'Luister,' zei het meisje. 'Dit is echt het beste voor hem, dat weet je toch?'

Polly knikte. Haar onderlip trilde.

'Hij is geen huisdier. Hij hoort in een groep, hij hoort een vrouwtje te vinden, zich voort te planten en jongen groot te

brengen, net als ieder ander. En die kans verdient hij, toch?'
'Ja,' zei Polly. Ze kalmeerde. 'Ja, die verdient hij.'
'Precies. Kom, dan gaan we hem beneden vrijlaten.'

Vanaf de top van de heuvel liep een pad (dat was bewegwijzerd met papegaaiduikertjes) naar een enorme rotspartij die oprees uit zee. Polly hapte naar adem. Ze zag ontelbaar veel vogels. Ze waren overal; groot, klein, met oranje snavels en met zwarte. De beesten krasten, doken in het water, hupten over de rotsen of stonden simpelweg raadselachtig naar zee te turen. Het leek net een zwart met wit tapijt en het was een fantastisch gezicht.
'Er zal goed voor hem worden gezorgd.'
Polly tilde de doos op. Neil voelde duidelijk dat er iets aan de hand was; hij sprong als een razende op en neer en draaide zijn kopje naar de vogels in de lucht.
'Het is net of hij het weet,' zei Polly.
'Dat is ook zo,' antwoordde Huckle en hij legde voorzichtig een arm om haar schouders. Met zijn andere hand haalde hij iets uit zijn zak.
'Hier,' zei hij. 'Misschien kunnen we dit gebruiken?'
Het was een van de labels waarmee hij zijn potjes bijenwas verzegelde. Het was van plastic en sloot stevig, maar woog bijna niets. HUCKLES HONING, stond er vrij groot op.
'Ik wist niet of...'
De opgewekte Australische keek ernaar.
'Ja,' zei ze. 'Dat lijkt me prima. En het levert geen verwarring op bij de onderzoeken. Briljant.'
Polly keek hem aan.
'Dank je wel.'
'Geen dank,' zei Huckle. Hij bevestigde het clipje voorzichtig aan Neils linkerpootje. Neil begon er onmiddellijk boos in te pikken.
'Rustig,' zei Polly. 'Niet doen. Anders...'
Ze tilde het vogeltje op en kriebelde een laatste keer onder de

veren achter zijn oren omdat ze wist hoe fijn hij dat vond. Toen wreef ze haar neus tegen zijn snavel.

'Jij was hier mijn eerste vriend,' zei ze. 'Dank je wel.'

Ze keek in zijn zwarte oogjes.

'Nou, vooruit,' zei ze. 'Hup, vlieg maar weg. Ga vrienden maken, nesten bouwen.'

Ze zette hem op een rots. Hij was direct volledig in de ban van het gekwetter en gefladder van de duizenden andere vogels om hem heen. Hij zette een stapje naar voren en weer naar achteren en keek haar vragend aan.

'Nee,' zei ze. Opnieuw trilde haar stem een beetje. 'Het is oké. Ga maar.'

Neil trippelde nog iets verder naar voren. Ze aaide hem nog één keer over zijn kopje en stond op.

Uiterst voorzichtig en aarzelend – hij was duidelijk dikker dan de andere jonge papegaaiduikers – sprong hij van de rots en hupte naar de volgende. De andere papegaaiduikers verzamelden zich onmiddellijk om hem heen om hem te bekijken. De vogels kwetterden en fladderden.

'O wee als jullie hem pesten,' zei Polly boos. Neil draaide zich even om. Polly haalde haar telefoon tevoorschijn voor een laatste foto, maar toen ze de camera zijn kant op richtte besefte ze tot haar grote verdriet dat ze hem tussen de honderden andere vogels al niet meer kon ontdekken.

'O, Huckle,' zei ze. 'Welke is Neil? Ik zie hem niet meer.'

'Sst,' zei Huckle. 'Kijk.'

Een aantal vogels was opgestegen en vloog nu rond een jonge man in een kleurig poloshirt die vis stond uit te delen. En ja hoor: midden in de groep deed een ietwat mollige papegaaiduiker met een tag om zijn linkerpootje heel hard zijn best om in de lucht te blijven, en met succes. Polly keek naar hem tot hij samen met alle andere vogels over de klif vloog en uiteindelijk uit zicht verdween.

Huckle drukte haar even tegen zich aan en ze liepen terug over het pad. Polly was zo van streek dat ze niets kon uitbrengen.

‘Ik weet dat het stom is,’ piepte ze uiteindelijk. ‘Het is maar een vogel.’

‘Neil was meer dan een vogel,’ zei Huckle beslist. ‘Hij was de beste papegaaiduiker die ik ooit heb ontmoet.’

Deze opmerking bracht Polly op het randje van een vrolijk-verdrietige inzinking, dus ze zweeg.

‘Er is hier een café, mochten jullie honger hebben,’ zei de vrolijke Australische. Toen ze hun hoofd naar binnen staken rook de ruimte naar koude frietjes en treurige officiële feestdagen en bleek hij overstelpt te zijn met foto’s van papegaaiduikers, papegaaiduikerknuffels en andere papegaaiduikerprullaria. Het café zag er zwaar onaantrekkelijk uit, maar het werd al laat.

‘Heb je honger?’ vroeg Polly aan Huckle.

‘Ik eet nog liever een papegaaiduiker,’ antwoordde Huckle. ‘Sorry, was dat lomp?’

‘Ja!’ riep Polly.

Ze wendde zich weer tot het meisje.

‘Bedankt voor alles,’ zei ze.

‘Geen probleem.’

‘Hier heb je mijn mobiele nummer en mijn e-mailadres...’

Het meisje keek niet-begrijpend naar het briefje.

‘Als hij zijn draai niet kan vinden of... of als er iets met hem gebeurt...’ Polly’s stem sloeg over.

‘Eh, oké,’ zei het meisje aarzelend.

‘Kom,’ zei Huckle. ‘We gaan.’

Het meisje keek hem verleidelijk aan. ‘Leuk je te ontmoeten,’ zei ze op een toontje dat zelfs de verdrietige Polly als flirterig herkende.

Huckle schonk haar zijn brede Amerikaanse boerenjongensglimlach en loodste Polly terug naar de motor.

Polly besloot te wachten met huilen tot ze veilig in het zijspan zat en niemand haar kon zien of horen, afgezien van een paar kinderen die de opvang bezochten en het onbegrijpelijk vonden dat iemand in een zijspan zo verdrietig kon zijn dat ze moest huilen.

Ze wist dat het idioot was en dat ze zich aanstelde en ze had geen idee wat Huckle wel niet van haar dacht, maar dat kon haar niets schelen. Neil mocht dan maar een babyvogeltje zijn, hij had het eenzaamste moment van haar leven minder eenzaam gemaakt. Het was oké om hem te missen. Ze vroeg zich af of je dit ook voelde bij je eigen kinderen. Toen herinnerde ze zich dat haar moeder ooit had gezegd dat God tieners expres zo vreselijk had gemaakt, want dan was je blij als ze het huis uit gingen. Dat verklaarde een hoop.

Toen ze uiteindelijk stopte met huilen en door haar motorbril om zich heen keek, wist ze niet waar ze waren. Ze reden niet via dezelfde logische route terug naar huis. In plaats daarvan leken ze de kustlijn te volgen; elke keer als ze over een heuvel reden kwam de zee even in beeld. Ze keek vragend naar Huckle, maar die bestudeerde met een verwarde blik de borden langs de weg en merkte niet dat ze keek. Toen raakte haar voet Neils kartonnen doos en moest ze heel hard haar best doen om niet opnieuw in huilen uit te barsten.

Met piepende remmen en een manoeuvre die Polly bijna uit het zijspan lanceerde sloegen ze plotseling rechts af, een zandweg in.

'Sorry,' mimede Huckle. Hij kwam niet boven het lawaai van de motor uit. Polly snapte waarom hij het weggetje bijna had gemist, want alle bewegwijzering ontbrak. Ze vroeg zich af waar het pad naartoe leidde.

De motor hobbelde over de ongeplaveide weg. Ze had verwacht dat ze zouden uitkomen bij een boerderij, maar het pad dook langs een vlak veld naar beneden en schoot vervolgens weer omhoog naar een stel zandduinen, waar een aantal jeeps stonden. Huckle parkeerde de motor ernaast en schakelde hem uit. Na de herrie van de motor was de plotselinge stilte haast overweldigend.

Polly klom uit het zijspan en rekte zich uit.

'Waar zijn we?' Ze keek om zich heen. Huckle bekeek haar geamuseerd.

'Ben je gestopt met huilen?' vroeg hij.

'Eh, ja,' antwoordde Polly. 'Ik geloof het wel.'

'Het is niet erg om te huilen, weet je.'

'Ja, dat weet ik,' zei Polly terwijl ze de mascarasporen van haar gezicht wreef.

Ze stonden boven aan de duinen en keken naar beneden. Polly hapte naar adem. Ze stonden op het hoogste punt van een lang, goudkleurig zandstrand. Het strand was immens en het leek oneindig ver door te lopen. Enorme blauwe golven beukten tegen het zand; een rollende branding die zich kilometers ver uitstrekte.

Het strand was praktisch verlaten, op een houten hutje en de deinende hoofden en in wetsuits gehulde lichamen van zo'n vijf surfers in het water na. Alleen de kleine figuurtjes die over zee dansten gaven Polly enig idee over de hoogte van de golven.

'Waar zíjn we?' zei ze. Het surfseizoen was pas net begonnen, maar alle stranden zagen al zo zwart van de surfers dat ze elkaar uit de weg moesten duwen en trekken en geregeld met elkaar op de vuist gingen. Maar hier...

'Dit is van Reuben Finkle,' antwoordde Huckle. 'Zo'n wonderkind uit Silicon Valley, weet je wel? Die vent is schatrijk geworden met de verkoop van supergeheime beveiligingsgadgets en op zijn achtentwintigste met pensioen gegaan om de hele dag te kunnen surfen.'

'Indrukwekkend,' zei Polly. 'Mijn god, is dit strand van hem?'

'Ja. Zijn huis is daarboven. Niemand weet van deze plek. Maar af en toe laat hij er een paar vrienden gebruik van maken.'

'Ga weg.'

'Ik ken hem uit mijn studietijd op Wharton... Maar goed...'

Polly keek om zich heen. Het strand was fenomenaal. De zon was gaan schijnen en het fijne zand gloeide. Het voelde als de eerste echte warme dag van het jaar.

'Kom mee,' zei Huckle. 'Heb je honger of ben je daar nog steeds te verdrietig voor?'

'Ik ben verdrietig,' zei Polly. 'Maar ik lust ook wel iets te eten.'

Huckle trok zijn laarzen en sokken uit en zette ze bij de motor. Polly deed hetzelfde met haar All Stars, waarna ze hun spijkerbroek oprolden en van een duintop naar beneden gleden. Toen Huckle lachte omdat Polly op haar billen viel, stak ze haar tong uit. Ze voelde zich bijna weer normaal.

Het natte zand bij de waterkant was verrukkelijk. Het water was nog fris, maar het was heerlijk om er een beetje in rond te spetteren, dus dat deed Polly.

'Ongelofelijk hè, dat sommige mensen zoveel hebben,' zei ze. Ze hadden nu zicht op Reuben Finkles huis, een fantastische, moderne glazen trommel die net zo goed de thuisbasis van Tony Stark had kunnen zijn.

'Ja,' zei Huckle behoedzaam. 'Maar is het niet geweldig dat hij zoiets moois in stand houdt? Hij doet ook een heleboel voor het behoud van de oceaan.'

'Die vent klinkt fantastisch.'

'Het is een *yutz*,' zei Huckle. 'Maar de oceaan is hem dankbaar.'

Ze zwaaiden naar een paar vrienden van Huckle die in het water lagen en liepen naar het houten hutje dat Polly vanaf de duintop had gezien. Eenmaal aangekomen bij het witgeverfde gebouw ontdekte ze dat het een cafeetje was; hier en daar stonden groepjes tafels en stoelen en het café had een volwaardige bar en een jaloersmakend goed uitgeruste open keuken.

'Wauw,' zei Polly. 'Indrukwekkend. Hoe kan het dat niemand dit nog heeft gesloopt? De lokale jeugd moet dit kennen. Je zit hier vlak bij de weg.'

'Ja, die weten ervan,' zei Huckle. 'Maar die willen niets liever dan een keer worden uitgenodigd. En er doen een heleboel geruchten de ronde over beveiligingscamera's en beveiligers met machinegeweren.'

Polly keek hem even aan. 'Echt?'

'O, dat zijn maar geruchten,' zei Huckle. 'Waarschijnlijk.'

Ze namen plaats aan een van de tafels. Het was aangenaam warm, er stond weinig wind en het zonnetje in Polly's nek voelde mild en weldadig. Ze slaakte een zucht van verlichting.

'Wat een schitterende plek.'

Uit de keuken kwam een kleine, brede man met een opgeschoren kapsel, een gezicht vol sproeten en een jongensachtige, balorige blik in zijn ogen. Over zijn korte broek droeg hij een wit schort.

'Huck! Gozer!'

Huckle stak zijn hand op en voerde een of andere ingewikkelde highfive uit die op het laatste moment mislukte. De kok stompte hem nogal hard tegen zijn schouder.

'Hij heeft een kok?' zei Polly voor ze er erg in had.

'Wie heeft er een kok?' vroeg de kleine man.

'Sorry,' antwoordde Polly. 'Ik bedoelde de eigenaar van dit alles. Hoi. Ik ben Polly.'

'En ik ben de eigenaar van dit alles,' zei de man. Hij stak zijn hand uit. 'En ik houd van koken. Maar ik heb ook een kok. Drie zelfs. Ja. Cool. Reuben Finkle. Aangenaam kennis te maken. Jij bent een vriendin van Huckle? Uhu? Ja? Ben ik warm? Een speciale vriendin? Een speciale sexy vriendin?'

Hij knipoogde overdreven naar Huckle en maakte een kleine beweging met zijn heupen. Polly begreep waarom Huckle hem een yutz had genoemd, zelfs al wist ze niet precies wat dat betekende.

'Polly maakt een zware tijd door,' zei Huckle op zijn trage, bedachtzame manier. 'Dus het leek me een goed idee om haar op te vrolijken met het beste eten van Cornwall.'

'Heel goed, heel goed. Wil je een martini?' Reuben keek haar aan en knipte met zijn vingers. 'Nee. Nee, ik weet wat jij nodig hebt. Een margarita. Heb ik gelijk of heb ik gelijk? Margarita's lossen alles op. Tot je wakker wordt in de vuilnisbak. Haha.' Hij had een ietwat verrassend blaffend lachje.

'Eh...'

Polly vond het maar een verwarrende dag. Huckle knikte haar even toe.

'Eh, dat klinkt heerlijk,' zei ze.

'Alcoholvrij biertje, gozer? Alcoholvrij bier voor de blonde boerenkinkel in de hoek?'

'Prima,' zei Huckle. 'Kom maar door.'

Reuben kwam terug met hun drankjes en ging zitten. Eigenlijk was hij best aangenaam gezelschap, want hij praatte aan één stuk door over hoeveel hij had gesurft en met hoeveel vrouwen hij had gefeest (Polly had altijd gedacht dat 'feesten' inhield dat je een beetje danste en je vermaakte, maar blijkbaar betekende het dat je jezelf letterlijk bewusteloos dronk), over de fantastische zomer die voor de deur stond en hoeveel geld hij voor dit alles had kunnen vangen van een Russische oligarch die had gedreigd hem naar Siberië te sturen toen hij zijn aanbod afsloeg, maar gelukkig beoefende Reuben kungfu en daar was de man blijkbaar zo van geschrokken dat hij zich had bedacht en hield ze trouwens van *Star Wars*?

Polly antwoordde van wel, of, nou ja, in elk geval van het feit dat Harrison Ford erin meespeelde. Reuben keek licht geërgerd en zei dat de nieuwe films zwaar ondergewaardeerd waren en dat mensen hun oordeel nodig moesten herzien, waarna hij direct zijn eigen oordeel uit de doeken deed.

Nu Polly niet hoefde te praten, kon ze het gesprek vrijwel geheel negeren en simpelweg genieten van het geluid van de branding, de blauwe kleur van de lucht en de verrassend geruststellende nonchalante aanwezigheid van Huckle, die zijn lange lijf over een van de gehavende stoelen had gedrapeerd en zijn grote voeten met nette, korte teennagels in het zand had begraven. Zijn ogen hadden dezelfde kleur als de zee. Ze wist dat het door de (uitstekende) margarita kwam, maar opeens had ze zin om haar voeten in zijn schoot te leggen. Dat idee verbande ze direct uit haar gedachten. Huckle zond een heel sterk signaal uit: hij was ontzettend aardig, maar je moest hem vooral niets vragen over zijn privéleven of te dichtbij komen.

En dat was prima. Haar eigen leven was tenslotte ook ingewikkeld genoeg. Ze dacht aan het meisje bij het papegaaiduikerpark. Het leek haar sterk dat Huckle nooit aanbiedingen kreeg. En in dat geval was hij hoogstwaarschijnlijk bewust single.

Na een tijdje sprong Reuben zonder zijn gedachtestroom te

onderbreken op en begon aan het eten, terwijl hij Huckle vroeg welke kleur hij zijn nieuwe helikopter moest verven. Door de geur en het gesis van de wilde knoflook en de uien die hij stond te bakken besefte Polly opeens dat ze uitgehongerd was. De margarita was direct naar haar hoofd gestegen. Ze zag Reuben naar een wijnkoelkast kijken. Hij dacht even na en koos toen een ijskoude chablis.

Om weer nuchter te worden en haar gestaar naar Huckle, wiens zware oogleden af en toe leken dicht te vallen – hij was zo relaxt dat je niet goed kon zien of hij nou sliep of niet – een halt toe te roepen, stond ze op en volgde Reuben naar de keuken.

'Je kookt dus?' vroeg ze.

'Ja, ik ben dol op koken,' antwoordde hij. 'Ik ben een briljant chef. Als ik geen computergenie was geweest, had ik nu vast negen Michelinsterren of zo. Dat zijn er twee meer dan iemand ooit heeft gehad.'

Ze glimlachte. 'Wat staat er vandaag op het menu?'

'Ik gebruik wat we vangen,' zei hij. 'Er liggen een paar verse langoustines van vanmorgen. Het seizoen is bijna afgelopen, maar vanwege het koude zeewater smaken ze nog prima.'

'Zij kookt ook,' zei Huckle slaperig vanuit het café.

Reuben keek haar kritisch aan. 'O ja?' zei hij. 'Waarschijnlijk niet beter dan ik.'

'Nee, zeker niet,' antwoordde Polly. 'En ik ben niet echt een kok. Eerder een bakker.'

Ze werd rood toen ze besefte dat dit de eerste keer was dat ze zichzelf een bakker noemde. Dat kwam vast door de alcohol en Reubens extreem grote zelfvertrouwen.

'Maar je hebt een fantastische keuken.'

Hij glimlachte tevreden.

'Ja. Topkwaliteit. Kostte een kwart miljoen pond. Heb ik vanuit Duitsland laten invliegen.'

Polly knikte beleefd.

'Zin om iets te bakken voor de lunch?'

'Eh,' zei Polly. 'Nu niet meer. Ik maak vast iets kapot in je dure keuken.'

'Doe niet zo stom,' zei Reuben. 'Dan koop ik gewoon een nieuwe.'

Opeens zag Polly iets achter in de keuken staan.

'O mijn god, is dat een steenoven?'

'Jazeker,' antwoordde Reuben. 'En hij brandt al een uur; helemaal klaar voor gebruik dus. Wat moet je met een buitenkeuken zonder steenoven? Hoe zou je dan pizza moeten bakken? Ik ga nog liever dood dan dat ik slechte pizza eet. Mijn pizza's zijn geweldig.'

'Groot gelijk,' glimlachte Polly. Ze begon Reuben steeds aardiger te vinden. 'Tja, ik zou *socca* kunnen maken, als je wilt.'

'Je zou wát kunnen maken?' Hij fronste. Polly vermoedde dat Reuben weinig dingen vervelender vond dan iets horen wat hij nog niet wist.

Ze glimlachte. 'Heb je kikkererwtenmeel?'

'Natuurlijk heb ik dat,' antwoordde Reuben nors. Hij pakte de walkietalkie die aan zijn riem hing.

'Kikkererwtenmeel. En snel een beetje.'

'Een socca is een soort pannenkoek,' legde Polly uit. 'Ik weet zeker dat je het lekker zult vinden.'

Reuben keek haar onderzoekend aan.

'Oké,' zei hij. 'Vis met pannenkoeken. Klinkt prima.'

Het meel werd gebracht door een dienstmeisje dat toen Polly haar bedankte beleefd maar zwijgend glimlachte. Polly vroeg zich af of ze wel Engels sprak.

'Goed,' zei Reuben terwijl hij keek hoe ze alle ingrediënten klaarlegde. 'Jij doet het dus met Huckle?'

Polly liet bijna een fles olijfolie vallen.

'Hoezo?' zei ze. 'Wil jíj het soms graag met hem doen?'

Reuben liet opnieuw zijn blaffende lachje horen.

'Nou, Huck,' riep hij. 'Je hebt een pittige dame meegenomen.'

Bedreven maakte Polly het beslag. Ze deed er steeds een beetje meel en water bij tot het zo dun mogelijk was. Toen vette ze de gietijzeren ovenplaat zorgvuldig in met olie, goot het beslag erop en draaide de socca na een paar minuten behendig om. Op de onderkant zaten bevredigende, platte zwarte luchtbellen. Toen ook de andere kant een minuutje had gebakken trok ze de plaat naar zich toe met de lange daarvoor bestemde stok die naast de oven stond, legde de socca op een bord, bestrooide hem rijkelijk met zout en peper, sneed hem in kwarten en gaf een stuk aan Reuben. Hij was zo gulzig dat hij nauwelijks blies en zijn mond verbrandde.

'Au. Verdomme,' zei hij. 'Stomme superhete kloteoven.'

'Wat een geweldige oven,' zei Polly. 'Ik ben jaloers.'

Na een paar tellen nam hij een tweede hap. Toen schrokte hij de rest naar binnen.

'Man,' zei hij met volle mond. 'Dit is fantastisch.'

'Ja,' zei Polly. 'Lekker, hè?'

Ze maakte er nog een, voor Huckle, maar ze moest er eerst nog een afstaan aan Reuben voordat ze hem er eentje kon brengen. Toen kwamen de surfers binnen, die zo dankbaar reageerden dat ze zich door drie porties beslag heen bakte voordat Reuben zich weer herinnerde dat hij vis zou bakken.

De surfers waren grote, vriendelijke kerels, voornamelijk Britten. De laatste surfer die uit het water kwam, haar wetsuit van haar prachtige bikini met rode stippen pelde en haar lange, blonde krullen naar achteren streek, bleek echter een van de mooiste meisjes te zijn die Polly ooit had gezien. Ze zag eruit als een bikinimodel uit een Amerikaans sporttijdschrift. Haar goudbruine huid was licht gebronsd en ze droeg geen spoortje make-up; ze had katachtige groene ogen en een brede mond met volle lippen. Toen ze in een prachtig geborduurde kaftan over het strand kwam aanlopen keek zelfs Huckle waarderend naar haar lange, elegante lichaam. Polly vroeg zich af hoe het moest zijn om zo over het strand te kunnen paraderen – merkte ze überhaupt dat alle blikken haar volgden? Wist ze simpelweg niet beter? Zou ze zich op haar vijftigste afvragen wanneer de wereld was veranderd?

Het meisje greep nonchalant een biertje uit de koelkast, nam alsof ze in een reclame speelde een flinke slok en kroop toen als een kat tegen Reuben aan. Ze was bijna een kop groter dan hij.

'Hé knapperds,' zei ze. Reuben gromde. 'Het ruikt hier fantastisch,' zei ze. 'Je had vanochtend met ons mee moeten gaan, de zee is waanzinnig. Het was briljant.'

'Ja, vast,' zei Reuben. Hij vroeg niet of ze een stuk socca wilde.

De godin richtte zich even tot Polly. Die kreeg het ongemakkelijke gevoel te worden gescand door een machine die haar onmiddellijk als niet-bedreigend bestempelde.

'Hoi,' zei het meisje. Ze lachte met een brede glimlach haar perfecte witte tanden bloot. 'Ik ben Jaz.'

'Eh, hoi, Jaz,' zei Polly. 'Polly.'

Jaz keek naar Polly, die nog meer socca stond te maken, en fronste.

'Mag jij de keuken gebruiken?'

'Jaz, kun je even gaan zitten?' zei Reuben. 'We zijn nogal druk.'

Jaz trok een oogverblindende pruillip maar ging terug naar de andere surfers, die haar meteen omringden alsof ze een koningin was.

'Jemig, wat heb jij een knappe vriendin,' flapte Polly er zonder nadenken uit. Reuben gaf geen antwoord, en dat was niets voor hem.

De lunch bestond uit gebakken langoustines met knoflook en citroen op een bedje van verse, pittige rucola. Iedereen viel enthousiast aan en de chablis bleek een perfecte aanvulling op het eten, evenals de warme zon en de onbenullige kletspraatjes van de surfers die het hadden over *hanging tens* en *sex wax* en andere surftermen die Polly niet begreep.

Ze besefte dat ze het naar haar zin had.

Na het eten, een kopje koffie en een grote doos Amerikaans snoep die Reuben had laten rondgaan, doken de jongens opnieuw het water in.

'Kun jij surfen?' vroeg Huckle.

'Tuurlijk,' antwoordde Polly. 'Is mijn perfecte surferslichaam je nog nooit opgevallen?'

Huckle haalde zijn schouders op. 'Ik vind het gewoon gek dat iemand die is opgegroeid in Cornwall niet kan surfen.'

‘Ik kom oorspronkelijk uit Devon.’

Polly zag dat het dienstmeisje terug was en de boel onopvallend begon op te ruimen. Stel je voor dat je niet eens merkte dat iemand dat voor je deed.

‘Dank je wel,’ zei ze. Het meisje keek even op, maar ging toen verder met haar werk.

‘Het ding is,’ zei Reuben. ‘Je moet... je moet gewoon surfen, weet je.’

‘Het ziet er moeilijk uit,’ zei Polly.

‘Nee, je moet niet écht surfen,’ snoof hij. ‘Dat is natuurlijk een metafoor.’

‘Ah, op die manier,’ zei Polly.

‘Je moet je geluk volgen. Ken je die uitdrukking?’

‘Is die toevallig Amerikaans?’

Polly voelde Huckle aan de andere kant van de tafel grijnzen om haar antwoord.

‘Zoals alle goede dingen, schat,’ knipoogde Reuben. ‘Ja! Je moet je geluk volgen. Dat is je enige optie. Je moet doen waar je van houdt. Als je eenmaal weet wat je graag doet en je je daar met volle overgave op stort wordt je leven geweldig en kun je surfen. En dáár word je dan gelukkig van. Waar word jíj gelukkig van?’

Polly haalde haar schouders op. ‘Tja... van brood bakken, denk ik. Van bakken in het algemeen. Maar ik weet niet of ik dat fulltime zou willen doen, als een echte baan. Zou het dan niet veel minder leuk zijn?’

‘Wat, als je ervoor betaald kreeg?’ zei Reuben verbijsterd. ‘God, natuurlijk niet. Daar wordt het toch alleen maar leuker van?’

Polly keek om zich heen.

‘Misschien wel,’ antwoordde ze.

‘Dat is allemaal prima als je geluk ligt in het hacken van computersystemen en je miljoenen verdient door de Amerikaanse overheid te beschermen tegen Chinese copyrightdieven,’ zei Huckle. ‘Dan heb je er tenminste iets aan. Mijn geluk levert zo’n twee pond per potje op.’

Reuben haalde zijn schouders op. ‘Maakt niet uit. Je bent hier gelukkiger dan toen je vastzat in Savannah, toch?'

Het leek wel of iemand een koelkastdeur opentrok, want de sfeer daalde tot ver onder het vriespunt. Huckle verstijfde en keek naar de zee. Reuben was zich blijkbaar nergens van bewust.

Er viel een heel lange stilte. Uiteindelijk zwiepte Jaz haar lange haar naar achteren en mengde zich in het gesprek.

'Ja, ik heb ook mijn geluk gevolgd en kijk mij nu eens.'

Reuben wierp haar een nijdige blik toe.

Dit leek Polly een goed moment om te vertrekken. Toen ze dat voorstelde aan Huckle, sprong hij gelijk op.

Onderweg naar huis maakte de motor te veel lawaai om met elkaar te kunnen praten, maar Polly had veel om over na te denken. Huckle was hier om iets te verwerken, dat was duidelijk. En Reuben was een ingewikkelde vent die totaal niet nadacht over wat mensen van hem vonden of wat hij zei. Aan de andere kant, wat hij had gezegd over haar geluk volgen... Zou ze dat kunnen?

'Bedankt,' zei ze toen Huckle haar afzette. 'Interessante vriend heb je.'

Huckle zette zijn bril af.

'Hij vond je aardig,' zei hij. 'Dat gebeurt niet vaak.'

'Hij was niet erg aardig tegen zijn vriendin.'

Huckle glimlachte. 'O, zij is zijn vriendin niet. Hij wordt altijd omringd door vrouwen. Die vinden vooral zijn bankrekening erg aantrekkelijk.'

'O!' zei Polly. 'Dat is best wel... Wauw. Dat had ik zelf nooit bedacht. Echt? Het geld? Maar ze is bloedmooi, die meid kan iedere vent krijgen...'

'Niet zo kritisch,' zei Huckle. 'De wereld is hard. Iedereen heeft zo zijn eigen overlevingstactieken.'

'Ja, dat weet ik,' zei Polly.

'Niet iedereen is even getalenteerd als jij.'

Het duurde even voor ze begreep dat hij haar een compliment gaf.

'Echt?' zei ze. Ze werd rood.

Huckle haalde zijn schouders op. 'Duh,' zei hij. Hij keek gegeneerd en boog zich over de achterkant van de motor.

'Eh,' zei hij. 'Dit heb ik voor je gekocht toen je in het park je tranen stond te drogen.' Hij gaf haar een papegaaiduikerknuffeltje.

'O,' zei Polly. Bibberig en emotioneel nam ze de knuffel aan. Huckle had tijdens de lunch geen wijn gedronken, maar zij wel. 'O. Bedankt.'

'Ben je er blij mee? Ik wist niet of je er vrolijk of verdrietig van zou worden.'

'Als ik hem maar niet Neil de Tweede ga noemen en hem in een doos zet,' zei Polly. 'Nee. Bedankt. Bedankt.'

Huckle keek zowel opgelucht als gegeneerd.

'Dit was een fijne dag,' zei Polly. 'Reuben wilde vast niet onbeleefd zijn.'

'Integendeel,' zei Huckle. 'Dat is een van zijn hobby's. Maar ik ben het onderhand wel gewend.'

Hij gaf haar een vlugge kus op haar wang. De motor kwam met zijn gebruikelijke lage gebrul tot leven en met haar armen stevig om de speelgoedpapegaaiduiker heen keek ze hem na tot hij uit de geplaveide straat was verdwenen.

12

Polly zou nooit toegeven dat ze Neil die nacht vreselijk miste. Het was stom: hij was een vogel en geen waakhond of zo. Maar ze werd wakker van elk krakend geluidje, elke rinkelende mast, elke schreeuwende zeemeeuw. Ze sliep slecht en besloot om vijf uur 's nachts vermoeid dat het mooi geweest was en ze net zo goed kon opstaan. Ze maakte deeg voor een sesambrood en besloot een deel ervan als bedankje naar Reuben te sturen. En ze zou broodstengels maken, die bleven langer vers.

Om zeven uur hoorde ze de vloot weer binnenkomen en ze concludeerde op basis van het vrolijke geschreeuw van de mannen dat ze veel hadden gevangen. Ze ging naar beneden met een kop koffie voor Tarnie en de broodstengels, die minder lang hoefden te rijzen dan het brood.

'Hé daar,' zei Tarnie glimlachend. Hij keek vermoeid maar gelukkig. 'We hebben een topnacht achter de rug.'

'Super!' zei Polly en ze hoopte dat hij een paar dagen vrij zou nemen om uit te rusten.

'Waar is Neil?'

'Ah,' zei Polly en ze legde uit waar hij was.

'Wat jammer,' zei Tarnie. 'Ik vond hem niet erg treurig of ongelukkig overkomen.'

'Nee,' zei Polly droevig. 'Maar dit was volgens iedereen het beste voor hem. Dus ja.'

'Niks "dus ja",' zei Tarnie. 'Ik heb nieuws voor je. Gillian mag naar huis, op voorwaarde dat ze hulp krijgt in de bakkerij en de wijkverpleegkundige haar in de gaten houdt. Ik heb een baan voor je gevonden!'

'Dat meen je niet,' zei Polly. 'Vindt ze het goed als ík haar kom helpen?'

'Tuurlijk,' antwoordde Tarnie, die Polly niet ging vertellen dat ze daar pas na lang aandringen mee had ingestemd.

Polly dacht aan Reubens advies om haar geluk te volgen. Toen dacht ze aan het geld dat ze nog overhad, het aantal sollicitaties dat ze had verstuurd (achtendertig) en het aantal keren dat ze was uitgenodigd voor een gesprek (nul).

'Geweldig!' zei ze. Ze besloot haar twijfels te negeren en te luisteren naar haar onderbuikgevoel. Het was werk! Werk waar ze goed in was! Ze zou zich later wel druk maken over het feit dat haar baas haar niet mocht. Als Gillian Manse uiteindelijk besloot haar op straat te zetten, had ze in ieder geval een einde gemaakt aan haar werkloze periode. 'Wanneer begin ik?'

'Morgen,' antwoordde Tarnie. 'Ze wordt vandaag ontslagen en kan je morgen alles uitleggen.'

Daar keek Polly niet bepaald naar uit, dus ze ging naar de bakkerij om te kijken of ze zelf kon uitvogelen hoe de ovens aangingen. De ovens waren nog steeds brandschoon en ze keek nerveus maar opgewonden om zich heen. Al die ovens! Die zij zou mogen bedienen! Ze streek met haar handen over de houten oppervlakten van de apparaten en tuurde in de enorme mixers waarmee het deeg werd gekneed. Misschien zouden ze niets meer kant-en-klaar inkopen, dacht ze hoopvol. Want die troep zorgde ervoor dat de bakkerij zo slecht liep. Ze had al meer dan genoeg tijd in een slechtlopend bedrijf gestopt. Dat ging ze niet nog een keer doen.

Toen ze de ovens inspecteerde werd er op de deur geklopt. Buiten stond een gespierde man van ergens in de vijftig met de blozende wangen van iemand die zijn hele leven buiten heeft doorgebracht.

'Is het waar?' vroeg hij. Zijn lokale accent was zo sterk dat Polly hem nauwelijks verstond. 'Is het waar, m'n kind?'

'Eh,' zei Polly. 'Dat ligt eraan wat u bedoelt.'

'Gaan ze weer bakken? Gaan ze weer zelf brood bakken?'

Polly glimlachte. 'Die kans bestaat.'

De man stak een hand naar haar uit.

'Ik ben Ted Kernesse,' zei hij. 'Ik bezorgde hier vroeger de bloem. Gillian Manse bakte fantastisch brood.'

'Echt?' zei Polly. 'Toen ik hier kwam, was het niet al te best.'

'Nah, ze is overgestapt op dat kant-en-klare spul, hè? Na dat... na dat hele gedoe had ze er geen zin meer in,' zei hij en hij nam zijn hoed af. 'Maar goed. Hebben jullie weer bloem nodig?'

'Ik denk het wel, ja. Hoe snel kunt u dat leveren?'

'Het staat morgen bij je op de stoep,' zei Ted. 'Waar ga je je gist neerzetten?'

'Dat weet ik nog niet,' zei Polly zenuwachtig. Eigenlijk bakte ze altijd met droge gist.

'Nou, zet het maar gewoon in de koelkast en laat het z'n ding doen.'

'Begrepen,' antwoordde Polly. 'Goh.' Ze keek gespannen om zich heen. 'Ik heb nog een hoop te leren.'

'Ik vind het grandioos dat je dit doet,' zei Ted. 'Dit zal Mount Polbearne goeddoen. En mevrouw Manse ook.'

De moed zakte Polly in de schoenen. Ze vond het ontzettend spannend om met de vrouw te moeten samenwerken. Misschien had ze te veel hooi op haar vork genomen.

'Ach, het komt wel goed,' zei Ted, alsof hij haar gedachten kon lezen. 'Ze blaft harder dan ze bijt. Al heeft ze aardig scherpe tanden.'

Polly keek hem met een hoopvolle glimlach aan.

'Zo mag ik het zien.'

Zoals Ted had beloofd stond er de volgende ochtend om halfzes een enorme zak bloem voor de achterdeur, plus zes halve liters melk en een plastic bakje waar een briefje op zat met de tekst CADEAUTJE. Ooo, dacht Polly en ze opende het bakje. Dat bleek echter iets te bevatten wat sterk naar beschimmelde zuurdesem rook.

'Mijn god,' zei ze en ze duwde het stinkende mengsel van zich af.

'Nou, als dát zelfs al te veel voor je is, weet ik niet of je het gaat redden,' bromde iemand.

De enorme Gillian Manse trok de achterdeur wijd open en keek hoe Polly de gigantische zak naar binnen sleepte. Het ding woog een ton. Polly had stiekem een bedankje of een begroeting of in elk geval iets van schaamte verwacht – ze had de vrouw tenslotte gered van de dood – maar dat zat er blijkbaar niet in.

'Dit is een cadeautje van Ted,' zei Polly. 'Eh... hallo.'

'Hallo,' zei Gillian. Ze keken elkaar aan.

'Hoe voelt u zich?' vroeg Polly.

'Prima,' zei Gillian. 'Dat heb ik ook tegen die vervloekte artsen gezegd. Dit is grote onzin. Waag het niet om dat nog eens te doen.'

'Dat was ik niet van plan,' zei Polly beslist.

'Nou, blijf daar niet zo staan,' zei Gillian bot en ze zette een stap opzij.

'Is er koffie?' vroeg Polly. 'Dat kan ik wel gebruiken.'

'Misschien moet je iets doen voordat je pauze neemt?'

Polly beet op haar lip. Je bent werkloos, hield ze zichzelf voor. Dit hoort er nou eenmaal bij.

Polly deed haar best om zich die dag bescheiden op te stellen, maar dat was niet makkelijk. Iedereen die de winkel binnenkwam was blij haar te zien, zeker de mensen die gebruik hadden gemaakt van haar geheime broodbezorgservice. Gillian hield haar echter de hele tijd met argusogen in de gaten, hijgde in haar nek, blafte bevelen en wees haar op elke fout, hoe klein ook, waardoor Polly zo onzeker werd dat ze er alleen maar meer ging maken.

Alle klanten vroegen beleefd naar Gillians gezondheid, maar ze snauwde iedereen af en Polly probeerde haar botheid te compenseren door vriendelijk te lachen. Het feit dat iedereen uitvoerig vertelde hoe heerlijk ze het brood die dag vonden maakte de situatie er niet beter op. Dit zou net zo lastig worden als Polly had gevreesd.

Toen alles rond halfvier was uitverkocht en ze de winkel overwogen te sluiten, werd er hard op de achterdeur gebonkt. Polly keek nerveus naar Gillian.

'Weet u wie dat is?'

'Nee,' antwoordde Gillian. 'Ga kijken.'

Toen Polly de deur voorzichtig opendeed, zag ze een forse bezorger en een enorme vrachtwagen met een geopende laadklep. De smalle straat was volledig geblokkeerd.

'Goed,' zei de man chagrijnig. 'Ik heb de halve dag staan wachten tot die klotezee zich eindelijk eens terugtrok. Waar is je schoorsteen?'

'Wat?' zei Polly. 'Eh...' Ze keek enigszins verbouwereerd.

'Dit is de bakkerij, toch?'

'Ja.'

'Daar moet ik iets afleveren. Een steenoven. Heeft een schoorsteen nodig.' Hij krabde aan zijn kin.

'Nee,' zei Gillian. 'Nee, die is niet voor ons. Neem maar weer mee.'

De man haalde zijn schouders op. 'Kan niet volgens het formulier.'

Gillian sloeg haar armen over elkaar. 'Nou, volgens mij wel.'

'Wacht even,' zei Polly. 'Mag ik dat formulier eens zien?'

'Daar schiet je niets mee op,' zei Gillian. 'Mijn schoorsteen krijgt hij niet.'

Polly liet haar vinger over het papier glijden. Het leek te kloppen: Mount Polbearne Bakery. Toen zag ze het. Een notitie onder aan het formulier. 'Volg je geluk,' stond er. En een grote, opzichtige handtekening: Reuben Finkle.

'Ga wég!' riep ze, totaal overdonderd. 'Hij heeft een oven voor me gekocht!'

'Wie heeft er een oven voor je gekocht?' vroeg Gillian chagrijnig.

'Eh, een man... een vriend van een vriend,' zei Polly.

'We hebben geen oven nodig. Onze eigen ovens werken prima.'

'Dat klopt, maar in deze oven kunnen we ciabatta maken,' zei Polly. Haar ogen schitterden. 'Platbrood. Bruschetta. De meest fantastische dingen...'

'Kunnen we geen restitutie krijgen?' vroeg Gillian boos. 'Kun je me niet gewoon het geld geven? Ik hoef al die buitenlandse rotzooi niet.'

'Nee!' zei Polly. 'Nee, kunnen we misschien...'

'Geen restituties, mevrouw,' zei de chauffeur, die onderhand geërgerd keek.

Ergens had Gillian gelijk, dacht Polly: de bakkerij was te klein. Alhoewel, als ze hier en daar iets verplaatsten... Nee. Gillians gezichtsuitdrukking gaf duidelijk te kennen dat het niet ging gebeuren. Maar opeens bedacht ze dat ze een tweede ruimte hadden...

'We zouden hem in de bakkerij in Beach Street kunnen zetten,' zei ze. 'Onder mijn appartement. Daar is plaats genoeg, toch?'

Gillian fronste. Ze wilde de oven niet, maar aan de andere kant vond ze het onzin gratis spullen te weigeren. Polly sloeg haar ogen neer. Ze wilde niet dat Gillian haar zou aankijken en vervolgens uit pure ergernis nee zou zeggen.

Na een lange stilte, waarin de chauffeur op zijn horloge keek, zei Gillian: 'Goed dan. Maar ik wil niets met dat ding te maken hebben. En o wee als ik hier ook maar een cent voor moet betalen.'

'Nee, u hoeft niets te betalen.'

Polly klom in de cabine van de vrachtwagen en reed samen met de chauffeur de paar meter naar haar huis. Gillian had haar een sleutel van de benedenverdieping gegeven: ze besefte niet dat Polly daar al naar binnen kon.

Binnen was het nog steeds ontzettend stoffig. Polly had zelfs niet genoeg geld om het raam te laten maken dat Neil had gebroken toen hij naar binnen was gevlogen. De mannen keken geschokt om zich heen.

'Hier?' zei de chauffeur. 'Ik bedoel, dit is een duur stukje apparatuur.'

Polly keek glimlachend naar de oven. De winkel was natuurlijk niet van haar, maar de oven voelde wél als haar eigendom.

'Dat weet ik,' zei ze. 'Dit is pas het begin. Als jullie de oven installeren, dan zet ik ondertussen thee. Shit, ik ben weer vergeten melk te halen.'

13

Polly had gehoopt dat de relatie tussen haar en Gillian in de loop der tijd haar scherpe kantjes zou verliezen en dat hun samenwerking soepeler zou verlopen. Je hoefde tenslotte geen vrienden te zijn met je collega's.

Maar eigenlijk vond ze het alleen maar moeilijker worden. Gillian leek zich te hebben voorgenomen al Polly's voorstellen met de grond gelijk te maken, dus die deed ze niet meer. In de winkel drong ze zich ruw langs haar heen en Polly mocht alleen heel simpel witbrood bakken, al werd haar brood puur door alle oefening steeds luchtiger en smaakvoller. De winkel was drukker en schoner dan hij in lange tijd was geweest, wat Gillian alleen maar vijandiger leek te maken. Polly werd steeds stiller, maar zelfs dat scheen haar te irriteren.

Door de situatie op haar werk, de vroege ochtenden en het feit dat ze elke vrije minuut besteedde aan het stiekem poetsen van de bakkerij onder haar appartement om met haar nieuwe oven te kunnen spelen (ze had een heel dankbaar briefje naar Reuben gestuurd. Hoewel ze nog steeds niet wist waar hij precies woonde, was ze er vrij zeker van dat hij het zou ontvangen), voelde Polly zich uitgeput en ontmoedigd. En het salaris was... Tja. Ze hoopte dat er niet opeens een gat in haar schoen zou zitten, want dat zou ze moeten repareren met ducttape.

Toen ze op een grijze zaterdag naar huis sjokte, ging haar telefoon.

'Oké,' zei Kerensa. 'Ik kom langs. Die wonden van jou heb je nu wel lang genoeg gelikt.'

'Hè?' zei Polly, die niet wilde toegeven dat ze de ene problematische baan mogelijk had verruild voor een andere.

'Ik kom langs. We gaan een avondje stappen. Een verkenningstocht door het bruisende nachtleven van Mount Polbearne!'

'Eh,' zei Polly. 'Het nachtleven is hier niet echt bruisend.'

'Er is vast een lokale hotspot.'

Je had de grote pub bij de haven, met de donkere houten deur. Die was al ongelofelijk oud, net als de originele binnenplaats waar bezoekers van de taverne vroeger hun paard stalden. Tegenwoordig stonden er tafels en stoelen en nu het 's avonds warmer was, werd het er op vrijdag- en zaterdagavond steeds drukker. Polly wilde er graag een biertje drinken, maar durfde niet. De vissers kwamen er vast wel eens, maar ze had hen niet willen meevragen; ze hadden hun eigen leven. Ze had Huckle al weken niet gezien. Ze besefte dat ze echt heel, heel veel behoefte had aan gezelschap dat niet afkeurend mompelde als ze bloem op de werkbladen morste.

'Tja, het is waarschijnlijk anders dan je gewend bent...'

'Schat, dat kan me geen reet schelen. Ik moet gewoon weg uit deze hel.'

'Weer een nare internetdate gehad?'

'Het zijn allemaal klootzakken, Pol. Allemaal. Alle ook maar enigszins fatsoenlijke mannen zijn al bezet.'

'Ha,' zei Polly. Opeens besefte ze iets. 'Dan zal ik je eens vertellen waar het in Polbearne van wemelt.'

'Van de mixologen?' zei Kerensa hoopvol.

'Nee,' zei Polly. 'Maar je komt hier werkelijk om in de mannen.'

'Ik stap nu in de auto.'

Toen Kerensa 's avonds verscheen droeg ze een vreselijk ongepast mini-jurkje en had ze knalrood haar. Ze zag er enigszins hysterisch uit. Polly was zo blij haar te zien dat ze bijna moest huilen.

'Dus!' zei Kerensa. 'Het beroemde nieuwe leven!'

Ze keek om zich heen.

'Je hebt er echt iets leuks van gemaakt,' zei ze.

'Dank je,' antwoordde Polly. Ze had niet veel kunnen doen, maar de schoongemaakte vloer, de lichte, geschuurde houten tafel, een paar mooie prenten die ze ooit op haar gemak in kunstgalerijen had uitgezocht en had betaald met haar creditcard – ha! – die aan de kale muren hingen en natuurlijk haar prachtige raam en spectaculaire uitzicht maakten de ruimte een stuk gezelliger.

'We hebben je echt al ongelofelijk lang niet gezien,' zei Kerensa. 'Heb je het hier zo naar je zin?'

'O, Kerensa,' antwoordde Polly terwijl ze de heerlijke fles bubbels openmaakte die haar lieve vriendin had meegenomen en haar eigen, spotgoedkope fles rosé achter in de koelkast liet liggen. 'Ik ben vreselijk...'

Ze kreeg de woorden nauwelijks uit haar mond.

'Ik was eenzaam,' zei ze simpelweg en ze staarde uit het raam.

Kerensa keek haar aan en schonk twee niet bij elkaar passende glazen vol.

'Ik ook,' zei ze. 'En je hoeft het me niet te vertellen: ja, ik heb een geweldige baan, blablabla, een heleboel vrienden... maar ik mis mijn beste vriendin. En ik ben echt wanhopig op zoek naar iemand om mee op de bank te kunnen zitten, maar ik kom alleen maar enorme lullen tegen. En dat bedoel ik niet eens letterlijk.'

De zon ging onder. Het uitzicht over de baai was fantastisch; het felle roze licht strekte zich in brede stroken uit tot aan de wolken. Kerensa liep naar het raam en keek ernaar.

'Dit is best wel cool, weet je.'

'Ja,' antwoordde Polly.

'En je hebt een baan?'

'Ja. Een klotebaan. Maar...'

'Het klonk als je droombaan.'

'Je hebt mijn baas nog niet ontmoet.'

'O,' zei Kerensa. 'Werk je voor de duivel?'

'Nee,' antwoordde Polly. 'Ik werk voor iemand die na haar dood door de duivel naar de hel wordt gestuurd voor mensen die afschuwelijk doen tegen hun personeel.'

Ze proostten.

'Op niet meer eenzaam zijn,' zei Kerensa zachtjes. 'Shit, dat is de depressiefste toost die we ooit hebben uitgebracht. Wat dacht je van: op een fenomenaal leven?'

'Veel beter,' zei Polly, die zich een stuk vrolijker voelde.

Uiteindelijk gingen ze naar de pub en dwong Kerensa Polly een felgekleurd topje aan te trekken. 'Anders lijk ik net het lokale feestbeest.'

'Eén, dat ben je ook, en twee, hoe had je je dit dorp voorgesteld?'

'Als een soort St. Ives,' antwoordde Kerensa somber. 'Ik hoopte prins Harry te versieren.'

Polly lachte. 'O, Kerensa, wat is het fijn om je te zien. Kom mee.'

Het was een zachte avond en de lantaarns op de tafels en de vele glazen potjes met kaarsjes wierpen een vrolijk licht over de oude binnenplaats. Een serveerster nam de bestellingen op en al snel praatten Kerensa en Polly uitgebreid over hun leven en wisselden ze roddels en nieuwtjes uit alsof ze nooit van elkaar gescheiden waren geweest.

'Hoor je nog wel eens iets van Chris?' vroeg Polly tijdens haar derde glas, toen ze eindelijk genoeg moed had verzameld.

Kerensa haalde haar schouders op. 'Soms. Hij krabbelt langzaam op.'

'Woont hij nog steeds bij zijn moeder?' vroeg Polly.

'Yep.'

'Weet je, hij heeft nog geen enkele keer contact gezocht. Hij heeft niet eens gebeld om te vragen hoe het ging of zo.'

'Ja, dat weet ik,' zei Kerensa. 'Daar heb ik hem op aangesproken.'

'Echt? Wanneer heb je hem gezien?'

'Bij het feestje dat Shanoosha en Michael gaven toen ze veertig werden – dat feestje waar jij niet bij was.'

Polly haalde haar schouders op. Ze wilde niet graag toegeven dat ze niet genoeg geld had gehad om een cadeautje te kopen en ze ertegen op had gezien om al hun succesvolle middenklassevrienden met carrières, hypotheken en zwangere buiken te vertellen dat ze tegen minimumloon als assistent in een bakkerij werkte. Ze zou hun sympathie en medelijden ondraaglijk hebben gevonden.

'Nee,' zei ze. 'Maar Chris dus wel?'

Kerensa kromp ineen. 'Die maakte het iets te bont bij de gratis cocktailbar, geloof ik.'

'Ze hadden een cócktailbar?'

'Stelletje opscheppers,' zei Kerensa. 'Maar goed. Hij was een beetje...'

'Hoe zag hij eruit?'

'Moe,' antwoordde Kerensa.

'God,' zei Polly. 'Wat zei hij?'

'Hij vroeg hoe het met je ging. Toen ik vertelde dat je was verhuisd en een nieuw appartement en een nieuwe baan had en zo, was hij...'

Polly voelde zich verslagen. Ze wist wat Kerensa ging zeggen.

'Was hij jaloers?'

Kerensa knikte. 'Hij denkt blijkbaar dat jij nergens last van hebt. Dat jij moeiteloos verder kunt met je leven omdat je niet echt om het bedrijf gaf, hij was tenslotte het creatieve brein, blablabla.'

Dat vond Polly zo onredelijk dat de tranen achter haar ogen prikten.

'Hij heeft mijn leven verwoest, Kerensa. Het is één grote puinhoop. Kijk nou! Dat ik niet mokkend bij mijn moeder op de bank zit betekent niet dat het...'

'Dat weet ik,' zei Kerensa. 'Dat heb ik ook tegen hem gezegd. Ik heb gezegd dat hij niet zo moest miepen.'

'Wat gebeurde er toen?'

'Hij werd dronken en probeerde de serveerster te versieren.'

Polly trok een medelijdende grimas. 'God, die arme Chris.'

'Niks arme Chris,' zei Kerensa fel. 'Hij moet zichzelf vermannen en zich hierdoorheen slaan. Hij heeft je vreselijk behandeld.'

'Hij deed ook maar z'n best,' zei Polly.

'Helemaal niet. Bij elke kleine tegenslag werd hij nijdig. Zo kun je geen bedrijf runnen.'

'Nee,' antwoordde Polly in gedachten verzonken. 'Maar echt,

hoe durft hij? Hoe durft hij te denken dat ik het hier geweldig naar mijn zin heb en alles fantastisch gaat? Jezus. Het gaat vreselijk. Mijn leven is vreselijk. Het is één grote mislukking en een ramp en ik haat dit eiland, ik haat álles.'

De binnenplaats viel stil. Polly besefte dat er iemand achter haar stond. Ze draaide zich om. Het was Tarnie, die zich leek te generen.

'Eh, sorry,' zei hij. 'Ik kwam gedag zeggen, maar je klinkt druk...'

'O god,' zei Polly verslagen. 'Gód, dat ging niet over jou. Jij bent het enige positieve dat me hier is overkomen. Kerensa, dit is Tarnie.'

'Hoi,' zei Kerensa flirterig. Polly keek haar even aan. Toen keek ze weer naar Tarnie. Die zag er in zijn gewone kloffie inderdaad niet onaantrekkelijk uit: hij droeg een simpel overhemd, een heel zachte, versleten spijkerbroek en All Stars.

'Hé, alles goed?' vroeg een stem met een Amerikaans accent zachtjes vanaf de andere kant van de bar, waarop Huckle en Reuben verschenen. Beiden hielden een bierglas vast.

'Ik haat deze bar. Waarom zijn we hier? Wat een vreselijke zaak. Dit bier is afschuwelijk. Ze zouden goed bier moeten schenken. Ik ga deze tent opkopen,' zei Reuben. Hij begroette hen niet.

'Polly vertelde net hoe verschrikkelijk ze haar leven vindt,' zei Tarnie ernstig.

'Dat zei ik... Houd je mond,' zei Polly en ze werd knalrood.

Kerensa draaide zich om. Ze keek als een kind in een snoepwinkel.

'Ook hallo,' zei ze.

'Haat jíj je leven?' vroeg Tarnie.

'Nu niet meer,' antwoordde Kerensa.

Uiteindelijk belandden ze met zijn allen aan een tafel: zes of zeven vissers, de Amerikanen en een paar surfers die met hen mee waren gekomen. Jaz ontbrak vandaag, maar er was wel ene Felicia, een belachelijk knap half-Aziatisch meisje met zwart haar dat tot halverwege haar rug viel. Ze probeerde tevergeefs Reubens aandacht te trekken en moest zich uiteindelijk naast Jayden op de bank persen. Jaydens gezichtsuitdrukking was hilarisch. Hij staarde als bevroren naar de godin naast hem, en leek zich niet meer te durven bewegen.

'Zou je niet zo willen kijken?' vroeg ze hem zacht.

'Eh, ga je me daarvoor laten arresteren?' vroeg Jayden met kurkdroge mond.

'Nee,' zei Felicia. Ze gooide haar haar naar achteren.

'In dat geval misschien niet. Ik zal het proberen. Maar waarschijnlijk lukt dat niet. O god,' zei Jayden.

Felicia keerde hem de rug toe. Polly vroeg zich af of ze dit vaker meemaakte. Ze vermoedde van wel.

'Vertel haar die grap die je mij laatst hebt verteld,' fluisterde ze tegen Jayden.

'Dat kan ik niet,' zei hij met opengesperde ogen. 'Alles is wazig.'

'Vrouwen houden van mannen die hen aan het lachen maken.'

Jayden kuchte. 'Eh, Felicia?'

Felicia schonk hem een glimp van haar groene ogen. 'Hm?'

'Hoe noem je een kip zonder veren?'

'Geen idee.'

'Een kaalkoen.'

'Een wat?'

Jayden trok wit weg.

'Shit, ik zei het verkeerd. Ik bedoel, hoe noem je een kalkoen zonder... Laat maar zitten.'

Felicia draaide zich weer om en Jayden staarde met rode oren ingespannen naar de tafel. Polly glimlachte en richtte zich weer tot Kerensa. Tot nu toe gaf ze de voorkeur aan Jaz, maar ze waren allebei sensationeel.

'Ik had een minder chique tent verwacht,' zei Kerensa. 'Wie is die irritante gast?'

'Bedoel je mij?' vroeg Reuben, die blijkbaar een bionisch oor had. 'Heb je het over mij? Ik ben niet irritant. Huckle, zeg dat ik niet irritant ben. Ik ben cool.'

'Natuurlijk ben je niet irritant, schatje,' zei Felicia met weinig overtuiging. 'Dat is onzin.'

Kerensa rolde met haar ogen. 'Jezus, is hij soms schathemeltjerijk of zo?' zei ze hard.

'Ja,' antwoordde Reuben.

'Dat dacht ik al,' zei Kerensa en ze keek Felicia triomfantelijk aan. Toen Felicia zich omdraaide zat ze weer oog in oog met Jayden, die opnieuw knalrood werd en in zijn nek begon te krabben. Polly stond op en liep naar Reuben.

'Bedankt voor de prachtige oven,' zei ze. 'Waren de broodstengels lekker?'

'Ik bak ze zelf beter,' zei hij. 'Maar ze waren niet slecht. Meer peper had geen kwaad gekund.'

'Ik zal het onthouden,' zei Polly glimlachend. 'Dat was echt heel erg aardig van je.'

'Ach,' zei Reuben. 'Ik was het alweer vergeten. Voor mij was het een kleinigheidje.'

'Nou, bedankt voor je kleinigheidje,' zei ze.

'Wie is je vriendin?' vroeg Reuben nonchalant. 'Ze is heel bot. Ik houd van botte vrouwen.'

'Dat is Kerensa. Zal ik jullie fatsoenlijk aan elkaar voorstellen?'

'Nee.'

'Kerensa!' riep Polly en ze wenkte haar. 'Dit is Reuben. Hij heeft me die prachtige oven gegeven.'

'Ik heb een helikopter,' zei Reuben.

'Ik haat helikopters,' zei Kerensa. 'Helikopters zijn ondingen.'

Tarnie bracht een nieuwe fles wijn en cider voor Jayden en een paar andere vissers. Hij pakte een stoel en ging naast Polly zitten.

'Hoe is het?' vroeg hij opgelaten. Normaal gesproken praatte hij makkelijk honderduit tegen Polly, maar ze waren omringd door mensen; hij moest uitkijken.

'Eerlijk gezegd,' zei Polly, 'wil ik je echt ontzettend bedanken voor mijn baan.'

'Maar...'

'Maar,' knikte Polly. 'Echt, Tarnie, ze wordt nog mijn dood. Ik mag geen normaal brood bakken, alleen roomhoorntjes en stomme donuts en pasteitjes en van die spierwitte gevallen. Die ze nu toch weer overweegt kant-en-klaar te kopen omdat ik blijkbaar te langzaam ben. Ze wil niets veranderen of verbeteren, ze wil niks.'

Tarnie knikte.

'Jim was dol op donuts,' zei hij uiteindelijk.

'Shit,' zei Polly. 'Ik weet het, ik weet dat ze in de rouw is en zo. Ik doe mijn best om behulpzaam en nuttig te zijn, maar het... het is net of ze me constant ergens voor straft.'

Ze nam een slok van haar drankje en glimlachte treurig. 'Dit klinkt vast raar, maar ik had me voorgesteld dat alles... dat mijn komst alles beter zou maken. Dat de druk op haar schouders zou afnemen nu ze iemand had om de werklast mee te delen en ik misschien haar vriendelijke kant naar boven kon halen, zoiets. Stom.'

'Dat vind ik een mooi idee,' zei Tarnie vriendelijk. 'Maar ik weet niet of... Ik weet niet of dat deel van haar niet... niet ligt bedolven onder alle verbitterde jaren, zeg maar.'

'Ik heb heus wel medelijden met haar,' zei Polly koppig. 'Maar ze doet echt heel gemeen tegen me, elke dag weer.'

Huckle liep naar hen toe en pakte er nog een stoel bij. In tegenstelling tot Polly was hij zich niet bewust van Tarnies boze blik.

'Hé,' zei hij op zijn trage, ontspannen toon. 'Alles goed?'

'Ik lucht even mijn hart over mijn baan,' zei Polly. 'De baan die ik pas twee weken heb. Ik ben niet bepaald een indrukwekkend individu.'

Huckle fronste. 'Heb je Reubens oven laten installeren?'

'Daar was geen plek voor,' zei Polly, 'dus die heb ik in de andere bakkerij laten zetten, in die onder mijn appartement. Maar mevrouw Manse wil er niets mee te maken hebben, die vindt het maar een vreemd ding. Zij wil alleen maar pasteitjes en grote witte bollen.'

Huckle fronste weer. 'Het zomerseizoen begint bijna, toch?'

'Ja.'

'Tja, als jullie het werk zouden verdelen, zou dat vast niet veel duurder zijn. Dan werk jij bij de haven en bak je brood in Reubens oven en bemant zij de winkel en maakt ze alleen taart en pasteitjes. Jij hoeft je niet op te winden over haar werkwijze en zij hoeft geen brood te verkopen waar ze niet achter staat, dus die tijd en moeite blijft haar bespaard. En jullie zijn geen concurrenten van elkaar omdat jullie in feite een en dezelfde bakkerij zijn.'

Ze waren alle drie even stil.

'Weet je, dat zou bijna kunnen werken,' zei Polly. 'Het enige probleem is dat ze direct nee zal zeggen als ik het voorstel. Ze keurt al mijn suggesties altijd meteen af en bedenkt daar later pas een reden voor.'

Ze deed zo hard haar best om Tarnies blik te ontwijken dat zijn mondhoek ervan trilde.

'Ik moet haar nóg een keer voorstellen om haar leven volledig om te gooien?' zei hij en hij nam een slok van zijn bier.

'Snap je het dan niet?' zei Polly. 'Ik weet dat ze me niet in de winkel wil hebben.'

'Uhu,' zei Tarnie.

'Maar zíj weet dat ze het niet in haar eentje kan.'

'Uhu.'

'En ze heeft er genoeg ruimte voor.'

'En wat doen we met de mensen die in de verkeerde bakkerij staan?'

'We zitten twee straten bij elkaar vandaan,' zei Polly. 'Dat overleven ze wel. Als ik het brood doe, hoeft ze zich met minder verschillende producten bezig te houden.'

Tarnie gaf het niet graag toe, maar het was geen slecht idee.

'En,' zei Huckle, 'als je zo goed bent als we denken, komen mensen toch speciaal voor jouw brood naar jouw winkel. En voor mijn honing.'

'Wil je dat ik je honing ga verkopen?'

'In ruil voor mijn briljante idee?' vroeg Huckle. 'Nee, je hebt gelijk, dat zou een volkomen onredelijk verzoek zijn.'

'Nee, natúúrlijk zouden we je honing verkopen,' zei Polly

enthousiast. 'Dat is een supergoed idee.'

Tarnie keek naar zijn handen. Hij was jaloers op het feit dat hij niet bij hun plannen betrokken was, besefte hij.

'O,' zei Polly. 'Dit is echt een geweldig idee. Jammer dat zij er vast anders over denkt en ik gewoon voor haar zal moeten blijven werken, wat nu natuurlijk nóg vreselijker is omdat ik in gedachten van de vrijheid heb geproefd.'

De drank vloeide rijkelijk en er leek geen sluitingstijd te zijn. Tegen middernacht was Polly een beetje aangeschoten en zat haar hoofd vol plannen en ontwerpen voor de benedenverdieping. Kerensa had uiteindelijk de hele avond met Reuben gediscussieerd over politiek, feminisme, wapenbezit, internetvrijheid en werkelijk alle andere onderwerpen waar twee mensen een andere mening over konden hebben. Uiteindelijk stond Jayden op. Hij was behoorlijk dronken.

'En nu!' schreeuwde hij naar Andy, die in zijn eentje tegelijkertijd de lucratieve combinatie van de bar en de snackbar runde.

'O nee,' verzuchtten de andere vissers.

Andy maakte een buiging en liep naar de cd-speler.

'Als dit geen indruk maakt op de meisjes, dan weet ik het ook niet meer,' zei Jayden.

'O-o,' zei Polly, maar Kerensa was al enthousiast rechtop gaan zitten. Felicia rolde met haar ogen.

'Niets van wat jij doet maakt indruk op de meisjes!' schreeuwde Kendall en Jayden stak zijn middelvinger naar hem op.

'Archie! Tarnie! Kendall!'

De mannen gromden en schoven heen en weer op hun stoel, maar tot Polly's verbazing stonden ze uiteindelijk toch op. De andere gasten in de pub waren om hen heen komen staan en wisten duidelijk wat er ging gebeuren.

Toen Andy een knop op de cd-speler indrukte klonk er een lang, klagend getoeter. Het getoeter ging over in een onstuimige maar melancholische jigmelodie. De muziek was wild en bij het horen van de onbekende, mooie klanken maakte Polly's hart een sprongetje. Tot haar grote verbazing begonnen de mannen opeens te dansen; eerst een beetje verlegen, maar hoe langer het duurde, hoe enthousiaster ze werden. Ze bogen en bukten en hun hakken bonsden tegen de grove houten vloerplanken van de pub. Het was een echte zeemanshorlepiep. Zoiets had Polly nog nooit gezien. De mannen wervelden op de maat van de steeds sneller wordende muziek en leken tegelijkertijd heel oud en heel jong en Polly klapte verrukt in haar handen toen Tarnie naar haar keek en zijn witte tanden bloot lachte. De mannen wervelden langs elkaar heen tot de muziek een hectisch hoogtepunt bereikte en de hele ruimte begon te joelen en applaudisseren.

Huckle zag hoe Polly naar Tarnie vloog. Tarnie was rood aangelopen, maar hij kon niet meer stoppen met lachen.

'Dat was geweldig,' zei ze.

'Ach,' zei hij verlegen. 'Dat heeft mijn opa me geleerd. Het is... het is echt iets van hier.'

'Wat ongelófelijk sexy,' riep Kerensa ergens achter Polly. 'Jammer dat jij niet zo sexy kunt dansen, Reuben.'

'Pff, ik ben ook supersexy,' hoorde Polly Reuben zeggen, maar Andy riep dat het tijd was voor de laatste ronde en de avond liep ten einde.

'Wat een ongelofelijk irritant onderdeurtje,' zei Kerensa toen er aan het begin van de geplaveide straat een Bentley met chauffeur verscheen. Reuben stapte in, gevolgd door Felicia, met wie hij de hele avond nauwelijks een woord had gewisseld.

'O, wat vervelend dat je geen leuke avond hebt gehad,' zei Polly, die nog steeds nagenoot van de dansende jongens. Ze haakte een arm door die van haar vriendin en samen liepen ze naar de snackbar om patat te halen. Polly had Kerensa nog nooit patat zien eten. Ze vroeg zich af of Kerensa wel wist hoe dat moest.

'God, dat ruikt hemels,' zei Kerensa, waarna ze diep inademde.

'Neem maar,' zei Polly. 'Als je wilt, natuurlijk.'

Het was nog altijd warm en de zoute, met azijn overgoten frietjes, die ze wegspoelden met een blikje Fanta, smaakten werkelijk verrukkelijk. De meiden zaten met bungelende benen te eten op de havenmuur. De jongens hadden zwaaiend en schreeuwend afscheid van elkaar genomen. Een stel mannen werd door Jayden per boot teruggebracht naar het vasteland. Polly had zich kort afgevraagd of het wel verstandig was dat hij dronken het water op ging, maar Jayden had met een uitgestreken gezicht geantwoord dat de mannen van Mount Polbearne dat al achthonderd jaar deden en er vannacht geen einde aan die traditie zou komen. Toen had hij opnieuw bedreven met zijn hielen geklikt en had ze hem giechelend gedag gezwaaid.

'Wat een fantastische avond,' zei Kerensa.

Polly bestudeerde haar aandachtig. Was het mogelijk? At Kerensa... patat?

'Wat is er?'

'Net zei je nog dat je het een vreselijke vent vond. Ik hoorde jullie schreeuwen over George W. Bush.'

'Ja, ik vínd het ook een vreselijke vent. Maar je kunt best leuk met hem ruziën, weet je wel?'

'Nee,' zei Polly. 'Ik heb een hekel aan ruzie.'

'O,' zei Kerensa. 'Nou ja, in het bijzijn van zo'n lompe hork hoef je je niet in te houden en kun je alles zeggen wat je denkt.'

'Hm,' zei Polly. 'Jij zou het goed doen in de bakkerij.'

Kerensa keek haar aan. 'En hoe was jouw avond, mevrouw ik-heb-ze-voor-het-uitkiezen?'

Polly werd rood en concentreerde zich op haar patat.

'Ik heb geen idee waar je het over hebt.'

'Over die twee goddelijke mannen, natuurlijk. Hoe heb je dat in hemelsnaam voor elkaar gekregen?'

'Ik heb niets voor elkaar gekregen,' zei Polly. 'Er zijn in dit dorp gewoon niet zoveel vrouwen. En ze hebben trouwens toch geen van twee interesse. Huck in elk geval zeker niet.'

'Nou, hij had anders wel erg veel aandacht voor je.'

'Volgens mij viel dat wel mee,' zei Polly. 'Hij heeft een...' ze maakte aanhalingstekens met haar vingers, '... "tragisch verleden". Zodra iemand over zijn privéleven begint, slaat hij dicht. Echt totaal. Hij is inderdaad knap, maar ik ben niet gek: hij zit duidelijk niet te wachten op een relatie.'

'En die ander?'

'Tarnie?' zei Polly. 'Grapje, zeker? Hij heeft een baard.'

'Hij heeft een báárd? Dat is de belachelijkste reden om iemand af te wijzen die ik ooit heb gehoord. Hij heeft een báárd? Brad Pitt heeft een baard. Johnny Depp heeft een baard. George Clooney heeft een baard. Ben Affleck heeft een baard. Moet ik doorgaan? Als het moet, haal ik zelfs Mark Ruffalo erbij.'

Polly keek ongemakkelijk. 'Hij is gewoon ontzettend vriendelijk geweest.'

'Ja,' zei Kerensa en ze maakte een obsceen gebaar. 'Hij probeert je uit je regenjas te praten.'

'Dat komt alleen maar door het gebrek aan vrouwen hier,' zei Polly. Ze keek Kerensa vanuit haar ooghoeken aan. 'Vind je hem echt een lekker ding?'

'Eens kijken,' antwoordde Kerensa. 'Lang, slank, gespierd, blauwe ogen die dwars door je heen kijken, krachtige kaaklijn... Polly, ben je soms blind geworden?'

Polly staarde weer naar haar patat.

'Ach, hij vindt me vast alleen maar leuk omdat ik nieuw ben.'

'Dus?' zei Kerensa. 'Waaróm hij je leuk vindt doet er toch niet toe?'

'Niemand vindt mij ooit leuk,' zei Polly.

'Nee, want meestal sta ík naast je,' antwoordde Kerensa bijdehand. Ze waren even stil en barstten toen in lachen uit.

'Kop dicht, stomme koe,' zei Polly.

'Ik meen het,' zei Kerensa. 'Boehoe, ik ben zo zielig, mijn leven is een ramp. Maar ondertussen woon je op een fantastische locatie' – ze gebaarde aangeschoten naar de horizon – 'en huur je een schattig, bijzonder appartementje...'

'Krot,' zei Polly.

'Nee, een appartementje,' zei Kerensa. 'Dit is je thuis geworden.

Je hebt een baan, een heleboel nieuwe vrienden – plus een eikel – en een totaal nieuw leven. Ik meen het, Polly' – ze proostten met hun Fanta's – 'je hebt het écht goed voor elkaar.'

'Zo klinkt het beter dan het is.'

'Ik vertel je gewoon de waarheid,' zei Kerensa. 'Chris zit bij zijn moeder en probeert met zijn dronken kop serveersters te versieren.'

Polly keek om zich heen. De straat was verlaten en de snackbar was dicht, maar de zee was nooit stil; Polly hoorde haar zachtjes tegen de havenmuur klotsen, terwijl de masten rinkelden.

'Oké,' zei ze. 'Oké. Waarschijnlijk heb je gelijk. Het is hier best prima...'

'Waar is mijn vrolijke vriendin?'

Polly beet op haar lip.

'Kom op! Waar is die glimlach? Vroeger glimlachte je aan één stuk door.'

Polly lachte breed. 'Houd op!'

'Ha!' Kerensa lachte. 'Zie je wel, je wordt langzaam weer de oude.' Ze prikte met een vinger in Polly's voorhoofd. 'Nu nog een píépklein beetje botox tegen deze fronsrimpeltjes...'

14

De volgende ochtend sliep Polly uit, iets wat ze eigenlijk nooit deed. Toen ze wakker werd was Kerensa alweer onderweg naar de stad, de winkels en de drukte. Polly had verwacht dat ze jaloers op Kerensa zou zijn en had van tevoren niet met zekerheid durven te zeggen dat ze haar vriendin niet zou smeken om haar mee terug te nemen naar Plymouth.

Toen ze naar het aanrecht liep en het koffiezetapparaat aanzette besefte ze echter hoe fijn ze het vond om niet terug te hoeven naar de wereld van lawaaiige wekkers, woon-werkverkeer, files, *drive-throughs* en overvolle winkelcentra. Dankzij Kerensa leek ze Mount Polbearne door een lens te zien die er een heerlijk dorpje van maakte, een plek waar je wilde zijn.

Ze keek op haar telefoon. Ze had een berichtje van Reuben. *Ik ben verliefd op je vriendin*, schreef hij. *Zeg dat ze me direct moet bellen. Ik laat haar ophalen door mijn vliegtuig.*

Polly lachte hardop en vond het jammer dat Kerensa al was vertrokken en ze haar gezichtsuitdrukking niet kon zien. Ze liep met haar koffie naar het raam en zag Tarnie aankomen. Toen hij haar in het vizier kreeg, zwaaide hij.

'Wat doe je vandaag?' riep hij.

'Ik ga een pikzwarte, smerige winkel schrobben voor het geval ik er een bakkerij in mag openen,' zei ze en ze trok een gezicht.

'Nee,' zei Tarnie. 'Het is zondag en het is echt heerlijk weer. Dus. Kom mee vissen.'

'Neem je me mee naar je werk?'

'Nope. Dit is puur voor de lol.'

'Je bent de hele week op zee en dan ga je in het weekend voor de lol vissen?'

'Moeten we dit gesprek echt schreeuwend voeren?'

Polly glimlachte. 'Vooruit dan maar. Moet ik iets meenemen voor een picknick?'

'Nee,' zei Tarnie. 'Ik bedoel, nou ja, tenzij je iets hebt liggen.'

Polly dacht aan het volkoren-vloerbrood dat ze de vorige avond uit gewoonte te rijzen had gezet.

'Ik moet de boot nog gereedmaken,' zei Tarnie.

'Prima,' zei Polly. 'Ik ben er over veertig minuten.'

Tegen de tijd dat ze gewassen en aangekleed was, was het brood klaar. Het dampte en rook ongelofelijk lekker. Ze verzamelde een pot honing, een mes, een rond kaasje dat ze van iemand langs de kant van de weg had gekocht, een paar vroege Pink Lady-appels en een grote fles water. In een opwelling pakte ze ook de macarons en dure witte wijn die Kerensa als cadeautje had meegenomen, want 'dat verkopen ze hier vast niet in dit boerengat'. Dat klopte.

Het was een perfecte dag: het was zonnig en warm en een verkoelend briesje blies dunne wolkenslierten langs de hemel. Het water had een uitnodigende, lichtblauwe kleur. Polly twijfelde even, en hoewel ze het een relatief spannende en gewaagde zet vond besloot ze toch haar badpak in haar rugzak te stoppen. Ze ging naar beneden, maar halverwege de trap bleef ze staan en vroeg ze zich af wat ze was vergeten. Opeens besefte ze dat Neil natuurlijk ontbrak.

Ze nam aan dat Tarnie op zijn vissersboot zou zijn, maar hij bleek het over een andere boot te hebben gehad; hij stond naast een wit roeibootje met een kleine motor aan de achtersteven.

'Welkom op mijn jacht,' glimlachte hij.

'Nou, ik vind het een knapperd,' zei Polly terwijl ze zijn hand aannam en de boot in stapte.

'Heb je een hoed meegenomen?' vroeg hij.

'O, nee,' zei Polly. 'Daar heb ik niet aan gedacht.'

'Het licht kan aardig fel worden,' zei hij en hij gooide haar een hoedje toe met een heleboel zakjes erop.

Polly duwde hem op haar rossige haar. 'En, staat het?'

Tarnie glimlachte. 'Je lijkt wel vijf.'

'Dat vat ik op als een nee,' zei ze. Ze zette de hoed weer af. 'Waar zijn die zakjes voor? Wormen?'

'Jij sjouwt wel heel graag met dieren rond, hè?' zei Tarnie. 'Maar nee. Vooral voor vishaakjes en kunstvliegen, maar laat dat maar aan mij over.'

'Insinueer je dat ik niet kan vissen?'

'Kun je dat dan?'

'Nee, maar je mag nooit zomaar aannames doen.'

Polly trok haar reddingsvest aan. Tarnie glimlachte.

'Wat? Doen hippe vissers dat niet?'

'Sorry,' zei Tarnie. 'Mijn schuld. Ik ging ervan uit dat je kon zwemmen.'

'Natuurlijk kan ik zwemmen.'

'Nou, dan hoef je die niet aan, denk ik – tenzij je het graag wilt. Ik beloof dat ik rustig zal varen.'

Toen hij het roer vastpakte trok Polly het enorme reddingsvest uit en nam ze plaats op het houten bankje voor in de boot. Tarnie had gelijk: de boot schoot bij het starten van de motor met een ruk naar voren, maar daarna gleden ze soepel over de witte schuimkoppen. Op dit tijdstip was er nog niemand op zee, alleen op de kop van de pier stonden een paar eenzame vissers te wachten tot er iets zou bijten. De zon was warm en tot haar verbazing vond Polly het heerlijk om het bootje over het water te voelen schieten. De lawaaierige motor maakte elk gesprek onmogelijk, dus praatten ze niet en keek Polly toe hoe het grote silhouet van Mount Polbearne achter hen langzaam opging in de ochtendnevel. De groepjes gebouwen en geplaveide straten zagen er in de mist schattig en schimmig uit. Vreemd genoeg beschouwde ze het eiland nu bijna als haar thuis.

Voor haar lag de open zee, een eindeloze vlakte die opeens heel opwindend leek.

'Wat is het hier mooi,' zei Polly. Ze maakte het zich gemakkelijk en genoot van de wind en de zon op haar gezicht. Toen ze het warmer kreeg, liet ze een hand zakken om hem door de golven te laten glijden. Dat voelde verrukkelijk.

Na veertig minuten zag ze iets uit het water oprijzen. Na een tijdje besefte ze dat het een eilandje was, een minuscuul, eenzaam brokje land.

'Wat is dat?'

'Volgens mij heeft het niet eens een naam,' zei Tarnie. 'Vogeleiland, misschien.'

Toen ze dichterbij kwamen, zag Polly een gammele houten steiger.

'Woont hier iemand?'

'Nee, je kunt hier niet echt wonen. Maar vroeger zat er wel eens iemand voor langere tijd op het eiland; een kluizenaar, geloof ik. Een of andere tweede zoon van een rijke stinkerd hier uit de buurt die zich niet helemaal thuis voelde in de gewone wereld. Hij werd hier met een voorraad eten naartoe gevaren, bleef een paar maanden en ging weer terug als het winter werd.'

'Wat deed hij hier in godsnaam?'

'Naar de zee staren, denk ik,' zei Tarnie. Hij maakte de boot vast en hielp haar het eiland op. 'Ik weet het niet. Misschien waren mensen sneller tevreden voor de uitvinding van de televisie.'

Een stukje bij de steiger vandaan stonden, aan de rand van een smal kiezelstrand, inderdaad de restanten van een vervallen stenen huisje.

'Wauw,' zei Polly.

'Ja,' zei Tarnie terwijl hij de graffiti bekeek. 'In de zomer pikken kinderen de boot van hun ouders en komen ze hier rotzooi trappen. Blijf er maar een beetje uit de buurt.'

Ze zagen meerdere groepjes kampvuurresten.

'Mag je hier vuur stoken?' vroeg Polly.

'Officieel niet,' zei Tarnie. 'Maar ik vind het prima.'

Ze liepen over het eiland. Er stonden grote essen die door de zeewind waren scheefgegroeid en er schoten konijnen voorbij. Het eiland lag afgelegen – het vasteland in de verte was niet meer dan een dunne lijn – maar het was er prachtig.

'Waar haalde hij zijn water vandaan?' vroeg Polly opeens.

'O, hij had een regenton. Het regent hier tenslotte genoeg.'

'Ja,' beaamde Polly.

'En de vloot bracht hem af en toe een bezoekje, we varen hier elke dag langs. En dan zijn er natuurlijk nog de zeilers uit Looe.'

Polly knikte.

'Goed,' zei Tarnie. 'Klaar om te vissen?'

Polly was bang geweest dat ze met een haak iemands oog zou uitsteken, maar Tarnie liet haar zien hoe je de hengel netjes uitwierp en ze gingen op de steiger zitten wachten tot de lijn straktrok. Volgens Tarnie zaten er door de waterplanten veel vissen rond het eiland en hadden ze geluk dat ze vandaag de eersten waren. 'Als er mensen langskomen, moet je ze boos aankijken,' zei hij.

'Doe dat lekker zelf,' zei Polly.

Tarnie glimlachte. Zijn ogen waren felblauw.

'Als mensen zien dat er al iemand zit, varen ze meestal door,' zei hij. 'Het eiland is een beetje klein om met z'n allen een rustig dagje te kunnen vissen. Dus. Wij hebben het nu geclaimd.'

'Ons eigen privé-eiland,' zei Polly vol bewondering. Tarnie lachte haar opnieuw breed toe.

Polly ving de eerste vis. Ze voelde iets aan haar lijn trekken en vroeg zich af wat het was, maar toen ze opstond viel ze bijna in het water.

'Woehoe!' riep ze. 'Ik heb beet! Ik heb beet!'

Tarnie glimlachte. 'Yes! En nu binnenhalen! Hup!'

'Allemachtig!' riep Polly opgewonden toen ze een grote, zilveren vorm onder het wateroppervlak wild zag kronkelen en spartelen. 'O god, o nee, ik ga een vis doodmaken.'

Tarnie keek haar aan.

'Polly, daar is het een beetje laat voor.'

'Ja, dat weet ik...'

Ze kromp ineen en wilde de hengel loslaten.

'Moet ik hem overnemen?'

Ze knikte vlug en was even boos op zichzelf. Wat was ze ook een watje. Tarnie kwam achter haar staan, nam de hengel nonchalant maar voorzichtig van haar over en haalde de lijn vervolgens onder haar toeziend oog binnen.

De zon weerkaatste op het water en de zilveren schubben van de vis, die wild bewegend naar het puntje van de hengel bewoog. Het was een haring, en nog een flinke ook.

'Het spijt me, meneer vis,' mompelde Polly.

'Dit is een slecht moment om vegetariër te worden,' zei Tarnie. Hij haalde de vis vakkundig van de haak. 'Goed,' voegde hij daaraan toe. 'Kijk maar even de andere kant op.'

Hij haalde een lang, zilveren mes uit zijn vistas en maakte de vis snel en moeiteloos schoon. Polly gluurde tussen haar vingers door. Tarnie glimlachte.

'Je bent een gevoelige dame,' zei hij.

'Ja,' zei Polly. 'Ik weet het, het is te triest voor woorden. Normaal gesproken zit mijn vis in een plastic bakje van de supermarkt.'

'Nou, dan heb je nog nooit echte vis geproefd,' zei Tarnie eenvoudigweg. 'Als jij nou eens hout ging sprokkelen.'

'Echt?'

'Echt.'

Het was heerlijk om door het kleine bos te wandelen, waar het smaragdgroene bladerdek haar beschermde tegen de zon. Ze liep zo ver als ze kon en pakte hier en daar een tak op. Afgezien van het koeren van de vogels boven haar hoofd was het doodstil. Polly begreep wel waarom zoveel mensen in Cornwall in elfjes geloofden; deze streek had iets magisch. Ze ademde de frisse, zilte lucht diep in en glimlachte toen ze plotseling werd overvallen door iets wat verdacht veel leek op een geluksgevoel.

Toen ze terugkwam had Tarnie nog meer vis gevangen en toen ze hem de takken gaf, bouwde hij er een mooi vuurtje van.

'Maar dit is illegaal,' zei ze.

'Ja, als je een dronken tiener bent die het hele eiland in de hens zou kunnen steken,' zei Tarnie. 'Laten we dat proberen te voorkomen, goed?'

Al snel knetterde er een vuurtje. Tarnie haalde aluminiumfolie, boter, citroen en peterselie tevoorschijn, pakte de vissen in en legde de pakketjes op een paar stenen, vlak bij de vlammen.

Polly haalde de fles wijn, die Tarnie met zijn vooruitziende blik in zee had gelegd om hem koel te houden en scheurde het verse, nog warme brood in stukken. Ze aten het brood met een lik boter en de vis, die door het vuur een fantastische, rokerige smaak had gekregen. Hun handen werden vettig omdat Polly was vergeten om servetten mee te nemen. Af en toe brandden ze hun vingers en na het eten moesten ze de graten weer in het water gooien. Polly had zich wel eens damesachtiger gevoeld.

Het was de heerlijkste maaltijd die ze ooit had gegeten.

De koude wijn en de warme zon maakten Polly slaperig. Ze rolde naar de picknicktas en haalde er een appel uit. Toen ze een hap nam, zag ze dat Tarnie naar haar keek. Ze voelde de sfeer veranderen.

'Appel?' vroeg ze.

Hij knipperde even met zijn ogen. 'Eh, nee, bedankt.' Hij wendde zijn blik af. Toen keek hij haar weer aan. 'Eh,' zei hij.

Opeens besefte Polly dat Kerensa gelijk had gehad. Deze plek, deze lunch, deze dag zei genoeg, bedacht ze terwijl ze om zich heen keek. Dit was geen puur vriendschappelijk uitje, dan zou hij zijn vrienden wel hebben meegevraagd. Dit was iets anders.

Na een korte stilte stond Tarnie op en liep naar de zee.

'Ik heb het warm,' verklaarde hij, waarna hij zonder waarschuwing zijn shirt uittrok. Hij was slanker dan Polly had verwacht. Zijn lichaam was pezig en gespierd en op zijn zij zaten een paar dunne littekens. Met zijn korte broek nog aan dook hij de branding in.

Polly bleef een tijdje naar hem zitten kijken. Hij was duidelijk een goede zwemmer en kwam pas weer omhoog toen ze zich bijna zorgen begon te maken. Zijn donkere hoofd verscheen als een soort zeehondenkop boven water en hij zwaaide.

'Is het lekker?' riep ze.

'Heel verfrissend,' schreeuwde hij terug.

'IJskoud, dus,' zei ze.

'Tok tok tok tok.'

'Zeg, waag het niet om te doen alsof ik een bang kuikentje ben!' zei Polly. Ook zij had het warm en ze voelde zich een beetje plakkerig. 'Je mag trouwens helemaal niet zwemmen als je net hebt gegeten. Of is dat achterhaald?'

'Tok tok tok.'

Voor ze doorhad wat ze deed dook ze het bos in en trok ze het vintage badpak met kersenprint aan. Ze had het online gekocht in de tijd dat mooie spullen kopen simpelweg een leuke hobby was geweest. Ze wenste dat ze een spiegel had. Alhoewel, misschien was het beter zo. Ze zou zich alleen maar druk hebben gemaakt om haar minpunten en haar huid had de hele winter geen zon gezien, dus ze had geen spiegel nodig om te weten dat ze bleek was. Ze besloot dat ze het beste maar gewoon het water in kon rennen en voordat ze zich kon bedenken stormde ze richting zee.

Het water was helemaal niet verfrissend. En ook niet koud. Het was verdomme vloeibaar ijs.

'Ieh!' gilde Polly. Terwijl ze verafschuwd in het rond spetterde voelde ze haar ingewanden samentrekken. 'Wat ís dit?'

Tarnie barstte in lachen uit. Het was vreemd om hem zo ontspannen te zien; hij dobberde vrolijk op zijn rug.

'Het went vanzelf,' zei hij. 'Niemand is ooit doodgegaan van een beetje koud water.'

'Echt wel! Zoveel mensen!' riep Polly terug. Ze voelde de schok tot diep in haar longen. Het water was wonderbaarlijk helder, het leek de Middellandse Zee wel. Toen ze een vis tegen haar been aan voelde zwemmen onderdrukte ze een gil.

Na een tijdje raakte ze gewend aan het water. Ze zwom naar Tarnie toe. Het zonlicht was verrukkelijk en ze ging op haar rug liggen en bewoog haar handen heen en weer zodat ze bleef drijven.

'Dit is heerlijk,' glimlachte ze.

Tarnie keek haar aan. Zijn ogen waren opeens heel blauw en zijn tanden heel wit. Het ging allemaal heel gemakkelijk: ze sloot haar ogen tegen de zon en de heldere blauwe hemel, dobberde zijn kant op en liet zich naar hem toe trekken om zich te laten kussen.

Het waren de tegenstellingen geweest: de warme zon en het koude water, zijn ruwe baard en haar zachte huid, de frisse open lucht en de nabijheid van een lichaam, een nieuw, spannend, ander lichaam, na zo lang alleen te zijn geweest.

Op de terugweg lag Polly een beetje giechelig maar slaperig en tevreden in de boot. Ze lag voorin, met haar gezicht naar hem toe, en voelde zich anders dan anders. Af en toe glimlachten ze of keken ze naar elkaar. De rest van de tijd liet ze opnieuw een hand door het water glijden en was ze zich bewust van haar eigen lichaam, van het heden. Ze genoot van het gevoel en maakte zich geen zorgen over de toekomst, droomde niet over het verleden en liet zich niet afleiden door dagelijkse klusjes; er was alleen maar het hier-en-nu. De langzaam ondergaande zon gaf een aantal wolken een roze gloed. Ze was gelukkig, besefte ze. Ze was gelukkig.

Toen ze traag de haven van Polbearne in tuften waren de mannen de sloep al aan het inladen. Er werd vrolijk naar hen gezwaaid en geroepen en Polly besefte dat ze beiden flink wat plagende opmerkingen te verduren zouden krijgen. Ook Tarnie had een roze kleur, en niet alleen van de zon.

'Ach,' zei hij en hij lachte haar bij wijze van verontschuldiging breed toe.

'Je kunt zeker niet mee naar boven komen?' vroeg ze brutaal.

'Ik moet werken,' zei hij. Teder streelde hij met een van zijn ruwe, eeltige handen over haar gezicht. 'Binnenkort,' zei hij en hij keek haar met zijn helderblauwe ogen recht aan.

'Binnenkort,' fluisterde ze.

'Hoi!' zei Jayden, die haar van de boot hielp. 'Hebben jullie een leuke dag gehad?'

'Oké, Jayden, effe dimmen,' zei Tarnie nors.

Ze keken elkaar aan.
'Nou, bedankt voor de heerlijke dag,' zei Polly.
Tarnie keek naar de grond.
'Eh, graag gedaan,' zei hij. Toen boog hij ten overstaan van alle mannen naar voren en gaf haar een voorzichtige kus op haar wang. Blozend liep Polly met haar rieten mand naar huis.

'Wát heb je gedaan?' zei Kerensa. 'Op een éíland? Jezus, ik ben stikjaloers.'
'Waarom ga je niet een keer op date met een van de miljoenen mannen die je constant mee uit vragen?'
'Omdat ik bepaalde standaarden heb,' antwoordde Kerensa. 'Sorry, zo bedoelde ik dat niet.'
'Echt wel,' zei Polly. Ze zat met opgetrokken benen en een biertje in haar hand op haar vensterbank naar de zonsondergang te kijken en voelde zich absurd tevreden. 'Maar dat geeft niet, want vandaag kan me dat niets schelen.'
'Dat komt door die sekshormonen, die tasten je verstand aan.'
'Volgens mij werkt mijn verstand nog prima,' zei Polly. 'Ik voel me in elk geval goed.'
'Dat is hun geheim,' zei Kerensa. 'Ze geven je een goed gevoel.'
Polly rolde met haar ogen. 'Van jou moest ik weer gaan daten.'
'Dat is waar.'
Opeens herinnerde Polly zich iets.
'Trouwens, die kleine Amerikaan is verliefd op je.'
'Ha,' zei Kerensa. 'Nou, zeg hem maar dat ik hem walgelijk vind.'
'Hij is schatrijk, hoor.'
'Ja, kom, laat ik mezelf prostitueren aan iemand die ik niet mag,' zei Kerensa. 'Bedankt voor het geweldige advies.'
Polly nam nog een slok bier.
'Nou,' zei ze. 'Het was heerlijk. Fantastisch.'
'Oké, oké,' zei Kerensa. 'Luister, zou je Chris een keer kunnen bellen?'

'Waarom?' zei Polly, die ruw uit haar dagdroom werd gerukt.

'Gewoon. Hij is... hij is vreselijk somber. Volgens mij denkt hij dat het met jou allemaal geweldig gaat terwijl hij nog steeds in de put zit. Hij is wat verbitterd.'

'En wat kan ík daaraan doen?'

'Geen idee,' bekende Kerensa. 'Misschien krijg jij hem zover om de situatie te accepteren en zijn leven weer op te pakken.'

Polly zuchtte. 'Goed dan,' zei ze. 'Ik zal hem bellen.'

'Vrouwen vinden het veel makkelijker om door te gaan met hun leven,' zei Kerensa. 'Wist je dat? Dat kunnen mannen voor geen meter. Daarom trouwen ze ook altijd terwijl ze dat eigenlijk niet willen.'

'Hm,' zei Polly. 'Misschien moet je vragen of hij míj belt.'

'Probeer niet al te gelukkig en opgewonden te klinken als je hem spreekt.'

'Ik ben niet...' Polly glimlachte. 'Nou ja, misschien een beetje.'

'Goed zo,' zei Kerensa. 'Dat werd verdomme eens tijd.'

15

De volgende ochtend glimlachte Polly nog steeds; sterker nog, haar glimlach werd alleen maar breder toen ze het nieuwe idee – Polly in de ene bakkerij en Gillian in de andere, terwijl Polly het zware werk deed – voorlegde aan mevrouw Manse en de vrouw relatief welwillend reageerde.

'Zolang je hier woont,' snoof mevrouw Manse, wat uit haar mond als een aanmoediging kon worden beschouwd.

'Nou, als dit een succes wordt, blijf ik misschien wel,' merkte Polly op, maar mevrouw Manse keek haar vuil aan en trok met een onheilspellend gebaar haar boezem recht. Toch leek de vrouw het een fijn vooruitzicht te vinden dat ze binnenkort weer alleen in haar winkel stond en Polly haar niet meer voor de voeten liep, al begon ze langzaam te wennen aan het idee dat Polly al het brood bakte, of zag ze op zijn minst in dat ze daar zelf niet meer toe in staat was.

Polly maakte dus zonder te klagen een werkdag van zestien uur en richtte de winkel weer in zoals mevrouw Manse dat wilde, waarna ze de bloem naar het andere gebouw bracht.

De winkel was uiteraard vervallen, maar nu het niet meer onophoudelijk regende viel er prima te werken. Als de bakkerij van de grond zou komen en er wat geld binnenkwam, kon ze hem voor de winter nog laten opknappen. Ze schrok een beetje van het feit dat ze zo ver vooruitdacht, maar daar kon ze niets aan doen. Ze bruiste van het enthousiasme. Haar eigen bakkerij! Nou ja, niet helemaal van haar, maar... Ze moest Huckle bellen om hem te bedanken voor het idee. En misschien kwam Tarnie straks wel langs en zouden ze... Ze dacht blozend terug aan hun middag en zei toen streng tegen zichzelf dat ze weer aan het werk moest.

Toen ze de grote schakelaar voor de elektriciteit omzette herinnerde ze zich hoe bang ze was geweest toen ze voor het eerst de winkel was binnengegaan, toen ze die arme kleine Neil ging zoeken. Dit was de eerste keer dat ze de steenoven aanstak; Reuben had echt een fantastisch exemplaar voor haar gekocht, de hitte die ervanaf sloeg was bizar. Ze kon de traditionele ovens gebruiken voor normaal brood en met de industriële mixers kon ze alle kanten op, maar het leek haar goed om simpel te beginnen. Ze zou werken op commissiebasis, mevrouw Manse zou haar per brood betalen, maar de vrouw zou in eerste instantie ook haar eigen pasteitjes en broodjes blijven verkopen en dan zagen ze later wel verder. Het was een heel informele regeling. Polly had het gevoel dat mevrouw Manse praktisch geen enkel middel zou hebben geschuwd om haar de winkel uit te werken. Alleen door stug te blijven volhouden dat Gillian het niet persoonlijk bedoelde – de vrouw mocht niemand – voorkwam ze dat ze zich gekwetst voelde.

Ze schoof de eerste zes focaccia's in de steenoven en brandde onmiddellijk haar vingers aan de lange schep. Ook het brood verbrandde. Pas na drie pogingen – het ging veel sneller dan ze had verwacht – wist ze een fatsoenlijke focaccia te bakken die precies de juiste hoeveelheid olijfolie, zout en rozemarijn bevatte.

Het eerste gelukte brood was ongelofelijk goed. De focaccia smaakte totaal anders dan alle andere focaccia's die ze ooit had gegeten en was knapperig en hard vanbuiten en zacht en luchtig vanbinnen. De hemelse, warme geur van het gebakken brood had een licht verbrand, knapperige randje. Polly moest haar best doen om het ding niet in één keer te verslinden.

Daarna probeerde ze een *pissaladière* met gebakken uien. Die smaakte zelfs nog beter; de uien karamelliseerden in de rokerige hitte van de oven en hun zachte, zoete smaak vormde een mooi contrast met de scherpe ansjovis en olijven die ze er na het bakken overheen strooide. Het kaasbrood dat ze daarna maakte was een en al warme, gesmolten zachtheid.

Met deze oven, dacht Polly terwijl ze hem vanaf de zijkant

bekeek, zou ze een veel betere bakker worden dan ze zonder het ding ooit had kunnen zijn. Ze stuurde Reuben opnieuw een bedankje en nodigde hem uit om langs te komen wanneer hij maar wilde. Toen pakte ze aarzelend het oude GESLOTEN-bordje beet en draaide het naar OPEN.

Niemand kon de verleiding weerstaan om een kijkje in de winkel te nemen. De geur trok ze gewoonweg over de drempel. Binnen een kwartier stond er een groep mensen binnen die op Mount Polbearne doorging voor een menigte. Polly had een brood in stukjes gesneden en het met een prikkertje erin op de toonbank gezet om mensen te laten proeven.

'Próéven,' zei ze tegen Jayden, die zoveel brood in zijn mond had gepropt dat hij niet meer kon praten. 'Dat betekent dat je er eentje neemt om te kijken of je het lekker vindt.'

'Het ís lekker,' zei Jayden somber. 'Heel lekker. Daarom neem ik meer.'

'Nee, dan koop je het dus.'

'O,' zei Jayden. 'Het leek me al te mooi om waar te zijn.'

'Je bent in een winkel.'

'O, ja,' mompelde hij. 'Mag ik er daar een paar van?' Hij wees naar de kaasstengels die ze had gemaakt. 'Hoeveel kosten die?'

'Hm, goed punt,' zei Polly. 'Daar had ik natuurlijk over moeten nadenken. Eh, een pond per stuk?'

Jayden legde behoedzaam drie munten neer.

'Ik wil er drie.'

'Weet je het zeker? Ze zijn best groot.'

Jayden keek haar aan.

'In Exeter heb ik een keer vier Big Macs gegeten,' zei hij. 'Toen was ik misselijk, maar alles was op.'

'Een hele prestatie,' zei Polly.

'Dat was de beste dag van mijn leven,' zei Jayden.

Hij keek haar even sluw aan.

'Dus, eh, heb je Tarnie al gesproken?'

Polly wierp hem een boze blik toe.

'Het zou jammer zijn als ik je de toegang tot de winkel moest verbieden,' zei ze streng.

'Wauw, je begint op mevrouw Manse te lijken,' zei Jayden.

Polly schudde een van de papieren zakken open die ze uit de andere bakkerij had meegenomen.

'Alsjeblieft,' zei ze terwijl ze zijn kaasstengels inpakte.

'Ik zal zeggen dat je hem de groeten doet,' zei Jayden ondeugend.

'Ik zal zeggen dat hij je een schop moet verkopen,' zei Polly, die direct besefte dat de chic geklede vrouw die net was binnengekomen dat veel te goed had kunnen horen.

'O, pardon.'

'Geen probleem,' zei de vrouw. Te oordelen aan haar accent en haar kleding kwam ze niet uit de buurt.

'Bent u hier nieuw?' vroeg Polly. Ze voelde een stiekeme golf van opwinding bij het idee dat er iemand in Polbearne nog nieuwer was dan zij.

'Eh, nou...' De vrouw keek om zich heen. 'We zijn op zoek naar een vakantiewoning. Een eigen huisje om te kunnen ontsnappen aan alle hectiek, weet je wel? We zoeken een rustige omgeving, maar al die stille dorpjes zijn nogal saai, zo zonder restaurants en dergelijke.'

Het was een knappe vrouw, dacht Polly; ze was heel dun, had geblondeerd haar en droeg paarsroze lippenstift.

'Tja,' zei Polly. 'Daarom is het er natuurlijk zo stil. Omdat er geen restaurants zijn en er niets te beleven valt.'

'Dus je begrijpt mijn probleem,' zei de vrouw. 'We zoeken een onbedorven locatie, maar dan wel met fantastische traditionele gerechten, lokaal verbouwde groenten, dat soort zaken.'

'Tja, dat is vast een hele opgave,' antwoordde Polly, die dacht dat de vrouw gelukkiger zou zijn in een van de grotere resorts. 'Heeft u Rock al overwogen?'

De vrouw huiverde. 'O ja, afschuwelijk. Daar zitten de terrassen vol met van die vreselijke, luidruchtige vakantiehuisjeseigenaren.'

'En u bent niet van plan om luidruchtig te gaan lopen doen op terrasjes?'

Het sierde de vrouw dat ze glimlachte.

'Tja, je hebt gelijk. Maar we willen de eersten zijn! Dat is echt niet makkelijk hoor!'

'Hm... daar kan ik u niet bij helpen,' zei Polly. 'Maar ik heb wel brood.' Ze gebaarde naar de broden. Ze lagen in manden die ze bij een voordeelwinkel had gekocht, maar die er prettig rustiek uitzagen.

De vrouw keek naar het brood. Opeens begon ze te stralen.

'Is dat... is dat zongedroogde tomáát?'

Polly pakte het tomatenbrood.

'Jazeker.'

De ogen van de vrouw werden nog groter.

'En is dat een... een stéénoven?'

'Yep.'

Polly liet haar een stukje van het brood proeven. Ze proefde een kruimel en slaakte toen een harde gil.

'Henry! Hen!' riep ze hard naar de Range Rover die buiten het overgrote deel van de weg blokkeerde. 'Volgens mij hebben we het gevonden! Het is ons gelukt! Ik wed dat de Hambleton-Smythes zelfs nog nooit van dit plaatsje hebben gehóórd! Dit wordt ons onontdekte pareltje!'

Uit de auto verscheen een gezette man die de kraag van zijn roze rugbyshirt omhoog had gezet. Hij was een stuk ouder dan zijn vrouw.

'Godzijdank,' zei hij tegen Polly. 'Ze moet er natuurlijk wel over kunnen opscheppen. Charmant dorpje.'

'De volgende keer neem ik mijn binnenhuisarchitect mee om een huis voor ons uit te kiezen,' zei de vrouw.

'Ik weet niet zeker of er iets te koop staat,' zei Polly. Toen ze Lance de mollige makelaar zaterdagavond in de pub had gesproken, klonk hij niet al te positief.

Het stel begon te lachen.

'O, uiteindelijk verkopen ze het altijd,' zei de man.

'Zo is het, lieverd,' zei de vrouw.

'Iedereen heeft zijn prijs. Goed, ik wil er één van alles. Maar jij krijgt niets, snoepje. We willen tenslotte niet dat je uitdijt, toch?'

'Nee, Hen,' zei de vrouw met een aanstellerige glimlach. 'Ik ben je tengere poppenkontje.'

Polly keek het stel na en zag de man enthousiast in de zak grabbelen. Ze voelde zich licht schuldig over het feit dat ze mensen had binnengelaten die niet echt in Polbearne thuishoorden en wist vrij zeker dat de grote man zijn Range Rover nooit zo overdwars op straat had laten staan als ze de winkel van mevrouw Manse hadden bezocht. Maar ook alle dorpsbewoners waren die ochtend langs geweest, van Muriel van de supermarkt en Patrick de dierenarts, die vriendelijk naar Neil had gevraagd en een gesneden wit had gekocht, tot de gestage stroom vissers, die zowel binnenkwamen om iets te eten te kopen als om de vrouw te zien die Tarnie had versierd. Er knaagde iets aan haar. Ergens wenste ze dat ze niet in het volle zicht met hem terug naar de haven was gevaren, al had dat niet veel anders gekund. Ze vroeg zich af wanneer hij zou bellen.

Dat zou hij toch wel doen? Natuurlijk wel. Dit was geen afgrijselijke date geweest, geen afspraakje in een lawaaiige nachtclub waar ze de hele avond tegen elkaar hadden moeten schreeuwen of een ongemakkelijk diner in een redelijk geprijsd restaurant waarbij ze de hele avond hadden gezocht naar gezamenlijke interesses op het gebied van sport, muziek of politiek. Het was heel natuurlijk gegaan, toch? Op organische wijze voortgevloeid uit de tijd die ze samen hadden doorgebracht? Tuurlijk. Nou dan. Ze hoefde zich geen zorgen te maken of hij wel zou bellen, want ze zou hem hoe dan ook tegenkomen – hij werkte tegenover haar huis – en als ze hem zag zou het makkelijk en fijn zijn en helemaal niet ongemakkelijk, zelfs niet met een stel vriendelijke, gniffelende vissers op de achtergrond.

Toen ze terugdacht aan de vorige dag schaamde ze zich een

beetje. Ja, ze had zich laten meeslepen. Onder normale omstandigheden had ze nooit... maar het was zo'n heerlijke dag geweest, ze had eindelijk weer eens iets leuks gedaan... Ze besloot dat ze zich niet schuldig ging voelen.

Tegelijkertijd was het gek geweest, na zo lang. Het was gek geweest om zijn lichaam te voelen, zo anders dan dat van Chris, dat in de loop der tijd door alle afhaalmaaltijden, alle avonden achter de computer of de tekentafel en al het bier in het weekend zacht en slap was geworden. Tarnie had spits en hoekig gevoeld. Niet beter of slechter: gewoon anders. Maar dat viel te verwachten als je zo lang uit de roulatie was geweest. Je moest gewoon even aan elkaar wennen, daar was ze van overtuigd.

Ze wreef over haar nek en maakte een nieuwe portie kleine kaasstengels; die bleken enorm populair. In de hoek lag nog genoeg honingbrood. Dat was misschien wat ambitieus voor de klanten die ze tot nu toe had gehad, maar dat was niet erg, ze had geduld. En inderdaad, om twee uur was alles uitverkocht. Mensen die te laat kwamen liepen teleurgesteld weer naar buiten.

Ze keek op haar horloge en telde haar geld. Mevrouw Manse zou tevreden zijn – als de vrouw ooit tevreden was, tenminste. Ze bedacht dat ze wel eens elke dag om twee uur al klaar kon zijn, nu de zomer en de toeristen langzaam hun intrede deden. Ze probeerde niet te enthousiast te worden. Als ze dit elke dag kon doen – al kon ze daar echt nog niet van uitgaan en hing dat voor een groot deel af van haar moeilijke baas – zou het een baan zijn. Een echte baan.

En iets totaal anders. Brood bakken en het zelf verkopen. Ze dacht terug aan de tijd waarin zij en Chris hadden samengewerkt: het eindeloze geslijm in de hoop een contract binnen te halen, de slopende avondjes uit, de ellenlange vergaderingen over toekomstige opdrachten, de pogingen mensen te laten tekenen, toekomstplannen te maken en zich aan te passen aan de onophoudelijke veranderingen en de miljoenen werkwijzen.

Als mensen hier een zacht bolletje wilden, kochten ze gewoon een zacht bolletje. Als ze een brood wilden, kochten ze een brood.

En zo niet, dan niet. Die transactie had iets aards, een echtheid die ze nooit had gekend. Als ze geen brood bakte, verdiende ze geen geld en werd ze niet betaald. Als ze het wel bakte, en het was lekker, kwamen de mensen terug – sommigen kochten zelfs een huis om dichter bij haar winkel te kunnen zijn.

In de kleine bakkerij aan het strand leek opeens alles mogelijk. Alles.

Ze draaide het bordje naar GESLOTEN en begon op te ruimen. Ze moest wat netter en efficiënter gaan werken. Of misschien kon ze iemand parttime in dienst nemen om haar te helpen met schoonmaken. Terwijl ze haar opborrelende enthousiasme onder controle probeerde te houden, ging haar telefoon.

Vroeger had ze een telefoon van de zaak gehad, maar die had ze moeten afstaan aan meneer Bassi. Het was een van de meest vernederende momenten van haar leven geweest. Ze had een goedkoop nieuw toestelletje gekocht, maar had nog nauwelijks de moeite genomen ermee te bellen of mensen haar nummer te geven; dat zou ze doen zodra ze er klaar voor was haar vrienden weer te zien, had ze zichzelf beloofd. Erewoord.

Het was een onbekend nummer. Dat moest Tarnie zijn, dacht ze. Ze glimlachte en was opeens nerveus. Wat zouden ze gaan doen? Zou hij haar mee uit vragen? Opeens kon ze zich geen voorstelling maken van een net geklede Tarnie in een restaurant of bioscoop; Polly had hem eigenlijk nog nooit binnen gezien. Hij was totaal geen binnenmens, hij hoorde thuis in de open lucht, zijn haren zout van het zeewater.

'Hallo?' zei ze brutaal en veel zelfverzekerder dan ze zich voelde. 'Alles goed?'

'Nou, niet echt,' antwoordde een sombere stem.

'Chris?'

'Eh, ja, wie anders?' Hij klonk ongelukkig en aangevallen.

'Nee, ja, natuurlijk. Hoi! Hoe is het?'

Polly's nieuwe, moeizaam verworven geluksgevoel was op slag verdwenen en ze begon uit ongemak rondjes met haar enkel te draaien. Na alles wat ze hadden meegemaakt, alles wat ze hadden geprobeerd... Ze dacht aan Kerensa's opmerking dat iedereen zich zorgen om hem maakte.

'Hé. Gaat het wel?' vroeg ze.

'Nou, jij mag niet klagen, heb ik gehoord,' antwoordde Chris terneergeslagen.

Polly keek naar de kleine bakkerij. Die had nog altijd gebarsten ramen. Maar de winkel had karakter.

'Eh, nou ja, het is niet makkelijk geweest,' zei ze snel. 'Wat doe jij momenteel?'

'Wat denk je? Ik woon bij mijn moeder en probeer mijn leven weer op de rit te krijgen.'

'Gaat alles goed met haar?' vroeg Polly. Chris' moeder had haar altijd gemogen, maar toen hun problemen waren begonnen was er een afgetobde, opgejaagde uitdrukking op haar gezicht verschenen.

Ze voelde Chris fronsen.

'Ze zegt dat ze onderhand klaar met me is. Net als jij.'

'Chris,' zei Polly en ze deed haar best om niet geïrriteerd te raken. 'Ik was niet klaar met je. Het ging gewoon allemaal mis, weet je nog?'

'Ja, natuurlijk weet ik dat nog,' antwoordde hij. Hij klonk verbitterd.

Polly beet op haar lip.

'Ik dacht dat ik je misschien een keer kon komen opzoeken,' ging hij op verdedigende toon verder, alsof hij ervan uitging dat ze niet wilde dat hij kwam.

Ze dacht aan haar appartementje, alles wat er de afgelopen tijd was gebeurd en het feit dat ze nog niets van Tarnie had gehoord. De timing was niet ideaal. Maar ze kon niet weigeren; dat kon ze niet maken.

'Nou?' zei hij toen ze niet direct antwoordde. 'Wat is er, heb je een ander?'

Polly wist dat Chris' gemene woorden voortkwamen uit zijn onzekerheden.

'Eh, nou, nee... Natuurlijk mag je langskomen. Leuk. Graag.'

‘Volgens Kerensa zit je op een of ander idioot eiland in de rimboe.’

‘O ja?’

‘Ik kan wel wat rust gebruiken. Ik word gek van mijn moeder.’

Polly voelde zich onwillekeurig gefrustreerd. Ze ging eindelijk door met haar leven en liet eindelijk alles achter zich; als ze heel eerlijk was, had ze nauwelijks meer aan Chris gedacht, ze had de irritaties en de pijn begraven en was verdergegaan met andere zaken. Maar dat was niet eerlijk tegenover Chris.

‘Ja, natuurlijk,’ zei ze. ‘Je mag altijd langskomen.’

16

Iedereen was verbaasd over het snelle succes van de kleine bakkerij aan het strand (die zo werd genoemd om hem te onderscheiden van de winkel van mevrouw Manse, hoewel die maar zo'n drie vierkante meter groter was). Polly al helemaal.

Ze experimenteerde elke dag met nieuwe smaken en kwam er al snel achter wat wel en niet werkte. Chorizo was een enorme hit, ook al moest ze dat van het vasteland laten komen en wist niemand wat het was, en ook de maiskoekjes waren populair. Alles wat ook maar enigszins op pizza leek was voor tien uur 's ochtends uitverkocht.

Nu de toeristen in groten getale over de toegangsweg zwermden zou Polly binnenkort een assistent nodig hebben, maar de lange dagen wogen ruimschoots op tegen de blijdschap die ze voelde als ze om twee uur alles had verkocht en kon gaan schoonmaken. Om de dorpelingen die van hen afwisten te ontlopen, glipten zij en Tarnie af en toe naar haar appartement. Ook hij was 's middags vrij en als de zon door de ramen scheen en er een zilte lucht over het eiland dreef probeerden ze hun momentjes te pakken. Maar ze leken geen echt stel te zijn, had ze gemerkt: ze gingen niet uit eten – waar zouden ze naartoe moeten? Soms gingen ze met de andere vissers mee naar de pub, maar ze konden niet zo goed tegen hun plagerijtjes en gingen al snel ergens anders zitten.

Desondanks voelde Polly zich goed. Toen de dagen steeds warmer werden en overgingen in een fantastische, gloeiendhete zomer voelde ze haar lichaam samen met het dorpje langzaam weer tot leven komen. Ze stond elke ochtend bij de eerste roze zonnestralen op om het brood te kneden en te laten rijzen, om nieuwe recepten uit te proberen, te genieten van de geuren, koffie te zetten, haar nieuwe vrienden te begroeten en de laatste roddels uit het dorp te horen. Al snel ontwikkelde iedereen de gewoonte om bij haar langs te wippen, al helemaal toen ze papieren bekertjes kocht en ook koffie uit het goede koffiezetapparaat ging verkopen. Patrick stapte haar zaak in om over schurftige katten te klagen, Muriel kwam verkondigen dat ze vreselijk zere voeten had, net voor de lunch slenterde Andy van de pub naar binnen om broodjes voor zijn barbecues te halen en Huckle bracht zijn honing langs.

Daarna werd de winkel overspoeld met toeristen, die zich verbaasden over het schattige zaakje, en luisterde Polly met genoegen naar het gerinkel van de kassa. Als ze haar dagopbrengst naar de andere winkel bracht begroette mevrouw Manse haar met gegrom, maar Polly ontdekte dat de vrouw maar al te graag onder het genot van een door Polly gezette kop thee naar de dorpsroddels luisterde, waarbij ze zo nu en dan afkeurende geluidjes maakte. Polly zou het in geen miljoen jaar een vriendschap hebben genoemd, maar het ijs begon toch echt te smelten.

Elke avond viel ze bij zonsondergang uitgeput van het harde werken neer op bed. Ze werd steeds bruiner en ze voelde zich elke dag een stukje beter en sterker; haar oude leven trok zich terug als de golven op het zandstrandje bij de oude vuurtoren waar zij en Muriel af en toe naartoe vluchtten om even te kletsen als ze moe waren van het vele staan.

Maar nu bracht Chris dat oude leven opeens naar Polbearne.

Polly keek aandachtig naar haar bank – haar geliefde bank – en trok hem uit om er een bed van te maken. Ze was een beetje zenuwachtig.

Chris belde om te zeggen wanneer hij zou aankomen en zonder op de getijdenkaart te hoeven kijken wist ze dat de toegangsweg niet begaanbaar was. Toen ze hem dit vertelde, zei hij dat het nu toch al te laat was, hij was al onderweg, waarop ze zuchtte en antwoordde dat ze er wel iets op zou verzinnen.

Ze kon Tarnie niet vinden in de haven, maar Jayden was er wel. Hij stond bijzonder weinig enthousiast netten uit te rollen en sprong direct op toen ze hem vroeg of hij haar in ruil voor een paar broodjes met de boot naar het vasteland kon brengen om Chris op te halen.

Het was een prachtige middag en toen ze wegvoeren over het water, dat gestaag over de kinderkopjes van de toegangsweg was gestroomd tot elke steen was verdwenen en ze opnieuw een eiland waren, begon de horizon net roze te kleuren. De zeevogels krijsten en het vasteland leek heel ver weg. Polly zat achter in de boot – tegenwoordig klom ze moeiteloos aan boord en stapte ze net zo gemakkelijk in een boot als in een auto – en lachte breed toen Jayden de kleine motor startte.

'Jij bent het racemonster onder de bootjes,' zei ze, waarop hij dankbaar glimlachte.

'Je bent al de tweede die ik vandaag naar de overkant breng,' zei hij. 'Ik ga de taxiservice weer opstarten.'

In de zomer runden de vissers een illegaal taxibedrijfje dat gestrande dagjesmensen die te lang in de Red Lion waren blijven hangen per boot weer naar hun camping of hotel op het vasteland bracht. De overtocht had geen vaste prijs: de vissers probeerden de toeristen zo veel mogelijk geld af te troggelen, met als enige voorwaarde dat alle opbrengsten achter de bar werden gelegd om rondjes van te halen.

'Jullie zijn een stelletje piraten,' had Polly gezegd toen ze ervan hoorde, waarna ze allemaal instemmend hadden gegrijnsd en geknikt.

'Heb je het druk gehad?' vroeg Polly. Er waren nog niet veel toeristen en de lokale bewoners kenden de getijdentabel op hun duimpje.

'Ja,' zei Jayden. 'Ik heb Tarnie naar zijn...'

Polly zat niet echt op te letten. Sterker nog, als Jayden niet zo plotseling had gezwegen, was hij er hoogstwaarschijnlijk mee weggekomen.

Hij had 'nieuwe boot' of 'moestuin' kunnen zeggen, of wat er ook maar in hem opkwam, maar Jaydens hoofd was af en toe één grote, mistige leegte en dus werd zijn gezicht knalrood, wreef hij met een hand over zijn nek en bleef zijn mond een stukje openstaan, waardoor hij net een vis leek.

In eerste instantie had Polly niets door. Toen spoelde ze hun gesprek in gedachten langzaam terug en ging rechtop zitten. Ze slikte.

'Zijn wat, Jayden?' vroeg ze zo kalm en ongeïnteresseerd mogelijk. Haar hart ging als een bezetene tekeer.

'Eh, zijn niets,' zei Jayden in de hoop dat ze hem met rust zou laten.

'Nee, niet zijn niets, Jayden,' zei Polly stijfjes. Ze keek hem recht aan, maar hij durfde nauwelijks terug te kijken.

Er viel een lange stilte. Polly was niet van plan die te verbreken.

'Eh,' zei Jayden uiteindelijk toen ze het vasteland naderden. Polly kon de witte Volkswagen Polo van Chris' moeder al op het parkeerterrein zien staan.

'Ja?'

'Eh... zijn vrouw.' Hij mompelde en keek ingespannen naar de bodem van de boot.

'Zijn...' Polly moest het echt zeker weten. 'Jayden, zei je nou "zijn vrouw"?'

Jayden knikte schuldig.

'Tarnie is getrouwd?'

'Ja.'

'En dat wist jij?'

Hij bleef naar de bodem kijken.

'Ja.'

Polly voelde haar bloed naar haar hoofd stijgen en zag dat haar handen trilden. Tja, dat verklaarde waarom ze niet veel verder waren gekomen dan de pub. Er schoot haar nog iets te binnen.

'En... ik mag aannemen dat iedereen in het dorp dit weet?'

Jayden haalde zijn schouders op.

Polly vloekte luid en gooide een steentje dat in de boot had gelegen in het water.

'Niet te geloven. Waarom heb je me dat niet verteld?'

'Dat zijn mijn zaken niet,' mompelde Jayden.

Polly's gedachten maakten overuren. Ze had niet gevraagd of hij... Nee, maar het was nooit in haar opgekomen dat ze dat moest vragen en hij droeg geen ring – al was dat met zijn werk natuurlijk te gevaarlijk.

Bij de gladde rokkenjagers die ze in haar jongere jaren samen met Kerensa was tegengekomen in de bars van Plymouth, de marineofficieren die een verzetje zochten, de mannen op zakenreis, was ze altijd extra voorzichtig geweest. Maar de afgelopen jaren had ze daar natuurlijk niet op gelet; zij en Chris waren al zo lang samen. Kerensa deed het zware werk terwijl Polly een duidelijk 'ik ben bezet'-signaal uitzond en dat had prima gewerkt... En nu had ze de meest amateuristische beginnersfout ooit gemaakt. Ze voelde zich ongelofelijk dom.

'Fuck,' zei ze.'Fúck. Niet te geloven dat niemand me dat heeft verteld.Waarom heeft mevrouw Manse niets gezegd?' Ze beantwoordde haar eigen vraag.'Omdat ze me niet mag.Waarom heeft Huckle niets gezegd?'

'Die rare Amerikaan?' zei Jayden. 'Hoe zou hij dat moeten weten?'

'Wat is het voor vrouw?' vroeg Polly.'O god, ze hebben toch geen kinderen, hè?'

Jayden schudde zijn hoofd.

'Ze vindt dat vissen maar niets,' zei hij.'Hij werkt tijdens het seizoen op het eiland en zij blijft in hun huis in Looe. Hij reist op en neer.'

'Shít,' zei Polly. 'Waarschijnlijk zag hij me gewoon als een makkelijke prooi.'

Jayden keek haar intriest aan.

'Ik niet,' zei hij.'Ik zie je als een heel aardig iemand.'

'Dank je wel, Jayden,' zei Polly.

Ze waren bijna bij de pier en Polly wist nog niet de helft van wat ze wilde weten.

'Doet hij dit elke zomer?' vroeg ze. 'Zoekt hij elk jaar een nieuwkomer om te versieren? Ben ik gewoon zijn jaarlijkse scharrel? O god, dat eiland. Daar heeft hij waarschijnlijk wel honderd meisjes mee naartoe genomen.'

Tarnie leek haar de slechtste vrouwenversierder ooit. Maar ja, misschien was dat wel zijn tactiek. Misschien speelde hij de ruige, onzekere visser maar wist hij ondertussen dondersgoed wat hij deed.

Jayden schudde beslist zijn hoofd.

'Nee,' zei hij. 'Hij is doodsbang voor Selina. Dit heb ik hem nooit eerder zien doen, echt niet.'

Polly keek hem boos aan.

'Ik meen het,' zei hij.

De boot was bijna bij het vasteland en Chris stapte uit zijn auto. De wind blies zeewater tegen zijn voorhoofd.

'Is dat je vriend?' vroeg Jayden.

'Niet echt,' zei Polly. 'Mijn god, wat zijn mannen toch seksmaniakken.'

Ze hees zichzelf woedend op de pier, maar wist dat ze het voorlopig van zich af moest zetten en er even niet meer aan moest denken. Als ze Chris enigszins zelfingenomen had willen begroeten, was die neiging nu in elk geval totaal verdwenen.

17

Polly probeerde haar onrust te negeren en keek haar ex onderzoekend aan. Hij zag er anders uit. Ze hadden elkaar slechts drie maanden niet gezien, maar het leek veel langer. Hij was niet meer zo ziekelijk bleek als in de tijd van hun faillissement. Hij moest naar de kapper, maar eigenlijk stond dat langere haar hem best goed. De kilo's die hij was verloren zaten er weer aan, samen met een paar nieuwe, en de wallen onder zijn ogen leken permanent te zijn. Hij droeg een oud geruit overhemd en een net iets te krappe spijkerbroek.

'Hé,' zei hij voorzichtig.

Chris zag op zijn beurt dat ook Polly was veranderd. Ze leek afwezig, magerder. Omdat ze zoveel buiten was had haar huid een flatteuze lichtbruine kleur gekregen en haar rossige haar zat in een slordige paardenstaart, alsof het haar niet kon schelen wie haar zag, en hing in pieken rond haar gezicht, wat een mooi effect gaf. Ook zij droeg een oude spijkerbroek, en een rood T-shirt met iets poederigs erop: bloem, nam hij aan. Ze zag er jonger uit dan vroeger, minder gespannen. Opeens voelde hij zich schuldig; dat kwam grotendeels door zijn afwezigheid.

'Hé,' zei ze. Ze wisten niet precies hoe ze elkaar na zo'n lange tijd moesten begroeten en keken elkaar ongemakkelijk aan. Uiteindelijk zei Polly: 'Kom hier,' en spreidde ze haar armen, waarna hij haar een aarzelende knuffel gaf. Polly snoof direct zijn vertrouwde geur op, maar Chris vond dat Polly anders rook, een beetje naar versgebakken brood en zeewater.

'Wauw,' zei hij uiteindelijk. 'Je ziet er echt goed uit.'

Opeens besefte Polly dat ze niets aan haar uiterlijk had gedaan. Toen ze net samen waren geweest had ze enorm veel moeite gedaan om er leuk uit te zien: ze had haar kleding met zorg gekozen en vrachtladingen make-up gebruikt. Nu droeg ze alleen een beetje lippenstift. Toen ze besefte waarom dat zo was – deels omdat het niet in haar was opgekomen en deels omdat ze natuurlijk een ander dacht te hebben – voelde ze zich direct belachelijk en probeerde ze Tarnie uit haar hoofd te zetten. Ze zou later wel weer aan hem denken.

'Eh, oké,' zei ze. 'Dank je. Jij ook.'

De ongemakkelijke stilte werd uiteindelijk verbroken door Jayden, die een keer kuchte en hen eraan herinnerde dat hij bij eb een heel onhandige route rond de landtong moest nemen. Polly sprong behendig de boot in. Chris kwam met zijn weekendtas achter haar aan, een stuk klungeliger dan zij.

'Goh, je hebt zeebenen gekregen,' zei hij. Polly glimlachte maar wenste ondertussen dat ze dood was.

Jayden, die besefte hoeveel problemen hij al had veroorzaakt, sprak de hele overtocht geen woord, waardoor het een beetje voelde alsof ze in de veerboot over de Styx zaten. Toen ze de punt van de landtong voorbij waren keek Polly tevreden naar de uitdrukking op Chris' gezicht, die zag hoe de eerste stralen van de zonsondergang alle leisteen en keien in het dorpje een gouden gloed gaven. De ramen glommen, de kinderkopjes glansden en de masten van de boten rinkelden.

'Wauw,' zei hij. 'Is dat het? Wat mooi.'

Polly glimlachte trots. 'Ja, hè.'

'Al ligt het wel echt in een godvergeten uithoek.'

Polly kon voelen hoe Jayden, die achter haar zat, boos fronste.

'Kwestie van perspectief,' zei ze. 'En heel veel mensen vinden dat juist fijn.'

'Hoe is het in de winter?'

Polly dacht terug aan de geselende stormen en de woeste eenzaamheid eerder die lente.

'Knus,' zei ze snel.

Chris leek niet overtuigd. Hij haalde zijn telefoon tevoorschijn, maar tot zijn verbazing had hij geen ontvangst.

Jayden zette hen zwijgend af en keek even verontschuldigend

naar Polly, die zijn blik niet beantwoordde. Eén probleem per keer. Ze wist niet precies hoe ze zou reageren als ze Tarnie zou zien, maar het zou niet fraai worden.

'Het leek me leuk om ergens wat te gaan drinken,' zei ze. Plotseling wenste ze dat het dorp meer dan één pub had. Maar Tarnie zat toch op het vasteland en Huckle had al weken niets van zich laten horen.

'Perfect,' zei Chris. 'Hebben ze fish-and-chips? Ik heb echt zin in een goede portie fish-and-chips.'

'Uiteraard!' zei Polly, die blij was dat hij tot dusver niet naar Mount Polbearne leek te zijn gekomen om vervelend te doen.

Ze brachten Chris' tas naar het appartement boven de bakkerij. Sinds ze de begane grond had opgeknapt was het daar een stuk knusser en behaaglijker; door de ovens beneden was het er lekker warm en het voelde er minder vochtig en bedompt. Daarnaast was ze op een woensdagmiddag naar de opslag geweest – Tarnie had haar gebracht – voor haar foto's, boeken en vloerkleden, alles wat Chris niet in zijn minimalistische paradijsje had willen hebben. Op de grond lag nu een warm rood kleed, de boekenkast van baksteen en hout was gevuld met boeken en aan de muur hingen een paar abstracte landschappen die er volgens Chris uitzagen alsof een kleuter ze had gemaakt, maar daarom vond Polly ze juist zo mooi. De smetteloze grijze bank lag vol kussens. Dit alles gaf het appartement een rommelige, maar uitnodigende en knusse uitstraling.

'Wauw,' zei Chris. Zijn gezicht betrok. 'Goh. Dit is wel heel anders dan ons appartement in Plymouth.'

Polly keek hem vanuit haar ooghoeken aan.

'Ik bedoel, leuk huisje.'

'Thee?' vroeg ze terwijl ze haar samengeraapte servies en de broodjes die waren overgebleven na de lunch tevoorschijn haalde.

Toen Chris knikte, zette ze alles op de tafel bij het grote raam, waar de zon buiten voor een enorm roze en paars kleurenspektakel zorgde, alsof ze zich speciaal voor hen uitsloofde.

'Dus,' zei ze vriendelijk. Ze zette haar mok neer.

Chris staarde naar zijn mok en keek toen uit het raam.

'Run jij die bakkerij beneden?' vroeg hij ongelovig.

'Ja,' zei ze. 'Ik weet dat het niet veel bijzonders lijkt en officieel is hij van iemand anders, maar goed...'

'Hoe kun je in godsnaam voor zoveel mensen bakken?'

Polly haalde haar schouders op. 'Veel oefenen. Al die weekenden, weet je wel...'

Ze hoefde haar zin niet af te maken. Al die weekenden waarin hij na zijn werk niet naar huis was gekomen, had beweerd dat hij te gestrest was om iets met haar te doen of moest bijkomen van een afschuwelijke kater omdat hij zijn zorgen had geprobeerd weg te drinken, een tactiek die zelden goed, of lang, werkte.

'Alleen de hoeveelheden zijn iets groter.'

Chris schudde zijn hoofd. Ze kon aan zijn gezicht zien dat hij schrikbarend, gruwelijk jaloers was.

'Zo geweldig is het nou ook weer niet, hoor,' zei ze. 'Ik bedoel, het is daar beneden ijskoud, ik moet achterlijk vroeg op, sommige dorpelingen zijn echt vréselijk en...'

Ze kletste maar wat, maar ze wist niet hoe ze anders moest reageren.

'Nou, met mij gaat het fantastisch,' zei Chris snel. 'Ik ben bezig met een aantal websites... Nou ja, het is voornamelijk voor de naamsbekendheid, maar het is een mooi podium voor mijn werk, weet je wel?'

Dat wist Polly zeker. Gratis designwerk in ruil voor publiciteit – zou het in iemand opkomen om de loodgieter niet te betalen? Of de bakker?

'Wat fijn,' zei ze. 'En hoe is het met je moeder?'

Chris fronste. 'Eh... wel oké. Ze vindt dat ik weer op mezelf moet gaan wonen. Maar er staan alleen maar krotten te huur. Jij hebt geluk gehad, weet je.'

Polly keek verontwaardigd.

'Het is echt heel erg moeilijk.' Zijn gezicht was vertrokken en hij jammerde als een teleurgesteld kind.

'Dat weet ik,' antwoordde Polly, waarna ze heel voorzichtig vroeg: 'Heb je al overwogen ander werk te zoeken?'

'Wat, zoals taarten bakken?' snoof Chris. 'Nee, dat is voor mij natuurlijk veel minder makkelijk. Ik ben een professional, weet je.'

Polly besloot dat het tijd was om naar buiten te gaan, voordat ze de theepot naar zijn hoofd zou gooien.

Toen ze in de pub zaten – helaas kende ze afgezien van Patrick de dierenarts geen van de andere gasten – en de fish-and-chips en een fles witte wijn op tafel stonden, schraapte ze haar keel.

'Goed,' zei ze ongemakkelijk. Ze schonk hun glazen vol. 'Eh. Het appartement.'

'Ja,' zei Chris. 'Het appartement.' Hij werd een beetje rood en kuchte alsof hij een grote aankondiging wilde doen. 'Daar heb ik over nagedacht. Ik zat te denken dat jij de hypotheek weer kunt betalen nu je weer geld verdient. Dan kan ik terugverhuizen en vanuit het appartement een nieuwe baan zoeken. En zodra ik alles weer op de rit heb, kom jij terug naar Plymouth, zoek je een echte baan en voilà, we gaan verder waar we gebleven waren en houden het appartement.'

Polly nam een grote slok wijn. Chris sprak eindelijk de woorden waar ze de afgelopen zes maanden zo naar had gehunkerd. Nee, langer nog. De afgelopen twee jaar. Ze knipperde een paar keer snel met haar ogen.

'Maar ik héb al een baan,' zei ze.

Ze vergat hoe zeker ze had geweten – ze had het Kerensa vaak genoeg verteld – dat Mount Polbearne slechts een tijdelijke oplossing was tot ze haar leven weer op orde had; dat zij en Chris slechts uit elkaar waren tot hun liefdesscheepje weer op koers lag.

En ze verdiende trouwens lang niet genoeg om de huur én een hypotheek te kunnen betalen.

'Ja, maar, nou ja...' Chris gebaarde om zich heen. 'Dit gehucht. Dit is niets voor jou, Pol. Dit is niets voor ons, weet je wel?'

Polly dacht aan hun gezamenlijke droom: twee hippe *young professionals* met een stijlvol appartement en een bloeiend bedrijf die van de ene zakelijke afspraak en trendy bar naar de andere gingen.

Dat meisje... dat meisje kon ze zich nauwelijks meer herinneren.

Ze haalde diep adem, draaide zich om en keek naar zee. De grote lichtstraal van de vuurtoren zwaaide over de geplaveide straten, de havenmuur, de zeemeeuwen die vochten als puberjongens die te veel cider hadden gedronken, de witte straatnaambordjes. Ze kon nog net de overhellende, afbrokkelende gevel van de bakkerij aan de haven onderscheiden, en de meeuwen die erboven zweefden.

Ze kalmeerde zichzelf en keek naar Chris, die zenuwachtig leek. Ze besefte dat hij zich zorgen maakte om haar antwoord. En ook dat ze tot dan toe diep vanbinnen eigenlijk niet had geweten wat ze moest doen. Ze had altijd gezegd dat ze slechts tijdelijk in Polbearne zou wonen. Maar ondanks de ups en downs was het dorp ontzettend veel voor haar gaan betekenen.

'Ik denk,' zei ze en ze slikte iets weg, 'ik denk dat het wél iets voor me is.'

Er viel een lange stilte. Ze keken allebei naar hun glas.

'Hoe bedoel je?' vroeg Chris uiteindelijk.

Polly voelde een pijnlijke brok in haar keel en moest haar best doen om niet te huilen.

'Ik bedoel dat ik... Ik wil niet terug naar hoe het was, geloof ik.'

Chris fronste. 'Je wilt geen eigen bedrijf meer. Dat geeft niet, dat mag de komende twee jaar ook helemaal niet. Maar als jij de hypotheek betaalt, kan het appartement gewoon...'

'Nee.'

Polly had Chris zelden iets geweigerd. Sterker nog, ze had zich tijdens hun relatie voornamelijk beziggehouden met zijn geluk. Het was dus niet zo gek dat ze zich door de eerste de beste vent had laten verleiden, dacht ze treurig. Die misselijkmakende gedachte zette ze van zich af.

'Meen je dat nou echt?'

Opnieuw zwaaide het licht van de vuurtoren over hen heen. Toen de vissersboten in de haven hun lichten ontstaken en ronkend de lange nacht in voeren, voelde Polly een steek in haar hart. Muriel en haar man liepen langs op hun avondwandeling.

Op de havenmuur zaten een paar vroege vakantiegangers: een stelletje dat hun armen om elkaar heen had geslagen en waarvan de jongen stiekem het haar van het meisje kuste. In de heldere nacht boven hen verschenen langzaam enkele sterren.

Polly haalde haar schouders op. 'Ik denk... Ik bedoel... nu in elk geval even niet, maar...'

'Je hebt een managementopleiding gedaan!'

'Maar de kleine bakkerij aan het strand... Ik vind het heerlijk om te bakken,' zei Polly. 'En ik houd van dit dorpje. Ik kan het niet uitleggen, maar het heeft iets magisch.'

Chris trok een zuur gezicht. 'Je steekt je kop in het zand om de waarheid niet onder ogen te hoeven zien.'

'Misschien wel,' zei Polly. 'Misschien wel. Om niet onder ogen te hoeven zien dat ons bedrijf het niet heeft gered.' Zo behoedzaam als ze kon ging ze verder: 'En dat wij het niet hebben gered, Chris. We hebben ons best gedaan, maar we hebben het niet gered.'

Hij keek haar aan. De wallen onder zijn ogen waren groot en verdrietig.

'Ja, nou ja, die kloterecessie, de verdomde politiek... We komen er wel uit.'

'Nee,' zei Polly. Ze legde haar hand op de zijne. 'Ik was niet goed voor je. Ik zeurde aan je hoofd en betuttelde je en dat vond je niet fijn. Je hebt iemand nodig tegen wie je kunt opkijken, niet iemand die je slaafje speelt.'

Chris keek verdrietig.

'Ik wil gewoon dat alles weer wordt zoals het was.'

Polly moest opeens denken aan hoe het was geweest toen ze elkaar net hadden ontmoet. Chris was zo knap, jong en slim geweest, zijn portfolio had uitgepuild van de kunst, van designwerk, van prachtige gehandletterde teksten, en hij had zoveel ideeën gehad. Ze hadden zo'n leuk stel geleken; energiek, klaar om de wereld te veroveren. Die mensen zouden ze nooit meer worden.

'Dat snap ik,' zei ze. Ze voelde zich ontzettend verdrietig en moe. 'Dat snap ik.'

Chris nam de bank en Polly het bed, maar beiden konden niet in slaap komen. Chris staarde klaarwakker naar zee en Polly naar het plafond. Ze bleef maar piekeren. Maakte ze een vreselijke fout door niet terug naar de stad te willen? Was dit haar laatste kans geweest op het 'normale' leven dat iedereen van haar verwachtte? Een leven waarin ze zich verloofde met Chris, een leuk baantje op een of ander kantoor vond en op een dag misschien een kind zou krijgen? Ze werd er niet jonger op; als ze deze kans niet greep, zou ze dan net als mevrouw Manse worden? Af en toe moest ze zichzelf tegenhouden om niet naar Chris te lopen en te zeggen dat alles goed zou komen, dat het hun zou lukken, dit konden ze, dat ze opnieuw wilde beginnen. Want diep, heel diep vanbinnen wist ze dat het niet goed zou komen.

Om vier uur 's ochtends gaf Chris het op en glipte hij heel zachtjes het appartement uit om zijn zinnen te verzetten. Polly hoorde hem weggaan en wilde achter hem aan lopen, maar opeens merkte ze dat ze eindelijk in slaap viel; haar ledematen waren zwaar en ze kon niet uit bed komen.

Die zondagochtend sliep Polly uit. Ze schrok om elf uur wakker en kon zich niet herinneren wanneer ze voor het laatst zo lang had geslapen; ze voelde zich verkwikt en warm, bijna als herboren. Ze keek of Chris weer binnen was, maar er was nergens een spoor van hem te bekennen; het was alsof hij er nooit was geweest. Hij was ongelofelijk netjes. Geen briefje, niets.

Toen ze terugdacht aan de vorige avond raakte ze langzaam in paniek, maar ze hield zichzelf voor dat ze de juiste keuze had gemaakt. Ze zette haar geliefde koffiezetapparaat aan en voelde zich lichter, alsof de zorgen om Chris die als een onzichtbare last op haar schouders hadden gedrukt van haar af waren gevallen. Ja, het deed pijn, en haar toekomst lag weer helemaal open, haar leven kon weer alle kanten op gaan. Maar ze wist dat ze de juiste beslissing had genomen. Als ze terugging, zou alles opnieuw mislukken en ze wist niet of ze dat een tweede keer zou overleven.

Toen ze uit het raam keek, werd ze aangestaard door een groep dorpelingen. Ze hapte naar adem, sprong achteruit en controleerde of haar ochtendjas niet openstond. Wat deden die mensen voor haar deur?

Ze waste haar gezicht, kleedde zich snel aan en rende bezorgd naar beneden. Was er ingebroken? Of had een van de tieners uit het dorp de gevel beklad? Waarom keek iedereen naar de bakkerij?

Ze stapte in een spijkerbroek en een gestreept T-shirt en op blote voeten – het beloofde een bloedhete dag te worden – naar buiten, bleef staan en sloeg een hand voor haar mond.

Ze voelde zich onmiddellijk schuldig omdat ze dacht dat Chris boos was weggegaan, want hij had een aandenken voor haar achtergelaten. Polly draaide de deur tussen de bakkerij en het appartement tegenwoordig niet meer op slot, dus toen hij niet kon slapen was hij naar beneden gegaan. Hij had de winkel in het vroege ochtendlicht verkend en was achter in de zaak over een paar oude blikken grijze en witte verf gestruikeld. Dankzij zijn kunstenaarsblik en voortreffelijke smaak had hij de afbladderende, gebarsten gevel een nieuwe, zachtgrijze kleur gegeven – dezelfde kleur grijs als haar bank – en boven het raam stond in zijn prachtige, zwierige handschrift:

De kleine bakkerij aan het strand
Mevrouw P. Waterford
Geopend sinds 2014

18

De zomer was nu echt losgebarsten en elke dag kwamen er gezinnen met emmertjes, schepjes en visnetten over de toegangsweg naar het eiland. De kinderen gilden als de golven over de kinderkopjes spoelden en zodra het vloed werd haastte iedereen zich weer naar het vasteland en moesten de toeristen die te laat waren – en er waren er altijd een paar te laat – het op een rennen zetten of een van de vissers inschakelen.

Het nieuwtje van de bakkerij had de ronde gedaan. Het chique stel, Henry en Samantha, had een huis boven in het dorp gekocht: een groot, onsamenhangend victoriaans huis met een enorme tuin, een gigantische kas en stokrozen die langs de muren groeiden. Ze hadden voortdurend gasten die ze zogenaamd 'het beste brood in Cornwall' wilden laten proeven, al wilden ze eigenlijk vooral pronken met het feit dat ze het dorp als eersten hadden ontdekt. Ze lieten met veel vertoon merken dat ze Polly goed kenden, lieten constant haar naam vallen en stelden nieuwe smaken voor, die ze vaak uitprobeerde.

Als het zo druk bleef, had ze een assistent nodig, want het brood was elke dag eerder uitverkocht. Tot Polly's grote opluchting hield mevrouw Manse de administratie nauwkeurig bij, waardoor Polly zich niet om de kas of de boekhouding hoefde te bekommeren, en bleek ze een heel relaxte baas. Polly vermoedde stiekem dat de kleine bakkerij aan het strand veel meer geld binnenbracht dan de andere winkel. Mevrouw Manse had in elk geval een nieuwe koelkast voor gekoelde drankjes en een vriezer voor ijs aangeschaft en veel, veel minder broden en belegde broodjes in de vitrine liggen. De hoeveelheid pasteitjes was uiteraard onveranderd gebleven.

Het was Polly gelukt om Tarnie compleet te ontlopen, wat in

een dorp van minder dan duizend mensen een hele prestatie was. Als de wind uit de juiste richting kwam hoorde ze 's ochtends soms zijn barse stem en dan gromde ze, want dat betekende dat het tijd was om naar de ovens te gaan. Ze werkte onophoudelijk; ze kreeg gespierde armen van al het kneden en tillen en elke avond viel ze zo uitgeput in bed dat ze alleen maar wilde slapen, dus dat kwam goed uit.

Tarnie kwam nooit in de bakkerij, maar de andere vissers wel; die maakten altijd een praatje en kochten net iets meer dan ze nodig hadden. Ze vond dat Tarnie zich nogal belabberd gedroeg, hij mocht haar onderhand wel eens zijn excuses aanbieden, maar daar stond ze niet te lang bij stil. Ze stortte zich op het bakken. Ze voedde de zuurdesem die ze van Ted Kernesse had gekregen – een smerige, gistende schimmel die in de koelkast woonde en zich als een levend wezen vermenigvuldigde (het was ook een levend wezen, bracht ze zichzelf in herinnering) – en bakte er een donkerder, sterker smakend brood mee, dat *campagne* heette. In het begin kreeg ze het nauwelijks verkocht, mensen wilden hun vertrouwde gesneden wit, maar omdat ze wist dat het verslavend lekker was bleef ze het koppig op de toonbank zetten zodat men kon proeven en uiteindelijk werd het een van haar bestverkopende producten. Om de conservatievelingen tevreden te houden experimenteerde ze ook met een Jamaicaanse brioche die zo zoet was dat je hem bijna een cake kon noemen. Met een klodder jam erop was deze brioche de enige echte concurrent van de lokale scone voor bij de thee.

Toen ze op een zaterdagmiddag aan het opruimen was, ratelde er buiten een bekend geluid over de kinderkopjes.

Ze had Huckle de laatste tijd maar weinig gezien – dit was vast het hoogseizoen voor bijenhouders of zo – maar de vier dozen honing die hij haar had gegeven waren bijna leeg en hij kreeg nog geld van haar. Ze glimlachte en liep naar buiten.

Zodra Huckle haar zag, betrok zijn gezicht.

'Wat is er?' vroeg ze.

'Meissie, wat is er met jou gebeurd?'

Polly brak haar hoofd over een antwoord.

'Eh, gewoon,' zei ze uiteindelijk. Dat leek haar het veiligst. Ze besefte dat ze geen make-up droeg en wist niet wanneer ze haar haar voor het laatst had gewassen. Je mocht jezelf best overladen met werk, besefte ze, maar dat had zo z'n grenzen. Misschien had ze die onderhand bereikt.

'Waar is mijn knappe Polly?' vroeg hij met een glimlachje.

'Je neemt me maar gewoon zoals ik ben,' zei Polly chagrijnig.

'Goed dan,' zei Huckle droevig. 'Ik ben niet gemaakt voor deze moderne tijd.'

'Lijkt iedereen waar jij vandaan komt op Dolly Parton of zo?'

'Er moet een gulden middenweg zijn,' zei Huckle vrolijk. 'Al zou je Dolly geweldig vinden.'

'Vast, al denk ik niet dat ze mijn kledingkeuze zou goedkeuren.'

'Nee,' zei Huckle, 'maar ik zal beleefd mijn blik afwenden.'

'Húckle!' zei Polly geïrriteerd, al was ze gevleid dat hij haar uiterlijk had opgemerkt; dat gebeurde niet vaak meer. 'Wacht even, ik heb geld voor je.'

'Ah, die mooie zin had ik al tijden niet gehoord,' zei Huckle. 'Ik heb ook iets voor jou. Maar daarvoor moet je wel mee naar mijn huis en in de logeerkamer blijven slapen, want het is vanavond vloed.'

'Wat dan?' zei Polly geïntrigeerd. 'Ik vind het geen fijn idee om niet naar huis te kunnen wanneer ik wil.'

'Kom op, ik heb hiernaar uitgekeken! Heb je soms andere plannen?'

'Daar gaat het niet om.'

Ze keek om zich heen.

'Dit kan maar beter een goede verrassing zijn.'

'Dat is het ook. Wacht maar,' beloofde Huckle. 'Zeg je flitsende plannen af en kom met mij mee. En vergeet vooral het geld niet!'

Huckle had nog het een en ander te doen in het dorp, waardoor Polly nog even vlug haar haar kon wassen. Ze nam niet de moeite om het netjes droog te föhnen, want dat had toch geen nut als ze straks weer in dat zijspan moest. Ze opende haar inbouwkast en bedacht dat ze de rest van haar spullen uit de opslag moest halen of moest wegdoen. In een heleboel opzichten was het echter prettig om met zo weinig te leven. Ze kon onderhand makkelijk zonder stijltang, één handtas bleek voldoende en ze had al haar bezittingen nog geen seconde gemist.

Ze neusde door de weinig gebruikte kast – tijdens het werken droeg ze meestal een spijkerbroek en een T-shirt – en verbaasde zich over de vele kledingstukken die ze ooit als onmisbaar had beschouwd. Ze ging met haar handen langs nette avondkleding, donkere zakenpakken en kreukloze witte overhemden. Had ze ooit echt zoveel gestreken? De kleding zag er ongemakkelijk uit, de ontelbare knoopjes, de kriebelige stof. Ze kon zich de Polly die dat soort kleding droeg nauwelijks herinneren. Kerensa wel, waarschijnlijk. Vroeger lieten zij en Kerensa samen hun nagels doen, soms zelfs met een gezichtsbehandeling erbij. Ze lachte om het idee nu een manicure te nemen. Ze bekeek haar nagels, die vierkant en kort waren. Nu ze de hele tijd met haar handen in het deeg zat was dat praktischer.

Polly rook een zweem van haar lievelingsparfum– Eau Première van Chanel – en moest denken aan die keer dat ze na het overlijden van haar oma haar kastjes hadden leeggeruimd. Oma's lievelingsgeur was nog zo nadrukkelijk aanwezig geweest dat ze niet had kunnen geloven dat ze dood was. Die associatie sloeg natuurlijk nergens op: Polly was niet dood. Toch voelde het ergens alsof ze naar de kleding keek van iemand die allang niet meer leefde.

Ze schudde haar hoofd om haar domme ideeën en haalde een borstel door haar haar. Het was gegroeid en viel nu tot over haar schouders. Normaal gesproken zat het in een simpele paardenstaart, maar als ze het aan de lucht liet drogen krulde het en daarom liet ze het los hangen. Ooit zou ze die krullen genadeloos hebben platgestreken, maar nu had ze er niet meer zoveel problemen mee.

Achter aan het rek onaangeraakte kleding hing een oude zomerjurk die Polly tijdens de lange wintermaanden was vergeten en ook daarvoor nauwelijks had gedragen. De jurk had een verbleekte vintage bloemenprint, was van zachte katoen en had een wijd uitlopende rok en een mooie boothals. Het was helemaal geen jurk voor haar; ze had hem in een opwelling gekocht in de hoop dat ze hem aan kon als Chris en zij als ze een keer niet zo hard aan het werk waren naar een festival zouden gaan of zo. Uiteraard was dat nooit gebeurd.

Polly trok de jurk over haar hoofd en was verbaasd toen hij los om haar lichaam bleek te hangen. Blijkbaar was het sjouwen van al die bloem toch ergens goed voor. Daarna bekeek ze zichzelf in de spiegel op de enige manier waarop ze zichzelf van top tot teen kon zien: door wiebelend op de rand van het bad te gaan staan. Haar teennagels konden wel wat nagellak gebruiken, dacht ze, maar afgezien daarvan... Ze smeerde vlug wat *BB-cream* op, waarbij ze de zonnesproetjes op haar neus vermeed (normaal gesproken zou ze die volledig hebben weggeplamuurd), maakte haar oogopslag groter met een beetje zwarte mascara en deed een vleugje koraalkleurige lippenstift op. Ze stopte haar rossige haar, dat was opgelicht door de zon, achter haar oren en glimlachte voorzichtig naar haar spiegelbeeld.

'Mevrouw, heeft u Polly Waterford gezien?'

'Huckle, houd op. Ik ben het,' zei Polly en ze gaf hem een klap met de doos Jamaicaans brood die ze bij zich had.

'Ja, maar meestal ziet ze eruit als een huissloof, weet u, dus u, Assepoester, kunt haar onmogelijk zijn.'

Polly bloosde, keek om zich heen en klom in het zijspan. In de haven stonden al een aantal vissers die vannacht weer op pad zouden gaan. Ze zou een vreselijke reputatie krijgen. Tja, daar was nu niets meer aan te doen. Ze had zin om haar tong naar hen uit te steken.

'Oké, Assepoester,' zei Huckle toen ze haar helm en bril had opgezet. 'Daar gaan we!'

Het was een prachtige avond. Telkens als de motor een bocht maakte, werden de zoemende en dansende insecten in de weides gevangen in het licht van de koplampen. De paarse hemel was gigantisch en de sterren schitterden. De schemering rook naar de sterke geur van heggen, wilde klaprozen, woekerende wilde rozen en het geruststellende aroma van net omgeploegde grond. Polly ademde diep in. De geur was bedwelmend. Ze keek naar Huckle, die zich concentreerde op de weg en het voertuig met zijn krachtige dijen in bedwang hield. Toen hij haar zag kijken en naar haar glimlachte, gebaarde ze direct dat hij op de weg moest letten en daarna leunde ze glimlachend achterover en genoot van de roepende vogels, de geuren en de uitgestrekte hemel.

Ze draaiden het uitgesleten paadje op. Huckle was er blijkbaar vrij zeker van geweest dat ze zou meekomen; de kleine voortuin van het huisje was bezaaid met kaarsjes in glazen houders en in de bomen hingen lichtsnoeren.

'Lichtsnoeren?' vroeg Polly.

'Ik weet het. Die hingen er al toen ik hier kwam,' antwoordde Huckle. 'Ik laat ze gewoon hangen tot ze een enorme brand veroorzaken.'

Polly's sarcasme verdween echter al snel. Het huisje zag er prachtig uit. Hoewel het nog altijd warm was liep Huckle naar een vuurkorf. Hij hield er een Zippo-aansteker bij en stookte een vuurtje op.

Polly kneep haar ogen tot spleetjes en keek hem aan.

'Dit lijkt wel... een versierpoging,' zei ze.

'Ja,' zei Huckle, die haar opmerking serieus nam. 'Dat spijt me. Dat besef ik nu pas. Dat was niet mijn bedoeling, maar Reuben is op reis. Wil je naar huis?'

'Dat zei ik niet,' antwoordde Polly. 'En wil je serieus liever met Reuben naar bed dan met mij?'

'Nee,' zei Huckle. 'Maar als ik de boel niet leuk aankleed, gaat hij klagen. Mijn excuses.'

Polly glimlachte. Het was een warme avond, maar toch schoof ze dichter naar het vuur toe, waar het nog aangenamer was.

'Oké. Laat dan nu die geweldige verrassing maar eens zien. En als je met een motor met twéé zijspannen komt, kan ik je vast vertellen dat ik niet onder de indruk ben.'

'Néé,' zei Huckle en hij verdween in het huis. Hij kwam terug met twee pullen en een grote fles met een stop erop.

'Ik vind het nu al interessant,' zei Polly.

Huckle zette de fles tussen hen in op tafel en trok de kurk los. Polly leunde naar voren, rook aan de fles en schoot met een ruk weer naar achteren.

'Oef,' zei ze.

'Ja,' zei Huckle.

'Dat is... Wat is dat?'

'Mede,' antwoordde Huckle trots. 'Zelf gebrouwen in de achtertuin. Mensen eten niet genoeg honing. Het loopt gewoonweg in straaltjes van mijn bijen af. Dit is het moment waarop je me feliciteert met mijn beeldspraak.'

'Ik vind hem niet zo smakelijk,' zei Polly. Ze keek in haar pul terwijl Huckle een flinke hoeveelheid mede inschonk.

'Klopt dit wel?' vroeg ze. 'Hoor je dit uit bierpullen te drinken? Is het niet een soort wijn?'

Huckle keek haar ontzet aan. 'Heb je nooit een Vikingfilm gezien? Mede drink je per pint en je moet "Aha!" roepen voor je een eerste slok neemt.'

Ze zeiden 'Aha!' en proostten.

Polly nam een slok. Het was inderdaad sterk spul, maar het smaakte heerlijk: warm, zoet en honingachtig, maar dan met een donkerder ondertoon.

'Wauw,' zei ze. Ze keek Huckle aan. 'Goed spul.'

'Dank je,' glom Huckle. 'Het heeft me veel... plastic jerrycans gekost.'

'Dit zou je ook kunnen verkopen.'

'Dat noem ik nog eens een topidee.'

Ze proostten opnieuw en Polly herinnerde zich dat ze hem

het geld van de honingverkoop nog moest geven. Ook daar was hij mee in zijn nopjes en ze kletsten een tijdje gemoedelijk in de vallende schemering.

Daarna stonden ze op en haalden een stuk lokale kaas voor bij het brood dat Polly had meegebracht en een enorme schaal aardbeien die Huckle in ruil voor een paar potten honing had geplukt bij een nabijgelegen boerderij ('Ik ben bijna volledig overgegaan op ruilhandel,' zei hij). Toen Polly opstond, besefte ze dat ze stomdronken was. Dat spul was dodelijk.

'Volgens mij,' zei ze moeizaam. 'Heeft iemand mijn benen gestolen.'

'Dat gebeurt elke keer,' zei Huckle, wiens toch al trage toon nog trager was. 'Ik moet iets proberen te brouwen wat je benen met rust laat. Of je die van iemand anders geeft.'

'Ik wil die van Elle Macpherson,' zei Polly. Ze vond zichzelf hilarisch.

'Ooo,' zei ze plotseling. 'Kijk!'

Eerst dacht ze dat het vonken waren uit de vuurkorf, die hen nu het kouder werd lekker warm hield, maar toen ze de vonken beter bekeek kregen ze een vastere vorm en zag ze dat het kleine, gloeiende insecten waren.

'Glimwormen,' zei Huckle. Hij keek haar aan. 'Vuurvliegjes. Tot ik hier kwam wonen, wist ik niet dat jullie die ook hadden. Waar ik vandaan kom heb je die heel veel.'

'Dat wist ik ook niet!' zei Polly. Gefascineerd maar ook een beetje wiebelig stond ze op. 'Ze zijn prachtig.' Ze keek hoe de insecten ingewikkelde patronen maakten en hoe hun iriserende route een vage afdruk achterliet in de lucht. 'O, wauw. Als het niet superwreed was geweest, had ik er een in een potje gestopt.'

'Tja, je moet er maar gewoon zo van genieten,' zei Huckle vrolijk en hij zwaaide met zijn armen. 'Leef in het moment. Zonder foto's te maken, zonder het voor altijd vast te willen leggen. Geniet simpelweg van de vuurvliegjes.'

'En misschien,' hikte Polly, 'van nog zo'n glaasje overheerlijke mede.'

Later, toen ze stil bij het nog maar zacht brandende vuur zaten en de vuurvliegjes weer waren vertrokken, overviel Polly een aangenaam knus en slaperig gevoel. Ze had zichzelf in de deken gewikkeld die Huckle voor haar had gepakt en die een beetje naar houtvuur rook.

'Waarom ben je hiernaartoe gekomen?' vroeg ze loom. 'Ik bedoel, je weet álles over mij... tenminste, dat neem ik aan?' vroeg ze.

'Eh, ja,' zei Huckle verontschuldigend. 'Mensen praten. Sorry. Slechte vent. Slechte, slechte vent. Slechte vent.'

'Wist je dat ik geen flauw idee had dat hij...'

'O, ja. Slechte vent.'

'Dat zou ik nooit, maar dan ook nooit doen, weet je. Hoe kun je dat iemand aandoen? En dan 's avonds weer naast diegene in bed kruipen?'

'Vond je hem echt leuk?' vroeg Huckle.

Polly zuchtte diep en liet haar hoofd naar achteren zakken tot ze de sterren zag.

'Nou ja, ik was niet verliefd of zo. Maar het was allemaal al zo lang geleden, weet je wel? En ik had zo'n kuttijd achter de rug. Het leek me wel een leuk verzetje. Wat ben ik ook een idioot. Ik ben het grootste deel van mijn volwassen leven op de een of andere manier samen geweest met mijn ex en ik... ik heb geen flauw benul van de regels. Geen flauw benul. Misschien zijn ze wel totaal anders dan vroeger, dat weet ik niet. Ik ben net zo'n boerentrien die voor het eerst in de grote stad is en op de hoek van de straat bij een kaarttruc al haar geld verliest.'

Huckle lachte. 'Ja,' zei hij. 'Je bent echt de allereerste die zo'n soort fout maakt.'

Polly glimlachte wrang. 'Ja, maar die fout maakte ik toevallig wel ten overstaan van het hele dorp en iedereen die ik pas net kende.'

'En die allemaal aan jouw kant staan, als dat helpt. Jayden is woedend over het hele gebeuren. Volgens mij ben jij zijn Mrs. Robinson.'

'Hé!' zei Polly en ze kantelde opnieuw haar hoofd. 'Wat is er mis met “Heeft hij een oogje op je”?’

‘Ook goed,’ zei Huckle. ‘En Tarnie voelt zich afschuwelijk.’

‘Mooi,’ zei Polly. ‘O god, dat klinkt vreselijk. Ik heb gewoon... Het was gewoon heel gênant. Echt héél gênant. Ik voel me... een of ander dom wicht of zo.’

‘Ik vind je geen dom wicht,’ zei Huckle.

‘Niet?’ zei Polly hoopvol.

‘Nee. Ik vind je een domme volwassen vrouw.’

Polly gooide een kussen naar zijn hoofd. Hij ving het en lachte.

‘Vooruit ermee,’ zei ze. ‘Je kent nu al mijn smerige geheimpjes.’

‘Allemaal?’

Ze keek hem streng aan.

‘Jouw beurt. Mannen pakken nooit zomaar hun biezen om ergens anders te gaan wonen. Dus vertel op.’

‘Of anders? Anders zal een vuurvliegje het bezuren?’

‘Nee. Anders... anders word ik heel boos op je.’

‘Ik sidder van angst.’

‘En dan zeg ik tegen iedereen dat je in je mede plast.’

‘Dat durf je niet.’

‘Wacht maar af.’

Huckle kneep zijn oogleden tot spleetjes en keek haar even vreemd aan. Toen dwaalde zijn blik af naar het vuur, slaakte hij een diepe zucht en strekte hij zijn lange benen.

‘Ach, wat zou het,’ zei hij. ‘Misschien is het makkelijker als iemand het weet.’

Polly keek hem met een bemoedigende glimlach aan.

‘Ik ben trouwens toch straalbezopen,’ zei ze. ‘Dit ben ik morgenochtend allemaal weer vergeten.’

Huckle lachte. ‘Ha, ja, dat scheelt. Maar je mag dit aan niemand doorvertellen.’

Polly boog moeizaam voorover en stak hem een pink toe.

‘Beloofd.’

Huckle stak zijn hand uit en haakte zijn grote warme pink in de hare. ‘Beloofd.’

Hij vulde hun pullen bij.

'Goed,' zei hij. 'Ooit... ooit was ik CEO in Savannah, dat ligt in Georgia, de staat waarin ik ben opgegroeid. En ik was dol op mijn baan. Het was een veeleisende functie, geen vakanties, idioot lange dagen, maar ik was jong en goed in wat ik deed en gek op mijn werk, dus dat was allemaal geen probleem, weet je wel?'

Polly knikte. 'Dat gevoel herinner ik me nog,' zei ze en ze zweeg weer zodat hij verder kon gaan.

'En bij dat bedrijf ontmoette ik een meisje – een vrouw, eigenlijk. Candice. Ze was... ze is beeldschoon, heel slim, heel betrokken.'

Tot nu toe klonk dit Polly bekend in de oren. Nadenkend nam ze een slokje mede.

'En, nou ja, ik viel voor haar. Als een blok.'

Dus dat is zijn type, dacht Polly een beetje treurig.

'Zij voelde hetzelfde voor mij, precies hetzelfde, en we maakten allerlei plannen. We zouden keihard werken en als we genoeg hadden gespaard zouden we trouwen en een simpeler leven gaan leiden en zo. Toen was ik al gek op honing.'

Polly knikte. 'Klinkt geweldig.'

'Dat vond ik ook.'

Er viel een lange stilte.

'Maar?'

'O. Maar. Blijkbaar was het moeilijker om die levensstijl los te laten dan ik dacht. Elk jaar schoven we het een jaar door: dan kreeg zij promotie, dan ik, dan wilde ze een coole nieuwe Lexus, dan een cool penthouse, toen moesten we opeens allebei veel op zakenreis waardoor we elkaar nooit meer zagen, toen draaide het alleen nog maar om dure restaurants en bars...'

'Dit klinkt allemaal heel bekend,' zei Polly.

'En het was leuk, hoor. Dat hele yuppiegedoe. Al die coole plekken, al die sociale contacten.'

Polly knikte. Dat was inderdaad leuk.

'En toen?'

Huckle haalde zijn schouders op. Gek genoeg leek hij zich te schamen.

'Nou ja, na alles wat er was gebeurd en wat we tegen elkaar hadden gezegd... Ze ontmoette iemand anders, iemand die meer verdiende dan ik. En uiteindelijk bleek ze helemaal niet op zoek te zijn naar een simpel leven op het platteland.'

'O, nee,' zei Polly.

'Dat geeft niet,' zei Huckle. 'Het was mijn eigen schuld, ik was smoorverliefd. Waarschijnlijk vond ze me te verstikkend. Ik wist precies hoe de rest van ons leven zou verlopen. Ik had alles tot in de details uitgestippeld.'

Hij keek haar met een ietwat treurige glimlach aan. Polly herinnerde zich dat zij ook haar hele leven met Chris al had uitgedacht.

'Maar waarom... hoe ben je hier beland?' vroeg ze.

'Ha. Ik ben in een nijdige bui weggestormd... ik zei dat ik het gewoon zonder haar zou doen. Ik heb het eerste het beste vliegtuig genomen.'

'Je bent hier per ongeluk terechtgekomen? Echt?'

Hij haalde zijn schouders op. 'Mijn vader was Engels, ik heb een Engels paspoort. En ik wist dat Reuben hier ergens woonde.' Hij wreef in zijn ogen. 'Maar eigenlijk wel. Soort van. Een beetje.'

'Vind je het hier wel leuk?'

Huckle haalde zijn schouders op. 'Sommige dingen wel.'

Hij keek gepijnigd.

'Ik ben een beetje eenzaam. Jezus, niet te geloven dat ik dat vertel.'

'Dat geeft niet,' zei Polly en ze streek over zijn been. Toen hij naar haar hand keek alsof hij geen flauw idee had wat die daar deed, trok ze hem onmiddellijk beschaamd terug.

'En ik mis het penthouse... Savannah is een geweldige stad.'

'Ja, zo te horen wel,' zei Polly. 'Kun je onderhand je trots niet inslikken en teruggaan?'

Hij glimlachte. 'Waarschijnlijk wel. Ik ben gewoon... Het is moeilijk, weet je.'

'Ja, dat weet ik,' zei Polly en ze keek hem een paar tellen aan. Toen hij opstond, voelde ze zich stom.

'Vergeet niet om een paar pijnstillers te slikken voor je gaat slapen; dit spul kan voor flinke hoofdpijn zorgen,' zei hij. Hij klonk anders, alsof hij zich had losgescheurd van zijn herinnering.

'Bedankt,' zei Polly, die zijn advies direct weer vergat.

'Dus ja. Het voelt... Ik voel me echt... Ik voel me echt beter nu ik iets anders doe,' zei Huckle. 'Veel beter.'

'Fijn,' zei Polly. Ze prikte in de smeulende resten van het vuur en keek hem aan. De spanning tussen hen was verdwenen. Maar ze was blij dat ze het wist, dat het niet meer als een raadselachtige wolk boven hun hoofd hing.

'Nou, dat is lang niet zo erg als ik dacht,' zei ze in een poging de sfeer wat op te vrolijken. 'Ik dacht echt dat je iemand had doodgeschoten in Reno.'

Huckle glimlachte, maar daar bleef het bij. Hij staarde in het vuur alsof hij totaal was vergeten dat ze er was. Polly dacht na over Candice. Ze vroeg zich af wat voor vrouw het was – háár nagels waren vast altijd netjes gelakt – en mijmerde over Huckles droom van een gezin op het platteland, die in rook was opgegaan. Ze zuchtte.

'Nou, tijd om naar bed te gaan,' zei ze.

Huckle had een heerlijk eenpersoonsbed voor haar opgemaakt en een rijkelijk geborduurde patchworkdeken op de brandschone witte lakens gelegd. Het huisje was knus en geurig en ze voelde zich al snel slaperig worden. Vlak voordat ze zich aan het gevoel overgaf, keek ze een laatste keer door de ruitjes van het kleine raam. Huckle zat nog waar ze hem had achtergelaten en staarde met de lege fles mede aan zijn voeten somber in het vuur.

19

In eerste instantie wist Polly niet waar ze was. De zware geur van kamperfoelie dreef via het open raampje naar binnen en er klonk gezoem. Daarnaast rook ze nog een fantastische geur, die van pruttelende koffie, en al snel volgde het aroma van gebakken spek. Ze ging vrolijk rechtop zitten en besefte bij het zien van de ibuprofen en het water dat attent naast haar bed was gezet dat ze haar medicijn was vergeten. Die nam ze nu dus maar. De zon scheen fel door de gordijnen.

'Au,' zei ze terwijl ze de houten, halfronde deur openduwde. Huckle was al op en droeg een wijdvallende tuinbroek zonder T-shirt eronder. Dat had er belachelijk uit moeten zien, maar het stond hem eigenlijk best goed; hij had een heel klein beetje goudkleurig borsthaar dat er heel zacht uitzag. Toen Polly besefte dat ze het wilde strelen stopte ze direct haar handen achter haar rug.

'Goedemorgen.'

Huckle keek haar aan en glimlachte loom.

'Hé.'

Hij leek in een veel betere bui dan gisteravond en gedroeg zich weer als zijn normale, relaxte zelf.

'Hoe is het?' vroeg ze. 'Afgezien van die tuinbroek.'

Hij keek haar even zwijgend aan en zei toen: 'Weet je, eigenlijk voel ik me prima. Ik voel me goed. Ik ben blij dat ik het iemand heb verteld.'

Polly schudde haar hoofd. 'Misschien moet je blij zijn dat je bent ontsnapt. Misschien hoorden jullie wel helemaal niet bij elkaar.'

Huckle knikte. 'Nee. Inderdaad. Blijkbaar niet. Dat probeer ik mezelf ook voor te houden... Nou ja, op goede dagen. Hoe voel jij je?'

'Slecht,' zei Polly. 'Ik ben gisteravond de ibuprofen en het water en zo vergeten.'

'Hier,' zei Huckle. Hij schonk een groot glas appelsap voor haar in. 'Drink dit maar.'

'Ik dacht dat Amerikanen sinaasappelsap dronken.'

'Jullie sinaasappelsap is afgrijselijk,' zei hij. 'Daar zitten stukjes in. Jullie appelsap kan er daarentegen net mee door.'

Polly nam grote slokken en dronk het glas dankbaar leeg.

'Dat is beter,' zei ze. De deur van het huisje stond wagenwijd open en het zonlicht stroomde naar binnen. Het was een stralende dag.

'Koffie?'

'Ja!'

'Spek?'

'Ja!'

'*Pancakes*?'

'Wauw! Volgens mij ben ik verliefd op je!' zei Polly. Ze had een grapje willen maken, maar het kwam er helemaal verkeerd uit. 'Ik bedoel, ik ben verliefd op pancakes,' verbeterde ze zichzelf vlug. 'Jíj draagt tenslotte een tuinbroek. Ik ben verliefd op pancakes.'

'Eigenlijk is het een overall.'

De pancakes waren krokant vanbuiten en zacht en luchtig vanbinnen en werden geserveerd met knapperige bacon en een flinke scheut ahornsiroop.

'Oké, dit is het beste ontbijt dat ik ooit heb gegeten,' zei Polly met volle mond. 'Echt hoor, als je geld ooit op dreigt te raken, moet je een bed and breakfast openen. Ik zou bij je intrekken.'

Huckle glimlachte. 'Nou, dat zie ik niet zo snel gebeuren. Maar ik ben blij dat je het lekker vindt.'

Na het ontbijt zou Polly met alle liefde weer in bed zijn gekropen, maar toen Huckle vroeg of ze meeging naar de bijen, ging ze aarzelend op zijn voorstel in. Huckle hees haar in zijn extra pak en nam haar mee naar de korven.

Het was fascinerend. Toen Huckle tussen de korven stond, zette hij het rookapparaat aan om de bijen te kalmeren en nam hij wat van de honingraat, maar niet zoveel dat ze onrustig werden. Hij wees haar de grote dikke koningin aan, die zo herkenbaar en bijzonder was dat Polly haar met een mengeling van angst en fascinatie bekeek.

Hij liet haar zien hoe je de honing uit de raten haalde en het gouden goedje in de potten liet druppen en omringd door de plakkerige geur, het gezoem en de bloeiende wilde bloemen had ze de tijd van haar leven.

Net voor de lunch besefte ze echter dat ze terug moest.

Toen ze Huckle een snelle kus op zijn wang gaf, trok hij haar naar zich toe voor een knuffel.

'Dank je,' zei hij. 'Ik kon wel een vriend gebruiken. Kun je mijn verhaal voor je houden?'

'Ja,' zei Polly. 'Kun jij voor je houden dat ik per ongeluk met een getrouwde man naar bed ben geweest, ook al is er in een straal van tweehonderdvijftig kilometer niemand te vinden die dat nog niet weet?'

Ze schudden elkaar de hand.

Ondanks Huckles ontboezemingen was de vorige avond de fijnste in tijden geweest en opgewekt ging ze op pad. Huckle had aangeboden haar met de motor te brengen, maar dat wilde ze niet; ze kon wel wat frisse lucht gebruiken en het was een prachtige dag.

Ze had eindelijk een vriend, een echte, niet een of andere gemene visser die haar naar zijn stoute eiland wilde lokken. Bij die gedachte verscheen er een glimlach op haar gezicht. Een kleintje maar. Huckle had haar laten inzien dat het niet het einde van de wereld was. Het was geen ramp als je door iemand was misleid. Ze moest het beschouwen als een mislukt experiment. En haar droogteperiode was nu in elk geval ten einde. En als het hele dorp haar nu een enorme slet vond, nou, dan waren ze nog nooit op zaterdagavond in Plymouth geweest.

Het was niet haar slimste actie geweest, maar ze hoefde het zichzelf ook niet voor eeuwig kwalijk te nemen. Het leven ging door.

Ze had besloten om via de kust terug te gaan in plaats van door de velden, maar toen ze over de open heide liep, voelde ze dat het harder ging waaien. Eerst heel lichtjes, maar naarmate ze verder liep steeds heviger. Opeens verschenen er grote zwarte en grijze wolken, de eerste in weken. De zware, onheilspellende wolkenpartij bedekte eerst een deel van de hemel, toen de helft en vervolgens de gehele lucht. Toen het begon te regenen ging Polly sneller lopen en uiteindelijk zelfs rennen, maar na een tijdje bleef ze staan en gaf ze zich over aan het onvermijdelijke: ze zou kletsnat worden en daar was niets aan te doen. Ze hief haar handen en liet de regen langs haar lichaam stromen. De regen was warm maar verfrissend, alsof ze onder de douche stond. Haar kater was helemaal verdwenen en ze voelde zich opeens ongelofelijk vrij. Zo levend had ze zich in tijden niet gevoeld.

'Aaargh!' riep ze hard, in haar eentje op een heuveltop overgeleverd aan de elementen. Een deel van haar was zich ervan bewust dat ze zich gedroeg als een debiel. Een ander deel vond dat daar niets mis mee was. Het mocht dan misschien een beetje gestoord zijn, maar niemand kon haar zien en het voelde heerlijk om alle frustraties van de afgelopen maanden – god, de afgelopen jaren – eruit te gooien.

'Waaa!' brulde ze naar de lucht. 'Aaargh!' Ze draaide rondjes onder de grote dikke druppels.

'Dat lucht vast op,' zei een zachte stem.

Huckle bleek vlak achter haar te staan, met een enorme paraplu in zijn hand.

'Jezus!' Polly schrok zich dood. 'Waar kom jij ineens vandaan?'

'Eh, sorry,' zei Huckle. 'Toen ik de regen zag aankomen bedacht ik dat je misschien wel wat beschutting kon gebruiken. Ik wist niet dat je hier *Woeste hoogten* naspeelde.'

Polly was boos en schaamde zich.

'Ga weg,' zei ze. 'Je bent net een enge stalker.'

'O, kom op. Het zag er heel schattig uit,' zei hij.

'Klaar nu,' waarschuwde Polly. Haar gezicht voelde knalrood. 'Nou, wil je die paraplu nog of niet?'

Het water stroomde in haar ogen en over haar wangen, ze was kletsnat. Huckle stak haar de paraplu toe, eerst langzaam, toen vastberadener. Ondertussen werd hij natuurlijk ook nat en binnen een mum van tijd was hij bijna net zo doorweekt als zij. De enorme zwarte paraplu hing nutteloos tussen hen in: Polly weigerde hem aan te nemen en Huckle weigerde hem terug te trekken. Opeens werd het ding gegrepen door een windvlaag en vloog hij dansend en tollend in de wind hoog over de hei.

Huckle en Polly keken elkaar even zwijgend aan en stoven toen allebei achter de paraplu aan. Polly's natte haar sloeg tegen haar voorhoofd, onder het rennen maakten haar schoenen soppende geluiden en in het middelpunt van de storm voelde ze zich net zo door de wind heen en weer geslingerd als de paraplu. Huckle, die met zijn lange benen achter haar aan rende, hief zijn armen op naar het water en de windstoten en lachte met zijn hoofd in zijn nek om de waanzin van het hele gebeuren. Ze sprongen en wierpen zich op de paraplu, die zich telkens weer aan hun greep wist te ontworstelen, en wisten hem eindelijk in te sluiten toen hij aan zijn baleinen in een boom bleef hangen. Huckle tilde Polly moeiteloos op. Polly greep de paraplu en zwaaide er triomfantelijk mee toen Huckle haar en haar schat voorzichtig weer neerzette. Ze draaide zich naar hem toe en zag hoe de regendruppels van zijn lange wimpers rolden, die verrassend donker waren voor een man met zulk blond haar, hoe zijn blauwe ogen zich vernauwden en hoe zijn haar plat tegen zijn leeuwachtige hoofd zat geplakt. Ze bleef even in zijn omhelzing staan en bedacht opeens hoe makkelijk het zou zijn om haar hand naar zijn gezicht te brengen en...

Nee. Nee, dat kon niet. Ze had net iets dergelijks achter de rug. Had ze zojuist niet staan schreeuwen omdat ze zich zo vrij had gevoeld?

'Ik denk...' zei ze toen ze merkte hoeveel kouder het opeens was en ze begon te klappertanden, '... dat ik die paraplu tóch maar van je aanneem.'

Huckle maakte een hoffelijke buiging.

'Mevrouw, mag ik u naar huis vergezellen?'

'Nee,' zei Polly. 'Dan is het vloed als je straks terug wilt.' Ze draaide zich om en liep vrolijk richting Polbearne.

Huckle keek haar na. Toen zwiepte hij zijn haar uit zijn ogen en wandelde de andere kant op, richting het huisje.

20

Het was het lekkerste bad dat Polly ooit had genomen. Ze stookte de kachel op zodat het appartementje lekker warm zou worden en zette de boiler aan. Terwijl die opwarmde, vulde ze de grootste mok die ze kon vinden met thee en maakte ze het deeg voor de volgende ochtend. Ze gebruikte al het hete water uit het vat, liet het bad tot de rand vollopen, pakte het laatste beetje van het luxe badzout dat ze vorig jaar voor haar verjaardag had gekregen en gooide dat erin. Die verjaardag kon ze zich nog goed herinneren: ze waren met z'n allen naar een hip nieuw restaurant geweest dat een fortuin vroeg voor miniblokjes groente en ze was doodsbang geweest dat haar creditcard zou worden geweigerd, ook al hadden haar vrienden, aangevoerd door Kerensa, erop gestaan haar deel te betalen.

Uiteindelijk hing het hele appartement vol stoom en was het er warm en geurig. Hoewel het pas net middag was, voelde het als een winteravond; de dagjesmensen waren vandaag thuisgebleven. De storm was bizar snel opgerukt en als een razende over zee komen aanwaaien. De donder rommelde onheilspellend en de bliksem doorkliefde de woest kolkende lucht en viel af en toe samen met de lichtstraal van de vuurtoren, die al vroeg was aangezet. Polly lag heel lang met een boek in bad en trok toen ze weer helemaal warm was haar oudste, zachtste katoenen pyjama en een paar wollen sokken aan. Vervolgens ging ze bij het raam naar de storm zitten kijken.

Tot haar grote afschuw zag ze opeens Tarnies Landrover aankomen en de mannen uit de auto stappen. Ze maakten een ellendige, verslagen indruk, hun schouders hingen naar beneden. Ze konden met dit weer onmogelijk uitvaren. Dat kon echt niet.

Zonder nadenken schoot ze in haar oude regenjas, stormde

naar beneden en rende de aanzwellende wind in.

'Nee!' riep ze hard om boven de storm uit te komen. 'Dit is geen weer om te vissen.'

Toen Tarnie haar aankeek, herinnerde ze zich weer dat ze boos op hem was. Zijn priemende blauwe ogen stonden bedroefd.

'Hé, Polly,' mompelde hij en hij sloeg zijn blik neer.

'En?' antwoordde Polly.

'Ja, dat dacht ik al,' mompelde hij. 'En, eh, het spijt me.'

'Dat was echt heel gemeen,' zei ze zonder nog aan het weer te denken, al schreeuwde ze nog steeds. Ze had hem tot dusver weten te ontlopen, maar nu stond hij recht voor haar. 'Echt heel gemeen, weet je. Je hebt me gebruikt.'

'Dat weet ik,' zei Tarnie. Hij werd knalrood en schudde zijn hoofd. 'Dat was verkeerd. Het spijt me vreselijk.'

'Mijn hele leven was een grote puinhoop en vervolgens maakte jij alles nog een stukje erger. Waarom?'

Tarnie keek op. Zijn ogen staken blauw en helder af tegen de woeste grijze zee.

'Omdat ik je echt een heel leuke meid vond,' zei hij zachtjes.

Dat bracht Polly even van koers.

'Nou... dat maakt het niet minder gemeen.'

'Dat weet ik,' zei Tarnie. 'Het spijt me. Ik heb me afschuwelijk gedragen. Mijn vrouw en ik gingen door een moeilijke periode en ik was... ik was ontzettend eenzaam.' Weer dat woord.

'Nou, dat had je niet op mij mogen afreageren,' zei Polly streng.

'Nee.'

Tarnie krabde in zijn nek. De andere vissers keken toe. Het was niet makkelijk om in een dorp een geheim te bewaren.

'Kunnen we vrienden zijn?' vroeg hij uiteindelijk. 'Alsjeblieft? Zoals voor mijn stomme actie?'

Polly wachtte even voordat ze antwoord gaf.

'Nou, vooruit dan maar,' zei ze.

Tarnie stak zijn hand onhandig naar Polly uit, die hem schudde.

'Zoenen!' riep Jayden, maar Kendall sloeg direct een hand voor de mond van zijn vriend.

'Tja,' zei Polly. 'Ik heb vandaag niets te eten voor jullie.'

'Dat geeft niet,' zei Tarnie.

Een nieuwe donderslag liet de paarse hemel trillen.

'Niet te geloven dat jullie de zee op gaan,' zei Polly bewonderend.

'Ik haat dit werk,' zei Jayden.

'Moeten jullie echt uitvaren?' vroeg Polly. Ze keek verafschuwd naar de lucht. 'Het is echt noodweer.'

'Ik heb wel erger meegemaakt,' zei Tarnie. 'De storm kan mijn rug op.'

Polly keek hem aan. 'Het was wel heel brutaal om Jayden brood voor je te laten kopen.'

'Ja,' zei Tarnie. 'Maar kom op. Ik moet jou al missen; als ik het ook nog zonder je brood moet stellen, overleef ik het niet.'

'Beloof je je vanaf nu te gedragen?' vroeg ze.

Tarnie knikte driftig. Toen haalde hij een boek uit zijn achterzak: *Alice in Wonderland*.

'Bedankt voor het lenen,' zei hij. 'Ik heb het echt met plezier gelezen.'

'Mooi,' zei Polly en ze liet het boek in haar regenjas glijden. 'Ik kan nog steeds niet geloven dat jullie met dit weer gaan vissen.'

'Het is maar weer,' zei Archie, die de boot inlaadde. 'Wind en regen, meer niet.'

'Nou, wees voorzichtig.'

'Het is een moedig scheepje, het laat zich niet pakken,' zei Tarnie.

'Ha, even moedig als je vrouw dus,' riep Kendall. Alle jongens bulderden van het lachen. In eerste instantie negeerde Tarnie hen, maar toen hij openlijk begon te schelden, vertrok Polly weer.

Ze keek hoe de mannen zich in hun gele oliejassen hesen, hun netten vastklikten en de lier controleerden. Opeens leek hun enorme gele regenjas volkomen op zijn plaats. In de piepkleine kombuis had iemand al theewater opgezet.

'Goede reis,' zei ze zachtjes. Ze draaide zich om en vertrok opnieuw naar het bad, dat ze niet had laten leeglopen (ze wilde er wat kleding in wassen) en waarvan het water gelukkig nog warm was.

Die avond kon Polly zich nergens op concentreren. Ze kon alleen maar denken aan de kleine vloot die op de grote oceaan dobberde, de nietige bootjes onder de woeste hemel. Misschien lieten de vissen zich makkelijker vangen als het water zo kolkte en danste, misschien konden die dan ook niet slapen. Ze probeerde Kerensa en daarna haar moeder te bellen voor een geruststellend kletspraatje, maar had geen ontvangst – waarschijnlijk verstoorde de storm het signaal van de zendmasten – en uiteindelijk gaf ze het op.

Ze ging ervan uit dat ze op het gebruikelijke vroege tijdstip zou worden gewekt door de terugkerende boten en de busjes van de vishandelaren die over de kinderkopjes rammelden; ze hoefde bijna nooit haar wekker te zetten. Door de knetterende donderslagen en de ruwe zee sliep ze die nacht echter slecht. Een van de keren dat ze wakker werd zat ze zo verstrikt in haar dekens dat ze geen adem kreeg en ervan overtuigd was dat ze elk moment kon verdrinken. Ze voelde hoe de zee haar omlaagtrok en de boot boven haar bezweek, alles viel uiteen in donkerblauw en zwart en ze voelde de paniek en de worsteling. Ze baadde in het zweet, haar hart bonkte in haar borstkas en haar ogen schoten wijd open. De storm raasde nog altijd om het huis en ze schrok toen er iets tegen haar raam sloeg. Ze besefte geschrokken dat er een golf met ongelofelijke kracht vanachter de havenmuur tegen het raam op de eerste verdieping was geslagen, alsof een enorm wezen een handvol water had gepakt en het zo hard mogelijk op haar af had gesmeten. Het geluid was oorverdovend.

Nadat ze eindelijk was gekalmeerd viel ze weer in slaap en had ze een vredigere droom, gevuld met de sterke geur van bijen en een zacht gezoem. Toen ze wakker werd van haar telefoon, die door de steeds wegvallende ontvangst onophoudelijk trilde, dreven de grote wolken langzaam weg: de storm blies zichzelf uit. Ze besefte direct dat ze zich had verslapen en sprong uit bed.

Ze pakte haar telefoon: halfacht. Shit, shit, shít. De eerste broden hadden twee uur geleden al in de oven moeten zitten en ze moest over een halfuur al open. Ze had niet eens tijd om koffie te zetten; ze moest aan de slag, en snel. Ze schoot een T-shirt en een spijkerbroek aan en vloog naar beneden, waar ze de ovens op de hoogste stand zette, de steenoven opstookte (die liet ze 's nachts smeulen omdat het anders 's ochtends te lang zou duren voordat hij op temperatuur was) en de broden zonder de gebruikelijke zorg of precisie op de bakplaten smeet. Vandaag zou er niet veel te kiezen zijn.

Toen alle broden eindelijk in de oven zaten en ze net met de broodjes was begonnen, zag ze opeens aan de andere kant van de etalageruit een menigte mensen staan. Eerst dacht ze dat ze stonden te wachten tot de winkel openging, maar iedereen keek de andere kant op, in de richting van de zee. Niemand sprak of bewoog, behalve om in een telefoon te mompelen of ernaar te turen, alsof het ding antwoord op hun prangende vraag kon geven.

'Iedereen verzamelen!' hoorde ze.

Ze draaide het bordje van GESLOTEN naar OPEN, haalde de deur van het slot en liet het belletje rinkelen terwijl ze naar buiten stapte, waar ze een boosaardige grijze lucht en zware bewolking ontdekte. Geen wonder dat ze zich had verslapen; de zon was niet opgekomen.

'Wat is er aan de hand?' vroeg ze aan Patrick, die tijdens het uitlaten van zijn drie honden was blijven staan. Zodra ze zijn blik volgde, begreep ze het. Met uitzondering van de sloepjes van de zondagsvaarders en oude knarren was de haven uitgestorven.

'De vloot,' zei ze geschrokken en Patrick knikte toen ze een hand uitstak om steun te zoeken. 'Mijn god, waar is de vloot?'

'Dat hopen we hier te horen, Pol,' zei een van haar oudere vaste klanten. 'Blijkbaar liggen er een of twee boten bij Looe, waar ze vannacht aan land zijn weten te komen.'

Hij keek naar de nog altijd grijze lucht. Ook de wind trok nog

aan de bomen en het regende nog steeds.
'Die kunnen onderhand wel terugvaren, gok ik.'
Polly's hart klopte in haar keel.
'O god, maar Tarnie zei dat hij de storm voor zou blijven. Dat zei hij.'
Patrick raakte geruststellend haar arm aan.
'Hij is vast in orde. Waarschijnlijk is hij ergens aangespoeld en doet hij zich momenteel tegoed aan een groot *English breakfast*.'
'Bel hem,' zei Polly streng, maar Patrick schudde zijn hoofd.
'De zendmasten werken niet,' zei hij. 'Het was een bizarre storm. Niemand heeft ontvangst.'
Polly sloeg een hand voor haar mond. Ze draaide zich naar het deel van de havenmuur dat het dichtst bij de toegangsweg lag.
'Iedereen verzamelen!' hoorde ze een man in de verte nog een keer roepen. Meerdere mensen stormden naar de witte keet van de kustwacht en hesen zich onder het rennen in hun gele regenjas. Ze lieten de feloranje boot vanaf de trailer het ijskoude water in plonzen en sprongen aan boord.
'Waarom zijn ze nog niet uitgevaren?' vroeg Polly boos. 'Waarom gaan ze nu pas?'
Patrick keek haar ernstig aan.
'Ze zijn al drie keer weg geweest,' zei hij. 'Dit is de vierde zoektocht van vandaag. Ze komen terug zodra ze geen brandstof meer hebben of niet verder kunnen.'
'O god,' zei Polly. 'O god, sorry. Maar ze zijn nog niet gevonden?'
'Nee, nog niet,' zei Patrick grimmig.
Een van de tieners uit het dorp kwam aanrennen en riep: 'D'r ligt een wrak! D'r ligt een wrak bij Darkpoint Bay! En heel grote!'
Patrick verstijfde. 'O nee. Dan kunnen we heel wat volk verwachten.'
'Een van de vissersboten?' vroeg Polly met afgrijzen.
'Neuh, een megagroot vrachtschip! Vol met spullen en alles!'
Een aantal van de jonge mannen die na hun tocht op de reddingsboot vermoeid aan land waren gekomen, leken opeens een stuk wakkerder.

'Dat betekent politie,' waarschuwde Patrick. 'Jullie weten dondersgoed wat jullie te wachten staat als jullie dat schip plunderen.'

Polly volgde de anderen blindelings over de toegangsweg naar het hoogste punt van de landtong. In eerste instantie kreeg ze geen hoogte van de schaal van het hele gebeuren. Het leek net of er een wolkenkrabber vanuit de zee op het land was gevallen. Het schip lag deels op het strand en deels onder water en was onvoorstelbaar groot. De supertanker moest meer dan tweehonderd meter lang zijn en het was ontzettend vreemd om hem op zijn zij te zien liggen. Alle kisten dreven nu in de branding.

'Shit,' zei Patrick hard. 'O god, als er maar geen olie lekt.'

'Wat gebeurt er met de bemanning?' vroeg Polly zenuwachtig. Als ze haar oogleden tot spleetjes kneep kon ze net zes of zeven piepkleine, wild zwaaiende figuurtjes op de punt van de voorsteven zien zitten.

'Die krijgen ze wel van boord,' zei Patrick. 'Maar in de tussentijd...'

Polly keek hem aan. 'Kan ik iets doen? Als ik hier blijf staan wachten, word ik gek.'

'Natuurlijk,' zei Patrick. 'Jezus. Als er olie lekt...'

Polly kon het nauwelijks bevatten. Ze klauterde samen met de andere dorpelingen de klif af. Muriel van de supermarkt was er ook.

'Mijn hemel, die arme mannen,' zei ze. Ze keek om zich heen. 'Vroeger deden ze dit expres, weet je,' zei ze tegen Polly.

'Hoe bedoel je?'

'Strandrovers, weet je wel? Vroeger gebruikte men lampen om schepen naar de kust te lokken, waarna ze de bemanning doodden en de boten leeghaalden. Zo verdienden veel mensen hier hun geld.'

'Echt?' zei Polly. 'Geen wonder dat iedereen zo zenuwachtig doet.'

De echte uitdaging, zo zagen ze toen ze dichter bij het strand kwamen, bleek het evacueren van de mensen op het schip. Hoe dichter ze het schip naderden, hoe groter het leek. Al snel hoorden ze een helikopter van een nabijgelegen kustwachtcentrum langs de kust vliegen. De reddingsboot dobberde langs de onderzijde van het schip, dat vanaf daar vast veel weg had van een enorme rotswand.

'Ik vraag me af waar hij gaat landen,' zei Patrick, die naar de lucht keek. Maar de helikopter bleef boven het schip hangen, waarna er een man aan een touw naar beneden werd gelaten.

'Wauw,' zei Polly. De mannen op het gezonken schip zwaaiden opgewonden met hun armen. Een van hen lag stil en was duidelijk gewond.

'Weet je,' zei Patrick. 'Volgens mij snakt iedereen naar een kop thee en iets te eten. Zou jij misschien...'

'... de winkel kunnen openen?' zei Polly voordat hij zijn zin kon afmaken. 'Dat is geen slecht idee, hè? Waarschijnlijk ziet het hier straks zwart van de mensen.'

'Zeker als er olie lekt.'

'O god.'

De mannen op het wrak tilden hun gewonde collega in de draagband van de man uit de helikopter. Mensen filmden alles met hun telefoon. Polly wilde blijven kijken, maar Patrick had gelijk: iedereen zou thee willen, de media waren onderweg en ze had brood in de oven zitten. Ze draaide zich om en vertrok.

Nu ze terug naar de winkel moest, miste ze alle opwinding, maar het had ook voordelen: ze had het direct zo druk dat ze nauwelijks tijd had om aan Tarnie en de vermiste jongens te denken. Waar zaten ze? De zee was kalmer, als ze wilden terugkomen zou dat hun lukken. Waren ze op drift geraakt? Waarom had niemand ze nog gevonden? Iedereen was naar hen op zoek, dat had ze gehoord op de radio. Volgens de presentator was de storm ongekend hevig geweest, veel erger dan voorspeld. Iedereen wilde dat de meteorologische dienst zich zou verantwoorden en was bang voor de reactie van de verzekeringsmaatschappijen.

Polly vulde een oude theepot die ze achter in de winkel had

gevonden en Muriel bracht vier dozen stoffige, onverkochte theepotjes met Mount Polbearne erop, een heleboel plastic bekertjes en wat melk uit de supermarkt. Ze sjouwden de tafel naar beneden, zetten hem voor de bakkerij en deelden thee en brood uit aan iedereen die wilde. De jongens die hadden meegevaren op de reddingsboot waren bij terugkomst verkleumd, rillerig en wanhopig; het gebied werd afgezocht door helikopters, maar de visgronden lagen ver uit elkaar. De toegangsweg was nauwelijks begaanbaar, maar toch verschenen hier en daar al televisieploegen. Die namen de lange route met de boot of reden met hun SUV's door het water, hoewel dat heel gevaarlijk was. De storm had flink huisgehouden, maar omdat Polbearne in het epicentrum had gelegen, waren het dorp en diens mannen het zwaarst getroffen.

Om elf uur kwam er eindelijk goed nieuws: *Free Bird*, een van de schepen die bij de vloot hoorde, had zijn noodsignaal laten afgaan, waardoor de reddingswerkers wisten waar ze naartoe moesten. De boot was meer dan dertig kilometer van zijn gebruikelijke visgebied vandaan geblazen; de elektronische apparatuur was kapot, de mast was gebroken en alle netten waren verdwenen. Niemand op de boot had *de Trochilus* of de twee andere boten gezien.

Free Bird werd naar de kust gesleept en werd in de haven onthaald door een grote menigte. De kinderen in de armen van huilende vrouwen begrepen niet precies wat er aan de hand was, maar genoten van de gratis broodjes en knuffels. Polly keek op van het eten dat ze uitdeelde – ze had nog meer broden gebakken, en een heleboel broodjes; de kosten zou ze later met mevrouw Manse moeten verrekenen, maar ze wist niet wat ze anders moest doen – en pakte voor de miljoenste keer haar telefoon om te zien of ze alweer ontvangst had. O god. Officieel was het zomer, maar het diepe zeewater was ijskoud, koud genoeg om iemand te kunnen doden. Geschrokken dacht ze aan haar droom van de afgelopen nacht waarin ze de diepte in was getrokken en alles langzaam zwart was geworden. Haar handen trilden. Het kon onmogelijk een visioen zijn geweest, toch? Ze geloofde niet in dat soort dingen.

De dag duurde eindeloos lang. Om twee uur vonden reddingswerkers het reddingsvlot – een soort opblaasboot – van *de Lark* met alle vijf bemanningsleden erop. Het ding dobberde richting Devon, maar de boot zelf was naar de zeebodem gezonken; de mannen hadden net op tijd van boord kunnen komen. De politie van Devon reed hen terug naar Polbearne, waar de trillende, stille, bleke mannen werden begroet door hun gezinnen. Hetzelfde gold voor *de Wiverton*, wier noodbaken klem was komen te zitten en niet had gewerkt. Een oplettende helikopter had het fluorescerend gele ding in het water zien dobberen en de mannen naar de veiligheid gehesen.

'Hé!'

Polly keek vermoeid op. Ze had de hele dag brood gebakken en eten uitgedeeld en wachtte wanhopig op nieuws. Dit was de laatste persoon die ze hier had verwacht.

'Wat doe jíj hier?'

Kerensa trok een onschuldig gezicht. 'Grapje, zeker. Je struikelt hier over de razendknappe helikopterpiloten.'

Ze liep naar Polly.

'Gaat het?'

Polly haalde haar schouders op. 'Een van de boten is nog niet terug.'

'De boot van die sexy baardmans?'

Polly slikte en knikte. Verschillende dorpelingen kwamen naar haar toe om haar een schouderklopje te geven en haar te bedanken voor haar bijdrage.

'Schuif eens op,' zei Kerensa en ze begon broodjes te smeren. 'Niet te geloven dat je hier niets voor vraagt. Zo wordt je bakkerij natuurlijk nooit een succes. Sterker nog, je zou die pottenkijkers het driedubbele moeten rekenen.'

Polly keek haar aan.

'Rustig maar, het was maar een idee.'

Een forse gestalte met een groot dienblad kwam traag op hen aflopen. Polly kneep haar ogen dicht tegen het waterige zonnetje.

'Wie is dat?' vroeg Kerensa. 'O, is dat die oude heks?'

'Sst,' zei Polly toen mevrouw Manse binnen gehoorsafstand kwam. Ze bekeek waar Polly mee bezig was en snoof. Polly beet op haar lip en was bang dat ze een uitbrander zou krijgen. Dit had ze tenslotte niet zomaar mogen doen, dit soort besluiten mocht ze helemaal niet nemen. Mevrouw Manse bekeek het provisorische kraampje en de menigte eromheen – ze waren een soort centraal punt geworden – en schraapte boos haar keel. Toen zette ze het dienblad met een klap neer. Daarop lag haar dagvoorraad roomhoorntjes en petitfourtjes.

'Dat blad wil ik morgen terug hebben,' was het enige wat ze zei voordat ze zich omdraaide en de straat weer uit beende.

'Goh, wie had dat gedacht,' zei Kerensa en Polly begon de gebakjes uit te delen aan hongerige bemanningsleden en kinderen die langs hun kraampje liepen.

Toen de avond viel en de reddingsboot voor de zesde keer met lege handen terugkwam, werd Polly opnieuw ongerust. Overdag, toen de andere boten waren teruggevonden en de bemanningsleden slechts een paar gekneusde ribben, een enkele gebroken pols, hier en daar een snijwond of blauwe plek en lichte onderkoelingsverschijnselen bleken te hebben, was ze steeds iets hoopvoller geworden, tot Tarnie en zijn jongens voor haar gevoel elk moment vol verhalen over hun avontuur uit een politiewagen konden stappen.

Maar het werd laat. De geredde vissers die zich hadden weten los te scheuren van hun gezin zaten in de pub, waar de rest van de dorpelingen en de media naar hun verhalen luisterden. Die zouden ongetwijfeld naarmate de avond vorderde en er meer zou worden gedronken steeds spannender worden.

Toen Polly de kraam sloot en begon op te ruimen was er geen theezakje, melk of broodje meer over.

'Kom,' zei Kerensa. 'Laten we een stukje gaan wandelen. Ik wil dat scheepswrak ook wel eens zien.'

'De tanker?'

'Uhu.'

'Je wilt een schip op zijn zij zien liggen?'

'Nu je het zo stelt... ja.'

Polly had geen zin om naar de pub te gaan en te luisteren hoe anderen hadden geflirt met de dood, om duizend keer te worden gevraagd of ze al iets had gehoord, want aangezien iedereen afwist van haar en Tarnie zouden ze natuurlijk denken dat zij meer zou weten... Nee, ze kon niet naar de pub.

'Oké,' zei ze.

De lucht had onderhand een zachte, gouden gloed. De zee kwam langzaam tot bedaren. Het was bijna niet voor te stellen dat het nog maar een paar uur geleden zo hevig had gestormd. Toen Polly in Plymouth woonde, had ze nauwelijks op het weer gelet. Het was nat of droog, punt. Maar hier woonde ze zo dicht bij de dunne grens tussen land en zee. De zee bepaalde alles; of ze over de toegangsweg konden, of de mannen konden werken, zelfs of ze haar huis uit kon. Ze zat verweven in het leven van alle eilandbewoners. Terwijl zij en Kerensa zwijgend door de duinen liepen, begreep ze eindelijk wat het betekende om de zee door je aderen te hebben stromen.

Aan de andere kant van de landtong krioelde het nog steeds van de mensen; het was de grootste menigte die Polly in maanden had gezien. De politie was bezig met een afzetting. Polly begreep niet waarom, tot Kerensa haar erop wees dat ze zo probeerden te voorkomen dat het schip werd geplunderd.

'Maar het ligt allemaal toch al in het water, wat maakt het dan uit dat ze het meenemen?'

'Omdat ze dan gaan vechten en stelen en ook de volgende boot die aan de horizon verschijnt tot zinken brengen?' opperde de pragmatische Kerensa.

'Dat zouden ze nooit doen,' zei Polly, maar een aantal tieners op het strand keken verlekkerd naar het schip en leken de politie praktisch uit te dagen ze erbij te laten. Gelukkig zagen ze nergens olie.

'Wat zijn dat?' vroeg ze en ze wees naar voorwerpen die om het schip dreven en er in vergelijking met het dreigende, onheilspellende silhouet piepklein uitzagen.

'Geen idee,' zei Kerensa. 'Kom, laten we gaan kijken.'

Ze strompelden het duin af, maar een politieagent op het strand droeg hun op terug te gaan. Net toen ze zich wilden omdraaien, klonk er opeens een hard geluid en stoof er een idioot opzichtige boot met een lange neus in beeld. Het ding was van lichtbruin hout en leek uit de jaren vijftig te komen, maar schoot desondanks pijlsnel door het water. Op de lage achtersteven bevond zich een zitje met luxe, leren banken. De boot maakte recht voor hun neus een theatrale bocht, waardoor er een enorme straal water omhoogspoot.

'Hallo, agent?' zei een stem. 'We komen deze jongedames ophalen.'

'Jongedames?' zei Polly.

Kerensa was al naar voren gerend om te kijken. In de prachtige boot zaten Reuben, die het ding bestuurde, en Huckle.

De agent gebaarde dat de meisjes verder mochten.

'Niet op het wrak klimmen,' riep hij. Daar cirkelden sowieso oranje patrouilleboten en witte politieboten omheen om de jutters op afstand te houden.

'Ik koop het wel gewoon,' zei Reuben boos terwijl hij achteruit naar het strand voer zodat de meisjes aan boord konden komen. Huckle stak een hand uit om hen te helpen.

'Geinig dingetje,' zei Kerensa en ze keek goedkeurend naar het walnoothouten interieur.

'Dit is mijn *Riva*,' zei Reuben. 'Deze boot kostte achthonderdduizend dollar en is een van de kleinste uit mijn collectie.'

'Bij nader inzien vind ik hem afschuwelijk,' zei Kerensa en ze draaide zich minachtend van hem af.

'Hé,' zei Huckle vriendelijk tegen Polly. Hij vond dat ze er slecht uitzag; haar blik was leeg, zonder een spoortje vreugde of een warme glans. 'Hoe gaat het met je?'

'Ben je naar ze op zoek geweest?' vroeg Polly gehaast.

'Nee,' zei Reuben. 'Dit leek ons gewoon een verdomd mooie dag voor een pleziertochtje.'

'Negeer hem,' zei Huckle en hij legde een hand op haar arm. 'Natuurlijk hebben we naar ze gezocht.'

Polly schudde haar hoofd. 'Ik kon je niet bereiken. Waar zijn ze? Waarom kan niemand ze vinden?'

'Omdat ze ergens als haaienvoer op de bodem van de zee liggen?' antwoordde Reuben. Hij startte de boot.

'Bek dicht, botterik,' zei Kerensa.

Reuben keek haar aan.

'Ik vind je erg aantrekkelijk,' zei hij hard en zonder enige vorm van schaamte. 'Wat voor dure cadeaus krijg je graag?'

Kerensa negeerde hem en ging zo ver mogelijk bij hem vandaan zitten. Traag voeren ze de zee op. In eerste instantie begreep Polly niet waarom ze zo langzaam gingen. Toen zag ze dat de boot zich ergens een weg doorheen moest banen. Eigenaardig genoeg was het hele wateroppervlak bedekt met...

'Zijn dat...' zei ze gealarmeerd.

Huckle keek haar aan en glimlachte even. 'Ja. Waarschijnlijk zijn de rest van de spullen gezonken. Maar...'

Het water onder de langzaam roze kleurende lucht was zo ver ze konden kijken bedekt met duizenden en duizenden gele badeendjes – te veel om te tellen. Sommige hadden een snor, andere droegen een roze hoedje, weer andere waren verkleed als golfer of duiveltje of droegen een politiehelm, maar het waren allemaal gele badeendjes.

'Die moeten in een van de kisten hebben gezeten,' zei Huckle. 'En eruit zijn gesprongen.'

'De eendjes zijn ontsnápt?'

'Soort van.'

'Kijk ze nou!' zei Kerensa. 'Eindelijk vrij!'

'Voor Toyota is het minder tof,' zei Huckle. 'Ik las op internet dat het schip een enorme lading auto's van dat merk vervoerde. Die zullen het wel niet meer doen.'

Ze keken allemaal naar het water en vroegen zich huiverend

af waar de boot allemaal overheen voer.

'Ik ga hier een duikschool openen,' zei Reuben opeens. 'Dat wordt de beste duikschool ter wereld. Dan kunnen de duikers doen alsof ze onderwaterauto's besturen.'

'Wat een kutidee,' zei Kerensa.

'Sst,' zei Huckle. Polly zei helemaal niets.

Ze baanden zich een weg door het veld dobberende gele badeendjes en zodra ze voorbij de landtong waren, hapte Polly naar adem.

Het leek wel een zeilwedstrijd. Overal langs de horizon, zo ver je kon kijken, voeren boten. Piepkleine roeibootjes, grote wedstrijdboten, dikke plezierjachten, feloranje reddingsboten, kleine zwarte tenders. Alle boten zochten op het water naar een teken, naar een aanwijzing, naar de vermiste vissers.

'Mijn god,' zei Polly.

De Riva voegde zich bij de andere boten en voer langs het eilandje – waar Polly nauwelijks naar kon kijken – richting het hoofdkanaal, waar ze moesten oppassen voor veerboten. Ze zwaaiden naar de passerende boten maar tuurden voornamelijk naar het water, op zoek naar een spoor van de boot – een reddingsvest, een stuk stof, een drijvende radio, een stuk mast – of een aanwijzing die hen naar haar locatie zou leiden.

In Polly's herinnering had hun tocht dagen geduurd, al was het in werkelijkheid maar een paar uur. Met één hand in het water – dat ondanks de ondergaande zon nog steeds warm was – keek ze wanhopig naar de horizon en staarde ze ingespannen naar de golven, alsof ze zo zou kunnen zien wat eronder zat. Vervolgens draaide Reuben de gaskraan open en schoten ze naar een ander stuk zee, dat ze eveneens afspeurden, waarna ze weer verder voeren...

Polly kon niet geloven dat Tarnie – de harde, stoere Tarnie, die diep vanbinnen zo gevoelig was – weg was. Hij was de beste kapitein van de vloot, dat vonden de anderen ook. Hij was ongelofelijk sterk. Hij zou hun niets laten overkomen. En Jayden, het brutale joch dat een hekel aan vissen had, en de kleine Kendall.

Maar ze waren hun hele leven voorbereid op het vak, hadden zout water door hun aderen stromen. Ze moesten wel terugkomen, dacht ze vastberaden. Dat moest gewoon.

Ze wreef in haar ogen en richtte haar blik weer op de horizon. Ze kneep haar ogen zo stijf dicht tegen de zon dat ze nauwelijks nog iets zag.

'Schat. Rimpels,' zei Kerensa en ze wreef over Polly's rug. Ze zag dat Polly radeloos was; haar vriendin maakte zich duidelijk vreselijk zorgen om de jonge mannen die ze had leren kennen en was ontzettend geschrokken door de ramp.

Polly keek haar niet-begrijpend aan.

'Niet knijpen,' zei Kerensa.

Ze riep naar voren.

'Wij meisjes zoeken met de zon mee, kijken jullie mannen er maar tegenin. Bij jullie staan kraaienpootjes charmant.'

'Bij mij staat alles charmant,' zei Reuben, die een felgekleurde, dure Oakley-zonnebril droeg.

'Dat zeggen je vriendinnetjes zeker,' zei Kerensa.

'Ja,' antwoordde Reuben. 'En die zijn allemaal model, dus zij hebben er verstand van.'

'Precies,' zei Kerensa. 'Want die dragen plastic zakjes om hun voeten en een zwaan op hun hoofd als ze stijf van de coke aan het feesten zijn.'

Reuben trok een pruillip. 'Voor dat soort feestjes word jij duidelijk nooit uitgenodigd.'

Kerensa keek Polly even aan, maar die was met haar gedachten heel ergens anders en leek niets mee te krijgen van het gesprek. Huckle sloeg haar bezorgd gade. Hij wilde een arm om haar schouders leggen: ze leek verkleumd en de golven werden hoger. Het was een stuk kouder nu de zon niet meer scheen. Maar hij wilde geen tegenstrijdige signalen afgeven, wilde haar niet laten schrikken. In plaats daarvan raakte hij voorzichtig haar haar aan.

'Hé,' zei hij.

Ze keek hem aan, haar ogen gevuld met nieuwe tranen.

'We moeten ze vinden,' zei ze.

'We doen wat we kunnen,' herinnerde Huckle haar.

Reuben had een tot de rand gevulde picknickmand met gekoelde champagne, verse kreeft en broodjes zalm meegebracht, maar niemand had honger. In plaats van te eten bleven ze varen tot het bijna helemaal donker was en de hemel een diepe, donkerblauwe kleur had gekregen. De zee werd ruwer en een man in een helikopter riep met een megafoon dat ze naar huis moesten en dat de zoektocht zou worden voortgezet door de reddingsdienst.

'We kunnen ze niet nog een nacht laten ronddobberen,' zei Polly klappertandend.

'We hebben geen keus,' zei Huckle. 'Anders moet de reddingsdienst straks op zoek naar twee vermiste boten.'

Hij deed zijn jas uit en sloeg hem om haar schouders. Dat merkte ze niet. Hij keek naar Kerensa.

'Ik maak me zorgen om haar,' zei hij.

'Ik breng haar naar huis,' zei Kerensa en ze trok Polly tegen zich aan.

Dat had Huckle liever zelf gedaan; hij wilde niet dat Kerensa haar dronken zou voeren en ze zich nog rotter zou voelen, maar hij hield zijn mond. Een van Reubens auto's stond bij de kust op het vasteland en morgen zouden ze opnieuw uitvaren.

In de haven was het nog altijd een drukte van belang: de politie, de pers, mensen die hun boot schoonspoelden, iedereen vroeg elkaar of er al meer bekend was. Kerensa joeg Polly naar boven, liet haar een warm bad nemen en maakte een tosti voor haar, waar Polly geen hap van nam. Toen stelde de uitgeputte Kerensa voor om te gaan slapen – het was na tienen – maar dat wilde Polly niet. Ze stond haar bed af aan Kerensa, ging met haar telefoon bij het raam in de woonkamer zitten en googelde eindeloos naar nieuws en speurde Twitter af voor updates. Een hele tijd later viel de menigte uiteen en doofden de lichtjes langs de haven. Ze was doodmoe, maar als ze haar ogen sloot zag ze Tarnies hoekige, ernstige gezicht, zijn felblauwe ogen, de vrolijke jongens van zijn boot, hoorde ze hem vertellen over de rust die hij alleen voelde als hij op zee onder de sterren was.

'Alsjeblieft,' zei ze. 'Alsjeblieft.'

Ze moest op haar stoel in slaap zijn gevallen, want toen ze haar ogen weer opende, stonden de sterren ergens anders en maakte de wereld een gedempte indruk. Ze stond op en keek uit het raam. Op de havenmuur stond een vertrouwd silhouet.

Polly pakte bijna slaapwandelend een deken van de bank en liep naar de deur.

Buiten bleek de maan meer licht te geven dan ze dacht, waardoor ze redelijk veel kon zien. Opnieuw sloegen de hoge golven tegen de havenmuur, al ging de zee minder hevig tekeer dan de vorige nacht. Maar het was koud; ze sloeg de geruite deken om haar hoofd en schouders en probeerde niet te bedenken hoe guur het op zee moest zijn.

Ze liep naar de gedaante toe. Mevrouw Manse stond zoals gewoonlijk als een soort standbeeld op de muur. Polly slikte en ging zwijgend naast haar staan.

Nadat Polly vijf minuten naar de horizon had getuurd en op de lichtbundel van de vuurtoren had gewacht, merkte ze dat ze begon te klappertanden.

'Dit is ons leven,' hoorde ze opeens naast zich. Mevrouw Manse klonk minder pinnig en boos dan anders. Haar toon was gelaten, verdrietig, ernstig. 'Dit. We staan en we wachten. Wij vrouwen. Dit is wat we doen.'

Polly keek haar aan.

'Helpt het?'

Mevrouw Manse haalde haar schouders op. 'We krijgen ze er niet mee terug.'

Polly knikte. 'Maar u blijft toch hopen?'

Mevrouw Manse was lange tijd stil. Opnieuw zwaaide het licht van de vuurtoren voorbij. Uiteindelijk gaf ze antwoord.

'Ik weet gewoon niet wat ik anders moet doen,' zei ze.

Polly beet op haar lip.

'Ik heb altijd gedacht,' zei mevrouw Manse zachtjes, 'dat hij uitgerekend zou thuiskomen op die éne nacht dat ik er niet stond... dat hij met zijn laatste krachten tegen de havenmuur op zou klimmen... en het hem zonder mijn hulp niet zou lukken om boven te komen.'

Polly begreep precies wat de vrouw bedoelde.

Plotseling draaide mevrouw Manse zich om. Haar grote, onbeweeglijke lichaam was ongevoelig voor de wind.

'Alsjeblieft,' zei ze op dringendere toon. 'Ga naar huis. Word niet zoals ik.'

'Maar ik moet op hen wachten,' zei Polly.

Mevrouw Manse schudde haar hoofd. 'Niet op deze manier,' zei ze. Ze klonk wanhopig. 'Alsjeblieft. Niet op deze manier. Doe dit jezelf niet aan.'

Polly trok de deken dichter om zich heen.

'Ik kan nergens anders aan denken.'

'Maar met wensen bereik je niets,' zei mevrouw Manse boos. 'Snap je dat dan niet? Met wensen bereik je niets.' Ze keek Polly recht aan. 'Alsjeblieft,' zei ze smekend. 'Ga naar huis.'

Polly keek een laatste keer naar de horizon in de verte. Haar hoofd voelde donzig, alsof het vol watten zat.

'Alsjeblieft,' zei mevrouw Manse. 'Niet doen. Word niet zoals ik.'

Polly keek naar de oude vrouw, die nu stond te trillen en wanhopig graag wilde ontsnappen aan het leven waarin ze gevangenzat, maar gewoonweg niet wist hoe. Polly leek opeens te ontwaken. Wat was ze aan het doen? Hier schoot Tarnie niets mee op, hier schoot niemand iets mee op.

'Kunt u... Wilt u mee naar boven?' vroeg ze. 'Voor een kop thee?'

'Ik kan hier niet weg,' zei mevrouw Manse en ze schudde haar hoofd. 'Maar jij wel. Alsjeblieft. Ga. Ga nu je nog kunt.'

'Ik kan u hier niet laten staan.'

'Je zult wel moeten,' zei mevrouw Manse. 'Het geeft niet. Ik weet wat ik doe.' Terwijl ze naar de donkere horizon bleef kijken schonk ze Polly een dapper glimlachje.

Zonder nadenken sloeg Polly haar armen om mevrouw Manse heen, trok de vrouw stevig tegen zich aan en duwde haar lippen tegen haar rimpelige wang.

21

Terug in het appartement ging Polly weer in haar stoel zitten om op te warmen onder de deken. God, waar waren ze? Ergens geloofde ze niet dat ze nog zo'n nacht zouden overleven. Ze probeerde zich voor te stellen dat ze dood waren en al hun energie en zorgen waren opgelost in het niets. Het idee dat ze waren weggevaagd was vreemd, schokkend. Ze woonde hier amper vier maanden, maar ze waren nu al onderdeel van haar leven.

Rond vijven moest ze weer in slaap zijn gevallen, want toen ze wakker werd van een keihard geluid kwam er licht door de ramen.

Polly hoorde een bonk. En toen nog een. Ze sprong op. Wat was dat? Wat gebeurde er? In eerste instantie dacht ze dat het grote schip in zee uit elkaar viel, dat de golven het aan stukken sloegen. Maar het geluid kwam van dichterbij. Toen dacht ze dat de vissers waren thuisgekomen en zoveel honger hadden dat ze probeerden in te breken in de winkel. Of, zo opperde een duisterder kant van haar, de mannen waren verdronken en bonsden nu op haar raam...

De adrenaline gierde door haar lijf en haar ogen schoten open van paniek en angst.

Door het ochtendlicht dat de kamer binnen stroomde zag ze niet direct scherp. Opnieuw klonk er een bons. Toen ze naar het raam keek hapte ze naar adem.

Buiten deed een zwart vogeltje met een grote oranje snavel verwoede pogingen haar aandacht te trekken.

Ze rende naar het raam om het te openen. Nee. Dat kon niet. Maar daar hing het, aan zijn pootje, vies en tijdens zijn zichtbaar lange reis besmeurd met god weet wat: een plastic clipje met HUCKLES HONING erop.

'Neil!' gilde ze toen het raam openschoot en het papegaaiduikertje zich in haar armen wierp. 'Neil!'

De vogel piepte en sloeg vrolijk met zijn vleugels. Polly overlaadde hem met kussen. Ze huilde tegen zijn met veren bedekte kopje, dat een beetje naar olie en vis rook, de heerlijkste geur ooit. Hoewel ze hem redelijk lang mocht knuffelen en hij wild met de zijkant van zijn kopje langs een van haar vingers wreef, schoten zijn ogen door de kamer.

'Heb je honger?' zei Polly toen ze dat besefte. 'Natuurlijk heb je honger. Je hebt héél ver gevlogen. Kom mee.'

Haar onaangeraakte avondeten lag boven op al het andere afval in de prullenbak, dus ze viste de tosti uit de bak en legde hem op een bord. Neil piepte vrolijk en stortte zich op het eten. Toen hij er genoeg van had en wat water van een schoteltje had gedronken, vloog hij vrolijk door de kamer, alsof hij zijn territorium inspecteerde. Af en toe kwam hij terug om in de kruimels van de tosti te pikken.

'Ik ben zo blij dat je er weer bent,' zei Polly. Toen hij als een papegaai vrolijk op haar schouder ging zitten, kon ze niet meer stoppen met grijnzen. 'Je bent mager geworden.'

Ze kriebelde hem op zijn buik.

'Niet genoeg koolhydraten. Te veel zeewier en vis. Dat mag dan wel beter voor je hersenen zijn, maar toch ben je teruggekomen, hè?'

Kerensa verscheen gapend in de deuropening.

'Praat je nou tegen een vogel?' zei ze. 'Of droom ik nog?'

'Niet zomaar een vogel,' zei Polly. 'Kijk! Het is míjn vogel! Hij is heel Cornwall over gevlogen en teruggekomen! Dat is hem gewoon gelukt! Neil, je bent fantastisch.' Ze overlaadde hem met kussen.

'Eh, oké,' zei Kerensa, die een beetje gruwelde. Ze keek de kamer rond. 'Is er al nieuws?'

Polly pakte haar telefoon.

'Geen berichten,' zei ze. 'Ik heb weer ontvangst. Maar ik heb geen...'

Al haar vreugde over Neils terugkeer verdween als sneeuw

voor de zon. Polly zonk ineen. 'Shít, Kerensa. Shit.'

'Ik zet de waterkoker aan,' zei Kerensa snel. 'Een kop thee. En iets te eten.'

Polly liet zich weer in haar stoel zakken terwijl Neil over haar heen hupte en bezorgde geluidjes maakte. Toen Kerensa de waterkoker aanzette, hoorden ze iets. Het geluid klonk onbekend en kwam van buiten.

'Wat is dat?'

Het waren de klokken van de oude, vervallen kerk. Dat was het enige deel van het bouwwerk dat nog overeind stond. Het geluid was anders dan op zondag, als hij werd geluid om toeristen naar het eeuwenoude gebedshuis te lokken, dat volgens sommigen nog ouder was dan het christendom zelf. Het waren ook geen huwelijksklokken, of vrolijke, opgewekte paasklokken. Dit was een laag, monotoon geluid, bong, bong, bong. Het klonk mistroostig en droef.

'Wat is dát?' herhaalde Kerensa, die de thee vergat. Ze trokken hun kleren aan – Polly kon zich niet herinneren Kerensa ooit met zo'n verwilderde haardos te hebben gezien – en renden naar beneden. Neil kwam mee in Polly's armen.

Ook alle andere dorpelingen liepen in hun ogen wrijvend door de haven. Sommige waren nog in pyjama, andere schoten net een trui aan die niet bij hun broek paste. Het was iets na zes uur 's ochtends.

Eerst was er niets te zien. Toen verscheen er een piepklein zwart vlekje aan de horizon. Het vlekje kwam steeds sneller op hen af en uiteindelijk zagen ze wat het was.

'Allemachtig,' mompelde Polly.

De menigte begon te mompelen.

De boot zwenkte over het water, dat net begon te glanzen in het zonlicht.

'Het lijkt wel... het lijkt wel alsof ze een show opvoeren,' zei Kerensa. 'Hm.'

En ja hoor, toen de boot dichterbij kwam, zagen ze dat het *de Riva* was.

‘Maar die is gisteravond teruggekomen,’ zei Polly.

‘Nee,’ zei iemand die het blijkbaar had gezien. ‘Nadat ze jullie hebben afgezet zijn ze weer uitgevaren.’

‘In het donker?’

Als antwoord maakte *de Riva* een bocht en zagen de meiden een flits van de enorme schijnwerper die achter op de boot was bevestigd.

De boot wierp hoge waterpluimen op en kwam steeds dichterbij. Uiteindelijk kwam hij onder begeleiding van het zware, gewichtige geluid van de bel soepel en theatraal tot stilstand voor de havenmuur. Reuben zwaaide hen vanaf de bestuurdersplaats vrolijk toe, maar Polly, en alle anderen, telden razendsnel het aantal mensen achterin.

Als je Huckles blonde hoofd niet meerekende, zaten er vier passagiers.

Vier.

Maar de vissersboot die twee nachten geleden uit de haven van Polbearne was vertrokken had vijf bemanningsleden gehad.

22

Iedereen bij de havenmuur bewoog als één man zwijgend naar voren. Het hele dorp was aanwezig. Er stonden twee ambulances te wachten. De eerste die de boot verliet was Huckle. Hij maakte een vermoeide maar tevreden indruk en stak zijn arm uit om de andere mannen de pier op te helpen.

Daarna kwam Archie, de vriendelijke eerste stuurman. Zijn grauwe, bleke gezicht stond somber en zijn ogen dansten door de haven alsof hij niet wist waar hij was. De ambulancebroeders renden met zilveren reddingsdekens op hem af. Toen hij traag over de pier hinkte, begon iedereen te klappen. Iemand schoot naar voren om hem een kop thee in zijn hand te drukken en een ander gaf hem een slok whisky.

De volgende was Kendall, die er onder zijn grote gele zuidwester nog jonger uitzag dan anders. Zijn moeder kwam op haar pantoffels schreeuwend en gillend aangestormd over de kinderkopjes en zijn vier broers – die al eerder veilig waren teruggekeerd – slaakten vrolijke kreten. Polly kon niet over de menigte heen kijken en hoewel Neil naar iedereen pikte lukte het haar niet naar voren te dringen om te kunnen zien wat er gebeurde. Haar hart bonsde hevig in haar keel en ze haalde schokkerig adem terwijl ze haar best deed iets te zien.

Vervolgens kwam John, en toen zijn twee jonge kinderen op hem af renden terwijl ze 'Papa! Papa!' schreeuwden, hapte iedereen tegelijkertijd naar adem. Hoewel hij wankelde op zijn benen, knielde hij neer en liet hij hen in zijn armen vliegen. Polly keek over alle hoofden heen en spotte mevrouw Manse, die helemaal achter in de menigte stond. Haar gezicht was even uitdrukkingsloos als altijd.

De laatste die van de boot kwam, gelegen op een stretcher

die door twee ambulancebroeders naar de pier werd getild, was Jayden. Hij zag er lijkbleek en uitgeput uit en een van zijn benen lag in een vreemde hoek onder de deken. Hij was nauwelijks bij bewustzijn.

Toen was de boot leeg.

Zonder nadenken stormde Polly door de menigte naar de pier om het met eigen ogen te zien, om het te controleren, maar ze werd hardhandig onderschept door de enorme berenarmen van Huckle, die haar niet meer losliet.

'Wat?' zei ze. Ze probeerde zich even los te worstelen, maar Huckle was zo groot en sterk dat ze weinig tegen hem kon beginnen. Hij draaide haar tegen zich aan en fluisterde in haar oor. 'Rustig maar. Rustig.'

Polly bleef spartelen, maar toen ze haar hoofd draaide, begreep ze het. Een kleine roodharige vrouw stond dubbelgeklapt van verdriet te jammeren naast de lege boot. Polly wist direct wie ze was.

'Mijn god,' zei Polly. 'Mijn god.'

'We gaan door,' zei Huckle vastberaden. Werkelijk elke rimpel in zijn gezicht straalde vermoeidheid uit. De reddingsboot aan de aanlegsteiger startte inderdaad opnieuw zijn motor. Polly keek echter met tranen in haar ogen naar de teruggekomen vissers die samen met hun gezinnen, hun vrienden en enkele verslaggevers in een kluitje bij elkaar stonden. Hun eerste opwinding vanwege hun thuiskomst was verflauwd en hun gezichten stonden grimmig. Polly vond dat ze niet van een afstandje kon blijven toekijken en gebaarde naar Huckle. Samen wankelden ze naar de vissers.

Kendall was aan het woord. Zijn jonge gezicht was tien jaar ouder geworden. Iemand ondersteunde Tarnies... Polly kon de vrouw niet als zijn weduwe zien; ze kon überhaupt nauwelijks aan haar denken. Haar ingewanden waren veranderd in ijswater; erger, afschuwelijker nieuws had ze zich niet kunnen voorstellen.

Kendall werd gefilmd door de televisiecamera's, maar door zijn verdriet was zijn verhaal onbegrijpelijk.

'Hij wilde niet... Hij kon niet... Hij moest en zou Jayden in de boot krijgen, hij wilde hem niet... Alles was...' Kendall begon te huilen. Pas toen Polly en Kerensa weer in de flat waren en zwijgend naar de lege haven, de rondslenterende journalisten en de verwarde toeristen keken, wisten ze het verhaal met behulp van de kranten bij elkaar te puzzelen.

Toen de mast van *de Trochilus* tijdens het hoogtepunt van de storm was geknakt hadden ze geweten dat ze in een hopeloze situatie waren beland. De storm was veel erger geweest dan voorspeld; sterker nog, het had de afgelopen dertig jaar niet zo hevig gestormd en het verschil tussen de hoge- en lagedrukgebieden, die met enorme snelheid tegen elkaar op waren gebotst, was rampzalig groot geweest. Polly zag in gedachten hoe het bootje als wrakhout over golven van meer dan drie verdiepingen hoog werd geslingerd, hoe het werd opgetild en weer werd neergesmeten. Dat vond ze een afschuwelijk beeld.

Pas op het allerlaatste moment hadden ze de reddingsboot te water gelaten – Tarnie had Polly ooit verteld dat je altijd zo lang mogelijk op je schip moest blijven – maar de mast was afgebroken en op Jaydens been gevallen, dat afschuwelijk was verbrijzeld. Ze hadden de reddingsboot en het schip verwoed bij elkaar proberen te houden en Tarnie was bij Jayden gebleven tot hij hem had bevrijd. Met een enorme krachtsinspanning had hij Jayden in de reddingsboot weten te krijgen – Polly kon zich precies inbeelden hoe dat was gegaan; ze wist dat Tarnie Jayden nooit zou hebben opgegeven, dat hij voor Jayden deed wat hij nooit voor zijn vriend Jim Manse had kunnen doen – maar tegen die tijd was de vissersboot al bijna gezonken. De mannen hadden Tarnies arm geprobeerd te grijpen, hadden hem touwen, handen en reddingsvesten toegeworpen, maar het zinkende schip had hem mee naar beneden gezogen. Ook de reddingsboot werd onder water getrokken, maar toen ze eenmaal weer boven water waren – toen het piramidevormige gele reddingsvlot deed waarvoor het was gemaakt en weer kwam bovendrijven – zagen de mannen slechts hier en daar een stuk wrakhout in het woelige water liggen. Terwijl ze door de storm en de stroming steeds verder afdreven, zaten ze zwijgend en als verdoofd in de boot, probeerden ze Jayden bij bewustzijn te houden en worstelden ze met het verlies van hun kapitein, hun baan, hun hele wereld.

Na een volgende zoektocht van vierentwintig uur kwam de laatste reddingsboot terug. De boot was ergens anders nodig en er moesten knopen worden doorgehakt.

Terwijl Polly voor de honderdste keer theewater opzette, uit het raam staarde en lusteloos haar brood kneedde, kon ze zich niet voorstellen hoe Selina daarop moest hebben gereageerd.

Het was druk in de bakkerij. Iedereen wilde er steeds weer opnieuw over praten. Het ergste was nog dat ze zonder lichaam geen uitvaart konden houden, Tarnie niet konden begraven. Maar de mensen moesten praten over wat er was gebeurd, moesten rouwen, en iedereen kwam bijeen in Polly's winkel.

Iedere dorpeling had zijn eigen verhaal, zijn eigen versie van de gebeurtenissen. De een had een voorspellende droom gehad, de ander was bezocht door een geest. Niemand leek precies te weten hoe het ging met Jayden, de jongen die het vissersleven zo had gehaat. Hij lag in Plymouth in het ziekenhuis en zou volledig herstellen. Het ziekenhuis had iedereen die vanuit het hele land cadeaus en kaarten had gestuurd laten weten dat hij zoveel post had ontvangen dat die mogelijk onder de andere patiënten zou worden verdeeld.

Er moest iets worden georganiseerd, dat was duidelijk, maar als nieuwkomer – erger nog, als iemand die absoluut niet wilde dat haar band met de overledene nog verder bekend werd – vond Polly dat niet haar taak.

'Maar we moeten iets voor hem doen,' zei ze.

Het eiland had geen eigen dominee, maar een vrouw uit de

buurt had aangeboden een dienst te houden in haar kerk in Looe. Kerensa vond dat de dienst in de oude kerk boven op Mount Polbearne moest plaatsvinden, al was die al heel lang geleden ontwijd.

Selina zat bij haar moeder op het vasteland. De lokale bevolking kon zich onmogelijk een voorstelling van haar verdriet maken, maar het moest wel worden erkend. Dat gold ook voor het verdriet van de mannen die het hadden overleefd; zij voelden zich schuldig, en waren daarnaast op het nippertje aan de dood ontsnapt.

Op maandagochtend, twee weken na het ongeluk, ging de telefoon. Polly zat tot aan haar ellebogen in de bloem en vroeg Kerensa, die opnieuw naar Polbearne was gekomen om haar vriendin te steunen, om op te nemen.

'Hé, Pol,' zei Reuben slaperig. 'Alles goed?'

'Nee, dit is Polly niet,' zei Kerensa. 'Je spreekt met Kerensa.'

Aan de andere kant van de lijn klonk een haastig gerammel. Daarna klonk Reuben een stuk wakkerder en was zijn stem een octaaf gedaald.

'Hallo,' zei hij zo mannelijk als hij kon.

Kerensa rolde met haar ogen.

'Waar ben jij zoal mee bezig?' vroeg Reuben.

'Nou,' zei Kerensa. 'We willen een herdenking voor de boot en Tarnie organiseren. Waarschijnlijk houden we die in Polly's rottige miniappartementje. Als je wilt, mag je ook komen.'

'Hé!' riep Polly boos. Neil hupte op en neer in de gootsteen, waar hij aan het spelen was. Tussen alle bedrijven door had Polly tijd gevonden om de opvang te bellen.

'Eh, hoi. Volgens mij heb ik hier een vogel die uit jullie opvang is ontsnapt?' had ze gezegd.

'O! Ach, die hebben we nog niet gemist. We hebben er namelijk zo'n...'

'Anderhalf miljoen, dat weet ik. Maar deze is getagd met een honinglabel.'

'O, ben jij het! Jij bent dat meisje dat zo gek was op haar papegaaiduiker, toch?'

'Elke papegaaiduiker verdient iemand die gek op hem is,' zei Polly.

'Ja. Maar woonde jij niet aan de zuidkust?'

'Ja,' zei Polly trots. 'Hij is helemaal naar huis komen vliegen.'

Ze wachtte tot het meisje met grote verwondering zou zeggen dat Neil de ongelofelijkste papegaaiduiker was waar ze ooit van had gehoord.

'Tja,' zei ze. 'Je mag hem terugbrengen, als je wilt.'

Polly keek naar Neil. De vogel keek met zijn kraaloogjes terug. Hij piepte zachtjes.

'Weet je,' zei ze. 'Volgens mij is het wel prima zo.'

Kerensa en Reuben waren nog steeds in gesprek. Blijkbaar was Reuben woest omdat ze er niet van uitgingen dat de herdenking bij hem was.

'Ik heb een dansvloer! Goede belichting! Ik ken allerlei dj's en heb een stampvolle champagnekelder,' zei hij. Polly kon hem aan de andere kant van de kamer horen.

'Het is geen feest,' zei Kerensa. 'Het is een wake, flapdrol.'

'Als je het mij vraagt, verdient iedere overledene een feest,' zei Reuben. 'Ik wil er in elk geval wel een.'

'Hij heeft een punt,' zei Polly.

'En wat wilden jullie je gasten voorzetten? Geroosterd brood of zo?' ging Reuben verder.

'Ik ben dol op geroosterd brood,' antwoordde Kerensa.

'Prima,' zei Reuben. 'Dan laat ik naast een sushikok ook een chef invliegen die brood roostert.'

Kerensa en Polly keken elkaar aan. Polly knikte. 'Het is een goed idee. Het dorp heeft het nodig.'

'Oké, vooruit dan maar,' zei Kerensa, alsof ze Reuben een enorme gunst deed, en ze beëindigde het gesprek.

'Weet je, misschien moet je wat aardiger tegen hem doen,' zei Polly. 'Hij is nog een keer uitgevaren en heeft de andere vissers gevonden. Dat was best heldhaftig.'

'Nou, ten eerste was dat zijn gebruikelijke stoerdoenerij,' zei Kerensa.

'Je bent gemeen,' zei Polly.

'En ten tweede heeft Huckle hem gedwongen.'

'Dat weet je niet.'

'Jawel. Dat heeft Reuben me verteld. Nou ja, eigenlijk opperde ík het, maar hij kon het niet ontkennen.'

'Ik kan niet geloven dat die vent ondanks jouw enorme hekel aan hem de herdenking wil organiseren.'

'Tja, er is een reden dat ík nog niet failliet ben.'

'Die was onder de gordel.'

Kerensa stak haar tong uit.

'Kom,' zei Polly. 'We hebben nog een hoop te doen.'

23

Kerensa hield zich aan haar woord en wist te regelen dat de dominee een herdenkingsdienst in de oude kerk mocht houden. De dienst zou zaterdag plaatsvinden en worden gevolgd door een knalfeest bij Reuben. Polly hoopte dat het mooi weer zou zijn. Ze nodigden het hele dorp uit.

Godzijdank was het overgrote deel van de media weer vertrokken, al hadden ze een onverwachte erfenis achtergelaten. Bij de berichten over het 'noodlottige dorpje op het getijdeneiland' hadden mensen niet zozeer aan de visserij gedacht, maar eerder aan het prachtige dorpje op de heuvel onder de pittoreske kasteelruïne, de grappige kinderkopjes, het schattige ambachtelijke bakkerijtje en het water dat schitterde in het zonlicht. Binnen een dag werd het eiland overspoeld door toeristen, en hoewel sommige op zoek waren naar sensatie, zagen andere het oprecht als een leuk dagje uit. Kerensa ging terug naar Plymouth en Polly miste haar hulp in de winkel; ze liep zich de benen uit het lijf. Alles wat ze bakte verdween met de snelheid van het licht. Ze was zo druk dat ze af en toe vergat wat er allemaal was gebeurd. Dan keek ze uit het raam en zocht ze de rinkelende masten, het geklets, de grapjes, het geroep van de vissers, de bekende lange gestalte met de priemende blauwe ogen, maar die kon ze natuurlijk niet vinden. Dan voelde het alsof ze opnieuw een kanonskogel in haar maag kreeg.

Toen ze op woensdag de jaloezieën sloot, liep er een magere, voorovergebogen persoon langs de havenmuur haar kant op. Alle dagjesmensen waren op het strand; het was een heerlijke dag en het dorp was bevangen door een stille middaghitte. De straat was verlaten. Polly zette thee, liep de winkel uit en ging naast de vrouw op de havenmuur zitten.

'Hoi,' zei ze. 'Ik heb thee voor je meegebracht, maar als je liever alleen wilt zijn, moet je het zeggen.'

Selina keek op en knipperde verward met haar ogen.

'Hoi, sorry, ik heb geen...'

'Ik ben Polly Waterford,' zei Polly. 'Ik was een vriendin van Tarnie... Nou ja, ik kende alle vissers. Ik werk daarzo.'

'O ja, de bakkerij.' Selina glimlachte treurig. 'Daar had hij het vaak over. Hij was gek op je brood.'

'Luister, ik wil me niet aan je opdringen...'

'Nee,' zei Selina. 'Dat geeft niet. Ik moest gewoon echt even mijn moeders huis uit. Ik word gek van al die mensen die telkens hun hoofd schuin houden en vragen of het "een beetje gaat". Heel zachtjes, weet je wel, om te laten zien dat ze ontzettend met je meeleven. Daar ben ik verdomme helemaal klaar mee.'

Polly knikte.

'En dan hoor ik "Ja hoor, het gaat wel" te zeggen om hún een goed gevoel te geven. Ongelofelijk toch? En dat voor de rest van mijn leven.'

Ze draaide aan de trouwring aan haar linkerhand.

'Hoe kan het in godsnaam goed met je gaan?' vroeg Polly met oprechte verbazing. 'Wat een stomme vraag, alsof je een of ander monster bent.'

'Precíés,' zei Selina. Ze zweeg weer. Ze keken allebei naar zee.

'Maar ik bén ook een monster,' zei ze. 'Want ik ben zo afschúwelijk boos op hem. Ik héb het hem gezegd. Ik heb nog zó gezegd dat hij niet moest gaan vissen. Ik heb hem gesmeekt om niet in die kloteboot te stappen. Iedereen weet dat het gevaarlijk is en er is verdomme nauwelijks geld mee te verdienen. En hij was altijd weg, altijd hier – ik bedoel, hoe kan je hier in godsnaam wonen, het is verdomme een half eiland. Echt hoor, we stonden altijd op het punt uit elkaar te gaan, we ruzieden voortdurend over die klotebaan van hem, en wat doet hij?'

Haar ogen vulden zich met tranen.

'Die stomme eikel bewijst dat ik gelijk heb. Wat een eikel. Ik ben zó boos op hem.'

Driftig veegde ze haar gezicht droog. 'God, weer die tranen,' zei ze. 'Sorry. Sorry dat ik me zo laat gaan. Vind jíj me een monster?'

'Nee, jouw reactie lijkt me heel logisch,' zei Polly. Ze voelde zich ellendig. Deze vrouw was hartstikke leuk. Die domme Tarnie.

'Ik mis hem,' zei Selina. 'God, ik mis ons geruzie.' Ze snifte. 'En ik wou dat iedereen eens ophield met doen alsof hij een of andere heilige was.'

'Ik ook,' zei Polly fel.

'Hij kon een ongelofelijke klootzak zijn. Maar hij was wel míjn klootzak.'

Polly sloeg een arm om haar schouder.

'Denk je dat ze het goedvinden als ik dat op de gedenksteen laat zetten?' vroeg Selina en ze hikte en lachte tegelijk.

'Tja, daar zijn zoveel donaties voor binnengekomen dat je er waarschijnlijk mee kunt doen wat je wilt,' zei Polly, waarna de vrouwen tegelijkertijd moesten huilen en lachen. Uiteindelijk zei Polly: 'Ach, wat maakt het ook uit, wacht even,' en haalde ze boven een fles wijn uit de koelkast die ze op de havenmuur opdronken, uit plastic bekertjes. Polly liet Selina de hele middag verhalen over die irritante Tarnie vertellen, maar toen het dorp weer volstroomde met mensen en Selina werd herkend vloekte ze en zei ze dat ze zich een soort superweduwe voelde, het rottigste soort beroemdheid ooit, en vertrok ze weer. Toen ze wegging, omhelsden ze elkaar.

Die week was het in de winkel drukker dan ooit. Mount Polbearne was beroemd geworden en iedereen wilde er zijn geweest. Henry en Samantha, het nieuwe stel, dat midden in een enorme verbouwing zat, kwam dolenthousiast binnen.

'Nou, we zijn in Chelsea hét onderwerp van gesprek!' zei Samantha. 'De huizenprijzen kunnen elk moment omhoogschieten! Wat een dráma!' kwetterde ze.

Polly kromp ineen en keek naar buiten. De Range Rover

stond geparkeerd op de kinderkopjes en blokkeerde opnieuw de weg. Ze vroeg zich somber af of ze een parkeerwachter moesten aanstellen.

'Je ziet het vast niet zitten om ook een ambachtelijke slagerij te beginnen?' vroeg Henry hoopvol. Zijn corduroy broek was vandaag roze. Een kleur die perfect bij zijn blozende wangen paste. 'Dat soort winkels maken het dorp een stuk aantrekkelijker.'

'Wat? Absoluut niet,' zei Polly. Een van de vissers liep langs het raam met zijn armen vol badeendjes.

'Kijk, dát is nog eens een ondernemer,' zei Henry. 'Hm. Ik vraag me af of híj een slagerij zou willen openen.'

'Maar goed, jullie vrienden komen allemaal dus deze kant op?' vroeg Polly beleefd.

'Jazeker! Binky, Max, Biff, Jules, Mills, Pinky en Froufrou hebben al contact met hun makelaar, toch?' vroeg Henry aan Samantha.

'Mooi,' zei Polly terwijl ze het glutenvrije brood dat ze speciaal voor hen bakte (en waar ze zoveel voor vroeg dat ze er elke maand haar energierekening van kon betalen) in een papieren zak stopte. 'Mooi.'

Zaterdagochtend was het schitterend, perfect weer. Afgezien van een paar donzige witte wolkjes was de hemel felblauw. De lucht deed Polly denken aan de dag dat Tarnie haar met zijn bootje had meegenomen en ze deed er drie keer langer over om zich klaar te maken dan gewoonlijk: telkens als ze terugdacht aan die dag, huilde ze al haar make-up eraf en kon ze weer opnieuw beginnen. Ze sprak zichzelf streng toe. Ze ging zichzelf niet voor schut zetten. Nee. Tarnie was een vriend geweest, meer niet, een vriend die ze een paar maanden had gekend. Ze had geen recht op het echte verdriet, op een deel van de enorme, eindeloze, allesverwoestende smart. Die was van zijn familie, van zijn oude vrienden, van Selina. Daar hoorde ze zich niet in te mengen. Ze moest haar gevoelens onderdrukken, sterk blijven, voorkomen dat ze gênante dingen deed.

Kerensa wilde het getij voor zijn en was er gelukkig al vroeg. Haar vriendin zag er belachelijk maar oogverblindend uit: ze droeg een kort – iets té kort – jurkje van zwart kant, zware make-up en een fascinator met een voile.

'Mijn god,' zei Polly terwijl ze voor de duizendste keer onder haar ogen wreef. 'Je lijkt Black Widow wel.'

'Mooi,' zei Kerensa en ze zette het koffieapparaat aan. 'Wat vind je ervan? Te heftig?'

'Je hebt hem maar één keer gezien,' zei Polly.

'Ja,' antwoordde Kerensa, 'maar op deze manier gaat iedereen die straks de kerk afspeurt naar mogelijke scharrels ervan uit dat ik het was en letten ze niet op jou.'

Polly hapte naar adem. 'Briljant.'

'Weet ik.'

'Dank je wel,' zei Polly, die weer volschoot.

'Rustig maar,' zei Kerensa meelevend en ze gaf Polly een klopje op haar schouder. 'Zelfs als je je best had gedaan, had je er nooit zo goed uitgezien als ik.'

Maar Polly wist wat Kerensa daarmee wilde zeggen en huilde in haar armen tot ze geen traan meer overhad.

'Beter?' zei Kerensa.

Polly knikte.

'Ga dan maar even douchen.'

'Ik heb al drie keer gedoucht. Er is alleen nog maar koud water.'

'Mooi, daar worden je poriën lekker strak van.'

Polly gehoorzaamde en liet zich vervolgens door Kerensa, die haar streng in de gaten hield en waterproof mascara tevoorschijn toverde, in een eenvoudige zwarte jurk met een zijden rok en een T-shirtachtige top met korte mouwen hijsen.

'Goed,' zei ze. 'Ga stilletjes achterin zitten en probeer niet te veel aandacht te trekken. Heb je zijn familie wel eens ontmoet?'

Polly schudde haar hoofd. 'Alleen Selina.'

'Mooi, dan zullen ze je niet herkennen. Alles komt goed, oké?'

Huckle en Reuben stonden hen voor de kerk op te wachten. In hun donkere pak en stropdas zagen de mannen er veel serieuzer uit dan anders. Reuben greep direct zijn kans en vertelde hun dat zijn stropdas en schoenen van haaienleer waren. 'Het duurste leer ter wereld.' Kerensa zei dat hij daardoor een biologische terrorist was.

De kerk, die ooit het middelpunt van de gemeenschap was geweest, stond helemaal boven aan het dorp en was bereikbaar via een stenen trap. De kerk was gebouwd in de middeleeuwen, toen het dorp nog vastzat aan het vasteland, maar was in onbruik geraakt toen de toegangsweg onder water kwam te staan en aan het eind van de negentiende eeuw ontwijd. Met zijn oude stenen muren en vloeren leek het gebouw meer op een ruïne dan op een kerk. Het had geen dak en boven op het afbrokkelende metselwerk waren alleen vogelnesten te vinden. Voor de kerk kon je, ondanks de oude grafstenen, fijn picknicken en had je aan drie kanten een werkelijk schitterend uitzicht op zee: de hemel hing vandaag als een enorme vlag boven de bootjes die hier en daar ronddobberden.

Uit het piepkleine gemeentehuis waren wat stoelen voor de ouderen gehaald, maar het was zo druk in de kerk dat de meeste mensen tegen de muur aan stonden of hadden plaatsgenomen op de vloer of op de vlakke stenen die waren vrijgekomen waar de muren waren afgebroken of neergehaald. Er klonk zacht gemompel en de mannen, stuk voor stuk gekleed in hun netste pak, maakten een ongemakkelijke indruk en waren een beetje rood aangelopen door de hitte. Polly begreep direct dat de twee mensen die met gebogen hoofd voor in de kerk zaten Tarnies ouders waren. Toen zijn vader met pensioen ging had zijn moeder per se naar het vasteland willen verhuizen, in de hoop dat daar iets meer te beleven was. Daarnaast was ze niet erg blij geweest met Tarnies keuze voor de visserij: hij was haar enige zoon en ze had op meer gehoopt. Haar ogen hadden dezelfde felblauwe kleur als die van haar zoon, zag Polly, al was haar blik momenteel zo vertroebeld en wazig dat ze wel blind leek.

Hoewel de man zijn hoofd gebogen hield, herkende Polly Tarnie in de kromming van zijn schouders, zijn slanke bouw, zijn kaaklijn. Ze haalde een keer snel adem. Ze kon zich niet voorstellen wat er momenteel in het hoofd van deze visser omging. De vrouw die meerdere kleine kinderen onder haar hoede had en een geteisterde, uitgeputte indruk maakte, moest Tarnies zus zijn.

Naast hen zat Selina, in een mooie zwarte jurk die haar dunne sleutelbenen vrijliet. Toen Polly verontschuldigend naar haar glimlachte, keek Selina zo intens verdrietig terug dat Polly's hart ervan ineenkromp. Ze werd omringd door haar moeder en een aantal andere familieleden en zag er te breekbaar uit om zelfs maar op te kunnen staan.

Mevrouw Manse zat kaarsrecht en ongemakkelijk op een van de stoelen en negeerde alle anderen. Door haar zwarte kleding leek ze op koningin Victoria. Toen Polly naar de vrouw probeerde te zwaaien, keek ze haar afkeurend aan.

Het hele dorp was gekomen. Tot Polly's verbazing zag ze zelfs Samantha en Henry zitten, al maakten de nieuwkomers een ongemakkelijke, misplaatste indruk. Ook naar hen zwaaide ze kort. Toen wachtten ze allemaal tot er iets zou gebeuren.

Uiteindelijk verscheen de vrouwelijke dominee van het vasteland, die net als alle anderen tussen de restanten van de muren door liep om de kerk te betreden. Toen ze naar voren liep en haar keel schraapte, ging iedereen meteen aandachtig rechtop zitten.

'Goedemorgen,' zei ze. 'Bedankt dat jullie op deze prachtige dag allemaal zijn gekomen. Hoewel we onze broeder Cornelius William Tarnforth door ongewone omstandigheden niet kunnen begraven, zijn we hier bijeen om zijn leven te vieren.'

Bij het horen van zijn naam slaakte zijn moeder een gesmoorde kreet.

'Niet elk sterfgeval is tragisch,' ging de dominee verder. 'Maar dit sterfgeval wel.'

Ze vertelde hoe bijna het hele dorp Tarnie had gekend, hoeveel zijn familie van hem hield en hoezeer hij gemist zou worden. Een aantal mensen kwamen naar voren om iets over hem te zeggen en vertelden verhalen die Polly nog nooit had gehoord; hij bracht geregeld vis langs bij mensen die het niet breed hadden en werkte in zijn vrije tijd voor de reddingsdienst, en Archie vertelde een of ander idioot verhaal over het omduwen van een koe, dat door zijn onderdrukte gesnik niet zo goed te volgen was.

De dominee las voor uit de Bijbel.

'En het gebeurde, toen de menigte op Hem aandrong om het Woord van God te horen, dat Hij bij het meer Gennesaret stond.

En Hij zag twee schepen aan de oever van het meer liggen; de vissers waren eruit gegaan en spoelden de netten.

Hij ging aan boord van een van die schepen, dat van Simon was, en vroeg hem een eindje van het land af te varen, en Hij ging zitten en onderwees de menigte vanuit het schip.

Toen Hij ophield met spreken, zei Hij tegen Simon: Vaar naar het diepe gedeelte en werp uw netten uit om te vangen.

Maar Simon antwoordde en zei tegen Hem: Meester, wij hebben heel de nacht gewerkt en niets gevangen, maar op Uw woord zal ik het net uitwerpen.

En nadat zij dat gedaan hadden, vingen zij een grote hoeveelheid vissen en hun net begon te scheuren.

En zij wenkten hun metgezellen, die in het andere schip waren, dat zij hen moesten komen helpen. Die kwamen en zij vulden beide schepen, zodat zij bijna zonken.

Toen Simon Petrus dat zag, viel hij neer voor de knieën van Jezus en zei: Heere, ga weg van mij, want ik ben een zondig mens.

Want grote verbazing had hem en allen die met hem waren, bevangen, over de vangst van de vissen die zij gedaan hadden;

En evenzo ook Jakobus en Johannes, de zonen van Zebedeüs, die metgezellen van Simon waren. En Jezus zei tegen Simon: Wees niet bevreesd, van nu aan zult u mensen vangen.

En nadat zij de schepen aan land gebracht hadden, lieten zij alles achter en volgden Hem.'

Toen schuifelden de vissers op een afgesproken teken naar voren en begonnen ze te zingen.

Eternal Father, strong to save,
Whose arm hath bound the restless wave,
Who bid'st the mighty ocean deep
Its own appointed limits keep:

Hun stemmen zwollen aan en de meeste aanwezigen vielen in.

Oh hear us when we cry to thee
For those in peril on the sea.

Polly keek naar Tarnies vader en zag dat het hem niet lukte om de woorden mee te mompelen. Dat was de druppel. Ze begroef haar hoofd in de voering van Huckles jasje om zo min mogelijk geluid te maken en huilde en huilde. De voering kwam het gesnotter nooit meer helemaal te boven.

Oh Christ, whose voice the waters heard,
And hushed their raging at thy word
Who walkedst on the foaming deep,
And calm amidst its rage didst sleep:
Oh hear us when we cry to thee
For those in peril on the sea.

Reuben, of beter gezegd, de waanzinnig dure partyplanner die hij vanuit Londen had laten overkomen – hij had nergens op beknibbeld – had bussen gestuurd om iedereen naar de wake te brengen.

Het was een prachtige dag en toen ze in de bus stapten maakten de mannen hun stropdassen los en trokken ze hun jasjes uit. Er was geen wolkje aan de lucht, die was tot zo ver het oog reikte felblauw, en de aangenaam warme zon scheen op de steeds bruiner wordende schouders van de toeristen, strandgangers en jutters. De meeste spullen uit de tanker waren gezonken of van boord gehaald en dankzij een snelle actie van een jonge technicus, die terwijl het schip zonk de waterdichte schotdeuren had gesloten, was alle olie in het schip gebleven. Tot Polly's verbazing werd de kolos bemand door minder dan tien crewleden. Archie had haar verteld dat ze in de reddingsboot vooral bang waren geweest dat een enorm vrachtschip hen domweg over het hoofd zou zien; dat de knul die achter de radar zat in slaap was gevallen of dacht dat ze een grote vis waren waar het schip geen rekening mee hoefde te houden.

Het was stil in Polly's bus, niemand wist precies wat hij of zij kon verwachten. Polly zat samen met Kerensa voor Patrick en zijn vrouw.

'Die vogel blijft thuis, toch?' had Kerensa voor de dienst in het appartement gevraagd.

'Eh,' had Polly geantwoord. Stiekem wilde ze Neil erbij hebben zodat hij haar kon troosten. En Tarnie had hem graag gemogen. Ze hadden een compromis gesloten: niet de dienst, wel de wake. Kerensa had tussendoor een zomerjurk aangetrokken, maar Polly besloot zich niet om te kleden: dat voelde respectloos.

'Nee,' zei Kerensa. 'Het is respectloos thuis te blijven en je niet te amuseren. Hij zou het fijn hebben gevonden als je ging.'

'Ik denk dat hij het fijn had gevonden om nog te leven,' zei Polly.

'Ja, en om naar een geweldig feest van een of andere mafkees te gaan,' zei Kerensa, die in de spiegel keek en haar lippen stiftte.

Polly gaf haar een knuffel.

'Bedankt voor al je steun,' zei ze.

'Welke steun?' zei Kerensa. 'Toen je hierheen verhuisde, verklaarde ik je voor gek. Ik dacht dat je binnen tien dagen huilend terug zou komen met die grijze bank van je. Sterker nog...'

'Wat?' zei Polly.

Kerensa zocht iets op haar telefoon en liet Polly het scherm zien.

'Wat is dat?' vroeg ze toen ze een foto van een prachtig huis zag.

'Dat is een huis,' antwoordde Kerensa. 'Buiten...' Pas nadat ze haar keel had geschraapt kreeg ze de zin met veel moeite over haar lippen. 'Buiten het centrum.'

'En wat is daarmee?'

'Dat wilde ik mogelijk kopen, idioot. Voor als je zou terugkomen. Dan kon je stoppen met dat koppige gedoe en bij mij komen wonen. Ik heb je gemist, gekkie.'

Polly sloeg opnieuw haar armen om haar vriendin heen.

'Ik houd van je,' zei ze.

'Weet ik,' zei Kerensa, die haar omhelzing beantwoordde. 'Maar zelfs na alles wat er is gebeurd, denk ik nog steeds dat je hier gelukkiger bent.'

Polly voelde dat ze weer moest huilen. 'God...'

'Dat is toch zo?' zei Kerensa. 'Je lijkt voor het eerst sinds jaren weer echt te leven.'

Ze grepen elkaar voor de spiegel beet en even voelden ze zich weer de tieners die met flesjes alcoholhoudend gemberbier Polly's slaapkamertje uit waren geslopen.

'Kom, tijd voor een feestje,' zei Kerensa. 'Zorg ervoor dat ik niet straalbezopen word, straks laat ik me nog betasten door die rare Amerikaanse dwerg.'

'Nee, zorg ervoor dat *ík* niet straalbezopen word, straks zeg ik per ongeluk iets vreselijks tegen Selina,' zei Polly.

Kerensa keek haar ondeugend aan. 'Maar als je een lange, knappe blonde Amerikaan betast hoef ik niet in te grijpen?'

Polly rolde met haar ogen. 'Die wordt vast niet straalbezopen genoeg om ook maar één keer aan me te denken.'

Kerensa glimlachte. 'Goed, neem je die vogel nog mee of niet?'

Neil piepte naar hen.

'Natuurlijk. Hij heeft zijn strikje al om,' zei Polly.

Nu was het Kerensa's beurt om met haar ogen te rollen.

De bussen – het waren er drie – slingerden over de warmgouden heuvels de avond tegemoet. Uit minstens een van de bussen kwam luid gezang: blijkbaar waren meerdere mannen rechtstreeks van de dienst de pub in gerold. Patrick vond Neils verhaal fascinerend, al vond hij het strikje net als Kerensa niet zo'n goed idee.

'Hij hoort ook chic gekleed te gaan,' zei Polly. 'Zodra we de gastheer hebben begroet zal ik hem afdoen en kan hij gaan spelen.'

Patrick glimlachte. 'Perfect. Volgens mij kan iedereen wel wat vrolijkheid gebruiken.'

Vanavond was de geheime afslag naar Reubens strand minder geheim en werd de smalle weg verlicht door lantaarns. Bij de afslag stonden twee grote, nors kijkende mannen met een headset en een sterke zaklamp. Ze wierpen een blik op de bus, praatten even met de chauffeur en wuifden toen dat ze mochten doorrijden.

De lange weg naar het strand werd aan weerszijden verlicht door vuurkorven, die de vroege avond een vrolijke, opwindende gloed gaven. In de verte hoorde Polly een zacht gedreun. Ze keek zenuwachtig naar Kerensa maar haar gezicht stond al in de 'dit doet me helemaal niks'-stand.

'Kom op,' zei Polly. 'Dit wordt een bijzondere avond. Je hebt gelijk, we doen het voor Tarnie. Je hoeft niet met hem te praten.'

'Dat is waar,' zei Kerensa. 'Man. Dit moet hem een fortúín hebben gekost.'

Iemand met lichtgevende bordjes dirigeerde de bussen naar

hun parkeerplek en iedereen stapte zenuwachtig in zijn eentje of in duo's uit.

'Deze kant op, deze kant op!' riep een bazige vrouw in een veiligheidshesje. Ze gebaarde naar het door kaarsen verlichte pad door de duinen. Ze liepen verder en sommige vrouwen wankelden nu al op hun hoge hakken. Polly deed haar sandaaltjes uit. Het zand onder haar tenen was nog warm van de zonnige dag en voelde heerlijk.

Toen het strand na het laatste duin in zicht kwam, bleef iedereen staan.

'Mijn hemel,' zei Kerensa.

Het hele strand hing op de een of andere manier vol met witte lantaarns die een fel licht gaven. Naast het kleine café was een enorme overdekte bar geplaatst. Er stonden rijen personeel in zwart-witte kleding met dienbladen vol drankjes en er liepen al een heleboel chique, knappe mensen in elegante kleding rond – duidelijk vrienden van Reuben – die geanimeerd met elkaar praatten en hier en daar begonnen te dansen. Er was een enorm dj-podium, maar momenteel speelde een band sensuele reggae. De lucht was zwaar van de goddelijke barbecuearoma's en er hing een geweldige sfeer.

'Allejezus,' zei een van de Polbearners een beetje geïntimideerd. Dit leek in de verste verte niet op de pub en de zee uit hun normale wereld.

'Goh, dit noem ik nog eens een afscheid,' zei een ander, maar nog steeds kwam niemand in beweging.

Uiteindelijk liepen de obers op hen af om champagne uit te delen. Reuben bracht twee glazen naar Polly en Kerensa. De twee verbluffend knappe meiden met wie hij had staan praten trokken direct een pruillip.

'Hoi. Welkom bij mijn briljante wake voor Tarnie. Wat ben ik toch goed voor deze wereld,' zei hij. Hij bood hun de glazen aan.

'Koop je vaak dit soort aandacht voor jezelf?' vroeg Kerensa.

'Niet zo bot, Kerensa,' zei Polly streng. Ze gaf Reuben een knuffel en een kus. 'Je was een echte held en dit wordt het beste afscheid ooit. Dit zal zijn familie voor altijd bijblijven.'

'Weet ik,' zei Reuben.

Het was vloed en er waren nog steeds jongens aan het surfen, maar zodra ze klaar waren zouden ze naar hen toe komen, hun wetsuit uittrekken en een biertje pakken. De barbecue bleek een kuil waarin hele varkens, ingesmeerd met kruiden, werden geroosterd, waarna het knapperige vlees vakkundig werd kleingesneden en op broodjes werd gedaan. Aan de andere kant knetterde een groot kampvuur, dat hen later op de avond warm zou houden. In de overdekte bar hingen foto's van Tarnie. Polly bleef staan voor een foto waarop hij een net zat te repareren. De foto was genomen uit precies dezelfde hoek als die vanwaaruit ze hem had zien zitten wanneer ze in haar appartement zat; het was net of ze uit haar raam keek.

Het hele strand was verlicht, maar de lucht op de achtergrond was nog het mooiste van alles. De helderroze en paarse zonsondergang leek speciaal voor hen te zijn besteld. Polly achtte Reuben ertoe in staat.

Obers liepen rond met sushi en andere hapjes, maar zodra de band even pauze nam en de dj aftrapte met 'Get Lucky', beseften Polly en Kerensa wat ze wilden doen.

Dansen was hun manier om te ontsnappen, om opgekropte emoties te verwerken. Ze dansten in de ondergaande zon en keken hoe de jongens liepen te dollen in het water, hoe Muriel van de supermarkt in alle opwinding een avondje op stap te zijn te veel en te snel dronk, tot ze met een vriendelijk aangeboden kop thee in een stoel stortte, hoe Archie en zijn vrouw verlegen en enigszins overweldigd heel dicht bij elkaar naast de dansvloer stonden en hoe Johns kinderen gillend en lachend rondrenden en elkaar achternazaten met waterpistolen die uit het niets leken te zijn verschenen.

Ze praatten en lachten, maakten een miljoen nieuwe vrienden en dansten met jongens, elkaar of alleen. Te midden van het enorme verdriet voelde Polly hoe haar schouders ontspanden en haar wangen pijn deden van het lachen. Ze liep op blote voeten en haar zwarte jurk zweefde om haar heen. Het voelde alsof iedereen op het feest – iedereen die aan de dood en de ellende in hun gemeenschap was ontsnapt – vastberaden was het leven, het geluk en de schoonheid om hen heen te vieren en die gedachte liet Polly alleen nog maar sneller dansen en zwieren.

Huckle dronk langzaam van zijn bier terwijl hij naar haar keek. Het feest wemelde van de mooie jonge meiden – Reubens gebruikelijke bende *trustfund*-parasieten, modellen en semiprofessionele sporters – en hoewel een aantal meisjes te oordelen aan hun flirterige opmerkingen, blikken en manier van dansen wel zin leken te hebben in een spannend avondje, vond hij geen van hen interessant. Huckle was een meter vijfentachtig, had blond haar en blauwe ogen; hij had nooit moeite gehad met het vinden van een meisje. Een meisje dat zijn hart niet zou breken, daarentegen...

Hij dacht aan de manier waarop Polly de pier op was gestormd toen Tarnie niet was teruggekeerd en nam traag een nieuwe slok bier.

Polly had geen idee hoe laat het was, maar de sterren hadden zich verplaatst. Het feest was echter nog in volle gang en werd alleen maar wilder: de drankjes kwamen sneller door, er ging nog altijd eten rond en steeds meer mensen waren aan het dansen, onder wie de leden van een enorm succesvolle boyband die in St. Ives had opgetreden en op weg naar Londen even was langsgewipt.

Opeens zette de dj de muziek uit en stond Reuben op om de microfoon over te nemen. Iedereen juichte en sommigen meisjes drongen naar voren om te laten zien dat ze hem steunden.

'Ja, ik weet het, dit is het beste feest ooit, toch?' zei hij nonchalant.

'Echt hoor, die vent is net Kanye West, maar dan zonder de nederige, bescheiden kant,' snoof Kerensa, die naast Polly kwam staan. Haar huid glansde van het vele dansen en haar make-up was een beetje uitgelopen. Dat gaf haar iets ontwapenends, vond

Polly; zo zag ze er jonger en minder volmaakt uit.

'Maar we zijn hier om onze vriend Tarnie te eren – en al onze andere vrienden die niet zijn thuisgekomen.'

'Dank je wel, Reuben!' gilde een van de meisjes. Reuben lachte aanstellerig.

Kerensa maakte afkeurende geluidjes. 'Echt hoor.'

'Toch heeft hij een geweldige daad verricht,' zei Polly.

'Die nog geweldiger zou zijn als mensen er niet zo over zouden doorzagen.'

'Maar goed...'

Een visser van een van de andere boten stond op.

'O god,' zei Kerensa. Polly besefte opeens dat haar vriendin meer had gedronken dan ze dacht. 'Hij gaat vast "My Way" zingen of zo.'

De visser liep naar de microfoon en keek zenuwachtig naar de menigte. Iedereen juichte. De rest van de vissers kwam naast hem staan. Jayden was er ook bij, in zijn rolstoel. Hoewel hij er mager en gespannen uitzag, leek hij het geweldig te vinden om op het feest te zijn.

'Eh,' zei de man. 'Ik wil gewoon even wat mensen bedanken. Reuben. En alle boten die naar ons hebben gezocht.'

Er steeg een oorverdovend gejuich op.

'En de onvermoeibare reddingsdienst.'

Een stel stomdronken ambulancebroeders zwaaide vrolijk.

'Een toost op iedereen die...' zijn stem brak en hij hief zijn glas. 'Op iedereen die ons nooit heeft opgegeven.'

'Op iedereen die nooit heeft opgegeven,' zeiden de feestgangers in koor.

Jayden werd naar voren gerold en kuchte zenuwachtig. Op het geluid van de branding in de verte na was het doodstil.

'En als afscheid aan onze vriend heb ik hier een tekst van Robert Burns,' zei hij. Hij friemelde aan zijn vel papier. 'Dat is een dichter.'

Hij stak zijn hand uit naar de zee.

An honest man here lies at rest
As e'er God with his image blest;
The friend of man, the friend of truth,
The friend of age, and guide of youth:
Few hearts like his, with virtue warm'd,
Few heads with knowledge so informed:
If there's another world, he lives in bliss;
If there is none, he made the best of this.

Daarna sloeg een van de vissers een akkoord aan op zijn gitaar en stapten ook de anderen naar voren. Polly herkende het lied niet, maar de rest van de aanwezigen blijkbaar wel, want iedereen zong mee.

I wish I was a fisherman
Tumbling on the seas
Far away from dry land
And its bitter memories
Casting out my sweet line
With abandonment and love
No ceiling bearing down on me
'Cept the starry sky above
With light in my head
With you in my arms
Woohoo!

De vissers zongen met krachtige, diepe stem nog twee coupletten en toen iedereen tijdens de laatste zinnen enthousiast inviel, voelde ze Kerensa haar hand pakken. Zodra het lied ten einde was, verscheen er een fel lichtje aan de horizon.

'Kijk,' zei Polly. Ze had niet verwacht dat het al zo laat was en dat het feest zo lang zou doorgaan. 'De zon komt op.'

De laatste klanken van de gitaar stierven weg en de vissers volgden iemand die alles leek te hebben georganiseerd en die gebaarde dat iedereen op de dansvloer naar de rand van het water moest komen. Daar lagen zestien wensballonnen – het aantal vissers dat was teruggekeerd – en één grotere. Twee mannen hielpen Jayden uit zijn rolstoel, de oranje lantaarns werden aangestoken en nadat de vissers ze hadden opgelaten vlogen ze hoog, steeds hoger de aanbrekende ochtend in, waar ze de laatste sterren aan de hemel verlichtten.

'Ik wil de zee bedanken,' zei Reuben, die voor de verandering eens normaal sprak. 'Voor het thuisbrengen van onze mensen. En voor haar goede zorgen voor onze vriend.'

Iedereen keek naar de lichtbakens, die steeds hoger over de golven zweefden. Na een korte eerbiedige stilte begon iedereen luid te juichen en te applaudisseren.

'En nu allemaal feesten!' zei Reuben. 'Dat is een bevel!'

De dj zette direct een grote zomerhit op over anderen een goedemorgen wensen en over hoe je de zon moest zien opkomen en iedereen begon weer te dansen. Iedereen omhelsde elkaar en zei hoe fantastisch het allemaal was, al helemaal toen de dj vervolgens 'Praise You' draaide.

In de ogen van de Londenaren waren de jonge vissers opeens beroemdheden. Polly liep langs Jayden en zijn rolstoel. Ze had nog helemaal niet met hem gesproken, maar ze wist dat hij goed in de gaten werd gehouden door een verpleegster: hij had het ziekenhuis nog helemaal niet mogen verlaten en was hier alleen maar omdat Reuben had gesmeekt een uitzondering voor hem te maken. Jayden zat naast een beeldschoon meisje met donker haar en enorme bruine ogen, dat vol medelijden knikte toen hij beschreef wat voor afschuwelijks hem was overkomen en vertelde hoe dapper hij was geweest toen hij de dood in de ogen had gekeken. Ze aaide telkens meelevend over zijn arm. Polly ving zijn blik en kreeg een dikke knipoog. Ze glimlachte.

In het café serveerde een team van topkoks koffie, heerlijk ruikende broodjes spek en Buck's Fizz: cocktails van champagne en sinaasappelsap. Polly haalde ontbijt en ging naast Huckle op een rots zitten. Hij keek naar de vissers, die werden omringd door vrienden en familie en intens gelukkig leken.

'Hé,' zei hij. Hij was blij haar te zien. Heel blij. 'Vermaak je je een beetje?'

'Dit feest is fantastisch,' zei Polly. Opeens besefte ze dat ze uitgehongerd was; ze had de afgelopen week nauwelijks tijd gehad om te eten. 'Iedereen heeft het ontzettend naar zijn zin.'

Huckle schonk haar zijn trage glimlachje.

'Jij ook?' vroeg ze.

'O, absoluut,' zei hij. 'Ik heb het overal naar mijn zin.'

Toch klonk hij niet erg vrolijk. Polly keek naar hem. De eerste zonnestralen verschenen aan de horizon en een ervan viel op zijn haar, waardoor het net goud leek. Ze dacht aan alles wat ze over hem te weten was gekomen. En aan het feit dat ze zeker wist dat Reuben op zijn aandringen opnieuw was uitgevaren. Dáár had Reuben uiteraard niets over gezegd.

'Echt waar?' vroeg ze.

'Ach, laat ik het zo zeggen,' antwoordde hij en hij keek naar zee. 'Ik ken geen mooiere plek om verdrietig te zijn.'

Ze zette haar Buck's Fizz neer en draaide zich naar hem toe. De diepblauwe ogen waarmee hij haar aankeek waren even onpeilbaar als anders.

Stik, dacht Polly opeens. Ik heb niets te verliezen. Ze had alles al een keer op het spel gezet door hiernaartoe te verhuizen, door haar leven overhoop te gooien, door te besluiten brood te gaan bakken. Elk risico dat ze had genomen had veel meer opgeleverd dan het leventje dat ze zou hebben geleid als ze in Plymouth was gebleven; het veilige leventje in een miezerig appartement met een miezerige hypotheek, betaald met een miezerig baantje. Elke sprong in het onbekende... tja. Ze dacht heel even aan Tarnie. Nou ja, bijna elke sprong.

Ze schudde haar hoofd. Ze dacht veel te veel na.

'Ik...' zei ze. Opeens besefte ze dat haar handen trilden. Tja, ze was natuurlijk al de hele nacht op. Veel drank, te weinig eten. Op het strand trokken de jongens en meisjes van de ambulance hun kleren uit, waarna ze gillend de zee in renden. Vijf seconden later leek iedereen hen te volgen. Een grote groep mensen zwom en spetterde in het water. Ze glimlachte om de uitbundigheid van het hele gebeuren. Hun plekje onder de palmbomen voelde opeens een stuk stiller en verder weg, zelfs al werd het met de seconde lichter.

'Ik had...' zei ze terwijl ze zwakjes glimlachte.

'Je praat nog langzamer dan ik,' zei Huckle, maar ze zag zijn mond heel licht trillen, of verbeeldde ze zich dat? Ze raapte haar moed bij elkaar.

'Ik had graag... Ik had je graag gelukkig willen maken,' zei ze. Ze sprak snel en haar woorden eindigden in gefluister, maar toen ze vanonder haar neergeslagen oogleden naar hem gluurde, zag ze dat hij haar had verstaan. Hij ademde in, langzaam en diep. Ze had het in een opwelling gezegd, maar opeens wilde ze ontzettend graag weten hoe hij zou reageren.

'Polly,' zei hij. De zachte, stroperige manier waarop hij haar naam uitsprak gaf haar het gevoel dat haar een teleurstelling te wachten stond. Dat hij zich zou verontschuldigen en zou uitleggen – zoals hij al eerder had gedaan – dat hij niet beschikbaar was, dat Candice hem te erg had beschadigd, dat ze het hier al over hadden gehad.

Zijn grote, ruwe hand tilde haar kin op tot hij haar recht kon aankijken. De muziek en de geluiden van de joelende zwemmers leken te verflauwen. Ze was zich alleen nog maar bewust van zijn priemende blauwe ogen en zijn knappe gezicht. Hij leek ergens naar op zoek en keek haar aan zoals niemand haar ooit eerder had aangekeken. Zijn blik was meer dan alleen hongerig en nieuwsgierig. Hij leek eindelijk te hebben gevonden wat hij zocht.

De wereld hield voor één seconde, één heerlijke seconde, op met draaien en Polly besefte opeens dat hij haar ging zoenen. Op dat moment wist ze dat zijn kus alles zou zijn waarvan ze ooit had gedroomd, alles zou zijn wat ze ooit had gewild, en dat ze hierna, hoe dit ook zou aflopen, nooit meer iemand anders zou willen zoenen.

Zijn kracht verraste haar; ze had verwacht dat hij haar teder en aarzelend zou kussen, zo besefte ze, even ontspannen als altijd, maar hij zoende haar vurig, gretig, alsof hij verdronk en alleen zij hem kon redden.

24

Polly wist niet hoelang hun kus had geduurd. Ze wist niet waar ze was of wat ze deed, alleen dat er een schok door haar lichaam ging toen hun lippen elkaar raakten, alsof ze een stroomstoot kreeg; dat ze zonder nadenken direct op hem reageerde, dat ze volledig in beslag genomen werd door hun monden en hun handen en ze zich plotseling wanhopig graag tegen hem aan wilde drukken, dicht bij hem wilde zijn, ze wilde met haar handen onder zijn overhemd gaan om zijn huid te voelen, haar gezicht in zijn borst begraven om zijn bedwelmende, zoete geur op te snuiven. Ze voelde zich hebberig en ontembaar en was helemaal vergeten dat er nog andere mensen op het feest waren.

Toen hoorde ze iemand haar naam zeggen.

'Zo, Polly, lekker bezig.'

Het was een van de vissers, degene die gitaar had gespeeld; ze wist niet precies hoe hij heette. Hij was dronken en schreeuwde en opeens besefte ze wat ze aan het doen was, en op welk moment, en onder welke omstandigheden. Dit was verkeerd. Ze maakte zich geschrokken los.

'Wat is er?' vroeg Huckle, bedwelmd door lust. Zijn haar viel over zijn voorhoofd en zijn ogen stonden glazig.

Ze keek hem aan. Hij was ongelofelijk knap. Maar toch...

'Ik... ik kan dit niet,' zei ze. 'Niet... Nee.'

Huckles ogen kregen een felle schittering.

'Ik snap het,' zei hij. Hij had het kunnen weten: ze had nog steeds gevoelens voor Tarnie.

Polly wilde uitleggen dat het aan de omstandigheden lag; dit was een veel te openbare plek, iedereen kon hen zien. Maar zijn gezicht had al een starre uitdrukking gekregen.

'Ik bedoel... ik bedoel, niet hier.'

'Nee,' zei Huckle. 'Natuurlijk niet, dame.'

Hij keek op zijn horloge.

'Het is al best wel laat. Of best wel vroeg. Een van de twee. Ik moet maar weer eens op huis aan...'

Polly knikte ongelukkig. Ze wilde niet dat hij ging, maar het voelde ongepast... heel ongepast.

'Ik ook,' zei ze.

Om het kampvuur aan de andere kant van het strand lagen her en der pratende, slapende en zoenende mensen.

'Eh... zie ik je... snel?'

'Zo groot is het hier niet,' antwoordde Huckle terwijl hij naar de glinsterende zee keek.

'Sorry,' zei Polly.

Huckle haalde zijn schouders op.

Ze keek hem aan en hunkerde naar zijn tedere glimlach of zijn hartelijke lach, die uiteraard geen van beide verschenen. Hij was veranderd in een standbeeld. Ze keek hem een laatste keer aan, draaide zich om en liep weg over het strand.

'Shit,' zei Huckle tegen zichzelf toen ze wegliep. 'Shit, shit, shit.'

25

Met een enorme brok in haar keel ploeterde Polly terug over het strand. Ze herkende geen enkel gezicht, alles was wazig. Iemand riep haar naam, maar ze kon of wilde niet zien wie het was. Ze ging terug naar de dansvloer in de hoop haar schoenen en mogelijk haar tas te vinden, maar Kerensa was nergens te bekennen. Ze was niet in het water en ook niet in een van de prachtige witte strandhuisjes die Reuben overal had laten neerzetten, zodat mensen een plek hadden om rustig te praten.

Uiteindelijk vond ze haar achter het café, ongeveer ter hoogte van de prullenbakken. In eerste instantie zag ze alleen haar fuchsia jurk, en niet wat ze daar deed.

'Kerensa!' riep ze. 'Kom mee, we gaan.'

Toen ze iets beter keek, besefte ze dat Kerensa gevangenzat in een vurige puberomhelzing. Met een van de surfleraren, dacht Polly. Dat kon niet anders. Maar toen ze nog een keer met haar ogen knipperde, zag ze...

'Dit meen je niet,' zei ze. Zelfs Kerensa's dráma's waren beter dan de hare.

Kerensa kwam omhoog om adem te halen. Haar gezicht was roodpaars en de voorkant van haar jurk stond open. Ze maakte een oververhitte, extreem opgewonden indruk.

'O, hoi,' zei Reuben.

'Wat doen jullie? Jullie haten elkaar!'

'Ik kan heel goed zoenen,' zei Reuben. 'En zo.'

Polly keek Kerensa verbijsterd aan.

'Eh, hij heeft gelijk,' bevestigde Kerensa verontschuldigend. Haar lippenstift was er helemaal af gezoend. Ze zag er bloedgeil uit.

Polly rolde met haar ogen.

'Echt?'

Ze keken haar allebei aan.

'Eh...' Ze wreef over haar nek. 'Ik ga.'

'Oké,' zei Kerensa. Ze kwam niet in beweging.

'Ik ga naar huis... en jij gaat met me mee.'

Kerensa fronste. Reuben legde bezitterig een hand op haar bovenbeen.

'Ik ga nog niet naar huis,' verklaarde Kerensa. 'Ik ga seks hebben met Reuben.'

'God, jullie zijn allebei even erg.' Polly moest heel hard haar best doen om niet in huilen uit te barsten.

'Kan Huckle je niet thuisbrengen?'

Ze voelde direct een brok in haar keel.

'Laat maar,' wist ze uiteindelijk uit te brengen. 'Ik ga wel met de bus.'

'Mooi,' zei Reuben en hij draaide zich weer naar Kerensa. 'Kom met me mee naar mijn gigantische slaapkamer. Ik heb echt een enorme...'

'Oké, ik ben weg,' zei Polly.

'... boxspring,' zei Reuben.

Polly sjokte naar Neil, die ze had achtergelaten bij de overgebleven broodjes. Hij zat in een poeltje tussen twee rotsen en keek een beetje schuldig.

'Neil,' zei ze wanhopig en ze keek naar de rommel naast hem. 'Heb je overgegeven?'

Neil sprong piepend in haar armen.

'Jezus, ik kan verdomme niet eens voor mijn eigen papegaaiduiker zorgen. Je moet niet eten tot je er ziek van wordt, lieverd.'

'Piep,' zei Neil.

Met de vogel in haar armen volgde ze de groepjes mensen die richting de wachtende bussen sjokten. Ze vond twee lege stoelen bijna achter in de bus, controleerde of Neil het nog naar zijn zin had in de rugzak, schudde het zand uit haar sandalen en viel toen, voordat ze tijd had om na te denken, in een diepe slaap.

De volgende dag, zondag, was afschuwelijk. Polly werd pas om elf uur wakker, maar moest toen direct aan Huckle denken. Wat had haar bezield? Waarom had ze niet kunnen wachten of ergens anders naartoe kunnen gaan, ergens waar Tarnies vader en moeder niet rondliepen, bijvoorbeeld? En waarom snapte hij het niet? Ze zag zijn starre gezichtsuitdrukking voor zich en herinnerde zich hoe gesloten hij was geweest toen ze hem had leren kennen, hoelang het had geduurd voordat ze de lieve jongen onder het pantser had ontdekt. Ze zuchtte. Ze zou hem bellen. Nee, ze zou Kerensa bellen en haar vragen wat ze moest doen.

Ze kreeg Kerensa niet te pakken, maar dat verbaasde haar niets. Polly probeerde niet jaloers te zijn op haar stijlvolle vriendin en hoewel ze uiteraard niet de minste interesse in Reuben had, vond ze de gedachte dat Kerensa de hele dag in een luxueus bed dingen lag te doen waar ze zelf zo naar had gehunkerd maar moeilijk te verkroppen.

Daarna wilde ze Huckle bellen, maar ze fronste en aarzelde. Ze wilde hem niet het idee geven dat ze zich op hem stortte. In plaats daarvan stortte ze zich op haar werk en maakte ze alvast alle bakmixen voor de tarwe- en zuurdesembroden voor de aankomende week, terwijl ze liters sinaasappelsap dronk. Je kon in het dorpje over de koppen lopen. Een aantal vakantiegangers klopten op het raam, maar ze schudde vastberaden haar hoofd. Ze had echt hulp nodig in de winkel, dacht ze; als ze niet uitkeek, veranderde ze in mevrouw Manse. Ze vloekte inwendig om haar zelfmedelijden en concentreerde zich op de decoratieve broodkransen voor aan de deur die ze al tijden wilde maken; nu ze eindelijk eens tijd en energie overhad wilde niemand iets met haar ondernemen, dacht ze humeurig. Ze bleef fanatiek doorbakken tot ze moe was en ging vroeg naar bed, zich ergerend aan de vrolijke geluiden van de vakantiegangers onder haar raam.

Om tien uur 's avonds werd ze wakker van haar trillende telefoon. Ze had een berichtje van Huckle. Klaarwakker en verrukt schoot ze omhoog. Besefte hij dat hij een grote fout had gemaakt? Haar hand trilde toen ze haar telefoon pakte.

Ze hield haar adem in en las het berichtje zorgvuldig.

Sorry dat ik je stoor, maar zou jij de imker wegwijs willen maken?

Oké, dacht ze. Een beetje formeel, maar er was in elk geval weer vriendschappelijk contact. Dat was een begin, toch? Ze dacht opnieuw aan zijn zachte lippen, zijn ruwe huid, zijn zoete smaak.

Waarom, waar ga je heen? stuurde ze terug.

Toen ze zijn antwoord las, wilde ze haar telefoon door de kamer smijten.

Ik ga een tijdje terug naar Savannah.

Ongelovig staarde ze naar het schermpje, half lachend, half huilend. Dat had niet op de planning gestaan, toch? Dan had hij het haar wel verteld. En zelf alles met die klote-imker hebben geregeld.

Nee, dit moest een lastminutebesluit zijn geweest. Opeens besefte ze woest dat hij dit ook had gedaan toen zijn vorige relatie was stukgelopen. Hij vluchtte het land uit. Nee. Dit was een grap. Ze staarde bevend naar haar telefoon en gooide toen haar armen in de lucht. Ongelofelijk.

De reddingsactie had meer impact op Huckle gehad dan hij liet merken. Hij was naar de andere kant van de wereld gevlogen op zoek naar veiligheid en nu het leven op het eilandje zo kwetsbaar bleek te zijn, was hij bang geworden.

En dan had je nog wat er tussen hem en Polly was gebeurd. Het had heel lang geduurd voordat hij zich na zijn relatie met Candice weer had durven openstellen, voordat hij over haar heen was, weer was opgekrabbeld. En toen dat eindelijk was gelukt en hij iemand had ontmoet die hem veilig, lief en teder leek, bleek ook zij met haar gedachten bij een andere man te zijn.

Thuis was het veiliger. Zijn experiment was mislukt. Hij wilde niet blijven wachten en elke dag dezelfde gezichten zien. Hij moest weg. Praktisch zonder nadenken had hij een weekendtas ingepakt en de eerste trein naar Londen genomen.

Stuur hem maar naar de bakkerij, schreef Polly uiteindelijk terug.

Huckle staarde naar zijn telefoon. Nou, daar had je het. Het bewijs dat er niets serieus, niets wezenlijks tussen hen had gespeeld. Ze leek het zich nauwelijks te herinneren... Of misschien kon het haar gewoon niets schelen. Hij keek ongelovig naar de wachtruimte van het vliegveld, waar het wemelde van de slaperige zakenlui. Was dit nou zijn leven? Vrouwen die andere mannen leuker vonden? Mannen zoals die dikke vent met dat horloge van tienduizend dollar om zijn pols die 's middags al aan de wodka zat, misschien. Of zoals die zakenman die in zijn telefoon stond te schreeuwen.

Top. Bedankt voor je hulp, meid, stuurde hij enigszins verbitterd terug.

Polly staarde een tijdlang naar Huckles berichtje. Hij leek zijn woorden zorgvuldig te hebben gekozen om elke vorm van dubbelzinnigheid te vermijden; ze was niet meer dan een 'meid', iemand die je bij organisatorische ongemakken uit de brand kon helpen. Hij wees haar heel voorzichtig terecht. Ze ging op bed zitten en huilde een paar bittere tranen, die Neil vervolgens opdronk om te laten zien dat hij met haar meeleefde.

De volgende ochtend opende ze de winkel op het gebruikelijke tijdstip. De mensen waren druk en hadden honger. Het seizoen was in volle gang en door de combinatie van de roem van het dorp en het prachtige weer beleefde het toerisme een geweldig jaar. Polly overwoog een paar ijzeren tafels en stoeltjes aan de overkant van de weg neer te zetten zodat mensen aan de haven koffie konden drinken en iets konden eten. Dat zou een logische stap zijn en ze vroeg zich af of het zou mogen. En hoe ze dat zou klaarspelen.

Bijna als een soort antwoord verschenen er twee mensen in de deuropening. Het waren mevrouw Manse en Jayden, die hinkte maar duidelijk aan de beterende hand was.

'Deze jongen zoekt een baan,' verklaarde Gillian simpelweg.

'Ik wil niet meer vissen,' glimlachte hij. 'Wist je dat meisjes mijn been superinteressant vinden?' Hij had een vrolijke roze kleur.

'Goh, echt waar?' zei Polly, die haar best moest doen om niet te glimlachen nu ze zag dat hij weer op de been was. 'Geneest het goed?'

'Wil je het zien?'

'Is het smerig?'

'Natuurlijk niet,' zei mevrouw Manse. 'Ik zou nooit vragen of iemand werk heeft voor een jongen met een open wond.'

'Fijn om te horen,' zei Polly.

Jayden liet haar zijn been zien. Er was een enorme hap uit zijn kuit en onder het verband zat een wit omrand stuk getransplanteerde huid.

'Jakkes,' zei Polly.

'Het was eerst nog veel erger,' pochte Jayden. 'Ik leek wel een slagerij. Je kon het bot zien en alles. Ik heb zelfs een vrijwilliger in het ziekenhuis laten flauwvallen.'

'Eh, knap hoor. Sorry, maar wat moet ik met deze informatie?' vroeg Polly verward.

Mevrouw Manse snoof. 'Volgens mij kun jij hier wel wat hulp gebruiken.'

Polly knipperde even met haar ogen en begreep toen opeens wat ze bedoelde.

'O.' Ze keek Jayden streng aan. 'Jongeman, kun jij een beetje werken?'

'Op de boot waren ze best tevreden over me,' zei Jayden. Dat vond Polly een aardig argument. 'Ik kan tweehonderd vissen per uur schoonmaken. Dus helpen bij het bakken van een beetje brood lukt vast ook.'

Hij keek haar opstandig maar ietwat zenuwachtig aan. Polly had met hem te doen.

'Jayden, wil je hier echt werken?'

Opeens keek hij als het jongetje dat hij ooit moest zijn geweest. Zijn ogen leken zich te vullen met tranen.

'Er is hier verder niets te doen,' zei hij. 'Ik wil niet verhuizen.

Laat me alsje–, alsje–, alsjeblieft niet teruggaan naar zee. Dat overleef ik niet.'

Hij staarde naar de grond en sprak de laatste zin monotoon uit. Polly kon alleen maar raden hoeveel moeite het hem had gekost om dat te zeggen.

Ze keek naar mevrouw Manse, die kort knikte.

'Oké,' zei Polly. 'Ja, ik heb hulp nodig. Ik moet meer brood bakken. En je kunt vegen. Kun je vegen?'

'Ik heb jarenlang visseningewanden bij elkaar geveegd.'

'Kun je vroeg opstaan?'

'Bij mijn vorige baan kón ik niet eens naar bed.'

Polly glimlachte. 'Als ik kan voorkomen dat je de winkel leegeet, zou dit best wel eens kunnen werken.'

Ze stak haar hand uit. 'Maar o wee als je brutaal gaat doen. Nou ja, als je een beetje brutaal doet tegen de klanten vind ik dat geen probleem, maar mevrouw Manse is je baas en ik ben je tweede baas, oké?'

Jayden keek verrast naar haar hand en schudde hem toen hevig op en neer. Hij straalde.

'Ja! Natuurlijk! Ja! Hier ga je geen spijt van krijgen!' Hij keek heel anders dan net. 'Mag ik gelijk beginnen? Wat moet ik vegen?'

'Prima,' glimlachte Polly. 'En ik zal je leren hoe je deeg kneedt. En mevrouw Manse, als hij iets voor u kan doen als hij helemaal is hersteld, als hij iets kan halen of dragen...'

'Ik red me wel,' zei mevrouw Manse kortaf. Daar had ze gelijk in, dacht Polly: de andere bakkerij was tegenwoordig veel korter open en Polly had klanten al meerdere keren verward naar de lege vitrines zien kijken. De kleine bakkerij aan het strand liep zo goed dat Gillian minder kon werken en dat vond Polly alleen maar positief. En hoewel ze nu niet meer zo goed wist wanneer ze om opslag kon vragen was ze te opgelucht over het feit dat hun regeling goed uitpakte om daarover te klagen. De andere winkels op Mount Polbearne verkochten trouwens niet veel meer dan fish-and-chips en emmertjes en schepjes, dus ze kon haar geld toch nergens aan uitgeven.

'Nou, kom maar binnen.'

Ze gaf Jayden een rondleiding door de winkel. Ze had Chris gevraagd een paar schorten te bedrukken met het lettertype dat hij voor de gevel had gebruikt en op de toonbank lagen kaartjes met een foto van de kleine bakkerij aan het strand erop, die hem aanprezen als reclameschilder. Overstappen van digitaal designwerk naar het beschilderen van fysieke objecten... misschien was dat wel de juiste stap voor Chris, dacht ze. Nou ja, ze hoopte het.

Ze leidde Jayden rond in de bakkerij.

'Wauw,' zei hij toen hij zag hoe ze de grote houtoven opstookte, rijzend, hemels geurend deeg controleerde, aan de zuurdesem rook en een scheutje melk bij een verse starter goot. 'Wat een hoop werk.'

Polly keek hem even aan.

'Dacht je soms dat ik met een hengel naar achteren ging om brood te vangen?'

Jayden keek ongemakkelijk.

'Meen je dat echt? Of is dat een grapje of zo? Als het een grapje is moet je het zeggen, dan kan ik erom lachen.'

'Je hoeft niet te lachen,' zei Polly. 'Hoe voelt je been? Wanneer mag je weer tillen?'

'Dat mag nu al,' zei Jayden. 'Het verband is vooral om indruk te maken op de meisjes.'

'Mooi,' zei Polly. 'Goed, 's ochtends...' Opeens besefte ze hoe heerlijk het was dat ze dit werk aan iemand kon uitbesteden. ''s Ochtends til je de nieuwe zakken bloem die buiten staan naar binnen. Daarna moeten alle oppervlaktes worden afgestoft en alle vloeren gebezemd. En de ovens moeten schoon, maar daar hoef je alleen de kruimels uit te vegen, het patina mag je laten zitten. Dat is dat vettige spul. Dat is goed voor het brood.'

'Echt?'

Polly keek hem aan.

'Je vindt mijn brood toch lekker?'

'Ja,' antwoordde Jayden.

'Dan begin je met kneden... God, en dan kan ik dus pauze nemen. En daarna kun jij pauze nemen! Jayden, dit wordt geweldig.'

Jayden grijnsde. 'En ik mag de hele dag binnenblijven?'

'De hele dag,' beloofde Polly.

'En ik hoef pas om halfzes te beginnen?'

'Yep.'

Jayden straalde van geluk.

Die eerste ochtend verliep niet bepaald soepel, want a) Jayden wist niet waar alles stond, hoe de verschillende soorten brood heetten, waar de zakjes lagen of hoe je de kassa bediende en b) iedere eilandbewoner die binnenkwam, en dat was tegenwoordig praktisch het hele dorp, sprak twintig minuten lang met Jayden over het ongeluk, zijn nieuwe baan, de zenuwen van zijn arme moeder en zijn toekomstperspectief. Uiteindelijk zette Polly hem op een stoel in een hoek en hielp ze zelf alle klanten. Hij kon zich op andere manieren nuttig maken.

Net toen hij voor haar aan het dweilen was, zag ze een ongemakkelijk ogende man schuchter bij de deuropening staan.

'Kan ik je helpen?' vroeg ze.

'Eh,' zei hij. 'Ik kom voor... ik kom voor de bijen?'

Even wist Polly niet wat hij bedoelde. Toen herinnerde ze het zich weer.

'O ja,' zei ze. 'Hu...'

Ze besefte geïrriteerd dat zelfs het uitspreken van zijn naam haar een rotgevoel gaf.

'Er was me al verteld dat je zou komen,' zei ze kortaf. 'Ik was even mijn handen. Jayden, jij ook,' beval ze snel. 'Sterker nog, doe dat maar om het kwartier.'

'Check,' zei Jayden, die de keuken stond te dweilen en een liedje neuriede. Als hij zo doorging, zou de kleine bakkerij aan het strand blinkend schoon worden.

'We sluiten om twee uur,' zei ze tegen de man. 'Vind je het goed om nog even te wachten?'

De man knikte opgelaten en zijn adamsappel schoot op en

neer. Hij verliet de winkel en ging op de havenmuur naar zee zitten staren. Jayden en Polly hadden vanuit de winkel zicht op hem. Het was allemaal heel eigenaardig.

'Hij ziet er niet uit als een bijenhouder,' zei Jayden.

'Hoe ziet een bijenhouder eruit?' vroeg Polly. Het maakte haar bozig dat ze precies hetzelfde had gedacht.

'Geen idee,' antwoordde Jayden. 'Maar niet zo. Mag ik een broodje?'

'Ja,' zei Polly. 'Je krijgt elke dag één broodje en een brood voor je moeder, maar meer niet, oké? Je bent een jongen in de groei, als ik niet uitkijk eet je alle winst op.'

Jayden knikte en zette zijn tanden in een kaascroissant.

'Deze kan ik blijven eten,' zei hij tevreden.

Polly glimlachte. 'Als je wilt, kan ik je laten zien hoe je die maakt.'

Zijn ogen werden groot.

'Niet!'

'Als je maar wel genoeg groente en fruit blijft eten,' hoorde Polly zichzelf zeggen.

Om kwart voor twee hield Polly het niet langer uit. Ze liet Jayden alleen achter in de winkel om de laatste broden te verkopen en op te ruimen. Hij kon de geldlade naar mevrouw Manse brengen zodat zij de dagopbrengst kon tellen. Ze dacht niet dat Jayden ooit iets zou stelen en hoewel hij niet vies was van kattenkwaad, leek alleen de naam van mevrouw Manse hem al de stuipen op het lijf te jagen.

Ze liep naar de man toe.

'Polly Waterford,' zei ze en ze stak haar hand uit.

'Eh, Dave,' zei hij. 'Dave Marsden.'

Hij had een sterk lokaal accent en zijn hand was een beetje zweterig. Hij leek ontzettend zenuwachtig.

'Hallo, Dave Marsden,' zei Polly. 'Goed, het is een flinke wandeling naar Hu... het huis, maar dat is de enige manier om er te komen, tenzij jij een ander vervoersmiddel hebt?'

Dave haalde zijn schouders op. 'Nee. De bus heeft me afgezet.'

'Oké, prima. Kom, laten we gaan.'

Ze gaf hem een flesje water – ze was ervan uitgegaan dat hij er zelf geen bij zich had, en dat klopte – en ze wandelden over de toegangsweg en over landweggetjes naar Huckles afslag. Dave, die een pak droeg, begon bijna direct te zweten. Het was een warme dag.

'Dus,' zei Polly nadat ze een halfuur zwijgend hadden gelopen. 'Hoe ben je in het bijenvak beland?'

Er viel een nieuwe stilte. Polly keek vanuit haar ooghoeken naar Dave. Die was tot aan de puntjes van zijn oren werkelijk zo rood als een tomaat.

'Eh,' zei hij.

'Wat is er?'

Ze hadden de hoofdweg verlaten en liepen over het beschutte paadje dat naar het huisje in het bos leidde.

'Eh,' zei hij. 'Ik heb niet echt...' hij kuchte. 'Ik heb nog niet zo vaak...'

Polly keek hem argwanend aan.

'Je bent ingehuurd als bijenverzorger. Dat weet je toch?'

Dave keek plotseling alsof hij elk moment kon gaan huilen.

'Ja,' mompelde hij. Hij staarde naar zijn schoenen, die onderhand waren bedekt met modder en enkele vroeg gevallen bladeren.

'Ik bedoel...' zei Polly. Ze waren bijna bij het huisje. 'Ik bedoel, weet je wel hoe je voor bijen zorgt?'

'Ik... eh, ik heb het gegoogeld.'

'Wat?' zei Polly.

Dave slikte moeizaam. Hij begon nog heviger te zweten.

'Sorry,' zei hij. Hij leek net een vijfjarig jongetje. 'Sorry. Ik heb deze baan echt heel, heel hard nodig. Het uitzendbureau had telkens geen werk, dus toen er werd gevraagd of iemand ervaring met bijen had... Ik weet niet wat me bezielde. Ik was...'

Hij wreef in zijn ogen.

'Mijn vriendin is zwanger,' zei hij zachtjes. 'Ik wilde gewoon...'

Polly schudde haar hoofd.

'Mijn god,' zei ze. 'Stel dat ze iemand voor de tijgerboerderij hadden gezocht?'

Dave keek haar aan en leek verbaasd dat ze niet boos was.

'Ga je het uitzendbureau bellen?' mompelde hij. 'Want dan ben ik daar nooit meer welkom.'

'Weet je íéts over bijen?' vroeg Polly. Ze duwde het hek open.

'Dat zei ik al... ik heb ernaar gegoogeld,' antwoordde Dave. 'Maar ik ben alles alweer vergeten.'

'Echt?' vroeg Polly. Ze dacht terug aan de avond die ze hier had doorgebracht met Huckle en waarop ze zich zo bij elkaar op hun gemak hadden gevoeld. Waarop ze zo gelukkig waren geweest. Toen had hij haar alles laten zien. Alles wat ze moest weten.

De tuin, die ten opzichte van haar laatste bezoek mogelijk iets was verwilderd, stond door de hevige regenval tijdens de stormen en daaropvolgende heldere zonneschijn in een volle julibloei, die zo uitbundig was dat het bijna pijn aan je ogen deed. Grote roze fuchsia's en rozenstruiken, waarvan de blaadjes in patronen op de grond lagen, hadden zich wild rond boomstammen geslingerd en het met madeliefjes en moerasspirea bedekte gazon leek net een weide. Er stonden zelfs een paar bougainvilles met belachelijk felle roze en paarse bloemen en de appel- en kersenbomen hingen vol fruit; de afgewaaide vruchten verzamelden zich al rond hun wortels. Polly kon de verleiding een kers te proeven niet weerstaan, maar de vrucht was klein en zuur. Perfect voor jam, dacht ze. Zure kersenjam op een smakelijk hard bolletje.

De bijenkolonie bij het beekje klonk opgewonden. Er vlogen een heleboel bijen van de ene naar de andere bloem en hun gezoem gonsde in de lucht.

Daves rode kleur was verdwenen. Hij was nu wit weggetrokken.

'Jezus,' zei hij. 'Dat zijn grote jongens.'

Polly draaide zich naar hem toe.

'Grapje, zeker?' zei ze. 'Je bent toch niet bang voor bijen?'

'Zijn dat wel bijen?' zei hij en hij liep langzaam achteruit. 'Dat lijken me eerder horzels. Ik bedoel, bijensteken kunnen dodelijk zijn, toch?'

Polly staarde hem aan.

'Kom, we gaan de pakken aantrekken,' zei ze resoluut. 'Die liggen in de schuur.'

Zoals verwacht was de schuur gewoon open. Je moest wel een heel vreemde, vastberaden dief zijn om op zo'n afgelegen plek te willen inbreken.

Dave bekeek de pakken die in de schuur hingen en wreef opnieuw over zijn nek.

'Wat is er?' vroeg Polly, die onderhand een beetje boos werd.

'Niets,' zei Dave. 'Het is gewoon... Ik ben nogal snel claustrofobisch. Ik bedoel, ik heb een briefje van de dokter en alles. Ik denk niet... nou ja, ik denk niet dat ik zo'n pak aan kan, zeg maar.'

'Toen je op Google informatie probeerde te vinden over het houden van bijen,' zei Polly, 'heb je toen überhaupt iets over het imkerbestaan opgezocht, of heb je "World of Warcraft, de bijeneditie" ingetypt?'

Dave leek zich nog erger te schamen dan eerst.

'Ik wou echt dat ik niet had gezegd dat ik dit kon,' zei hij.

'Niet half zo erg als ik,' zei Polly. Ze keek op haar horloge. Bij Huckle was het nu vroeg in de ochtend. En ze had eigenlijk geen zin om met hem te praten, niet na... alles. Als hij iets tegen haar had willen zeggen, had hij wel gebeld. En dat had hij niet gedaan.

Het huisje bezorgde haar de kriebels, gaf haar een vreselijk, ondefinieerbaar gevoel. Ze liet haar gedachten afdwalen naar zaken waaraan ze beter niet kon denken en erkende dat ze het heerlijk zou hebben gevonden om hier na Reubens feest met hem naartoe te zijn gegaan, naar dit huisje met zijn zware bloemengeur, waar ze helemaal alleen zouden zijn geweest, waar ze zich konden verstoppen en gewoonweg konden vrijen tot...

'Dus, eh,' zei Dave. Zijn nek leek nog vlekkeriger dan eerst; hij bleef er maar aan plukken. 'Ik bedoel, ga je het uitzendbureau bellen?'

Polly zuchtte.

'Wanneer komt de baby?' vroeg ze.

'September,' antwoordde Dave. Hij keek iets vrolijker. 'Het wordt een meisje. Onze eerste. We willen haar September noemen. Mijn moeder vindt het maar niets, maar wij vinden het een mooie naam. Omdat ze wordt geboren in september, snap je?'

Polly rolde met haar ogen.

'Ja. Dat snap ik.'

Ze zuchtte opnieuw.

'Goed, ik zal het uitzendbureau niet bellen. Maar laat ze maar weten dat ze je alleen voor vandaag hoeven te betalen, oké? En dat we verder geen hulp meer nodig hebben. En ga dan als de wiedeweerga naar een bouwplaats; in het dorp zijn ze vanwege alle renovaties hard op zoek naar mensen.'

Dat was waar. In de hele regio trok de huizenmarkt aan en dankzij de vraag naar dakkapellen en buitenkeukens schoten de steigers als paddenstoelen uit de grond.

'Eh, oké,' zei Dave. 'Ik heb alleen wel een beetje...'

'Hoogtevrees?' zei Polly.

Dave knikte. Polly glimlachte.

'Goed dan. Weet je hoe je weer bij het dorp komt?'

Dave leek te aarzelen.

'Het pad af en de bordjes volgen,' zei Polly geduldig. 'En succes met de baby, oké?'

'Bedankt,' zei Dave gemeend. 'Echt. Ontzettend bedankt.'

'En dan nu wegwezen,' zei Polly streng. Toen hij wegliep keek hij nieuwsgierig om zich heen, wiste met de mouw van zijn pak het zweet van zijn voorhoofd en deed zijn stropdas af. Ze schudde haar hoofd en stapte zoals Huckle had voorgedaan in een van de imkerpakken. Met pijn in haar hart dacht ze terug aan de lol die ze hadden gehad en aan zijn pogingen om haar door het pak heen te kietelen. Had er toen al iets tussen hen gespeeld? Of had ze zich dat allemaal maar ingebeeld? Blijkbaar wel. Ze zuchtte. De herinnering deed gewoon fysiek pijn.

Neil zou dit maar niets hebben gevonden, dus ze was blij dat ze hem had thuisgelaten. Ze liep naar de bijenkorven en probeerde zich te herinneren wat Huckle haar allemaal had laten zien. Ze blies wat rook over de korven om de bijen te kalmeren, veegde de korven schoon, vulde de suikerstroop bij voor het geval de bijen honger hadden en schepte wat honing van de dikke raten, die klaar waren om te worden geslingerd. Dat was zo gepiept en de tuin was stil en vredig: het borrelende beekje murmelde tegen zichzelf en af en toe zweefde er een paardenbloempluisje langs. Ze wist dat het onbeschrijflijk sneu en vernederend was en het riep een heleboel andere emoties op die ze verwoed uit haar leven probeerde te verbannen, maar toch voelde het alsof Huckle een stukje dichterbij was terwijl ze werkte. Het had geen zin, hij was weg – en zou misschien wel nooit meer terugkomen – maar toch kon een klein deel van haar doen alsof hij er nog was. Alsof hij binnen een dutje lag te doen. Ook de motor stond er nog...

Boos opende ze haar ogen. Dit was stom en ze schoot er niets mee op. Maar ze hield in elk geval wel de bijen in leven.

26

Huckle liet de weken daarna niets meer van zich horen en Polly pakte haar gewone leventje weer op.

Jayden deed het ontzettend goed. Hij was slimmer dan hij leek, kwam elke dag stuiterend binnen en was ontzettend blij en opgelucht dat hij niet meer hoefde te vissen. Hij had nauwelijks nog last van zijn been, tilde met gemak zware zakken bloem, deed al het schoonmaakwerk, was vriendelijk tegen de lokale klanten en beleefd tegen de nieuwkomers (hij was niet zo bereisd).

Hierdoor had Polly meer tijd om brood te bakken, met als gevolg dat ze op zijn vroegst pas om drie uur sloten, maar aangezien ze nu allebei pauze konden nemen, was dat niet erg. En er was nog iets gebeurd: in een van de vervallen gebouwen langs de haven was een nieuw restaurant geopend. Een echt restaurant met servetten van wit linnen en glazen in plaats van flesjes Fanta. Ze haalden hun verse vis bij de vissers, die van het geld van de verzekering nieuwe boten hadden gehuurd of gekocht en weer in de haven aan de slag waren, en kochten hun brood bij Polly!

Het was allemaal heel opwindend geweest. Samantha was op een ochtend haar winkel binnengekomen om haar voor te stellen aan de zoon van een van haar Londense vrienden. Ze had verklaard dat hij een waanzínnig getalenteerde jonge kok was die Mount Polbearne stevig op de kaart zou zetten – hier had Polly niet op gereageerd – en hem aangespoord om het bijzondere brood te proeven. Dat vond hij tot Polly's grote tevredenheid verrukkelijk en hij plaatste een dagelijkse bestelling die ze speciaal voor hem bakte. Samantha was zo vriendelijk geweest om namens haar over de prijs te onderhandelen en het bedrag dat ze had bedongen was aanmerkelijk hoger dan Polly had verwacht, al voelde ze zich daar niet bepaald schuldig over toen ze de prijzen op de menukaart van het restaurant – dat Mount's heette – zag. Ze genoot van haar rustige leven op het eiland en haar harde werken begon eindelijk geld op te leveren. Ook mevrouw Manse vond dat ze recht had op een deel van de winst, die voor beide vrouwen steeds groter werd. Polly verdiende genoeg om al het geld dat ze van het restaurant kreeg op een spaarrekening te kunnen zetten. Het bedrag stelde weinig voor, maar het was een begin.

Ze vond eindelijk tijd om te lunchen met Kerensa, die raadselachtig slecht bereikbaar was en maar zelden de telefoon opnam. Het was alsof ze in een soort seksgevangenis zat; als ze elkaar spraken, klonk ze altijd halfnaakt en een beetje buiten adem. Ze stapten Mount's binnen en keken nieuwsgierig om zich heen. De zaak was een oud strandwinkeltje geweest dat ter ziele was gegaan zonder dat iemand het ooit had leeggehaald of de post was komen ophalen. De ruimte had een complete metamorfose ondergaan: er lag een nieuwe tegelvloer, de muren waren in een koele witte tint geverfd, op alle tafels (die ook wit waren) stonden citroenboompjes en de grote ramen aan de voorzijde boden een perfect uitzicht op de haven. Er was ook een terras, zodat je buiten kon zitten, maar aangezien dat in beslag werd genomen door een groep mensen die ontzettend luidruchtig over Chelsea praatten bleven Polly en Kerensa binnen.

Polly moest toegeven dat Kerensa er fantastisch uitzag. Ze was bruin geworden en omdat ze iets was aangekomen had haar strak afgetrainde lichaam aangename rondingen gekregen. Er lag een dromerige, slaperige blik in haar ogen en haar huid was puntgaaf. Polly begreep waarom. Haar vriendin leek gelukkig.

'Kijk jou nou eens,' zei Polly. 'Je bent van de aardbodem verdwenen. Omdat je een vriendje hebt! Reuben is je vriendje!'

'Dacht het niet,' zei Kerensa. 'Nee. Hij is mijn... eh... seksspeeltje?'

'Bah,' zei Polly. 'Dat is walgelijk.'

Kerensa's telefoon piepte om aan te geven dat ze een berichtje kreeg. Ze wierp er een blik op, schonk het ding kort een irritant zelfvoldaan glimlachje en legde het toen ondersteboven neer.

Polly rolde met haar ogen.
'Liefdesverklaring?'
Kerensa nam een slokje van haar spa rood en veranderde van onderwerp. 'Goh, dit dorp wordt echt steeds hipper.'
Ze werden bediend door een razendknappe jongen van begin twintig; Polly had werkelijk geen flauw idee hoe hij op het eiland was beland. De jongen nam hun bestelling nauwgezet op en Kerensa stond erop dat ze een glas sauvignon blanc namen. Polly besloot in gedachten dat ze die middag niet meer zou werken.
'Dus,' zei ze voorzichtig. 'Hoe is het op je werk?'
Kerensa keek naar haar bord.
'Eh,' zei ze.
'Wát?'
'Eh, nou, Rubes heeft het kantoor gebeld en gezegd dat ze me vrij moesten geven omdat hij anders hij het bedrijf zou opkopen en iedereen zou ontslaan,' mompelde Kerensa. Ze was in elk geval fatsoenlijk genoeg om opgelaten te klinken.
'Kerensa! Ben je een maîtresse geworden? Wat is er met mijn onafhankelijke vriendin gebeurd?'
'Ik ben hartstikke onafhankelijk,' protesteerde Kerensa. 'Hij zei dat hij me anders zou inhuren als consultant. Zodra deze superirritante vent uit mijn systeem is, ga ik direct weer aan het werk.'
Er viel een lange stilte. Toen de telefoon opnieuw piepte stuurde Kerensa glimlachend iets terug.
'Je hebt gelijk,' zei Polly. 'Dit is een betekenisloze scharrel.'
'Nee, nee, wacht even, ik ben al klaar.'
Polly rolde met haar ogen. 'Volgens mij ben je verliefd.'
'Het is een sukkel,' zei Kerensa liefdevol. 'Weet je, op de een of andere manier is het heel sexy als iemand fantastisch in bed beweert te zijn en dat vervolgens ook is.'
'Tja,' zei Polly tevreden. 'Ik heb hem altijd al gemogen.'
'Heb je nog iets van Huckle gehoord?'
Polly nam een grote slok van de verrukkelijk koude wijn die net was gebracht. Kerensa had Polly van tevoren verteld dat zij de lunch zou betalen en dat protesteren zinloos was. Ze hadden

allebei de oesters en gefrituurde visjes besteld en hoewel Polly meestal niet van zulke chique gerechten hield, smaakte alles tot haar verbazing heerlijk.

'Vond je het ook niet gek dat hij zo plotseling weg was? Wanneer komt hij terug?'

Polly had niemand verteld dat ze Huckle op het feest had gezoend. Dat vond ze te beschamend, al helemaal na Tarnie.

'Geen idee,' antwoordde ze.

Ze ging om de paar dagen naar het huisje om de honing te oogsten en de boel in de gaten te houden. Ze had Huckle niet verteld dat de uitzendkracht naar huis was gestuurd; dan zou hij zich schuldig voelen en iemand anders inhuren. Op deze heerlijke zomerdagen was het trouwens helemaal niet erg om buiten te zijn: ze genoot van het lome gezoem, de zware geur en de vele verbluffend mooie bloemen. En de honing verkocht als een trein.

Kerensa zette haar glas neer.

'Is er soms iets tussen jullie gebeurd?'

Polly knikte langzaam.

'Yes! Geweldig! Ik wist het! Het is écht een lekker ding!'

'Ja, en hij is terug naar Amerika,' zei Polly. Ze probeerde zich groot te houden.

'Tijdelijk,' zei Kerensa. 'Waarschijnlijk is hij daar gewoon wat dingen aan het regelen, zodat hij je als hij terug is helemaal bewusteloos kan neuken.'

Polly schudde verdrietig haar hoofd.

'Nee,' zei ze. 'Het... het ging helemaal mis. Het was gewoon... Het was zo vreemd om hem op Tarnies wake te zoenen, opeens durfde ik niet meer... en toen trok hij zich terug en sloeg hij weer dicht, op die gekke manier van hem. Ik denk... ik denk dat ik hem heb laten schrikken en nu is het een grote puinhoop.'

'Doe niet zo belachelijk,' zei Kerensa boos. 'Bel hem op, zeg dat je een vreselijke fout hebt gemaakt en dat hij niet zo'n uilskuiken moet zijn en naar huis moet komen.'

Polly schudde haar hoofd. 'Hij heeft niet gebeld, niet gemaild, niets. Hij is vertrokken naar een ander land. Dat zegt genoeg, lijkt me.'

'Ja, dat jullie een stel idioten zijn,' zei Kerensa.

Polly beet op haar lip.

'Nee,' zei ze. 'Hij heeft een keer gezegd dat hij nog niet klaar is voor een vriendin. Hij heeft net een superserieuze relatie achter de rug. Trouwens, als een jongen je echt leuk vindt, komt hij je halen. Kijk naar Reuben.'

'Leef jij soms in de jaren vijftig of zo?' zei Kerensa boos. 'Wat een onzin. Bel hem.'

'Het was maar een kus.'

'Dat maakt het soms alleen maar erger. Nee, dat meen ik niet. O, Pol. Het zit je ook niet mee.'

Ze zwegen.

'Wat ben ik toch een sukkel,' zei Polly. 'Ik dacht echt dat hij...'

'Ik weet zeker dat hij je leuk vindt,' zei Kerensa. 'Hij is altijd naar je op zoek. Als je er niet bent praat hij met niemand en zit hij gewoon als een grote Owen Wilson zwijgend op zijn stoel. Maar zodra jij binnenkomt, is het net of zijn ogen opengaan, dan is hij opeens aanwezig.'

'Echt?' vroeg Polly. Snel zei ze: 'Ach. Alsof dat nog iets uitmaakt. Alsof dat nu nog iets uitmaakt. Waarschijnlijk komt hij toch niet meer terug.'

Kerensa zweeg. Polly vroeg zich af of ze met een geruststellende leugen zou komen, maar dat deed ze uiteindelijk niet.

'Misschien heb je gelijk,' zei ze. 'Maar daar kom je echt wel weer overheen.'

'Natuurlijk!' antwoordde Polly effen. Ze nam een grote slok wijn. 'Ik heb Neil.'

'Precies!' zei Kerensa.

Ze veranderden van onderwerp, besloten dat wie A zei ook B moest zeggen, bestelden een fles van die heerlijke witte wijn en hadden alsnog een hilarische middag.

27

Huckle vond het zowel geruststellend als een beetje vreemd dat mensen nauwelijks iets over zijn terugkeer zeiden. Het was net of hij op vakantie was geweest. En ergens was dat natuurlijk ook zo.

Zijn moeder vond het uiteraard geweldig, al was zij zo gewend dat hij in de 'grote stad' – zoals ze Savannah noemde – woonde om werk te doen waar ze niets van snapte, dat ze weinig had gemerkt van het feit dat hij in een ander land had gezeten. Zijn vrienden waren blij hem te zien en maakten ontelbare grappen over warm bier en cricket en het rare accent dat hij wel of niet had ontwikkeld. Hij ging praten met een adviesbureau dat hij kende, werd onmiddellijk aangenomen en werkte regelmatig in kantoren door de hele stad. Hij maakte lange dagen, maar het werk was redelijk simpel – al vond hij het vooralsnog fijn om zijn hersenen weer te gebruiken – en het salaris was te gek. Als een soort subtiele wraakactie huurde hij een appartement dat zo ver mogelijk uit de buurt van het oude centrum en zijn merkwaardige herenhuizen stond, die hem te veel aan Engeland deden denken, en dat precies op zijn vorige woning leek: een glazen doos, hoog boven in een nieuw flatgebouw. Hij zette nauwelijks spullen in het appartement. De ruimtes waren steriel, er lagen geen tapijten en er was geen donzen dekbed of rieten dak te bekennen. En het was er koel.

Hij wilde Mount Polbearne uit zijn leven verbannen, wilde dat het eiland een soort droom werd. De haven in Savannah lag vol met enorme, prachtige boten: plezierjachten en casinoboten die nog altijd door de traag stromende, zilte monding van de grote Savannahrivier en het moerasland erachter voeren. Maar er waren ook kleinere boten en 's avonds, als het iets was afgekoeld en je naar buiten kon zonder het gevoel te krijgen dat je een stoomoven in stapte, wandelde Huckle langs de bootjes. Savannah had een mooie haven met winkeltjes en bars, het rook er naar churros en barbecue en overal liepen blije, mollige toeristen in matchende T-shirts. Maar Huckle kwam er om te luisteren naar de rinkelende masten. Soms sloot hij zelfs zijn ogen.

In zijn achterhoofd wist hij dat hij nog het een en ander te regelen had als zijn huurcontract voor de kleine imkerij afliep, dat hij naar Engeland moest om zijn spullen op te halen.

Als hij terugging kon hij vermoedelijk maar beter bij iedereen uit de buurt blijven. Misschien kon hij heel even bij Reuben langs, al was hij voor geen millimeter te vertrouwen en zou hij direct naar Polly stormen om alles door te vertellen. Maar hij wilde niet... Hij hield zichzelf voor dat hij Polly niet aan het lijntje wilde houden. Ze was gewoon een tijdelijke vriendin geweest in een zomer waarin ze allebei wel wat vriendschap konden gebruiken. Meer niet.

Maar als ze echt vrienden waren geweest, zouden ze elkaar nu nog spreken. Elke dag, zelfs. Hij wilde dolgraag met haar praten, hij wilde haar meer vertellen over zijn leven en over hoe het met hem ging, over Savannah. Hij had het geweldig gevonden om haar zijn stad te laten zien.

Maar ze was verliefd op iemand die niet meer leefde. Hij was al een keer gekwetst; dat ging hem geen tweede keer gebeuren. En ze had het hartstikke druk, de bakkerij was een groot succes, dus ze had vast geen enkele interesse in hem. Hij kon het maar beter achter zich laten en blijven waar hij thuishoorde. Hij was trouwens vergeten hoe fijn het hier was: het gemak waarmee je alles kon krijgen, het aanbod in de supermarkt, zijn koele appartement, de lawaaierige bars. Zo erg was het allemaal niet, hield hij zichzelf voor.

En toch liep hij bijna elke avond naar de haven om naar de masten te luisteren.

Vroeg of laat zou het een keer gebeuren: zo groot was Savannah nou ook weer niet. En inderdaad, toen Huckle op een mooie zondagavond waarop alles een roze gloed had in de supermarkt stond te mijmeren of hij naar de film zou gaan, liep hij Alison, Candice oudere, slanke zus, tegen het lijf.

'Huckle!' zei ze. Haar verbazing was duidelijk gespeeld. 'Ik wist niet dat je weer in de stad was... Al had ik wel zoiets gehoord.'

'Tuurlijk,' zei Huckle. 'Hoi.'

'Hoe was het in Engeland? Veel regen? Warm bier? Heb je cricket gespeeld?'

'Eh, ja,' zei Huckle. Hij voelde zich ongemakkelijk.

'Nou, leuk je even te hebben gezien. Ik moet ervandoor.'

'Hoe gaat het trouwens met Candice?' vroeg Huckle snel.

'O, helemaal super!' zei Allison. Tot Huckles verrassing bleef de verwachte steek in zijn hart uit. Verbazingwekkend genoeg voelde hij in plaats daarvan slechts een lichte interesse; hij vond het oprecht fijn om te horen.

'Super,' zei hij met een brede glimlach. 'Nou, doe haar maar de groeten.'

'Zal ik doen,' zei ze en liep toen weer naar buiten.

Candice kennende zou ze direct iets van zich laten horen en hij was inderdaad nog maar nauwelijks terug in zijn appartement toen hij een e-mailnotificatie kreeg en ze hem vroeg of hij binnenkort zin had in een kop koffie. Ze liet er geen gras over groeien.

Ze bleven angstvallig uit de buurt van de plekken waar ze vroeger kwamen en ontmoetten elkaar de volgende dag voor het kantoor waar hij aan het werk was. Ze zag er zoals altijd goed uit: ze was afgetraind, gespierd en hoogblond en haar hakken tikten over de stoep. Huckle vergeleek haar in gedachten met Polly – die had lang rossig haar dat rond haar schouders zweefde en lichte sproetjes op haar neus – maar knipperde het beeld toen weg.

'Hé,' zei hij. 'Wat zie je er goed uit.'

'Ja,' zei Candice. 'Ik volg een nieuw dieet. Jij trouwens ook.'

'Ja, ik heb ook een nieuw dieet,' zei Huckle. 'Ik eet alleen nog maar brood.'

Ze trok een wenkbrauw op.

'Dat is puur vergif.'

'Latte met sojamelk?'

Ze glimlachte. 'Uiteraard.'

Ze gingen bij het raam zitten.

'En, hoe was het in Engeland? Regent het er echt de hele tijd? Heb je cricket gespeeld?'

'Nee, hoor,' zei Huckle. 'Het regent er een beetje. Soms. Maar je hebt er niet de moessonregens van hier. Het spettert wat en dan gaat het heel hard waaien en is het weer klaar. Maar momenteel is het er heerlijk weer. Het is er niet zo plakkerig en heet als hier, een graad of vijfentwintig, denk ik?'

De thermometer naast de watertoren in Savannah had die ochtend vierendertig graden aangegeven.

'Dus je kunt gewoon een T-shirt aan, al is het verstandig om een trui mee te nemen voor 's avonds. En het dorp bestaat uit allemaal kleine stenen huisjes die op elkaars schouders lijken te staan. Sommige stoepen hebben traptreden omdat je anders niet omhoogkomt, zo steil zijn ze. En er zijn maar een paar wegen, die allemaal uitkomen bij de haven, en als je vroeg opstaat kun je de vissersboten zien binnenkomen met de vangst van die nacht. Die kun je direct bij hen kopen, dan snijden ze de vis voor je open en halen ze de ingewanden eruit, versere vis bestaat niet. En direct aan de haven heb je een rommelig winkeltje...'

Na een korte stilte ging hij verder. Candice keek hem nieuwsgierig aan.

'Een bakkerij, de meest fantastische bakkerij waar je ooit bent geweest. Als je 's ochtends wakker wordt, ruik je de heerlijke geur van gebakken brood en als ze haar deuren opent kan je het vers uit de oven kopen, waarna je het nog warme brood op de havenmuur kunt opeten en een halfuur later komen bijna alle dorpelingen langs om een praatje te maken en hun eigen brood te kopen, en zo wordt Polbearne elke ochtend wakker.'

Hij had zich volkomen verloren in de herinnering.

'Soms, als je heel lief bent, brengt het meisje van de bakkerij je nog een kop goede koffie ook. Maar je mag haar niet storen, want ze heeft het ontzettend druk.'

Candice trok haar wenkbrauwen op.

'Het klinkt alsof je haar goed kent.' Candice kookte nooit; al haar maaltijden werden bezorgd door een dieetmaaltijdenservice. 'Ze klinkt als een goede vriendin,' ging ze verder terwijl ze hem aankeek. Ze hoopte dat hij iemand anders had gevonden; zonder schuldgevoelens over Huckle zou haar leven een stuk simpeler zijn.

Huckle zuchtte.

'Ach, ik wilde het niet ingewikkeld maken,' mompelde hij. Hij vertelde haar over de ramp met de vissersboot.

'Jeetje,' zei Candice. 'Wat vreselijk. Maar was ze echt verliefd op die Tarnie?'

'Weet ik niet,' gaf Huckle toe.

'Want het klinkt alsof je haar heel leuk vindt.'

Huckle haalde zijn schouders op.

'En misschien vond zij jou ook wel leuk. Sterker nog, misschien zijn jullie wel een stel enorme idioten geweest.'

'En bedankt,' zei Huckle. Hij nam een grote slok koffie. 'Hoe is het met...'

Candice begon te blozen en glimlachte.

'Eh, tja... nu ik over het bakkersmeisje weet, vind ik het minder vervelend om je dit te vertellen, maar Ron en ik gaan trouwen.'

'Gefeliciteerd!' zei Huckle en opnieuw besefte hij verbaasd dat hij dat meende. Ron en Candice pasten perfect bij elkaar: hij liep elk jaar drie marathons.

'Dank je,' zei Candice. Ze keek hem aan.

'Ik vond het echt gestoord dat je zomaar vluchtte,' zei ze. 'Nou ja, toen je vertrok vond ik het gestoord. Maar nu... nu vraag ik me af of het niet typisch wat voor jou was. Je ziet er goed uit, Huckle.'

Hij glimlachte. 'Ach, er is zoveel typisch iets voor mij.'

Candice trok een wenkbrauw op.

'Hm,' zei ze toen ze opstonden. 'Laat af en toe nog eens iets van je horen. Als je blijft.' Ze gaf hem een vlugge kus op zijn wang.

'Zal ik doen,' zei Huckle en hij keek haar na terwijl ze met tikkende hakken wegliep.

28

Iedereen had zich verzameld in Polbearnes nieuwe chique restaurant voor een vergadering die was belegd door Samantha en Henry. Hoewel de twee niet van het eiland kwamen, hadden ze het bestuur van het dorp over weten te nemen – en hadden ze tot ieders tevredenheid de lokale bouwvakkers een heleboel werk bezorgd door hun vrienden over te halen vervallen huisjes te kopen. Ze hadden een bijeenkomst georganiseerd over HET GROOTSTE GEVAAR VAN DE HUIDIGE TIJD, aldus de posters die ze overal hadden opgehangen, en iedereen was braaf gekomen: deels uit interesse en omdat er door de afnemende zomerdrukte verder weinig te doen was, maar ook omdat ze het juiste vermoeden hadden dat Samantha en Henry voor gratis wijn zouden zorgen.

Patrick van de dierenartsenpraktijk was er, en Muriel natuurlijk ook, en mevrouw Manse, die niet bij de rest zat en minachtend rondkeek, Archie en Kendall van de boten en Jayden. Polly zat samen met Neil aan het einde van een rij en onderdrukte een geeuw.

'Wat is er aan de hand?' vroeg ze Patrick. Ze wist dat hij dol was op de onbedorven, ouderwetse sfeer in het dorp. Naar zijn idee had Polbearne nog altijd banden met het verleden en een aantal van de oudere inwoners sprak inderdaad nog een beetje Cornish, dat ze hadden opgevangen op de schoot van hun grootouders. Hij gruwde van het idee dat er iets zou veranderen.

Samantha ging staan en tikte tegen haar glas.

'Goed, jullie hebben het vast allemaal al gehoord,' zei ze, al wist ze dat dat niet waar was. Ze had het nieuwtje namelijk van een planoloog op het vasteland met wie ze na veel moeite bevriend was geraakt in de hoop toestemming te krijgen voor een daktuin.

Toen de mensen hun hoofd schudden, gaf Samantha uitleg.

Hoewel de nieuwe zomerdrukte geen seconde was afgezwakt, was het niet de oorzaak van alle veranderingen: dat was het wrak. De politie had het strand afgesloten en speciale schepen hadden alle diesel – zo'n honderdtachtigduizend liter – uit het schip gepompt, maar er lagen nog altijd een heleboel spullen op de zeebodem en het schip moest worden weggesleept en gesloopt. Zelfs in Exmouth en Land's End spoelden nog elke dag eendjes aan die door het getij waren meegevoerd.

Maar in Polbearne was het probleem veel lokaler. De vrachtwagens, graafmachines, duikondersteuningsvaartuigen en het personeel dat overdag aan het werk was in het dorp moesten 's avonds weer terug naar het vasteland, ongeacht het getij. De nieuwe bewoners wilden hun huizen laten verbouwen, dus ook daar waren vrachtwagens, trucks en graafmachines voor nodig. En die bewoners wilden met hun auto over het eiland rijden. Dagjesmensen wilden niet het risico lopen te stranden of met een veel te dure veerboot naar het vasteland te moeten. Er werd al jaren over gepraat, maar de plannen kregen steeds meer noodzaak, al helemaal toen er deze zomer op een zondag net toen de vloed opkwam een auto pech kreeg op de toegangsweg en het gezin, waaronder een paar heel jonge kinderen, naar de overkant had moeten sprinten terwijl het water al tot aan hun knieën stond. Iedereen vond dat er iets moest gebeuren en de gemeenteraad, die erg blij was met de opleving van het gebied, had bij het landelijke infrastructuurfonds subsidie aangevraagd voor een brug om hen met het vasteland te verbinden.

Iedereen in de ruimte hapte naar adem en begon toen luid te praten.

Sommigen vonden het een geweldig idee. Met een brug zouden nog meer mensen het dorp kunnen bezoeken. Zou je boodschappen kunnen doen zonder op de tijd te hoeven letten. Dan zou je als het 's winters stormde en de toegangsweg dagenlang onbegaanbaar was niet langer vastzitten op het eiland. Dan zouden de vissers hun vis sneller kunnen bezorgen en zouden de mensen op de berg werk kunnen zoeken op het vasteland. Jayden was enthousiast en verklaarde dat hij naar een nachtclub in Plymouth wilde om te pronken met zijn nieuwe niet-buitenbaan. De vissers mopperden een beetje omdat ze hun watertaxi-inkomsten zouden verliezen, maar de meesten begrepen dat vooruitgang zich niet liet tegenhouden en dat het altijd al een kwestie van tijd was geweest voordat er een brug zou komen. Patrick verzette zich uiteraard dapper tegen de plannen.

'Kunnen ze daar dan niet gaan wonen? In van die dorpen waar ze pizza bezorgen? En dan blijft dit het dorp waar ze géén pizza bezorgen.'

Polly had opeens ontzettend veel zin in pizza, maar bedacht dat ze dat maar beter voor zich kon houden. Misschien kon ze pizza bakken in de bakkerij. Misschien kon zíj het pizzacompromis zijn – ze had de oven al, ze zou alleen haar werktijden iets moeten aanpassen. Dat zou lastig zijn, maar niet onmogelijk, en gezien het aantal hongerige mannen dat momenteel in het dorp werkte, zou het waarschijnlijk een enorm succes worden.

'Hm,' zei ze vertwijfeld.

'Nee, er komt hier ab-so-luut geen brug, verdomme!' bulderde Henry in zijn roze corduroy broek. 'Straks loopt er hier allerlei tuig rond.'

Alle Polbearners, inclusief Polly, rolden met hun ogen en pakten een nieuw glas vol door Henry betaalde wijn.

De brug gaf stof tot nadenken en was het belangrijkste onderwerp van gesprek van iedereen die de bakkerij bezocht, naast het nieuwtje dat een beroemde popster de vuurtoren had willen kopen.

'Staat de vúúrtoren te koop?' vroeg Polly verbaasd. Die bezorgde haar nog steeds gebroken nachten, ondanks al het geld dat ze had uitgegeven aan verduisterende gordijnen. Hoe kon iemand dáárin wonen?

'Tja, binnen heb je nergens last van,' zei Muriel. 'Dat is de enige plek op Mount Polbearne waar dat klotelicht níét te zien is.'

'Hm,' zei Polly. 'En, gaat de popster het kopen?'

'Nee,' zei Muriel. 'Hij kreeg geen toestemming voor een brandweerpaal en een glijbaan.'

'Waarom krijg je geen vergunning voor een glijbaan in je huis, maar mogen ze verdorie wel een enorme, lelijke brug bouwen?' vroeg Patrick, die een vloerbrood kwam halen. Hij had twee interviews gegeven aan nationale kranten (die Polbearnes traditionele karakter graag behouden zagen, of de inwoners nou naar de supermarkt wilden of niet), en was daar enorm trots op.

'Goed punt,' zei Polly.

Na nog een nacht door de vuurtoren uit haar slaap te zijn gehouden, wandelde ze ernaartoe. Het ding was even vervallen als de rest van Mount Polbearne – of in elk geval even vervallen als de helft van het dorp, want veel huizen werden momenteel opgeknapt, een ontwikkeling die, zoals haar meerdere keren was verteld, mede door haar was begonnen. De vuurtoren was al heel lang onbewoond, eigenlijk al sinds het licht op afstand kon worden bediend, de verf bladderde van de zwarte en witte strepen en het granieten huisje ernaast was klein en functioneel. Als huis was het volkomen onpraktisch, maar toch kreeg ze het idee niet uit haar hoofd.

Ongeacht het weer ging ze om de dag naar Huckles huisje om voor de bijen te zorgen. Dat was haar vaste wandeling, haar vorm van beweging geworden en werd uiteindelijk een gewoonte, een vreemdsoortig geluksbrengend ritueel. Ze veegde de korven schoon, haalde dode bijen weg, keek even bij de koningin, steriliseerde en vulde de honingpotten en nam ze mee terug in haar rugzak, met Neil op een stuk krantenpapier erbovenop. De honing verkocht nog altijd goed en ze legde het geld netjes opzij voor het geval Huckle zou terugkomen. Misschien had zijn ex hem wel met open armen op het vliegveld ontvangen en hem, na haar excuses te hebben aangeboden voor het breken van zijn hart, gesmeekt bij haar terug te komen.

Toen Polly op een middag terugkwam van een honingtocht zag ze tot haar grote verrassing Dave in de haven staan.

'Hé!' zei ze. Het was eind augustus. Hoewel het 's ochtends als ze opstond om te gaan bakken al minder licht was, was het nog altijd warm, al had de milde zomerlucht nu een frissere ondertoon. 'Hoe gaat het met je vriendin?'

'Goed!' zei hij. Hij zag er een stuk vrolijker uit, al waren zijn vlekken nog niet verdwenen. 'Ze is eerder bevallen.'

'O, nee,' zei Polly. 'Is ze in orde? Hebben jullie de baby Augusta genoemd?'

'Nee,' zei Dave. 'We wilden haar September noemen, weet je nog?'

'Ja,' zei Polly. 'Maar nu ze in augustus is geboren, dacht ik dat je haar misschien...' haar stem stierf weg. Dave leek nog steeds niet te snappen wat ze bedoelde. 'Nou,' zei ze. 'Geweldig.'

Opnieuw glimlachte hij. 'Het is echt een geweldig meisje.'

'Maar waarom ben je terug?' vroeg Polly. 'Ga me nou niet vertellen dat je aan de nieuwe brug komt werken. Dat overleef je niet.'

Hij schudde zijn hoofd. 'Nee. Ik hoorde dat er nog een plekje vrij is op een vissersboot.'

Dat was waar. Ondanks de hoge werkloosheid in het gebied wilden nog altijd weinig mannen visser worden, want dat stond bekend als een gevaarlijk, vervelend en slechtbetaald beroep. Jaydens plek op Archies nieuwe boot was nog steeds niet opgevuld.

Polly keek hem streng aan.

'Dave,' zei ze omdat ze Archies tijd niet wilde verspillen. 'Weet je zeker dat je niet bang bent voor vissen?'

Dave haalde zijn schouders op.

'Geen idee,' zei hij. 'Ik eet eigenlijk alleen maar vissticks. Ik ben wel bang voor haaien.'

'Hier zitten alleen kleintjes,' zei Polly.

'Die zijn het giftigst,' zei hij. 'Of gold dat nou voor spinnen?'

'Geen idee,' zei Polly.

Archie kwam naar hen toe.

'Kom,' zei hij tegen Dave. 'Ken je deze vent?' vroeg hij Polly.

'Eh, een beetje,' antwoordde Polly. Ze vond het geen fijn idee Dave zomaar in de boot te dumpen.

'Denk je dat hij het aankan?'

'Wees een beetje lief voor hem,' zei Polly. 'Hij is net vader geworden.'

Op Archies gezicht brak een glimlach door. 'O, gefeliciteerd,' zei hij. Inwendig glimlachte Polly. Wat een zachtgekookt ei was het ook.

'Heb jij kinderen?' vroeg Dave.

Archie glimlachte. 'Drie. Nou ja, drie plus...'

Polly draaide zich naar hem toe.

'Dat meen je niet!'

'Jawel. En wij zijn niet de enigen.'

'Hoe bedoel je?'

'Nou, ook Bob van de drogist verwacht een kleintje. En Dave van de pub. En Muriel.'

Polly schudde haar hoofd.

'Múriel? Hoelang is ze al zwanger?'

'Dat mag je zelf bedenken.'

Polly dacht even na.

'Echt? De wake?'

Archie haalde zijn schouders op.

'Dit wordt de eerste babyboom op Mount Polbearne in zo'n tweehonderd jaar. We gaan een school nodig hebben.'

'Dat meen je niet,' zei Polly. 'Geweldig. Alle jongens gaan vast Tarnie heten.'

'Nou, in elk geval geen Cornelius,' gromde Archie. Hij keek weer naar Dave. 'Ben je vies van hard werken?'

'Weet ik niet,' antwoordde Dave.

'Kun je omgaan met een mes?'

Dave leek te aarzelen.

'Nou ja,' zei Archie. 'Zo kan ik vast oefenen met babysitten. Kom mee, druiloor.'

Dave liep doodsbang achter hem aan. Glimlachend zag Polly

hem over de pier glibberen. Archie moest hem praktisch aan boord tillen. Polly schudde haar hoofd. Ach. Ze zouden er vanzelf achter komen.

Het was eb en Patrick stond uitgebreid foto's te maken op de geplaveide toegangsweg. Polly liep terug naar haar appartement, ging in haar raamkozijn zitten, trok een biertje open. Ze vond het maar een vreemd idee dat het dorp na vele honderden jaren binnenkort mogelijk zou veranderen. De gedachte dat ze precies het einde van een tijdperk meemaakte stemde haar verdrietig.

Haar telefoon ging.

'Als dit iemand is die belt met een zwangerschapsaankondiging, gefeliciteerd,' zei Polly. 'Ik maak ook dooptaarten.'

'Niet echt,' zei Kerensa opgewonden. 'Maar ik heb wel ander leuk nieuws...'

29

Ze maakten direct een afspraak voor de volgende dag. Reuben had aangeboden Kerensa af te zetten met zijn helikopter, maar dat had ze geweigerd.

'Je bent gek!' zei Polly.'Het lijkt me super om een keer in een helikopter te zitten. We zouden de rest van ons leven rondjes in Reubens helikopter moeten vliegen.'

Ze omhelsden elkaar op de binnenplaats van de pub.

'We gaan trouwen!' gilde Kerensa. Elke keer dat Polly haar de afgelopen tijd had gesproken, had ze geklonken alsof ze elk moment kon ontploffen. Dat had ze vast van Reuben overgenomen. 'We gaan trouwen! Ieeh!'

Polly liep naar de bar en bestelde champagne. Andy keek erg twijfelachtig, maar wist toch iets op te diepen uit de koelkast.

'Sinds wanneer bestelt mijn failliete vriendin champagne?' fronste Kerensa.

'Ha!' zei Polly glimlachend.'Je bent niet de enige met nieuws.'

Die ochtend was de post gekomen – die werd altijd bezorgd in de winkel. Jayden had in zijn hele leven nog nooit ook maar één brief ontvangen en was keer op keer gefascineerd, ook al ontving Polly voornamelijk facturen voor bloem en een heleboel documenten van de bank. Vandaag was er een grote kartonnen envelop bezorgd waar iemand Polly's adres en NIET BUIGEN op had geschreven. Toen ze het prachtige handschrift herkende klopte ze de bloem van haar handen en maakte ze de envelop verbaasd open.

Toen ze de inhoud voorzichtig tevoorschijn haalde, hapte ze naar adem. Het was een schilderij: een prachtige, exact kloppende afbeelding van de kleine bakkerij aan het strand, met masten en zeilen op de voorgrond en brood in de etalage en in de winkel zag ze een aquarelvlekje dat zijzelf moest voorstellen. Het was schitterend.

'Chris!' zei Polly verrukt.

'Die sombere vent?' vroeg Jayden terwijl hij naar het schilderij tuurde. 'Die gast kan echt schilderen,' voegde hij daar enthousiast aan toe. 'Ik ben jaloers.'

'Ja, hè?' zei Polly en ze zwol van trots. 'Zulke schilderijen heeft hij al heel lang niet gemaakt. Wauw, wat lief van hem.'

Aan het schilderij zat een kaartje. Toen Polly las wat erop stond, vloog haar hand naar haar mond.

'O mijn god!' gilde ze. 'O mijn god! Ons appartement is verkocht! Het is verkocht! En voor een prima bedrag... We hebben onze schulden afbetaald! O mijn god, we zijn uit de schuldsanering! Yés!'

Ze zette de radio harder en danste met Jayden, die gewillig meehupte, rond de toonbank. Neil wilde meedoen en sprong vrolijk krijsend op en neer.

'Ik heb geen idee wat dat betekent,' zei Jayden. 'Maar het klinkt positief.'

'Het is gewéldig!' zei Polly. 'Mijn god. Ik ben vrij! Ik ben vrij! Ik heb geld! Ik ben vrij! Ik kan...'

Ze kwam weer bij zinnen.

'Wauw, ik zou kunnen verhuizen.'

Jayden keek haar aan.

'Waarom zou je dat willen?'

'Goh, vroeger piepte je wel anders,' plaagde Polly. 'Niet naar een andere plaats, natuurlijk. Ik bedoel dat ik in een ander huis kan gaan wonen. O mijn god. Misschien kan ik mevrouw Manse uitkopen. Of een fatsoenlijk dak op mijn appartement laten zetten. Misschien kan ik...'

Ze keek opnieuw naar het kaartje. 'Nee, daar is het niet genoeg voor. Maar dan nog!'

En daarom had ze haar blikje kleingeld geplunderd en bestelde ze nu een fles champagne. Polly schonk het schilderij gul aan de aardige jonge mannen van het restaurant, die het vrijwel direct voor een fortuin verkochten en Chris meteen om meer schilderijen vroegen, die ze ook verkochten. Uiteindelijk hield ze de tiende zelf, voordat ze zijn werk niet meer zou kunnen betalen.

'Dus,' zei Polly aan hun tafel op de binnenplaats. Ze leunde met een enorme grijns achterover. Kerensa had haar omhelsd en gezegd dat het geweldig nieuws was en dat ze niet kon geloven dat Polly dezelfde persoon was als het vreselijke hoopje ellende van zes maanden geleden. Polly had met haar ogen gerold en geantwoord dat ze niet moest overdrijven en Kerensa had beaamd dat het inderdaad een toptijd was geweest, de gelukkigste van haar leven, en toen hadden ze allebei de slappe lach gekregen.

'En, hoe is het met die vent die je haatte?' vroeg Polly.

'Dat was voordat ik met hem naar bed was geweest,' zei Kerensa. 'Mán.'

'Oké, houd maar op,' zei Polly. 'Dat is genoeg informatie voor iemand die nooit meer seks zal hebben en genoegen neemt met haar status als succesvolle zakenvrouw. Gefeliciteerd!'

'Ja!' zei Kerensa. 'Het wordt fantastisch. We gaan de grootste bruiloft ooit organiseren.'

'Ha,' zei Polly. 'Je klinkt al net als hij.'

'Eigenlijk lijken we ontzettend op elkaar,' zei Kerensa. 'Alleen is hij superirritant en ik niet.'

Polly glimlachte.

'En ik wil jou als *maid of honor*,' zei Kerensa, die haar champagne achteroversloeg.

'Daar ben ik véél te oud voor.'

'Onzin. Je moet. Ik heb trouwens toch een miljoen bruidsmeisjes, want we trouwen in Amerika.'

'Ga weg!'

'Ja, naar Amerika dus. Blijkbaar heeft Reubens familie een

enorm landgoed op Cape Cod, aan de kust, dat er best mee door kan.' Ze probeerde te doen alsof dit doodnormaal was, maar dat hield geen van twee lang vol en opnieuw kregen ze de slappe lach.

Knallende champagnekurken hadden schijnbaar een soort magnetische aantrekkingskracht op de bekakte Samantha, want ze stak haar hoofd om de ingang van de binnenplaats en kwam naar hen toe. Toen het zonlicht op Kerensa's absurde verlovingsring viel en de diamant ter grootte van een vogelei iedereen in de buurt verblindde, bleef ze op een paar meter afstand staan.

'O mijn god,' zei ze. 'Nieuws!'

'Dat kun je wel zeggen,' zei Polly. 'Wil je bubbels of ben jij ook zwanger?'

Samantha kwam onmiddellijk bij hen zitten en bestookte Kerensa met vragen over de afmetingen van het landgoed op Cape Cod, het aantal gasten en de cateringmogelijkheden. Toen zweeg ze en legde ze haar perfect gemanicuurde handen op haar dunne bovenbenen – haar eveneens enorme verlovingsring viel in het niet bij die van Kerensa, die je technisch gezien een wapen kon noemen – en zuchtte.

'Goh, ik denk niet dat een van onze vrienden ooit bij een dergelijke bruiloft is geweest.'

Polly en Kerensa keken elkaar even aan.

'Natuurlijk mag je komen,' zei Kerensa vriendelijk.

Samantha slaakte een kreetje van vreugde.

'Al moet ik er wel bij zeggen dat Reuben erop staat dat de bruiloft een *Star Wars*-thema krijgt...'

Een tijd later liepen de meisjes giechelend van de pub naar de haven, waar de jongens een hoop kabaal maakten. Dave hield een enorme vis omhoog en bloosde van plezier.

'Heb jij die gevangen?' vroeg Polly. Dave straalde. De vis was even groot als zijn romp.

'Zo'n grote kabeljauw heb ik hier in jaren niet gezien,' zei Archie. 'Die quota's werpen blijkbaar hun vruchten af.'

'En Dáve heeft hem gevangen,' zei Polly, die niet al te ongelovig probeerde te klinken.

'Grapje, zeker. Die jongen is een natuurtalent. Voor niets en niemand bang.'

Dave glunderde. Jayden kwam de bakkerij uit om een foto te nemen.

'Vissen is geweldig,' zei Dave tegen hem. 'Ik snap niet dat jij ermee bent gestopt.'

Jayden veegde zijn vingers af aan zijn witte schort. Zijn buikomvang toonde langzamerhand de eerste gevolgen van zijn carrièreswitch en beloofde de komende jaren indrukwekkende proporties aan te zullen nemen. Maar Jayden was natuurlijk een ongelofelijke goedzak.

'Wat tof,' zei hij. 'Ga je 'm aan Andy's snackbar verkopen?'

Hij dirigeerde alle vissers tot ze in een rij stonden en hij een groepsfoto kon nemen.

'Die foto zouden we in zijn etalage moeten hangen,' zei hij. 'Dan denkt iedereen dat zijn fish-and-chips van díé kabeljauw komt.'

'Ja, en dan kan hij er nog meer geld voor vragen,' mompelde iemand. Andy had meteen gebruikgemaakt van de nieuwe klandizie, die vooral met vloed veel groter was. Maar zijn fish-and-chips was nog altijd even heet, knapperig en zout, en de stevige, zijdezachte vis kwam in ruime porties met genoeg stukjes gefrituurd beslag, dus daar maakte niemand echt een probleem van.

Kerensa en Polly maakten hun tegenwoordig gebruikelijke tussenstop bij de snackbar voor patat en Fanta en gingen met bungelende benen op de havenmuur zitten.

'Moet je niet op dieet voor de bruiloft?' vroeg Polly plagend.

'Rot op met je dieet,' zei Kerensa. 'Trouwens, god mag weten wat ik aantrek.'

30

Er was veel aan het veranderen, dacht Polly toen ze door het dorp liep om de geldlade naar mevrouw Manse te brengen. Ze moest verontschuldigend voor mensen opzijstappen, auto's wurmden zich over veel te smalle weggetjes en mensen keken bevreemd naar Neil, die op haar schouder zat. Het irriteerde haar en gaf haar het gevoel dat ze een vreemdsoortig kattenvrouwtje was. De bakkerij liep geweldig, maar ze wist niet wat ze van al die nieuwe mensen in haar dorp moest denken en door de brug zou hun aantal alleen maar toenemen. De antibrugcampagne was nog steeds in volle gang, maar kon die de bouw echt tegenhouden?

Ze was al een tijdje niet in de oude bakkerij geweest: dit soort klusjes deed Jayden meestal. Zolang mevrouw Manse tegen hem blafte, was er geen vuiltje aan de lucht. Toen ze aankwam bij de bakkerij vond Polly het daarom licht verontrustend om Gillian achter de toonbank ineen te zien krimpen terwijl een man die Polly niet kende tegen haar stond te gebaren.

Polly liep zonder nadenken naar binnen. De man droeg een rode broek en sprak met een zwaar, onaangenaam Londens accent. Zijn gezicht was net zo rood als zijn broek en hij schreeuwde zo hard dat het speeksel alle kanten op vloog. Geen van beiden zag haar binnenkomen.

'Hoe durf je deze rotzooi te verkopen!' schreeuwde hij. 'Dit is verdomme niet te eten! Ik stuur de consumentenbond op je af! Een supermarkt die dit serveerde zou direct worden gesloten. Dit soort veel te dure rommel kun je fatsoenlijke mensen niet voorzetten! Wat een lef! De mayo is op het randje van bedorven.'

Polly werd plotseling verscheurd door haar liefde voor lekker, goed, eerlijk eten – haar passie – en de neiging om wat ze onderhand beschouwde als haar dorp en haar mensen te verdedigen.

Ze kuchte luid. De man draaide zich woest om. Hij was groot.

'Pardon,' zei ze. Haar algemene zuid-Engelse accent veranderde in een sterkere, lokalere variant. 'Dit is ons dorp, ja? En als u onze broodjes niet lekker vindt, staat het u vrij om op te zouten.'

'Maar die broodjes zijn verdomme hartstikke uitgedroogd.'

'Wij houden hier van uitgedroogd brood,' zei Polly en ze sloeg haar armen uitdagend over elkaar. 'Het lijkt me beter als u nu weer gaat. En als al uw vrienden net zulke afschuwelijke, oude vrouwtjes pestende schurken zijn, dan mag u ze vertellen dat ze niet langs hoeven te komen, want in dat geval zijn we beter af zonder jullie. Goed, had u deze tachtigjarige nog langer willen beledigen? Agent Charlie is zo gebeld.'

Ze hield haar telefoon dreigend omhoog.

'Wat een kutdorp,' riep de man boos. 'Ik hoop dat jullie allemaal naar de hel gaan.'

'Ik ook,' zei Polly. 'Als dat het uitschot buiten de deur houdt.'

De man sloeg de gammele houten deur zo hard dicht dat de hele winkel ervan schudde. Polly keek naar mevrouw Manse. De oude vrouw zag bleek.

'Wat is er met u aan de hand?' vroeg Polly in een poging het voorval af te doen met een grapje. 'Normaal gesproken heeft u voor het ontbijt al negen van dat soort mannen het dorp uit gejaagd.'

Mevrouw Manse leunde op de toonbank, die was besmeurd met slasaus omdat de man zijn broodje eroverheen had gesmeten. Haar handen trilden. Polly probeerde de situatie nog steeds met humor te benaderen.

'Ik ben onderhand een echte dorpeling, vindt u niet? Denkt u dat ik zou slagen voor de dorpstest?'

Mevrouw Manse staarde zwijgend naar de toonbank. Polly zette de geldlade neer en liep naar haar toe.

'Kom,' zei ze. 'Gaat u even rustig zitten. Het was gewoon een rare vent. Trek het u niet aan. Hij was duidelijk volkomen getikt.'

Mevrouw Manse schudde haar hoofd.

'Ze zijn overal,' zei ze terwijl ze zich traag op een kruk liet zakken. 'Ze hebben het dorp bereikt. Daar valt niets meer aan te doen. En als die brug er is, wordt het al helemaal rampzalig.'

Polly hield haar hoofd schuin.

'Tja, we hebben nu wel veel meer klanten. Dat is positief, toch? We hebben onze prijzen nooit verhoogd. We gaan ervoor zorgen dat de bakkerij een succes blijft en een fijn pensioen voor u verdienen.'

'Ik ben bijna tachtig,' zei mevrouw Manse. 'Ik wil dit niet meer.'

Polly keek naar de stoffige, verwaarloosde winkel.

'Tja,' zei ze. 'Ik heb... ik heb niet veel, maar misschien kunt u van het kleine beetje geld dat ik heb gespaard...'

Mevrouw Manse schudde haar hoofd. 'Ik wil jouw geld niet,' zei ze. 'Zolang je de huur betaalt mag je de rest houden. Ik heb zelf genoeg gespaard. Ik ga bij mijn zus in Truro wonen. Bingo spelen.'

'Goh, dat klinkt... leuk,' zei Polly bemoedigend. 'Maar weet u zeker dat u hier weg wilt? U woont al uw hele leven op Mount Polbearne.'

'Ja, en daardoor heb ik...'

Mevrouw Manse zweeg. Waarschijnlijk had Gillian al heel lang geleden naar haar zus moeten vertrekken om bingo te spelen. Toen zei de oude vrouw iets verbijsterends.

'Eigenlijk zou ik je moeten bedanken,' zei ze.

Polly keek haar aan.

'Hoezo?'

Mevrouw Manse knikte.

'Voordat jij er was... voordat jij er was kon ik niet weg. Ik zat hier vast. Zonder bakkerij was het dorp ter ziele gegaan, weet je. Ik vond het afschuwelijk werk, maar de bakkerij was een idee van mijn man. Ik deed het voor hem, en voor het dorp, want het was míjn dorp en geen enkele andere stumperd wilde het doen.'

Haar blik werd afwezig.

'En toen verloor ik Alf en Jimmy en, nou ja...'

Er viel een lange stilte.

'Maar toen kwam jij met je bijzondere ideeën en je idiote

namen voor simpel vloerbrood en je stomme plannen om alles te veranderen... die nog werkten ook. Nou ja, sommige dan,' voegde ze toe. Inwendig glimlachte Polly.

'En nu ben ik overbodig geworden. Het wordt hier steeds drukker en ik ben overbodig geworden. Iedereen gaat liever naar een jonge griet die zeevogels door de bloem laat banjeren.'

Haar laatste zin eindigde in een soort grom. Polly klopte zachtjes op haar schouder.

Mevrouw Manse sloeg haar ogen op en keek naar buiten.

'Ik wist het,' zei ze. 'Ik wist dat die Tarnie niet zou terugkomen. Alle andere jongens kwamen terug, maar mijn zoon bleef voor altijd weg.'

'Ja, dat heb ik gehoord,' zei Polly eerbiedig.

'En nu begrijp ik het. Dat meen ik. Ik begrijp...'

Haar stem stierf weg en ze leek een beetje in de war.

'Ik weet dat hij niet... Ik weet dat ze niet meer...'

Haar oude hand greep Polly verrassend stevig beet.

'Ik hoop dat ze samen zijn, Jim en Cornelius. Waar ze ook zijn.'

Toen barstte ze in tranen uit.

Polly draaide het bordje op de deur snel naar GESLOTEN, al was dit niet de kleine bakkerij aan het strand, waar onderhand een rij tot aan de haven zou hebben gestaan; er was nog niemand voorbijgekomen. Ze draaide de deur op slot, liep naar achteren en zette de waterkoker aan.

'Een lekker kopje thee,' zei ze. 'Ja, een lekker kopje thee.'

'Ze komen nooit meer terug,' zei mevrouw Manse.

En hoewel Polly wist dat de vrouw het over haar man, haar zoon en Tarnie had, moest ze onwillekeurig toch aan iemand anders denken, iemand wiens haar glom in het zonlicht en die hier heel ver vandaan was... Terwijl het water kookte en ze mevrouw Manse bezorgd in de gaten hield, vroeg ze zich af of zij en de vrouw niet hetzelfde deden. Polly hield alles netjes voor Huckle, en mevrouw Manse zou het onverdraaglijk vinden om niet op de havenmuur te staan wanneer haar mannen thuiskwamen. Want stel nou dat ze inderdaad terugkwamen? Al wist ze eigenlijk zeker dat Huckle niet meer zou komen. Daar was ze van overtuigd. Gillian Manse had de waarheid pas na een hele tijd onder ogen durven zien. Wanneer zou Polly hetzelfde doen?

Ze liet mevrouw Manse haar thee opdrinken, nam haar mee naar het appartementje boven de winkel en haalde de vrouw, die nog steeds in zichzelf mompelde, daarna zonder al te veel moeite over om naar bed te gaan. Ze belde Archie, vroeg hem de zus van mevrouw Manse in Truro op te sporen en wachtte toen in het bloedhete appartementje op de arts, die pas kon komen als het eb was.

Opeens zag ze dat de oude foto die in de lade had gelegen netjes afgestoft en gepoetst boven op de televisiekast stond. Gillian meende wat ze zei, besefte Polly: ze had geaccepteerd wat er met haar mannen was gebeurd en wist dat ze nooit meer thuis zouden komen.

Toen de arts eenmaal was gearriveerd, maakte ze een geërgerde indruk.

'Hoe eerder die brug er is, hoe beter,' zei ze. 'Dit is bespottelijk, we leven toch niet meer in de middeleeuwen? Hoe kunnen jullie hier wonen?'

Polly keek haar aan.

'Wij vinden het prettig zo,' zei ze verdedigend.

De arts onderzocht mevrouw Manse en verklaarde dat de vrouw lichamelijk in orde was, al was ze wel veel te dik. Ze snoof luid. 'Maar dat is tegenwoordig bijna normaal. Al dat witte brood.'

Polly besloot dat ze de jonge arts niet erg aardig vond.

'Mevrouw is wel een beetje in de war. Ik weet bijna zeker dat haar verwarde toestand met haar leeftijd te maken heeft en raad haar aan regelmatig te gaan zitten.'

'Volgens mij wil ze bingo gaan spelen,' zei Polly.

'Perfect,' antwoordde de arts. 'Werkt ze nog?'

'Ze runt deze bakkerij. Alleen.'

De arts schudde haar hoofd.

'Dat kan niet meer. Dat kan echt niet meer.'

'Maakt u zich geen zorgen,' zei mevrouw Manse slaperig. 'Dit... dit meisje neemt de zaak van me over. Toch, Polly?'

Dit was de eerste keer dat mevrouw Manse Polly zo noemde. Meestal noemde ze haar gewoon 'jij', bijvoorbeeld in de zin: 'Jij hebt dit dorp verwoest'.

Ze kneep in de gerimpelde oude hand van mevrouw Manse.

'Natuurlijk,' zei ze. 'Dat beloof ik.'

31

De seizoenen verstreken en er werden nieuwe winkels geopend in Polbearne: naast het prachtige visrestaurant zat nu een dure visboer die de vissers royaal betaalde en er was nu een winkel met kinderkleding en snuisterijen waarvan Polly niet had gedacht dat hij het zou halen.

Ook beide bakkerijen liepen als een trein; ze had een tweede werknemer in dienst genomen en Jayden hield alles moeiteloos in de gaten. Hij was verantwoordelijk voor al het gewone brood en het zware werk, waardoor Polly kon experimenteren met nieuwe smaken en technieken, en daar genoot ze van. Verder had een zondagskrant een leuk stuk over de bakkerij geschreven waar ze erg mee in haar nopjes was. Ze had een paar afspraakjes gehad en was een keer uit geweest met een van Reubens surfvrienden, die graag over surfen praatte maar nauwelijks andere interesses bleek te hebben, en een keer met een architect, die betrokken was bij een van de verbouwingen. Ze had met geen van twee een klik gevoeld en hield zichzelf voor dat zij en Huckle slechts een uit de hand gelopen vriendschap hadden gehad. Ze had het vanwege het kerstfeest met haar moeder, haar broer en zijn kinderen, Reuben, Kerensa en Kerensa's ouders trouwens toch veel te druk om zich daar zorgen om te maken. Het onophoudelijke gezoen van Reuben en Kerensa boven de *Christmas crackers* was enigszins gênant geweest, maar ze hadden een grote dienst in de oude kerk bezocht en hoewel iedereen bijna was bevroren waren ze dankbaar geweest voor dit jaar, dat veel erger had kunnen uitpakken, en was het een geweldige kerst geweest.

Maar nu de lente en de bruiloft naderden, werd ze opnieuw een beetje nerveus. Ze had besloten Huckle met een relaxt 'Hé, alles goed?' te begroeten, maar ze wist dat ze er kapot van zou zijn als hij zou verschijnen met zijn ex, of met een willekeurig ander meisje.

De meeste mensen wisten niet wat er tussen haar en Huckle had gespeeld en vroegen er niet naar. Kerensa vroeg of ze zijn uitnodiging moest intrekken, maar Polly wees haar erop dat hij Reubens getuige was. Lekker belangrijk, antwoordde Kerensa, Reuben deed alles wat ze hem vroeg, maar Polly glimlachte en zei dat ze niet zo idioot moest doen. Ze hadden eeuwen geleden een keer kort met elkaar gezoend. Het was onzin om daar nu nog moeilijk over te doen, toch?

Aan het begin van de lente verschenen plop, plop, plop, alle baby's: een Tarnie, een William – Tarnies tweede naam – twee Cornelia's en een Marina. (Een van de Cornelia's was van Samantha, die toch zwanger bleek te zijn geweest, maar zo'n klein buikje had gehad dat het haar was ontgaan.) Mensen zeiden steeds vaker dat er een school moest komen, waar enkelen uiteraard 'En een brug' aan toevoegden. Het dorp was nog steeds enorm verdeeld. Bij de driemaandelijkse bijeenkomst over de planning zou het erom spannen.

Reuben en Kerensa hoopten dat hun huwelijksceremonie 'iedereen van hun sokken zou blazen'. Polly was maid of honor en kwam als enige over vanuit Mount Polbearne, wat haar erg zenuwachtig maakte. Samantha kon niet mee omdat ze net was bevallen. Archie was uitgenodigd, maar weigerde zijn nieuwe baby, zijn oogappel, achter te laten. En Jayden moest op de winkel passen.

Polly oefende haar kalme, evenwichtige houding en hield zichzelf voor dat Huckle haar vast nauwelijks meer zou herkennen: ze was een meisje met wie hij tijdens zijn vakantie een paar keer had afgesproken, meer niet. Toen ze als prinses Leia naar de bruiloft bleek te moeten, met donutknotten en al, vroeg ze zich af hoe onmogelijk deze onderneming zou worden.

'Waarom heb jíj geen knotten?' had ze tijdens een van de vele keren dat zij en Kerensa erover hadden geruzied boos tegen haar vriendin gesist.

'Ik ben de jónge prinses,' had Kerensa geantwoord. 'Volgens Reuben worden de latere prequels zwaar onderschat.'

'Dat komt omdat die vent overal de ballen verstand van heeft,' gromde Polly terwijl ze haar haar opnieuw probeerde te vlechten.

'Zet gewoon die pruik op,' adviseerde Kerensa.

'Geen denken aan,' zei Polly. 'Dan zie ik eruit alsof ik gestoord ben.'

'Met rode knotten ook.'

'Róssige knotten,' zei Polly. 'En dit heeft die stomme verloofde van je bedacht. Echt hoor, komt iedereen verkleed of ben ik de enige?'

'Iedereen,' zei Kerensa. 'Alle vijfhonderd gasten. Reuben neemt dit bloedserieus.'

'Víjfhonderd?'

'Rustig maar,' zei Kerensa. 'Je kent toch niemand.'

'Alsof dat iets uitmaakt. Hoe gaat Reuben trouwens verkleed? Als Luke Skywalker?'

'Nee! Als Darth Vader. Hilarisch.'

'Je maakt een grapje.'

'Nee, hoor! Het wordt fantastisch.'

'Je gaat trouwen met Darth Vader.'

'Dat is hartstikke sexy.'

'Dat is astmatisch. En kwaadaardig.'

'Nou, ík denk dat het heel bijzonder wordt.'

Van alle vijfhonderd vrienden en familieleden van Reuben en Kerensa die in de hotels rondom het landhuis aan zee verbleven, vond Polly er maar eentje interessant. Tijdens de lange vlucht deed ze geen oog dicht en kreeg ze geen hap door haar keel. Eenmaal op de locatie, te laat voor de repetitie die Kerensa met strakke hand regeerde – 'Je loopt nog steeds te snel' – wenste ze dat ze straks in het hotel deeg zou mogen kneden in de keuken om haar zenuwen enigszins tot bedaren te brengen. In plaats daarvan lag ze echter te woelen in de enorme suite en deed ze een poging niet te denken aan het vermoeide jetlaghoofd waarmee ze morgenochtend zou opstaan. Uiteindelijk viel ze rond vier uur 's ochtends in slaap en toen ze eindelijk wakker werd was het een prachtige Amerikaanse ochtend. De zon scheen en aan deze kant van de Atlantische Oceaan leek het zeewater veel blauwer en uitgestrekter. Polly bestelde ontbijt op bed, keek naar het witte kostuum dat aan de deur hing en kreunde luid.

Meer dan een kop koffie kreeg ze niet weg. Ze vond het doodeng om hem weer te zien, al helemaal toen Kerensa woest op haar deur bonkte en haar meenam voor een uitgebreide haar- en make-upsessie. Bij het zien van haar idiote koptelefoonknotten kon ze wel huilen. Kerensa zag er nog best aardig uit: ze droeg witte foundation, een bijzondere, ontzettend grote en gedetailleerde kimonoachtige jurk en haar haar was hoog opgestoken, samen met dat van nog zo'n vier andere mensen.

'Wauw,' zei Polly.

'Ja,' zei Kerensa. 'Geweldig, hè?'

De bruiloft was buiten, op een volmaakt gazon. Bij de waterrand stond een prieeltje met rijen zwarte stoelen ervoor. Aan de rugleuning van elke stoel hing een grote zwarte strik met plaatjes van de Millennium Falcon erop.

'Wie zijn al die mensen?' vroeg Polly verbaasd.

'O, iedereen is dol op Reuben,' antwoordde Kerensa zelfingenomen. Polly gaf haar een knuffel.

'Ik houd van je,' zei ze.

'Kijk uit voor de kimono.' Kerensa grijnsde. 'Ik ook van jou. Ik heb al zijn sexy rijke vrienden uitgenodigd. Ik weet zeker dat er op deze bruiloft mannen rondlopen die niet naar een ander continent verhuizen als je ze kust.'

'Nee, dat doen ze al vóór ik ze kus, zodra ze dit idiote koptelefoonkapsel zien... Mijn god, zijn dat Ewoks? Die moeten het bloedheet hebben.'

Toen ze eindelijk bij de openslaande deuren naar het gazon waren aangekomen begon het Boston Symphony Orchestra de bekende *Star Wars*-tune te spelen. Het pad naar het altaar was bezaaid met zwarte en witte rozenblaadjes. Polly kneep in Kerensa's hand.

'Ieeeh!' zei Polly.

'Waah!' antwoordde Kerensa.

Kerensa's vader – een fijne vent, vond Polly – probeerde er zo waardig mogelijk uit te zien in zijn Obi Wan Kenobi-kostuum. Vader en dochter omhelsden elkaar en toen gebaarde Kerensa, die nauwelijks kon bewegen in haar enorme kostuum, dat Cadence, Reubens bijzonder dikke maar ontzettend aardige zus die een of ander rood dienaressenkostuum droeg en horens op haar hoofd had, bloedrode rozenblaadjes voor hen uit mocht strooien.

Polly wandelde met een boeketje witte bloemen over het gangpad en was zo zenuwachtig dat ze dacht dat ze ging overgeven. Eerst staarde ze naar de grond, maar toen mensen begonnen te klappen (op Amerikaanse bruiloften werd blijkbaar geklapt) hief ze haar hoofd.

En toen zag ze hem.

Reuben moest op een doos staan, of hakken aanhebben, want als hij echt zelf onder dat Darth Vader-masker zat, leek hij vele malen langer dan gewoonlijk. En naast hem, op de een of andere manier even kalm en belachelijk knap als altijd en verkleed als Han Solo, inclusief redelijk hippe leren wambuis, stond Huckle.

Polly beet op haar lip en liep verder. Toen de bruid achter haar verscheen, hield iedereen zijn adem in. Dat was prettig, want nu keken er voor Polly's gevoel minder mensen naar haar. Ze had de opdracht gekregen naar het altaar te lopen en links van de rabbi te gaan staan, aan de kant van de bruid. Huckle stond uiteraard rechts. Hij kwam echter direct met uitgestoken hand op haar af. Ze slikte moeizaam.

'Hoi,' zei hij zachtjes.

'Hoi,' antwoordde ze en alsof hij nooit was weggegaan plantte hij een zacht kusje op haar wang en leidde hij haar onder boos gekuch van Reuben naar zijn kant.

'Wat zit je haar leuk.'

'Nietes,' zei ze. Haar hart bonsde in haar keel.

‘Nee, ik meen het.’

‘Je draagt een wambuis. Hoe kan ik je in godsnaam serieus nemen?’

Toen Kerensa, die eruitzag als een koningin, plaatsnam naast Reuben en tegen Polly siste dat ze aan de andere kant moest gaan staan trokken ze hun gezicht in een gepaste plechtige plooi. Polly deed net of ze haar niet hoorde. Ze zag dat Reuben laarzen met plateauzolen droeg.

Inwendig explodeerde ze van vreugde. Toen Huckle haar hand pakte, begon ze als vanzelf te glimlachen en te stralen. Alle problemen, hun scheiding, de lange, koude wintermaanden, de eenzame nachten, de lange dagen, het feit dat ze maar tijdelijk herenigd waren: nu ze naast hem stond was alles als sneeuw voor de zon verdwenen.

‘Waar is Neil?’ fluisterde hij.

‘Wist je dat je geen paspoort kunt aanvragen voor een zeevogel? Schandalig.’

‘Nou, als je lang genoeg blijft, vindt hij ons vanzelf.’

Polly glimlachte.

‘Als iedereen zover is,’ zei de rabbi nogal kortaf terwijl hij hun een boze blik toewierp, ‘kunnen we beginnen.’

‘Mijn koningin,’ las Reuben met lage, monotone stem op van een kaartje. ‘Moge de *Force* met ons zijn tijdens onze reis door de Melkweg van het leven. Ik zweer dat ik nooit zal overlopen naar de Duistere Kant...’

‘Daar is het een beetje laat voor,’ fluisterde Huckle. Polly gaf hem een klap.

‘... maar voor eeuwig het licht van onze liefde zal volgen. Ik beloof te vechten tegen het kwade rijk en hoop dat je aan mijn zijde wilt staan en samen met mij over de Melkweg wilt heersen. Wil je dat?’

‘Ja,’ zei Kerensa.

Ze pakte haar eigen kaartje. Polly beet heel, heel hard op haar lip.

‘Mijn Jedi, mijn liefste. Ik aanvaard je hand en je belofte. Moge de Force in ons voortleven. Blijf je een Jedi, zodat ik voor altijd naast je zal staan?'

'Ja,' zei Reuben. Het mondstuk vervormde zijn stem tot een zwaar gehijg, dus zijn antwoord klonk eerder als een soort gerasp.

Polly voelde een hysterische lachbui opkomen. Dat werd er niet minder op toen Reuben, nadat ze onder de choepa een glas hadden kapotgetrapt en hij zijn bruid mocht kussen, zijn helm niet af kreeg. De meeste mensen klapten en hadden niet meteen door dat er een hevige worsteling gaande was. Kerensa probeerde te helpen, maar zij kreeg haar armen niet omhoog vanwege haar enorme jurk. De rabbi moest ingrijpen en deed verwoede pogingen om de woest tegenspartelende Reuben te bevrijden.

Polly voelde een vastberaden hand op de hare.

'Kom mee.'

'We kunnen nog niet weg.'

'Voordat hij dat ding af heeft zijn we allang terug.'

Huckle trok Polly via een van de zijkanten van het met bloemenslingers omwikkelde prieeltje – niemand schonk hun ook maar enige aandacht – mee naar een duin dat schuin afliep naar het strand, waar niemand hen kon zien.

Daar pakte hij haar hand.

'Het spijt me dat je vriend is doodgegaan,' zei hij.

Polly keek hem aan.

'Ik... ik mocht Tarnie graag,' zei ze. 'Maar hij was niet mijn... Zijn dood was vreselijk, maar we hadden... nou ja, we hadden geen relatie.'

'Je reageerde alsof we iets verkeerd deden.'

'O, Huckle!' zei Polly. 'Dat lag aan het momént! Het momént was verkeerd! We waren op zijn úítvaart! Dat lag niet aan de zoen zelf, mafkees!'

Toen ze de trage, lome glimlach op zijn gezicht zag verschijnen, kon ze zich niet langer beheersen. Ze wierp zich in zijn armen en vurig kussend rolden ze samen van het duin naar de branding.

'Dit leek me de beste oplossing,' zei hij toen ze naar adem hapten. 'Maar als ik eerlijk ben... als ik eerlijk tegen mezelf ben, heb ik je ongelofelijk gemist en ongelofelijk vaak aan je gedacht. Elke dag, elke minuut, elke seconde. Ik heb hier zo naar uitgekeken.'

'Nou, ik zag er enorm tegen op,' zei Polly.

'Waarom?' vroeg Huckle.

'Ik was bang dat je terug was bij je ex... dat je iemand anders had.'

Huckle schudde zijn hoofd. 'Ik moet er niet aan denken.'

'Maar toen je na je vertrek niets meer van je liet horen...'

'Ik dacht dat je rouwde om Tarnie en dat ik je alleen maar tot last zou zijn.'

Toen ze weer begonnen te zoenen verscheen boven op het duin het hele bruiloftsgezelschap – C-3PO, R2-D2, een heleboel Ewoks, een bijzonder ongelukkig kijkende Jabba the Hutt en een Jar-Jar Binks die bij aankomst bijna was weggestuurd – voor een groepsfoto aan de waterkant. Polly voelde zich direct schuldig, dit kon ze niet maken op de bruiloft van haar beste vriendin, maar Kerensa, die zich in het midden van de groep bevond, kwam in een langzaam tempo, dat zowel bij haar koninklijke status als haar oncomfortabele outfit paste, naar haar toe en stak haar boeket bloedrode rozen naar haar uit.

'Ik ga ze niet gooien,' zei ze. 'Ik kan mijn armen toch niet optillen. Ze zijn voor jou.'

De rest van de bruiloft was een en al overdaad: oesters en verse kreeft uit Maine, een nieuw soort cocktail, rijen onberispelijke obers en een beroemde band uit de jaren tachtig die in elk opzicht afschuwelijk was, al hadden de bandleden sterke concurrentie van de verklede gasten. Er was een ingestudeerde dans van de bruid en bruidegom, die geen van de aanwezigen ooit nog zou vergeten, er werd vier uur lang gespeecht, waarbij zes mensen in slaap vielen, en er was een comedy-optreden van een beroemde komiek en een dansende hond.

Polly en Huckle kregen niets mee van alle opwinding, want die zaten met een paar gejatte flessen champagne bij de branding en hadden alleen maar oog voor elkaar. Huckle herinnerde zich dat hij moest speechen, maar toen hij zag dat iedereen in de enorme tent zichzelf koelte toewuifde en veel gasten buiten westen raakten, schuifelde hij naar zijn vriend (Reubens plastic harnas voelde onprettig aan en werd steeds plakkeriger, maar hij weigerde het uit te trekken), sloeg een arm om hem heen en fluisterde in zijn oor: 'Wil je de lange of de korte versie?'

'Maak een eind aan deze hel!' hijgde Reuben door zijn stemvervormer, waarop Huckle zijn glas hief en verkondigde: 'Op mijn vriend Reuben, de beste, heldhaftigste yutz die ik ooit heb ontmoet, en op zijn vrouw, die uiteraard veel beter verdient.' Iedereen in de tent begon wild te klappen en te juichen, voornamelijk van opluchting.

'Goed, als klein jongetje had Reuben het niet bepaald makkelijk,' zei een kleine, oude man die was verkleed als Luke Skywalker en daar niet al te blij mee leek te zijn. Hij ging staan en zwaaide met een pak papier zo dik als het telefoonboek. Uit het gezelschap steeg een collectieve kreun op. Huckle, die blij was dat niemand Reubens gezichtsuitdrukking kon zien, greep een bordje bruidstaart (er hadden negen taarten gestaan) en een nieuwe fles bubbels en dook de tent uit.

Even bleef hij alleen maar staan kijken. De zon ging achter hen onder, de lucht was roze en geel en Polly's haar glansde in het zachte, heldere licht. Haar idiote knotten waren losgeraakt en haar haar viel in zachte golven over haar schouders. Ze stond met een nadenkende, afwezige blik roerloos naar de zee te kijken en zijn idiote wambuis hing nonchalant over de schouders van haar witte jurk. Hij was niet gewend om Polly zo rustig te zien; ze was altijd bezig, soms wel met vijf dingen tegelijk: lachen, eten, bakken, opruimen, geld aannemen... Normaal gesproken was ze één brok energie. Nu ze daar zo kalm en roerloos stond... Zijn hart maakte een sprongetje.

'Hé,' zei hij heel zachtjes. Ze draaide haar hoofd en keek hem glimlachend aan, terwijl de enorme golven omsloegen in de branding.

Het hotel waarin ze beiden sliepen was ongewoon kaal; dat was vast hip, dacht Polly. Het had houten vloeren, de wanden waren gepotdekseld en er waren alleen maar lichte kleuren gebruikt. Ze waren uren eerder dan de andere gasten, aangezien de enorme discoband die bij het landhuis was verschenen iedereen naar de dansvloer had gedreven.

'Het begon steeds minder op een feest en steeds meer op een marathontraining te lijken,' merkte Huckle voorzichtig op.

'Ach, je kent Reuben,' zei Polly. 'Bij hem moet alles over de top.'

Huckle glimlachte. 'Ja.'

Ze haalde een pot van zijn honing tevoorschijn.

'Ha!' zei hij toen hij de pot met verbazing bekeek. Dat deel van zijn leven had hij zo verdrongen dat het er nauwelijks meer bij leek te horen.

Hij keek weer naar Polly.

'Ik heb honger,' zei hij simpelweg.

Aangemoedigd door de champagne, het lange wachten en het verlangen om eindelijk haar kans te grijpen – eindelijk iets voor zichzelf te grijpen – trok Polly het bovenstuk van haar witte kostuum met één beweging uit. Eronder was ze naakt.

'Jezus,' hijgde Huckle. 'Kijk jou nou eens.'

Polly's spierwitte huid had een gouden gloed gekregen. De zon had sproetjes op haar gezicht getoverd en haar rossige haar had blonde plukjes.

'Je bent zo mooi,' zei hij terwijl de laatste zonnestralen door de dakramen op haar haar vielen. 'Zo mooi.'

Zo mooi was ze nou ook weer niet, wist Polly. Maar in deze kamer, in dit licht, met deze man, voelde ze zich inderdaad beeldschoon. En dat was genoeg. Ze liep naar hem toe – eindelijk! Eindelijk! Schreeuwde haar hele zenuwstelsel – en hoewel ze beefde, was ze geduldig. Ze zou rustig de tijd nemen, van elke seconde genieten. Ze trok zijn shirt uit en ontblootte zijn brede, gebruinde borstkas met de lichtgouden haartjes. Daar wilde ze zich in begraven. Hij tilde haar op alsof ze zo licht als een veertje was en zette haar op zijn schoot en voordat hij haar opnieuw kuste, begroef hij zijn gezicht in haar haar.

'God,' kreunde hij. 'Ik wil je zo graag.'

Polly keek hem aan en glimlachte.

'Nou,' zei ze, 'dat komt goed uit.'

Huckle liet zijn trage, lome lach horen. Toen nam hij de pot honing, doopte zijn vingers erin en wreef de honing met lange, behoedzame bewegingen over haar kleine borsten. Polly giechelde.

'Je maakt er een smeerboel van,' zei ze.

'Ik maak alles schoon,' beloofde Huckle.

Toen was het speelkwartier voorbij en werd alles stukken serieuzer en intenser. Ze gingen fysiek en mentaal volledig in elkaar op tot geen van beiden nog wist waar de een begon en de ander ophield.

'Was dat... vuurwerk?' vroeg Huckle na een tijdje.

'Ja,' antwoordde Polly, die sterretjes zag. Toen concentreerde ze zich weer op haar omgeving.

'God, wordt er nou echt vuurwerk afgestoken?'

'Of we worden aangevallen, dat kan natuurlijk ook.'

Toen Polly uit het raam keek, zag ze de grootste vuurwerkshow ooit. De hemel was gevuld met wilde ontploffingen en keiharde knallen. Boven zee schitterde en knetterde een enorm glinsterend rood hart. Polly en Huckle keken elkaar aan en barstten in lachen uit.

'Het lijkt wel alsof iemand ons iets probeert te vertellen,' zei Huckle.

Ze kleedden zich snel aan en haastten zich, terwijl het vuurwerk aan zijn dertigste uitputtende minuut begon, weer naar het strand, waar ze ver uit de buurt van de picknickmanden die werden uitgedeeld in de duinen in elkaars armen naar het spektakel keken.

32

De volgende dag was niemand op tijd voor het ontbijt, maar gelukkig wist Polly Kerensa bij te praten voordat ze de volgende avond aan haar huwelijksreis, een wereldwijde safari, zou beginnen. Er stond een enorme brunch klaar, maar Polly was te opgewonden om te eten. Bij de deur van de eetzaal greep ze Kerensa beet om zich te verontschuldigen, maar Kerensa was haar voor.

'God,' zei ze. 'Sórry. Ik heb totaal niet met mijn vrienden kunnen praten, ik moest de hele tijd handen schudden met dikke oude mannen en op de foto. Kijk! Au! Mijn gezicht doet er gewoon pijn van! Zo moet het voelen om beroemd te zijn. Nou, daar is geen reet aan.'

'Heb je het wel naar je zin gehad?' vroeg Polly.

Kerensa knikte wild. 'Ik heb van elke seconde genoten,' zei ze.

'Waar is Reuben?'

Kerensa keek ietwat beschaamd.

'Eh, hij is... Nou ja, het was nogal heet onder die helm... Het is gewoon een voorzorgsmaatregel.'

'Wat?'

'Hij was een beetje uitgedroogd. Ze hebben hem aan een infuus gelegd.'

'Hij ligt in het zíékenhuis?'

'Hij houdt gewoon van een goed feestje,' zei Kerensa verdedigend.

'Dat kun je wel zeggen!' zei Polly. 'Mijn hemel. Nou, ik zie hem vast... binnenkort.'

'En waar denk jij naartoe te gaan?' vroeg Kerensa. Ze liepen de eetzaal van het hotel in, waar al het eten stond dat Polly kon bedenken: bagels, gerookte zalm, eieren, croissantjes, allerlei soorten fruit, een sapcentrifuge, pancakes en wafels, aardappelkoekjes en worstjes, en, uiteraard, een gigantische hoeveelheid champagne.

'Allemachtig,' zei Polly. Alle gasten uit Plymouth zaten aan een tafel in de hoek en begonnen te joelen zodra Kerensa binnenkwam. Daarna keken ze met grote ogen naar Polly.

'We dachten dat je was verdwenen!'

'We dachten dat je niet meer met ons wilde praten!'

Polly besefte dat ze velen van hen sinds ze de stad was ontvlucht niet meer had gezien. Ze had zich zo geschaamd, zich zo gegeneerd, dat ze iedereen op afstand had gehouden. Toen ze naar de vriendelijke, geïnteresseerde gezichten keek kon ze bijna niet geloven dat ze te trots was geweest om hun om hulp te vragen en zeker had geweten dat niemand haar situatie begreep. Er werd plaats voor haar gemaakt en iedereen wilde weten wat ze na haar verhuizing allemaal had uitgespookt. Toen ze vertelde hoe het met haar ging waren ze hevig onder de indruk, waar Kerensa stiekem om glimlachte.

Huckle had uitgeslapen en voelde zich uitgeruster dan hij in maanden was geweest. Toen hij beneden kwam zag hij Polly lachen en dollen met haar vrienden, die al plannen maakten om in de zomer naar Mount Polbearne te komen. Hij glimlachte nerveus en ze keek verlegen terug. De gebeurtenissen van de vorige avond stonden nog helder op haar netvlies.

'Hé,' zei ze en ze stond op. Een van haar vrienden liet een zacht 'woehoe' horen, maar ze legde hun snel het zwijgen op.

'Dit is mijn vriend Huckle,' zei ze zo zakelijk als ze kon, maar de glimlach die van haar gezicht spatte verraadde alles.

'Jij,' zei Rich, een van haar oude vrienden, die in de marketingwereld werkte. Hij wees naar haar. Hij was nog steeds een beetje dronken van de avond ervoor en de Buck's Fizz die hij nu dronk werkte niet bepaald ontnuchterend. 'Jij komt nóóit meer terug naar Plymouth.'

'Kom met me mee,' zei Huckle toen ze later opnieuw lagen uit te hijgen. 'Dan laat ik je Savannah zien.'

Polly slikte. Jayden kon prima op de winkel passen, maar hij kon niet bakken zoals zij. De kwaliteit zou sneller achteruitgaan dan je '*crumpet*' kon zeggen. Maar Huckle haalde haar met lieve woordjes over en voor ze het wist had hij een vliegticket voor haar geboekt, had ze naar huis gebeld en was het besloten.

Maar ze zou slechts een paar dagen blijven.

'Wauw,' zei Polly terwijl ze rondkeek in het minimalistische appartement, dat ramen van het plafond tot aan de vloer had. Ver in de diepte schitterden de lichtjes van Savannah. 'Niet te geloven dat je hier woont.'

'Nu we het bed hebben ingewijd, ga ik hier nooit meer weg,' zei Huckle. Hij lag met zijn armen achter zijn hoofd op zijn rug en keek intens tevreden.

Polly bestudeerde het lichaam waar ze al die keren over had gedroomd. Nu hij zo voor haar lag, werd het haar bijna te veel.

'Hm,' zei ze en hij glimlachte.

'Goed,' zei hij. 'Wat wil je morgen doen? Ik kan je naar het winkelcentrum sturen.'

'Hoezo, wat doe jíj dan?' vroeg ze verbaasd.

Huckle beet op zijn lip.

'Ik moet werken. Dus misschien wil je een beetje winkelen of zo.'

'Wat moet ik dan kopen?' zei Polly. Opeens maakte ze zich zorgen. 'Ik winkel nooit.'

Huckle haalde zijn schouders op. Onbewust was hij ervan uitgegaan dat ze meteen zou willen blijven, dat ze het gewoonweg geweldig zou vinden om hier te zijn en dat alles meteen perfect zou gaan.

'Oké,' zei hij. 'Niet winkelen! Dat is een bevel. Ga lekker wandelen. De stad bekijken. Savannah is prachtig.'

Hij ging achter haar staan, sloeg zijn armen om haar heen en keek samen met haar naar buiten.

'We hoeven hier niet voor eeuwig te blijven wonen, weet je,' zei hij. 'Neem eens een kijkje in het oude centrum, daar staan fantastische huizen, aan pleintjes met bomen. Daar kunnen we ook gaan wonen.'

Polly draaide zich gekwetst om.

'Maar ik heb al een huis.'

'Je huurt een lekkend appartement,' herinnerde Huckle haar.

'Nu nog wel,' zei Polly. 'Maar ik wil misschien...'

Hoewel ze het eigenlijk nog niet serieus had overwogen, floepte het er opeens uit.

'Ik wil misschien de vuurtoren kopen.'

Huckle lachte.

'Meen je dat?'

'Misschien wel.'

'Die oude, vervallen vuurtoren? Dat ding lijkt me nog vreselijker dan je appartement.'

'Niet als ik hem een beetje liefde en aandacht geef.'

'En al dat licht!'

'Nou, ín de vuurtoren is het niet te zien,' merkte Polly op. 'Dat is de enige plek waar je veilig bent.'

Huckle schudde zijn hoofd.

'Die gekke ideeën van jou ook altijd.'

'Het is geen...'

Beiden voelden een meningsverschil aankomen en zwegen.

'Ga je er een brandweerpaal in zetten?' vroeg Huckle uiteindelijk.

'Misschien,' zei Polly, die niet al te verdedigend probeerde te klinken. 'Maar goed.'

'Maar goed.'

Huckle ging op bed zitten en ze keken elkaar aan.

'Sorry,' zei Huckle traag. 'Ik dacht gewoon... ik dacht dat je bij mij zou komen wonen. Hier.'

Polly knipperde een paar keer met haar ogen.

'Maar ik ben gekomen voor de bruiloft.'

'Ja, dat weet ik, maar, nou ja. Ook voor mij. Toch?'

'Nee,' zei Polly, al was dat niet helemaal waar. 'Ja, ik wilde je zien... Maar pas toen ik je daadwerkelijk zag besefte ik...'

Huckle knikte. 'Ja! En dat is geweldig!' zei hij. 'Ik bedoel, moet je ons eens zien! We zijn een fantastisch stel. Toch?'

Polly knikte.

'En nu ben je hier...'

Zijn stem stierf weg. Hij had hier inderdaad over nagedacht. Zou het niet heerlijk zijn als Polly niet meer elke dag om vijf uur op hoefde, als ze niet meer zo keihard hoefde te werken, als ze niet altijd onder de bloem zou zitten, ze zich niet langer hoefde te verhuren aan mevrouw Manse, die ze haatte, en niet meer in dat krottige appartement hoefde te wonen? Zou het niet heerlijk voor haar zijn om hier te komen wonen, bij hem, in een prachtig appartement, en even uit te rusten, op adem te komen? Hij dacht dat ze daar behoefte aan had, dat ze dat fijn zou vinden... Hij had genoeg geld, hij kon alles voor haar betalen...

Toen hij Polly dit probeerde uit te leggen, besefte hij dat de ideeën die in zijn hoofd volkomen logisch en redelijk hadden geleken, nu hij ze uitsprak veel minder goed uit de verf kwamen. Ze keek steeds bezorgder.

'Maar het is tegenwoordig mijn zaak,' probeerde ze uit te leggen. 'De bakkerij. Mevrouw Manse is naar haar zus. Ze heeft alles aan mij overgedragen. Het is mijn verantwoordelijkheid.'

'Je kunt hier ook bakken,' zei Huckle en hij kuste haar voorzichtig in haar nek. 'Toch?'

Polly maakte zich van hem los.

'Heb je dit al helemaal uitgedacht of zo?' vroeg ze. Haar hart ging met een miljoen kilometer per uur tekeer.

Huckle haalde zijn schouders op en keek van het plafond naar haar.

'Ik heb niets uitgedacht,' zei hij. 'Maar ik verlang gewoon zo naar je.'

Dat was precies wat ze al die tijd had willen horen, besefte Polly verafschuwd; wat ze al die tijd zo wanhopig graag had willen horen. Ze wilde bij Huckle zijn, droomde alleen nog maar over hem, dacht alleen aan hem. Ze had alle leuke voorvallen in de bakkerij, elk grappig verhaal, elke hoge golf met hem willen delen. En nu was hij zo dichtbij dat ze zijn geur kon opsnuiven, kon baden in de warmte van zijn gezelschap, die haar eerder had laten stralen als ze bij hem in de buurt was... Hij bood haar alles wat hij had.

Ze keek hem aan en voelde zijn zachte, sterke handen over haar schouders strijken.

'Maar ik kan niet weg,' zei ze. 'Ik kan niet weg uit Polbearne. Ik heb zo hard gewerkt om iets voor mezelf op te bouwen.'

'Je verdient rust,' zei Huckle. 'Blijf gewoon nog even.'

Ze staarde in zijn helderblauwe ogen.

'Kun jíj niet verhuizen?' vroeg ze smekend.

Huckle slikte. 'Polbearne was... een adempauze,' zei hij. 'Het was niet mijn echte leven. Mijn werk, mijn baan... Ik kan niet de rest van mijn leven potjes honing vullen.'

'Sommige mensen kunnen dat wel,' zei Polly zachtjes.

'Het was een geweldige tijd, maar ik meen het. Als ik daar woon kan ik je alleen zien als het tij me gunstig gezind is. Daar kan ik niet mee leven.' Hij lachte. 'Geef toe, het is een rare plek.'

Polly sprong achteruit, alsof ze door een wesp werd gestoken.

'Die rare plek is nu mijn thuis,' zei ze. 'En trouwens, ze gaan misschien een brug bouwen.'

'Een brug!' zei Huckle. 'Dat noem ik nog eens een briljánt idee.'

Maar te oordelen aan Polly's gezicht was het helemaal niet zo briljant.

Polly zou de volgende dag weer naar huis vliegen. In de hoop dat ze verliefd zou worden op Savannah liet Huckle haar de stad zien en hoewel ze beleefd was en alle gebouwen oprecht prachtig vond was het nog altijd bloedheet waardoor ze niet lang buiten konden blijven. Er viel niet veel meer te zeggen dus vreeën ze, waarna ze moesten huilen en in slaap vielen. Vervolgens werden ze wakker, moesten ze weer huilen en begon het hele riedeltje weer van voren af aan.

'Laat me je ticket verscheuren,' smeekte Huckle. 'Laat alles gewoon achter. Dat heb je al een keer gedaan, dat kun je best nog een keer.'

'Nee, dat kan ik niet,' antwoordde Polly triest. 'Ik ben het mevrouw Manse verschuldigd, en Jayden, en ik heb hier te hard voor gewerkt. Dit is het eerste wat ik ooit voor mezelf heb gedaan. Dat moet je begrijpen.'

Hij knikte bedroefd.

'Maar het zou vast nog een keer lukken. Toch? Nu je het een keer hebt gedaan?'

'Ik denk het niet,' zei Polly. 'Ik mag trouwens niet eens werken in Amerika. Hier zou ik dat nooit voor elkaar krijgen.'

'Nou, doe dan niets,' smeekte Huckle. 'Doe gewoon niets. Kom gewoon in mijn bed wonen.'

Daar moest ze om lachen.

'Ik weet niet hoelang dat leuk zou blijven. Kun je niet terugkomen naar Cornwall? Jij bent onderhand al zo vaak moeiteloos van land gewisseld.'

Huckle keek haar diepbedroefd aan.

'Maar mijn huis... mijn familie, mijn werk, alles... Ik weet niet of ik het nog een keer zou kunnen. Ik ben een volwassen vent. Zo moet ik me ook gedragen.'

Ze knikte. Ze begreep het.

Hun relatie was een droom geweest, een betekenisloze fantasie. Ze waren geen tieners meer. Ze waren volwassenen met verantwoordelijkheden.

'Ik kan niet geloven dat ik je vakantieliefde was,' zei Polly. Ze liet de tranen de vrije loop.

'Dat was je niet... Dat ben je niet,' zei Huckle. 'We vinden er wel iets op. Dat moet.'

Toen de taxi verscheen die haar naar het vliegveld zou brengen, klampten ze zich aan elkaar vast.

'Misschien kunt u beter blijven,' zei de taxichauffeur behulpzaam.

‘Ga niet weg,’ zei Huckle tegen Polly. Hij keek wanhopig. ‘Alsjeblieft,’ zei hij. ‘Alsjeblieft, dit is niet het einde. Zo kan het niet eindigen. Niet nog een keer.’

Ze keek hem aan.

‘Dat maakt het alleen maar erger, toch?’ vroeg ze. ‘Als we... als we doen alsof? Als we blijven doen alsof?’

Driftig schudde Huckle zijn hoofd.

‘Niets kan erger zijn dan dit,’ antwoordde hij. ‘Niets.’

De taxichauffeur keek zuchtend op zijn horloge terwijl het verkeer driftig toeterend om hen heen reed.

‘Ik wil niet dat je gaat,’ zei Huckle.

‘Ik wil niet gaan,’ zei Polly.

‘Kijk maar wat je doet,’ zei de taxichauffeur. ‘De meter loopt rustig door.’

Het kostte Huckle al zijn zelfbeheersing om niet over 8th Avenue achter de taxi aan te rennen en haar weer in zijn armen te trekken. Hij verwachtte dat ze uit de taxi zou springen en op hem af zou komen rennen. Maar dat deed ze niet.

Overweldigd, verdoofd en te uitgeput om zelfs maar te huilen leunde Polly tegen de kapotte, ruwe, oude leren zitting van de groen met witte taxi en staarde in het niets.

33

Er was natuurlijk genoeg te doen. En Polly had een heleboel andere dingen aan haar hoofd. Ze had besloten het beetje geld dat ze aan het appartement in Plymouth had overgehouden te gebruiken voor een aanbetaling op... Nee, dat was belachelijk. Dat zou haar nooit lukken: vrienden van Samantha en Henry hadden al gezegd wat een giller het zou zijn om in een vuurtoren te wonen. Als Polly er samen met Neil langsliep en naar de raampjes en de verschoten strepen keek, overviel haar een verontwaardigd gevoel als ze bedacht dat iemand het zou kopen als een soort vakantiespeeltje om anderen jaloers mee te maken, want ze wist zeker dat ze er met veel plezier zou wonen.

Ze vroeg zich af wat Huckle ervan zou denken, maar die gedachte schudde ze van zich af. Hij had haar elke dag gebeld en gemaild. Die ochtend had hij haar een gedicht gestuurd en ze vroeg zich af of ze nog wel moest reageren, want hun contact deed haar ontzettend veel pijn.

Ik trek zeven cirkels, mijn liefste
Die jij mag verbreken
Ik trek de grijze cirkel van brood
En de cirkel van bier
En ik smeer de boter uit tot een gouden ring
En ik dans op jouw vioolspel
En draai mijn gezicht mee met de zon aan de hemel tot jouw voeten het veld verlaten.
Mijn lamp werpt een cirkel van licht
Waarna ik je een uur lang in de warme ononderbroken cirkel van mijn armen houd.

Ze had twintig minuten naar het gedicht gestaard en zich toen zo woest op het brooddeeg gestort dat ze bang was geweest dat ze haar schouders uit de kom zou kneden.

Nu keek ze vanaf de havenmuur hoe de zon aan de hemel in een gouden bol veranderde en zwaaide ze de vissers uit. Dave was bruin, liep met de anderen te dollen en zag er gelukkig uit. Jayden smeerde elke dag tegen een vriendenprijs broodjes voor ze en als hij die naar de boten bracht, bleef hij altijd even hangen voor een praatje. Ze had zich afgevraagd of hij het vissen miste, maar daar had hij zo smakelijk om gelachen dat ze er nooit meer over was begonnen. Sterker nog, hij begon elke dag meer op een bakker te lijken; hij was geboren voor het bakkersvak.

Ze ging naar huis, bekeek de foto's van Kerensa's idiote huwelijksreis op Facebook, kookte een simpel maaltje en keek nog zo'n acht of negen keer naar het gedicht. Na het eten sleepte ze zichzelf naar de pub voor een van Samantha's ontelbare bijeenkomsten over het tegenhouden van de brug. Samantha had dapper opgemerkt dat het er zoveel leken omdat er nog steeds geen brug was; de bijeenkomsten hadden dus blijkbaar nut. Samantha had haar baby meegenomen, net als Muriel, en terwijl ze zich voorbereidden op een nieuw zomerseizoen dacht Polly aan alle veranderingen van het afgelopen jaar.

Samantha was aan het woord, maar Polly zat niet op te letten.

'En wat wil jij?' vroeg ze Polly bits.

'Eh, ik vind het prima,' mompelde Polly, die deed alsof ze wist waar het over ging.

'Dan is het besloten!' zei Samantha. Er steeg gekreun op. 'Polly had de beslissende stem!'

'Waar heb ik net voor gestemd?' vroeg Polly ongerust aan Jayden, die kwaad met haar mee naar de bar liep.

'Voor een sit-in,' zei Jayden. 'Een stand-in, eigenlijk. Samantha trommelt de media op en dan gaan we met z'n allen hand in hand op de toegangsweg staan om de bouw van de brug tegen te houden.'

'Maar dan verdrinken we!' zei Polly. 'Wat een belachelijk idee.

Dat bewijst alleen maar dat we een brug nodig hebben!'

'Ja,' zei Jayden somber.

'En het water is ijskoud! Het is pas lente.'

'Ja. En ik wil naar een nachtclub.'

'Ga dan gewoon,' zei Polly geërgerd. 'Boek een bed and breakfast of zo.'

Jayden fronste.

'Wauw!' zei hij. 'Dat kan nu! Ik heb nu geld genoeg!'

'Geld genoeg?' zei Polly, die haar ogen tot spleetjes kneep. Hij verdiende het minimumloon.

'Ja, door al dat werken natuurlijk,' zei Jayden vrolijk.

'Je gaat me toch niet vertellen dat je nu meer verdient dan toen je visser was?'

'Véél meer,' zei Jayden. 'Wauw, een bed and breakfast. Stel je voor. Daar krijg je ontbijt en alles.'

'Ja,' zei Polly. 'Daar krijg je ontbijt en alles.'

De menselijke ketting stond gepland voor het paasweekend. Dat was de eerste grote feestdag van het seizoen en drie dagen later zou de gemeenteraad over het plan stemmen. Met laag tij zou iedereen uit het dorp al zingend met spandoeken de toegangsweg bezetten en ze zouden pas weer weggaan als het vloed werd. Tegen die tijd, zo rond vijf uur, hoopten ze hun punt te hebben gemaakt.

Kerensa en Reuben zouden invliegen vanuit Porto Cervo op Sardinië, de huidige locatie van hun huwelijksreis (volgens Kerensa waren alle rijke vrouwen afschuwelijk en bleef Reuben maar spuuglelijke handtassen voor haar kopen, vandaar dat ze hadden besloten maar gewoon heel veel seks te hebben) om er uit solidariteit bij te zijn (en zodat Reuben in zijn *Riva* over het water kon scheuren, vermoedde Polly).

Het werd 's ochtends al vroeger licht en toen Polly opstond was de felroze zonsopgang net begonnen. Ze bakte extra veel broodjes voor de post-menselijke-ketting-barbecue, die op het kiezelstrandje zou worden gehouden. Ze had Lance de makelaar in de pub horen klagen dat hij zonder brug nooit van die vuurtoren zou afkomen, en dat stemde haar hoopvol.

En het was een prachtige ochtend, dacht ze terwijl ze een vrolijk deuntje floot en die heerlijke geur waar ze nooit genoeg van kreeg opsteeg uit de oven. Ze keek ernaar uit om haar vrienden te zien. Ze had een aantal mensen uit Plymouth weten over te halen om langs te komen; misschien zou Chris er zelfs bij zijn. Blijkbaar had hij verkering met een alternatieve kunstenares die grote neuspiercings had en bloederige foto's maakte. Ze klonk in elk geval best oké. Toen Neil naar haar toe hupte woelde ze liefdevol door zijn veren en gaf ze hem een kusje op zijn snavel.

'Dit wordt een leuke dag, Neil,' zei ze teder en ze keek uit het raam van de bakkerij: eerst naar het oosten, waar de heldere, gouden zonnestralen boven het water uit piepten, en toen recht vooruit, waar de vissersboten ronkend de haven in voeren. Polbearne was in al die tijd maar weinig veranderd en dat wilde ze graag zo houden. Opnieuw vroeg ze zich af of ze op mevrouw Manse begon te lijken.

34

Huckle wist dat het tijd was; in feite wist hij dat al heel lang. Zijn gedicht was onbeantwoord gebleven, terwijl hij ervan uit was gegaan dat het iets teweeg zou brengen – dat had hij echt geloofd, dat had hij zo graag willen geloven dat hij verdorie zelfs bijna naar het vliegveld was gegaan. Maar nee. Dat deel van zijn leven moest hij afsluiten, hij moest verder. In Savannah liep alles op rolletjes, hij had het op zijn werk drukker dan ooit en als hij wilde kon hij elke avond uit, maar dat deed hij zelden. Het moest gebeuren, hij had het al veel te lang uitgesteld. Hij sloot de deur van zijn kantoor en drukte op 9 voor een gesprek via de interlokale buitenlijn.

Eerst het huis. Hij belde de verhuurmakelaar, die verrukt was dat er een schitterende woning vrijkwam in de hippe Polbearne-regio, de nieuwe hotspot waar elke krant in haar weekendbijlage een artikel aan had gewijd, en daarom geen kosten rekende voor het vroegtijdig verbreken van zijn contract. Blijkbaar had de makelaar een ellenlange wachtlijst van mensen die eenvoudiger wilden gaan leven, verliefd waren geworden op het gebied en bijen houden als de perfecte nieuwe stap zagen.

Hij vroeg zijn assistent een kop koffie voor hem te halen en belde toen het uitzendbureau om de imkerdiensten op te zeggen. De nieuwe huurders kwamen volgende week al, dus de uitzendkracht hoefde nog maar één keer langs te komen.

De vrouw aan de andere kant van de lijn klonk verward.

'Sorry, meneer Skerry, maar u heeft uw uitzendopdracht al eerder beëindigd.'

'Eh, nee?' zei Huckle.

'Ja, dat staat hier. Volgens meneer Marsden had u niemand meer nodig. Helaas werkt hij niet meer voor ons, anders had ik hem kunnen vragen hoe het zit. We hebben al maanden niemand langsgestuurd.'

Huckle bedankte haar en vroeg zich af hoe dat kon. De honing die Polly had meegebracht was vers geweest. Verrukkelijk, zelfs; hij had zich voorgenomen de uitzendkracht te complimenteren, maar was dat door dat hele gedoe met Polly uiteindelijk straal vergeten.

Langzaam begon het hem te dagen. Wat was hij ook een sukkel geweest. Hoe had ze in hemelsnaam...

Opeens zag hij haar duidelijk voor zich, alsof ze recht voor zijn neus stond. Hij zag haar onder de bomen door wandelen – prachtige bomen, herinnerde hij zich – bij regen en zonneschijn, in de zomer en de winter, elke dag, om naast al haar andere werkzaamheden voor zijn bijen te zorgen. Hij knipperde zijn tranen weg. Al die maanden waarin ze naar zijn idee verliefd was geweest op de herinnering van iemand die niet bestond, was ze op en neer over de toegangsweg naar zijn huis gelopen, door de modder en de regen, om voor zijn klotebijen te zorgen.

Hij keek zijn kantoor rond. De opwinding over zijn nieuwe drukke leven was allang verflauwd. Hij dacht aan de overvolle snelwegen, de klamme, plakkerige avonden, de stropdas die veel te strak rond zijn nek zat, de groepsberichten die zijn vrienden hem stuurden over een honkbalwedstrijd, de mappen die in een wankele toren op zijn bureau lagen, zijn belofte om zijn moeder op zondag mee naar de kerk te nemen en de uitnodiging voor de bruiloft van Candice en Ron, die al even extravagant beloofde te worden als het feest van Reuben. Terwijl hij werd bedolven onder zijn leven, erin gevangenzat, dacht hij alleen maar aan die klotebijen. Nee, dat was niet helemaal waar.

Onbewust had hij zijn stropdas losgetrokken.

'O, jezus,' zei hij en hij haalde zijn handen door zijn haar. 'Jezus. Susan!'

Zijn assistent verscheen met zijn koffie en keek hem hoopvol aan. Ze was smoorverliefd op hem.

'Eh, ik heb...'

Hij wist niet wat hij moest zeggen. De vorige keer was hij met stille trom vertrokken, had hij zelf de regels van zijn time-out bepaald. Dit keer leek het buiten hem om te gaan; zijn benen bewogen uit zichzelf. Hij kon gewoonweg niet geloven dat hij dit voor een tweede keer ging doen. Maar toch deed hij het.

'Eh, ik moet... ik moet wat dingen regelen.'

'Kan ik daarbij helpen?'

Huckle schudde zijn hoofd.

'Eh, nee. Niet... nee. Eh. Kun je een taxi naar het vliegveld voor me bellen?'

Hij liet niemand iets weten en zei geen woord, hij deed het gewoon. In het vliegtuig sliep hij nauwelijks, maar tijdens de lange treinreis van Londen naar Looe viel hij in een diepe slaap, dus toen de conducteur Huckles bestemming op zijn kaartje zag staan, schudde hij hem zachtjes wakker. Daar was Huckle hem vreselijk dankbaar voor.

Tijdens de rit naar Polbearne kletste de taxichauffeur hem de oren van het hoofd over de toenemende populariteit van het dorp en de nieuwe brug die er mogelijk zou komen en die alles zou veranderen. Het werd langzaam lente en veel van de kronkelende weggetjes waren bedekt met een tapijt van roze en witte bloesem. Zoals gewoonlijk schitterde de zee tussen de glooiende heuvels. Huckle zuchtte. Hij was vergeten hoe mooi het hier was.

De taxichauffeur nam de afslag naar zijn huis, maar kon al snel niet verder; Huckle draaide zich om, bedankte hem, pakte zijn leren weekendtas en stapte uit. Doodmoe van zijn lange reis strompelde hij over de vertrouwde laan, die volledig was bedekt met bloemblaadjes.

Voor het hek van het kleine huisje bleef hij even staan. Toen zette hij zijn tas neer, trok hij zijn schoenen en sokken uit en liet hij zijn blote voeten wegzinken in het koele, zachte gras. Opnieuw hoorde hij het geruststellende gebabbel van het beekje en het lage, zwakke gezoem van de bijen.

'Hé, jongens,' mompelde hij terwijl hij werd overmand door

vermoeidheid en, vreemd genoeg, een enorme opluchting.

Het verbaasde hem nauwelijks dat zijn schoongeboende imkerpak netjes in de schuur hing. De kolonie, die luid zoemde, was in perfecte staat. De overtollige was was van de raten gesneden en de honingpotten waren vakkundig gevuld. Hij keek naar de lichtsnoeren in de bomen en herinnerde zich de avond dat ze mede hadden gedronken. Hij glimlachte. Hij had al zijn mededromen in rook laten opgaan voor een goedbetaalde baan in een kantoor met airconditioning. Nee. Nee, nee, nee.

Huckle trok het nette pak waarin hij altijd reisde razendsnel uit, sprong onder de douche en schoot een spijkerbroek en een oud T-shirt aan, terwijl hij stuiterde van de opwinding en een plotselinge stoot adrenaline. Hij at tandpasta om tijd te besparen en stormde zonder de deur op slot te doen het huis uit. Hij dankte de hemel dat de motor direct startte, want hij kon niet meer nadenken. Zijn hoofd was leeg, hij maakte geen plannen en handelde puur vanuit zijn gevoel. En dat vond hij heerlijk.

Hij racete over de landweggetjes, ontweek nog net een gigantische vrachtwagen die een enorme lading puin vervoerde en kwam aan het einde van de weg die uitkwam op de toegangsweg brullend tot stilstand. Het werd net vloed en aan de waterkant stond een bord met de strenge waarschuwing de toegangsweg twee uur voor of na hoogtij niet te betreden. Die periode was onderhand echt wel aangebroken, maar dat kon hem niets schelen. De vele busjes, auto's en mensen die er stonden vielen hem nauwelijks op; hij had alleen maar oog voor het eiland, dat hij wilde bereiken voor de toegangsweg onbegaanbaar werd.

Opeens zag hij de lange rij van mensen die hand in hand op de toegangsweg stonden. Heel Polbearne vormde een ketting van het vasteland tot aan de heuvel.

'Wat gebeurt er?' vroeg hij Muriel, die met een schattige baby in een draagdoek op haar rug geknoopt aan het uiteinde van de rij stond.

'Húckle!' riep ze. 'O mijn god, je bent terug! Polly staat helemaal aan het andere eind!'

'Wat zijn jullie aan het doen?'

'We protesteren. We zijn tegen een brug!'

'Geen brug! Geen brug!' brulde de menigte, die werd gefilmd door televisieploegen.

Huckle lachte breed en greep Muriels arm.

'Jullie hebben groot gelijk,' zei hij. 'Geen brug, geen brug!'

Maar het water klotste al tegen de randen van de toegangsweg. Hij keek bezorgd naar de baby.

'Hoelang blijven jullie hier nog staan?' vroeg hij.

'We zijn bijna klaar,' antwoordde ze en precies op dat moment klonk er geschreeuw door een megafoon.

'Ontruim de toegangsweg! Ontruim de toegangsweg! Mount Polbearne *for ever*!' riep een stem die Huckle herkende als die van Samantha.

Er kwam een grote stroom mensen zijn kant op en hij worstelde zich met moeite door de menigte heen.

'Nee, we zijn klaar,' zei Jayden, die een veiligheidshesje droeg en zich nogal bazig gedroeg. 'Deze kant op, meneer... O, jij bent het.'

'Ja,' zei Huckle.

'Sorry, maar om vijf uur mag er niemand meer op de toegangsweg staan. Dat is verboden.'

'Maar ik wil naar Polly toe.'

'Die staat aan de andere kant, dat kan morgenochtend weer.'

Het water stroomde onderhand over de toegangsweg en iedereen haastte zich met natte voeten naar het vasteland.

'Ik trek gewoon een sprintje.'

'Dat haal je niet,' zei Jayden. 'En ik kan niet met de boot naar je toe komen, want ik sta hier.'

'Dat lukt wel.'

'Het water is ijskoud,' zei Jayden. 'Echt niet. Doe niet zo idioot.'

Huckle grijnsde. 'Mijn idiote periode ligt achter me,' zei hij. 'Maar voor vandaag maak ik een uitzondering.'

Hij schoot langs Jayden en baande zich een weg door de mensenmassa. Hij riep haar naam, 'Polly! Polly!' maar ze was nergens te zien.

Polly was een van de laatsten die aan de kant van Mount Polbearne de toegangsweg verlieten: iedereen had tegelijkertijd naar het eiland gewild en ze had de anderen laten voorgaan, de kinderen in het bijzonder. Volgens de Polbearners bracht het ongeluk als je bij hoogtij op de toegangsweg stond, en ze gaf ze geen ongelijk.

Maar ach, ze droeg slippers en vond het niet erg dat het koude water over haar tenen spoelde. De zonsondergang beloofde spectaculair te worden. Ze keek naar de gebouwen, die eruitzagen alsof ze in brand stonden, en luisterde naar de pratende en lachende mensen die haar passeerden. De sfeer was vrolijk en er waren enorm veel mensen gekomen, de hele toegangsweg had vol gestaan. En Patrick had opnieuw een interview aan een krant gegeven, dus iedereen was blij.

Pas heel laat hoorde ze opeens iets. Iets wat werd meegedragen door de wind. Hoewel het water nu akelig hoog stond bleef ze staan, draaide ze zich om en keek naar de figuur in de verte. Er was nog iemand op de toegangsweg. Haar hart stond even stil. Toen herkende ze hem.

Alle anderen waren verdwenen, de toegangsweg was gesloten. Maar hij was er. Hij was er en dat was het enige wat telde. Polly begon te rennen.

Hij rende al even snel als zij en wendde zijn al even vastberaden blik geen moment van haar af. Het water kwam nu tot haar enkels en ze bereikten elkaar uiteindelijk midden op de toegangsweg, terwijl de zon als een grote gloeiende bal in de met roze flarden versierde lucht hing. Zonder een moment te aarzelen of ook maar een woord te zeggen tilde Huckle haar op alsof ze een paardenbloempluisje was, draaide haar rond en kuste haar vol op haar mond. Hongerig beantwoordde ze zijn kus, alsof ze nooit gescheiden waren geweest, alsof ze de kus voortzetten die ze tijdens de wake waren begonnen: deze was even krachtig, even vurig. Huckle voelde zich een dorstige man in de woestijn die een glas water kreeg. Polly dacht eventjes helemaal nergens aan.

Pas toen het water tot aan Huckles bovenbenen stond, maakte hij zich met tegenzin van haar los.

‘Volgens mij moeten we hier weg,’ zei hij en hij zette haar voorzichtig neer. Toen Polly het koude water voelde, lachte ze verschrikt.

Ze waadden hand in hand en slap van het lachen terug naar Mount Polbearne terwijl ze vanaf beide kanten werden toegeroepen. De vloed kwam nu ongelofelijk snel op en toen ze door behulpzame handen omhoog werden getrokken kwam het ijskoude water tot aan hun borst. Archie gaf hun een uitbrander, maar ze keken elkaar aan en moesten opnieuw giechelen. Polly kon gewoon niet geloven dat Huckle weer met zijn grote boerenjongensgrijns voor haar neus stond. Ze wilde haar vingers door zijn dikke maiskleurige haar halen.

‘Mag ik een superflauw grapje maken over natte kleren en hoe je die uittrekt?’ vroeg hij.

‘Jij,’ antwoordde Polly, ‘mag alles.’

Ze nam hem mee naar de grote kamer waar ze zo gek op was, de kamer die was voorgekomen in al zijn martelende dromen en uitkeek over zee, over het heldere, pure blauw, dat nu steeds donkerder werd. Alle boten waren uitgevaren. Mooi zo. Polly sloot Neil op in de badkamer, maar was daarna opeens weer een beetje zenuwachtig.

‘Heb je honger?’ vroeg ze.

‘Weet ik niet,’ zei Huckle. ‘Ja.’

Ze haalde vers brood en nieuwe honing.

Later die avond kroop Polly gelukkig en voldaan met Huckle onder de dekens. Ze ademde zijn heerlijke warme geur in, streelde de gouden krulletjes op zijn borst – ze vond hem zo ongelofelijk mooi – en viel in een diepe slaap.

Slot

'Meen je dit nou?'

'Ja!'

Grappig genoeg had een foto waarop ze tot hun middel in het water stonden en elkaar met de ondergaande zon op de achtergrond omhelsden de doorslag gegeven.

UIT LIEFDE VOOR MOUNT POLBEARNE, had er onder de foto gestaan, waarna de gemeenteraad met vijf tegen drie tegen de komst van de brug had gestemd en het project was stopgezet. Lance had diep gezucht en de vraagprijs van de vuurtoren flink verlaagd.

Nu stonden ze boven in de toren, in een kamer met ramen rondom die je het duizeligmakende gevoel gaven dat je op zee was of er als een vogel boven vloog. De houten vloer van de kamer was al even krakkemikkig als die van Polly's oude appartement (er waren plannen om daar een cafeetje van te maken) en de verf bladderde van de muren. Neil vloog vrolijk door de ruimte.

'Waar halen we in godsnaam ronde meubels vandaan?' vroeg Huckle, maar Polly kon zien dat hij het net zo geweldig vond als zij. Het huis was beschadigd, vies en een puinhoop, maar ja, zei Polly, dat waren zij ook en zij functioneerden verder prima. Huckle kon haar niets weigeren.

'Maar ik wil wel een brandweerpaal,' zei hij.

'Prima,' zei Polly. 'Dan kan ik een showtje opvoeren, als je wilt.'

'Ja, dat wil ik,' glimlachte hij. 'Ga je het licht niet missen?'

Ze keek van hem naar de prachtige, dansende gouden zee.

'Jij bent mijn licht,' zei ze zachtjes. Hij trok haar naar zich toe en begroef zijn gezicht in haar dikke bos haar.

Polly keek over zijn schouder naar de enorme ramen, die van de vloer tot het plafond liepen, en zag de kleine vissersvloot uitvaren, klaar voor de nacht. De wolken waren goudomrand en zoals gewoonlijk werden de boten gevolgd door een zwerm boos krijsende zeemeeuwen. Ze zag iets springen en spetteren voor de boeg van *de Tarn*: een vis, of een zeehond misschien. Die deden dat wel vaker, alsof ze aan het spelen waren. Maar vanavond leek het iets anders, iemands ziel die over de boot waakte. De geest van Tarnie misschien, die op de een of andere manier nog steeds met hen meevoer. Dat sloeg nergens op, maar hier in de vuurtoren, veilig in de armen van haar geliefde, kon ze de gedachte niet van zich afschudden.

'Goede reis,' mompelde ze tegen de boten en hun bemanning en opeens moest ze aan Tarnies lied denken:

I wish I was a fisherman
Tumbling on the seas
Far away from dry land
And its bitter memories
Casting out my sweet line
With abandonment and love
No ceiling bearing down on me
'Cept the starry sky above
With light in my head
You in my arms
Woohoo!

Dankwoord

Zoals altijd wil ik uiteraard allereerst Ali Gunn bedanken, evenals het knettergekke, fantastische team bij Little, Brown, in het bijzonder mijn fantastische redacteur Rebecca Saunders en Manpreet Grewal, de fantastische redacteur van iemand anders die ik desondanks regelmatig lastigval, de sensationele Emma Williams en de al even geweldige Jo Wickham en hun teams, David Shelley en Ursula Mackenzie, een formidabel duo, Charlie King, Camilla Ferrier, Sarah McFadden, Patisserie Zambetti, Alice, de Board en al mijn fantastische vrienden en familieleden, dichtbij en ver weg.

Misschien zijn er wat oplettende lezers die denken: hé! De naam van die mopperende oude vrouw, Gillian Manse, lijkt wel erg op die van de gerespecteerde schrijfster Jill Mansell – hebben we hier te maken met een bittere strijd? Hen moet ik helaas uit de droom helpen: Jill is in elk mogelijk opzicht een geweldige vrouw en heeft tijdens de Comic Relief-veiling in 2013 een plekje in dit boek veroverd.

Nu we het toch over het boek hebben: de zee speelt een grote rol in dit verhaal. Er bestaan twee fantastische hulporganisaties voor vissers in afschuwelijke omstandigheden: de ene is uiteraard de reddingsbrigade, de RNLI, www.rnli.org, een organisatie waarvan je ongetwijfeld wel eens hebt gehoord. De ander is de Fishermen's Mission, www.fishermensmission.org.uk, die simpelweg fantastisch werk doet voor mensen in deze gevaarlijke branche. Een deel van de opbrengsten van dit boek gaat naar deze organisaties.

Ten slotte: het nummer dat een aantal keer in dit boek wordt geciteerd en waar ik werkelijk dol op ben, is de 'Fisherman's Blues', een nummer van The Waterboys. Als je ernaar wilt luisteren tijdens het lezen, kan dat via www.tinyurl.com/fishermans-blues. Ook de rest van hun repertoire is geweldig.

De recepten in dit boek zijn zoals altijd persoonlijk door mij getest – in het geval van het makkelijke brood zelfs zo'n één keer per week.

En laat alsjeblieft iets van je horen. Dat kan via www.facebook.com/thatwriterjennycolgan of via @jennycolgan op Twitter.

De allerhartelijkste groeten,
Jenny xx

Proef het zoete leven met Jenny Colgan

MAKKELIJK WITBROOD

Dit is een supersimpel basisrecept. Het is ongelofelijk makkelijk en echt iets voor op een luie rommelzondag. Met dit recept kun je gewoon lekker blijven doorrommelen terwijl je tegelijkertijd het gevoel krijgt iets nuttigs te hebben gedaan. Als je ooit hebt gedacht: mwah, niets voor mij, dat gekke broodbakgedoe, dan hoop ik echt dat je dit recept een kans geeft.

Dit is het makkelijkste brood dat je ooit zult maken. Het kan gewoonweg niet mislukken en zodra je het proeft, begrijp je meteen wat er zo leuk is aan bakken.

700 gr patentbloem
1 zakje gedroogde gist
400 ml warm water
1 afgestreken el zout
1 afgestreken el suiker

Zeef de bloem en verwarm hem kort in de magnetron (ik zet hem altijd een minuut op 600 watt). Voeg eerst de gist, het zout en de suiker toe en daarna het water. Roer dit door elkaar.

Kneed het deeg een paar minuten op een met bloem bestoven werkblad tot je een mooie soepele bal hebt.

Laat het deeg dan twee uur rijzen terwijl je de krant leest of een stukje gaat wandelen.

Kneed opnieuw een paar minuten door.

Laat opnieuw een uur rijzen en neem in de tussentijd een ontspannend bad.

Verwarm de oven voor op 230 graden en vet een bakblik in.

Zet het brood een halfuur in de oven, of tot het een hol geluid maakt als je op de onderkant tikt.

Laat afkoelen tot je geduld op is en verslind.

KAASSTENGELS

Nog zo'n supermakkelijk, maar overheerlijk hartig recept.

Verwarm de oven voor op 200 graden. Leg een vel bakpapier op een bakplaat en vet dit in.

Meng in een kom 120 gram zachte boter met 450 gram kaas (ja, dat is een hoop. Deze stengels zijn om uit te delen en voor feestjes en zo. Ik gebruik graag extra belegen cheddar, maar elke harde kaas volstaat – alle Hollandse kazen zijn prima. Als het maar geen zachte of blauwe kaas is).

Voeg toe:

250 gr bloem
1 tl zout
Chilivlokken naar smaak
Een heleboel peper
1 tl bakpoeder

Doe alsof je weer op de basisschool zit en rol slangen van het deeg. De dikte en lengte mag je zelf bepalen, maar als je ze te dik maakt, worden je stengels een beetje melig.

Bak de stengels 15 minuten of tot ze knapperig zijn.

MAISKOEKJES

Deze zijn groot favoriet bij mijn man, dus op zijn verjaardag krijgt hij deze als ontbijt. Eigenlijk zou ik ze vaker moeten maken, want het zijn heerlijke, makkelijke koekjes.

Kluts 1 ei.

Voeg een eetlepel water, 130 gram bloem, een klein blikje mais (of de helft van een groot blik, of verdubbel alle andere ingrediënten en gebruik het hele blik) en 1 theelepel bakpoeder toe.

Kruid het mengsel naar smaak (wij gebruiken een heleboel zout en peper).

Vorm burgertjes en bak deze op middelhoog vuur. Laat uitlekken op keukenpapier. Jammie!

KANEELBROODJES

Deze broodjes zijn echt superlekker en als je ze eenmaal hebt geproefd, zijn alle kaneelbroodjes van *kuch* grote koffieketens die je erna zult eten smakeloos.

240 ml melk
60 gr boter
1 zakje gist
50 gr suiker
1 geklutst ei
425 gr bloem
0,5 tl zout

Voor de vulling:
180 gr bruine suiker
1 tl kaneel
120 gr zachte boter

Voor het glazuur:
Poedersuiker
Water

Vet een grote bakvorm in en leg er een stuk bakpapier in.

Verwarm de melk, boter en suiker langzaam in een pannetje en laat het mengsel afkoelen.

Giet het mengsel bij de gist, het ei, 260 gram bloem en het zout. Meng dan langzaam de rest van de bloem erdoor.

Kneed het deeg vijf minuten en laat het dan een uur rijzen.

Mix alle ingrediënten voor de vulling.

Rol het deeg uit en verdeel de vulling over het deeg. Rol de deegplak op (dit is het leuke deel) en snijd hem als een cakerol in plakken.

Laat de broodjes opnieuw een uur rijzen (met de platte kant omlaag) en bak ze dan in 25 minuten op 180 graden gaar. Laat de kaneelbroodjes even afkoelen (heel even maar; je hoeft jezelf niet langer te kwellen dan nodig) en schenk het glazuur erover.

FOCACCIA

Ik heb ooit met een bevriende chef een focacciawedstrijdje gehouden. Uiteraard won hij met gemak, maar gelukkig gebruikten we een buitenoven, waardoor beide focaccia's heerlijk waren. Zet je eigen oven flink hoog: bij 220 graden wordt je brood supersmaakvol (kijk wel uit dat het niet verbrandt).

500 gr bloem
1,5 tl zout
325 ml handwarm water
1 pakje gist
2 tl olijfolie
Kaas/rozemarijn/toppings naar keuze

Meng de bloem en het zout.

Roer de gist door het handwarme water. Voeg dit mengsel en de olijfolie toe aan de bloem-zoutmix.

Kneed het deeg 10 minuten. Laat het dan afgedekt op een warme plek een uur rijzen.

Maak van het deeg een rechthoek van zo'n 20 bij 30 centimeter en laat het opnieuw 40 minuten rijzen.

Maak met je vingers kleine kuiltjes in het deeg en bak het brood 20 minuten op 220 graden.

Haal de focaccia uit de oven, strooi de kaas en de kruiden erover en besprenkel het brood met meer olijfolie. Zet het daarna nog vijf minuten terug in de oven.

BAGELS

Bagels kunnen nogal een priegelwerkje zijn, maar bij mij in de buurt zijn ze nauwelijks te vinden en soms snak je gewoon naar een bagel.

520 gr patentbloem
1 el suiker
1,5 tl zout
1 el plantaardige olie
1 pakje droge gist
320 ml handwarm water

Meng de ingrediënten tot een stevig deeg.

Kneed het deeg tien minuten.

Snijd het deeg in acht stukken en laat het 20 minuten rijzen.

Verwarm de oven voor op 195 graden.

Vorm ringen van het deeg (gebruik een beetje melk als de uiteindes niet aan elkaar blijven plakken).

Laat de ringen 20 minuten rijzen.

Breng een grote pan water aan de kook.

Laat vervolgens telkens één bagel voorzichtig in het water glijden en kook hem gedurende 1 minuut. Hier gebruik ik een soort barbecuevork bij.

Bestrooi met een topping naar keuze – denk aan gesnipperde ui of rozijnen (niet allebei, uiteraard).

Bak de bagels in 20 minuten gaar. Keer halverwege.

SHORTBREAD

Belachelijk simpel, maar belachelijk lekker. Gebruik boter van goede kwaliteit, al zullen je koekjes hoe dan ook overheerlijk worden. Je kunt er *chocolate chips* in doen, maar dat vind ik te veel gedoe. Dit recept kun je heel goed met kinderen maken, al vinden die het pure marteling om de koekjes te laten opstijven in de koelkast. Maar dat is echt nodig, anders vallen ze uit elkaar.

150 gr boter
60 gr kristalsuiker
200 gr bloem

Bedek een bakplaat met een vel bakpapier en verwarm de oven voor op 180 graden.

Meng de suiker en de boter goed en voeg dan de bloem toe, tot er een zachte massa ontstaat. Rol het deeg uit tot een plak van maximaal 1 centimeter dik en steek er vormpjes uit of snijd er nette vierkantjes van.

Bestrooi de koekjes met een beetje suiker en zet ze dan een halfuur in de koelkast. Ik begin zelf trouwens altijd aan een recept zonder het helemaal door te lezen. Dan kom ik bij 'laat vier uur marineren' terwijl het eten over twintig minuten op tafel moet staan. Dus laat me dit nog even benadrukken voor het geval je op mij lijkt: ZET EEN HALFUUR IN DE KOELKAST!

Bak de koekjes daarna 20 minuten, of tot ze goudbruin zijn.

De kleine bakkerij-serie gaat verder! Meld je hier aan voor de Jenny Colgan-update en je blijft op de hoogte over haar nieuwste boeken: lsamsterdam.nl/jennycolgan

Lees hier alvast het eerste hoofdstuk uit het volgende deel, *Zomer in de kleine bakkerij*, dat in het voorjaar van 2020 verschijnt.

Proloog

'Als ik slaap – niet dat ik dat doe, ik slaap nooit – droom ik over hem. In mijn droom doet hij altijd iets achterlijks. Dan zit hij bijvoorbeeld in een wasmachine en zeg ik: ga die wasmachine uit, idioot. Maar hij blijft gewoon zitten, hij is een piepklein mannetje in een wasmachine dat steeds verder krimpt, tot hij is verdwenen.'

'Dat is volkomen normaal,' zei de kalme stem met het beschaafde West County-accent.

'Jij vindt alles volkomen normaal,' zei Selina. Met een boos gebaar duwde ze haar korte haar uit haar gezicht. 'Als ik binnen zou komen en "Ik ben net over twee egels heen gereden omdat ze me aan zijn haar deden denken. De eerste ging per ongeluk, de tweede was expres," zou zeggen, dan nog zou je antwoorden met: "Dat is volkomen normaal".'

'Heb je dat gedaan?'

'Nee, maar dat had wel gekund. Waarschijnlijk had je dan ook gezegd dat dat normaal was.'

'Rouw is in geen enkel opzicht normaal, Selina. Ja, het komt veel voor. Maar het is nooit normaal.'

Selina slaakte een lange zucht.

'Waarom kan ik niet... Waarom kom ik er maar niet overheen?

Waarom vind ik dat zo moeilijk? Iedereen zou verdomme willen dat ik mijn leven al jaren geleden weer had opgepakt. Dat zie ik aan hun gezichten. Ze vinden het gênant. En ik wíl er ook overheen komen. Ik wil in slaap kunnen vallen zonder te veel wijn te hoeven drinken, ik wil wakker worden zonder het gezicht van mijn echtgenoot in die klotewasmachine te zien, ik wil niet meer zo'n deprimerende muts zijn.'

'Waar woon je nu?' vroeg de stem eenvoudigweg, alsof Selina niet was ontploft.

Selina haalde haar schouders op.

'Geen idee. Ik ga mijn appartement in Manchester opzeggen, denk ik. De huur blijft maar omhooggaan en ik voel me er niet méér thuis dan ergens anders.'

'Misschien kun je onderhand eens overwegen om... naar huis te gaan? Naar dat van jou, of dat van Tarnie?'

'Ik weiger nog een voet in dat dorp te zetten,' antwoordde Selina huiverend. 'Daar wil ik nooit meer naartoe.'

1

'Klaar nu,' zei Polly op waarschuwende toon. 'Dit is niet grappig.'

Neil negeerde haar en tikte net zolang met zijn snavel tegen het raam tot ze naar hem toe kwam en hem iets te eten gaf.

Hij vloog om de vuurtoren, waar ze een maand eerder met zijn drietjes hun intrek hadden genomen: Polly, Neil de papegaaiduiker en Huckle, Polly's Amerikaanse vriend, wiens motor en zijspan aan de voet van de toren geparkeerd stonden. Dat was hun enige vervoersmiddel.

De vuurtoren was heel lang onbewoond geweest, al sinds eind

jaren zeventig, toen men de lampen op afstand kon gaan bedienen. De toren had maar vier verdiepingen en langs de muur liep een wenteltrap waardoor het, zoals Huckle al vaak had gezegd, de tochtigste plek in de menselijke geschiedenis was. Dankzij al het op en neer lopen op de trap waren ze onderhand beiden topfit. Op een van de verdiepingen stonden de grote apparaten waarmee de lampen vroeger waren bediend – die konden niet worden weggehaald. Op de bovenste verdieping, net onder het licht zelf, was hun woonkamer, die uitkeek over de hele baai en, aan de andere kant, op Mount Polbearne, het getijdeneiland waar ze woonden en werkten en dat aan het vasteland was verbonden door middel van een toegangsweg die met eb droogviel en met vloed onder water liep.

Vanuit die ramen had je uitzicht op de kleine bakkerij aan het strand, de vergane winkel die door Polly nieuw leven was ingeblazen toen ze iets meer dan twee jaar geleden naar het dorp was verhuisd om een failliet bedrijf en een mislukte relatie te verwerken.

Ze had verwacht dat ze op Mount Polbearne haar wonden zou likken tot ze klaar was om terug te keren naar haar drukke leventje en aan een nieuwe kantoorbaan te beginnen. Het was geen moment in haar opgekomen dat haar favoriete hobby – brood bakken – haar zou helpen om in het bouwvallige appartement boven de winkel weer op te bloeien en dat ze er zelfs haar baan van zou kunnen maken door de oude, gesloten bakkerij te heropenen.

Als bakker verdiende ze geen riant salaris en ze maakte lange dagen, maar de locatie was prachtig en haar werk werd ontzettend gewaardeerd door zowel de dorpelingen als de toeristen, waardoor ze iets veel bevredigenders dan geld had ontdekt: haar levensmissie. Nou ja, het was niet altijd bevredigender. Soms keek ze naar de eenvoudige keuken die ze in de vuurtoren had laten plaatsen (haar oude appartement in Plymouth was verkocht en ze had de vuurtoren tegen een dumpprijs kunnen kopen, voornamelijk omdat alleen een gestoorde gek in die tochtige, onbereikbare toren met zijn martelende lichtbaken zou willen wonen, aldus Lance de makelaar) en vroeg ze zich af of ze ooit genoeg geld zou hebben om de kozijnen te repareren, de eerste taak op een to-dolijst van zo'n vierduizend dingen die nodig moesten worden gedaan.

Huckle had geopperd om de vuurtoren samen te kopen, maar dat had ze geweigerd. Ze had keihard gestreden voor haar onafhankelijkheid. En ze had al eens eerder alles met iemand gedeeld, had haar financiën al eens met die van iemand anders verweven. Aangezien dat niet goed was afgelopen, vond ze dat niet voor herhaling vatbaar.

Momenteel wilde ze niets liever dan met een kop thee en een kaasstengel in haar ooievaarsnest op de bovenste verdieping van de vuurtoren zitten en simpelweg genieten van het uitzicht: de aldoor veranderende zee, de wolken die zo dicht langs haar ramen dreven dat ze ze kon aanraken, de vissersbootjes die als vage groene en bruine vlekjes in de verte op het water dobberden en hun zware lier en netten achter zich aan sleepten, klein en breekbaar op de uitgestrekte zee. Ze zou nog vijf minuutjes genieten van de stilte en dan zou ze naar de bakkerij gaan om haar collega Jayden te helpen.

Neil, de kleine papegaaiduiker die op een stormachtige nacht haar leven in was gebuiteld en nooit meer was verdwenen, dacht daar anders over. Hij kreeg er nooit genoeg van om haar door het raam te kunnen zien terwijl hij buiten hoog in de lucht vloog. Soms maakte hij een rondje rond de vuurtoren en vloog vervolgens in tegenovergestelde richting weer terug, andere keren tikte hij met zijn snavel tegen het glas omdat Huckle het grappig vond om hem vanuit het raam te voeren, al had Polly gezegd dat hij dat niet moest doen.

Polly legde haar boek neer en liep naar het raam. Ze verbaasde zich nog altijd over de schaduwen die de zilveren zon op de golven wierp als ze af en toe achter de wolken vandaan kwam piepen, het zachte gekras van de meeuwen en de fluisterende wind, die op winterdagen kon uitgroeien tot een woeste storm.

Ze vroeg zich af of ze het uitzicht ooit zat zou worden en trok aan de zware hendel van het ouderwetse raam van enkel glas.

'Kom dan,' zei ze, maar Neil fladderde opgewonden in de lucht en pikte naar haar vingers in de hoop dat ze iets lekkers voor hem had.

'Nee!' zei ze. 'Je bent al een veel te dikke papegaaiduiker. Kom binnen en houd op met dat getik.'

Neil vond het een geweldig spelletje en vloog opnieuw vlug een rondje rond de vuurtoren om haar zijn kunstje te laten zien. Hij landde op het raamkozijn en keek haar met zijn grote zwarte ogen verwachtingsvol aan.

'O, allemachtig,' zei Polly en – als Huckle er was geweest had ze dit nooit gedaan – ze leunde naar voren om hem een flinter van haar kaasstengel te geven, die de vogel vrolijk verslond, waarna hij in de achtergebleven kruimels begon te pikken. Dat deed hij zo woest dat hij achteruithupte en van het raamkozijn gleed.

'Neil!' riep Polly. Toen de vogel met zijn vleugels sloeg en weer naar het raam fladderde, voelde ze zich een beetje stom.

'Ik schrok me dood,' zei ze. 'Kom binnen of blijf buiten, een van de twee.'

Neil koos voor binnenkomen. Hij landde op de grond en waggelde door de kamer om de vloer zorgvuldig te inspecteren, voor het geval Polly een paar kruimels had gemist.

'Goed,' zei Polly. 'Ik ga werken. Gedraag je.'

Ze keek de woonkamer rond om zich ervan te vergewissen dat ze al haar spullen had. Je wilde niet aan de voet van de vuurtoren ontdekken dat je iets was vergeten en weer helemaal naar boven moeten. Huckle wilde een brandweerpaal installeren, maar daar was Polly fel op tegen.

Er stonden maar weinig meubels in het ronde kamertje; een ervan was Polly's geweldige chique bank die ze had meegenomen vanuit Plymouth en die ze volledig uit elkaar hadden moeten halen om hem boven te krijgen. Dat had hun bijna een hele dag gekost, maar de bank was alle moeite dubbel en dwars waard geweest, vond Polly.

Een verdieping lager bevond zich een slaapkamer met een badkamertje in een nis; daaronder had je de verdieping met machines en dan de begane grond met de eenvoudige keuken, een wc en nog een woonkamer. Er was ook een losstaand laag gebouwtje, een lelijk huisje van grindpleister met een plat dak en meerdere kamertjes, maar ze wisten nog niet zo goed wat ze daarmee wilden doen. Een kleine tuin liep tussen de rotsen door naar zee; die wilde Huckle binnenkort aanpakken, al betwijfelde hij of er meer dan mosselen en zeewier zou willen groeien. Iemand had de traptreden van de vuurtoren naar de hoofdweg versierd met rijtjes zeeschelpen, wat Polly een mooi gezicht vond toen ze over de treden naar de kinderkopjes sprong en langs de havenmuur naar de dorpskern van Mount Polbearne liep.

Dat was geen lange wandeling, maar bij hoogtij of storm kon je toch aardig nat worden als de golven over de zeemuur sloegen en het zoute water door de lucht stoof.

Vandaag was het echter winderig maar helder. Een paar kleine wolken joegen langs de hoge ramen van de vuurtoren en het waterige zonnetje, dat op het punt van doorbreken stond, liet zich uiteindelijk toch niet zien. Het was eb, dus de weg naar het vasteland was begaanbaar en toonde zijn glimmende bruine keien. De wind rook sterk naar fris zeewater.

Het dorpje op Mount Polbearne was heel onpraktisch tegen de schuine helling van het eiland aan gebouwd en de lukraak neergezette huisjes liepen helemaal tot aan de top van de heuvel, waar een vervallen kerk zonder dak stond.

De geplaveide wegen waren steil en kronkelig en hoewel je met de auto tot in het dorp kon komen, was dat niet aan te raden. De meeste mensen parkeerden op de parkeerplaats op het vasteland en legden de laatste paar honderd meter te voet af. Een aantal vissers runden met hun boot een taxidienst voor degenen die het eiland echt niet meer af konden komen, maar het merendeel van de plaatselijke bewoners was net zo vertrouwd met de tijden van het getij als met die van de zonsop- en ondergang en pasten hun plannen aan aan het ritme van de zee.

Ook was het leven op het eiland een stuk eenvoudiger. Dat moest wel, aangezien ze hier geen wifi hadden (Polly had meerdere keren te horen gekregen dat ze het moest laten aanleggen, maar de telefoonmaatschappij had beleefd uitgelegd dat ze dan een kabel onder de zee door zouden moeten trekken, wat zo'n honderdduizend pond zou kosten, en dat ze haar bijdrage graag tegemoetzagen, dus dat feest ging niet door) en je hier geen pakketjes kon laten bezorgen. Ook waren er geen nachtclubs, vrijgezellenfeestjes, overvliegende vliegtuigen of gratis kranten.

Er waren wel straten met huisjes van grijze steen, die alsmaar verder omhoogkronkelden. Sommige woningen hadden een opzichtige nieuwe glazen uitbouw, een dakterras en balkons met hekwerk van spankabels. Die huizen waren van onverschrokken vakantiehuisjeseigenaars die in het weekend op het eiland woonden en door de dorpelingen werden bespot en afgezet. Er was een oude pub, de Red Lion, waar de bedrijvigheid zich afspeelde op de oude binnenplaats, waar de oude vastzetringen en drinkbakken voor de paarden nooit waren weggehaald. Je had Andy's snackbar, waar een foto hing van een gigantische vis met daarachter alle vissers vrolijk lachend op een rij. Die verkocht de beste haring en de verste, knapperigste patat – met lekker veel stukjes gefrituurd beslag – waaraan je je handen verbrandde en waarvan het zout en de azijn in je vingers prikten. Hij verkocht Fanta, Tizer en *dandelion and burdock* en als je een klein stukje verder door de geplaveide Beach Street liep kon je met je eten en drinken op de havenmuur naar het water gaan zitten kijken, al moest je dan wel oppassen voor de zeemeeuwen.

Je had Muriels supermarkt, waar ze werkelijk alles verkochten, en Patrick de dierenarts, die zijn praktijk deelde met een jonge huisarts die Callie heette en maar twee keer per week aanwezig was, en de oude bakkerij, die vroeger werd gerund door mevrouw Manse. Toen Polly in Mount Polbearne was komen wonen, was mevrouw Manse haar huisbaas geweest en had de vrouw haar het leven zuur gemaakt door haar te verbieden brood te bakken. Nu was ze met pensioen en woonde ze bij haar al even chagrijnige zus in Truro, waardoor Polly met haar bakkerij kon doen wat ze wilde.

Het laatste gebouw op de pier was een hip nieuw restaurant dat de oorspronkelijke bewoners niet konden betalen, maar dat onder toeristen erg populair was. Het restaurant specialiseerde zich in de verse vis waarmee de vissers elke ochtend de haven binnenvoeren. Momenteel repareerden de mannen de netten en telden ze de vangst en een paar van hen zwaaiden toen Polly langs de kade liep en vroegen wat voor *michetta* (een klein brood dat mateloos populair was onder de hardwerkende mannen) ze die dag verkocht. Toen groetten de vissers Neil, die, zo merkte Polly boos, haar opnieuw naar de bakkerij was gevolgd. Daar had hij niets te zoeken: de klanten stopten hem veel te veel toe en hoewel je dankzij Jayden, haar assistent, in de keuken van de vloer kon eten, zou ze grote problemen krijgen als een inspecteur van de Voedsel- en Warenautoriteit zelfs maar het vermoeden kreeg dat er een zeevogel in haar zaak rondliep. Ze had streng tegen Jayden gezegd dat het feit dat niemand Mount Polbearne ongezien kon betreden daar niets aan veranderde.

Er was bijna een jaar verstreken sinds er praktisch uit het niets een zware storm was komen opzetten die de vloot tot zinken had gebracht en tot de dood van Cornelius 'Tarnie' Tarnforth had geleid, de kapitein van *de Trochilus*, waar Polly korte tijd mee had gedatet. Polly kon nog steeds niet langs de boten lopen zonder aan Tarnie te denken. Het had lang geduurd voordat het dorp weer de oude was.

Polly liet de bel van de kleine bakkerij aan het strand rinkelen. Het gebouw had een mooie lichtgrijze gevel – geschilderd door haar ex Chris – waar in een prachtig cursief handschrift *MEVROUW P. WATERFORD* op stond. Vrijwel altijd als ze ernaar keek, werd ze overspoeld door trots. Voor de winkel stond al een kleine rij mensen en Jayden haalde net de warme broden uit de oven. Vandaag hadden ze dungesneden busbrood en een zwaar zuurdesem dat minder goed verkocht, maar dat werkelijk heerlijk was als je het roosterde.

'Hé!' zei Jayden. 'Alles is goed gelukt. Behalve de, eh, de chorizomichetta. Die heb ik moeten... eh, die heb ik moeten... Die was te donker.'

Polly keek hem streng aan.

'Echt waar, Jayden?'

Ze trok haar jas uit, hing hem aan een haak en liep naar de andere kant van de toonbank om haar handen te wassen. Toen ze over haar schouder keek, zag ze Neil geduldig bij de deur staan en af en toe van zijn ene op zijn andere pootje huppen. Zo zou hij blijven staan tot een klant hem binnenliet, wat vroeg of laat zou gebeuren. Niet voor het eerst vroeg ze zich af of er gehoorzaamheidstrainingen voor papegaaiduikers bestonden.

'Ja,' zei Jayden, maar zijn bolle wangen werden verdacht rood. De klanten stonden geduldig te wachten en tuurden ondertussen alvast naar de roombroodjes in de grote ouderwetse vitrines.

Polly trok een wenkbrauw op.

'Ze waren echt heel lekker,' zei Jayden zachtjes. 'Sorry. Het was echt mijn bedoeling om er maar eentje te eten.'

Jayden was een geweldige werknemer. Hij was vlug, beleefd, vriendelijk en efficiënt en hij kon verduveld goed schoonmaken; door zijn achtergrond in de visserij werkte hij heel precies en grondig. Hij was absoluut niet knap, maar wel ongelofelijk lief en charmant en iedereen mocht hem graag.

Daarnaast was hij ontzettend dankbaar voor het feit dat hij niet meer hoefde te vissen, want dat had hij afschuwelijk gevonden. Hij vond het fantastisch om binnen te werken en normale werktijden te hebben. Hij was te vertrouwen met geld en aardig tegen de klanten (in elk geval tegen mensen uit het dorp, want hoewel hij steeds beter leerde omgaan met de nieuwkomers en de toeristen, was hij in hun buurt meestal nors of heel verlegen).

Maar hij had wel de afschuwelijke gewoonte om de voorraad op te eten.

'Ik weet heus wel dat je het doet,' zei Polly. Ze gebaarde naar zijn buik, die onder zijn grijze schort steeds ronder werd.

'Dat weet ik. Sorry.'

Te oordelen aan zijn knalrode gezicht had hij er ook echt spijt van. Hij bloosde tot aan de puntjes van zijn snor. Hij had vorig jaar voor Movember zijn snor laten staan en omdat iedereen had gezegd dat die hem zo goed stond – dat was ook zo – had hij hem niet meer afgeschoren.

'Ik vind het niet erg als je af en toe iets opeet,' zei Polly. 'Maar daar zat vlees in. Dat is duur, weet je.'

Jayden sloeg zijn ogen neer, waardoor hij ondanks zijn snor net een jongetje van zeven leek.

'Niet zo gemeen doen tegen die aardige jongeman, hoor,' zei mevrouw Corning, de weduwe van de priester. 'Die jongen is een zegen.'

De andere dames in de rij maakten instemmende geluiden. Polly vermoedde dat sommigen het flirterige praatje met Jayden beschouwden als het hoogtepunt van hun dag.

'Een heel hongerige zegen,' mopperde Polly.

'En die vogel van haar mag ook alweer niet naar binnen,' zei een andere vrouw afkeurend. De klanten begonnen tegen elkaar te mompelen. Polly wilde met haar ogen rollen, maar dat deed ze niet. Voor sommigen zou ze altijd het nieuwe meisje blijven. Ze richtte zich tot de volgende in de rij.

'Wat kan ik voor u doen?' vroeg ze beleefd.

'Heb je nog van dat heerlijke brood met stukjes worst erin? Dat is echt topspul.'

'Nee,' zei Polly en ze wierp een laatste boze blik op Jayden, die net deed alsof ze er niet was en het opeens heel druk had. 'Dat is op.'

De deurbel rinkelde.

'Hé, Pol, je bent Neil vergeten!' bulderde een zware stem met een Amerikaans accent.

Toen Huckles schaduw over de toonbank viel, voelde de toch al piepkleine winkel opeens nog kleiner. Huckle was heel lang en had lange benen en brede schouders en leek door zijn dikke bos blond haar nog groter dan hij al was. Nog steeds vond Polly het soms verbazingwekkend dat hij haar vriend was; hij leek rechtstreeks uit een advertentie met een heleboel woestijnzand, cactussen en cowboyhoeden te komen.

'Arm beest,' zei Huckle. Neil zat op de mouw van Huckles jack – dat deed hij anders nooit – en keek Polly gekwetst aan.

'Ik was hem helemaal niet vergeten,' antwoordde Polly vermoeid. 'Vogels hebben niets te zoeken in een winkel. Hij hoort naar de rotsen te huppen om vrouwtjespapegaaiduikers te versieren.'

'Of mannetjespapegaaiduikers,' zei Huckle. 'Je mag er niet zomaar van uitgaan dat hij hetero is.'

Polly keek hem recht aan.

'Noem je me nu een vogelhomofoob?'

'Ik wil alleen maar zeggen dat we Neils keuzes moeten accepteren.'

'Behalve zijn keuze om in de winkel te willen zijn!'

Huckle zuchtte. De oude vrouwen verzamelden zich rond Neil zodat ze hem beter konden bekijken (of, dacht Polly ondeugend, zodat ze met hun grijpgrage handjes aan Huckles biceps konden zitten). Toen ze eindelijk waren vertrokken leunde ze voorover en gaf ze haar vriend een kus.

'Hé,' zei ze. Ze rook zijn heerlijke warme geur, die dankzij de motor waarop hij overal naartoe reed een zweem van olie bevatte. 'Ben je vanochtend vrij?'

Huckle schudde zijn hoofd. 'Nee. Ik kwam alleen even vertellen dat Dubose langskomt.'

Polly beet op haar lip.

'Echt?'

Onwillekeurig begon haar hart iets sneller te kloppen. Ze had Dubose nog nooit ontmoet. Ook de rest van Huckles familieleden had ze nog nooit gezien. Dubose was zijn jongere broer en was schijnbaar het zwarte schaap van de familie.

'Wat komt hij doen?'

Huckle rolde met zijn ogen.

'Ik wil het niet weten. Blijkbaar moest hij er even tussenuit of zo.'

Polly keek hem verward aan.

'Hij heeft een boerderij, toch?'

'Ja,' zei Huckle. 'Precies. Als boer kun je er niet even tussenuit!'

'Als bakker ook niet,' zei Polly.

'Maar als boer is dat nog lastiger.'

'Vast wel.'

Huckle schudde zijn hoofd.

'Hij heeft Clemmie gevraagd of ze de boel wil leiden.' Clemmie was Duboses vriendin.

'Maar dat kan ze helemaal niet.'

'Jawel! Dat kan ze prima. Maar een boerderij runnen... daar komt heel wat bij kijken.'

Huckle fronste. Hij keek niet vaak boos. Polly vond het schattig.

'Wanneer komt hij precies?'

'Over een paar weken, geloof ik. Hij leeft "het vrije leven".' Huckle glimlachte gelaten. 'Hij houdt niet van plannen maken en legt zich liever niet vast. Het is geen probleem als hij komt logeren, toch?'

'Nee, natuurlijk niet, maar wauw. Denk je dat hij me aardig vindt?'

Huckle rolde met zijn ogen.

'Dubose vindt iedereen aardig,' antwoordde hij. Polly keek hem aan.

'Bespeur ik nou iets van jaloezie?' vroeg ze hem sluw.

'Komt er een nieuwe jongeman?' vroeg mevrouw Corning. 'O, dit is ook zo'n opwindende buurt geworden.'

Toen Polly en Huckle elkaar ontmoetten, had hij ergens in de buurt bijen gehouden en had zij in haar winkel zijn honing verkocht. Toen hun eerste poging om een relatie aan te gaan op niets was uitgelopen, was hij teruggegaan naar Savannah en had een kantoorbaan gezocht. Maar na zes maanden in de frisse buitenlucht van Cornwall had hij niet meer kunnen wennen aan een airconditioned, ommuurd kantoorleven en was hij teruggekeerd.

Zijn vader was geboren in het Verenigd Koninkrijk, dus hij had al een Brits paspoort.

Veel mensen wilden tegenwoordig eenvoudiger leven en naar het platteland verhuizen, met alle geiten, kippen en bijenkorven van dien. Dit had Huckle de kans gegeven een reizende imker te worden: hij adviseerde en hielp mensen die bijen wilden houden en iets wilden doen aan de afnemende bijenpopulatie. Hij zorgde ook nog steeds voor de bijen bij zijn oude huisje; daar woonde nu een ouder echtpaar dat genoot van de bloemen en Huckle in ruil voor een paar potten honing per maand zijn gang liet gaan. Dat was een bijzonder vrolijke regeling. Hij verdiende niet veel, maar als je de diesel voor de motor en het grote groentepakket van een lokale boer niet meetelde, leefden hij en Polly vrij eenvoudig. Ze hadden maar weinig nodig. Toch bedacht hij af en toe dat het gigantisch veel geld zou kosten om de vuurtoren helemaal op te knappen en Polly's bedrijf echt over te kopen – dat was officieel nog steeds van mevrouw Manse, die een groot deel van de winst opstreek. Maar dat geld hadden ze niet, en dat was helemaal niet erg, hield hij zichzelf voor, want eigenlijk hadden ze meer dan genoeg.

Nog meer lezen van Jenny Colgan? Lees ook de *Café Zon & Zee*-serie, heerlijke feelgoodromans vol humor en romantiek, en een flinke dosis eilandgevoel.

Eindeloze, lege stranden, prachtige natuur, waarom zou je zo'n plek verlaten? Flora McKenzie weet zeker dat het goed was om het kleine Schotse eiland waar ze is opgegroeid te verruilen voor de anonimiteit van de grote stad. Maar als ze voor haar werk ineens terug moet naar huis, staat ze weer oog in oog met haar luidruchtige familie – en met haar verleden.

Reeds verschenen

Reeds verschenen

Verschijnt oktober 2019

Verschenen als e-book